冲破众声喧哗 ②

——"长安观察"评论精选

北京日报社评论部　著

北京日报出版社

图书在版编目（CIP）数据

冲破众声喧哗.Ⅱ，"长安观察"评论精选 / 北京
日报社评论部著. -- 北京：北京日报出版社，2025.
4. -- ISBN 978-7-5477-5154-1

Ⅰ.I253

中国国家版本馆CIP数据核字第2024AT1424号

冲破众声喧哗.Ⅱ——"长安观察"评论精选

出版发行：北京日报出版社

地　　址：北京市东城区东单三条8-16号 东方广场东配楼四层

邮　　编：100005

电　　话：发行部：（010）65255876

　　　　　　总编室：（010）65252135

印　　刷：河北宝昌佳彩印刷有限公司

经　　销：各地新华书店

版　　次：2025年4月第1版

　　　　　　2025年4月第1次印刷

开　　本：710毫米×1000毫米　1/16

印　　张：26.5

字　　数：440千字

定　　价：98.00元

编　委　会

目 录

精神之脊 ▪

技术之新 ■

世象之镜

文化之韵　━━━━━━━━━━━━━━━━━━━ ■

大国之行

如何看待中国发展的"波浪和曲折"

> 看清大局、正视风险，充分认识复兴前景的确定性，以及复兴之路的复杂性，应当成为理解和审视今日中国发展的基本出发点。

"如何看待当前中国经济发展态势？""如何理解中国经济恢复'波浪式发展、曲折式前进'？"

一段时间以来，舆论场中围绕各项经济数据的分析和研判极多，乐观看法和悲观情绪都有。而一些西方媒体也开始猛带节奏，加大力度炒作所谓"中国崛起见顶论"。

外部环境的确复杂，困难波折客观存在，怎么看？怎么办？

一

大国崛起，永远是国际政治领域的热门概念。

纵观世界发展史，几乎就是一部大国引领世界前行的历史。尤其自新航路开辟以来、工业革命兴起之后，人类社会日益连成紧密整体，世界级大国的崛起与更迭，深刻影响着世界格局。那些处于快速上升期的国家，备受全球瞩目，也承受着方方面面的压力。

以美国为例，从 1823 年发布门罗主义，到第二次工业革命后成为世界第一大经济体，再到 1944 年美元取代英镑成为世界货币，其间经历了内战、金融风暴、生态恶化、世界大战等多重内外挑战，前后用时 120 多年才真正崛起为世界第一强国。类似地，曾经的葡萄牙、西班牙、英国等，莫不都是闯过诸多约束条件，克服各种困难，才站到世界舞台的中央。

于中国而言，经过 70 余年坚持不懈的发展，中华民族伟大复兴已进入了不可逆转的历史进程。但世界第二的经济体量，长期以来领衔全球的发展速度，都使这个站起来、富起来、强起来的东方国度，必然成为某些人的"眼中钉"。

在一个更长的时间周期中审视，那些不期而至的困难挑战，构成的便是"波浪"和"曲折"，而将其克服掉、跨过去，赢得的便是"发展"和"前进"。

二

大国崛起从不可能是一帆风顺的坦途，"中华民族伟大复兴，绝不是轻轻松松、敲锣打鼓就能实现的"。

置身百年未有之大变局中，作为新兴的发展中大国，中国感受到的压力更是全方位的。

看国际——

外部环境复杂严峻。冷战思维沉渣泛起，地缘政治冲突加剧。俄乌冲突战火难熄，带来并加剧了全球多重安全危机，制造了新的安全困境。个别国家错误地把中国视为"战略竞争对手"，不仅热衷煽动意识形态对立，还执意打造"小院高墙""平行体系"。从贸易战到科技战，从战略围堵到舆论轰炸，试图以所谓"新冷战"，阻挡和打断中国现代化发展进程。

国际经贸动能不足。逆全球化风潮之下，全球产业链供应链紊乱、大宗商品价格持续上涨、能源供应紧张等风险相互交织，高通胀、高利率、高债务和低增长的"三高一低"态势已然形成。世界银行预计2023年全球经济增速为2.1%，同比下降1个百分点，经济复苏持续乏力，溢出风险显著增加。

看国内——

经济发展承压前行。我国正处在经济恢复和产业升级的关键期，结构性问题、周期性矛盾交织叠加，经济运行面临新的困难挑战。具体来看，总需求依然不足，经济转型升级面临新的阻力；就业总量压力和结构性问题不容忽视，青年人就业压力依然较大；工业企业利润有所下滑，部分行业中小企业运营困难，价格持续低位运行。

转型升级道阻且长。受需求收缩、供给冲击、预期转弱三重压力影响，一些领域风险因素上升，人口老龄化加速，劳动力、土地等传统优势弱化，资源约束趋紧等矛盾客观存在，如何实现高质量发展，塑造新的竞争优势，复杂性显著增加。

改革开放40多年来，中国经济一直保持着高速增长。对于习惯了高歌猛进发展节奏的中国人来说，面对低于以往的GDP增速，以及接踵而至的"黑天鹅""灰犀牛"，也多少会有些不适应。

看清大局、正视风险，充分认识复兴前景的确定性，以及复兴之路的复杂性，应当成为理解和审视今日中国发展的基本出发点。

三

审视一个国家的发展，首先要看基本盘。

我们固然面临着短期损益的"表"，但也孕育着内生动力的"里"，既有数据变动之"形"，也有发展积蓄之"势"。中国经济社会大局稳定，依然是拉动世界经济增长的重要引擎，这是我们走好复兴之路的底气所在。

成绩亮。今年以来，全球经济增长低迷。一季度，美国、欧元区、日本、巴西GDP同比分别增长1.8%、1%、1.9%、4%，即便考虑到二季度的情况，上半年总体中国经济增速在主要经济体中仍然是最快的。此前发布的《世界经济展望报告》，预计今年中国经济将增长 5.2%，对世界经济增长的贡献率将达到三分之一。

潜力足。作为世界最大发展中国家，我国正处于新型工业化、信息化、城镇化、农业现代化快速发展阶段，人均基础设施存量仅相当于发达国家的二到三成。放在全球"坐标系"中，中国发展依然动能充沛、动力强劲。

更重要的是，在抵御风险、攻坚克难的前行途中，我们积累了坚实家底，也形成了自己的独特优势——

强大的发展韧性。今时今日，中国拥有世界上规模最大、门类最全、配套最完备的产业体系，全球最具成长性的超大规模市场，大量高素质劳动者和企业家……这些既为我们抵御外部风险提供了充足有效的回旋余地，也为经济稳定发展提供了巨大空间和强力支撑。

突出的制度优势。世界面临百年未有之大变局，宏观稳定成为稀缺资源。中国共产党的坚强领导，确保了我们的国家始终具有超强整合能力、强大动员能力和高效执行能力，能够为国家发展提供完整的制度框架，既可着眼于长远利益和整体利益，也能根据不同情况、不同矛盾进行灵活调节。

持续的改革动能。从坚持优化营商环境，到深化简政放权，再到大力支持科技创新、实体经济和中小微企业发展，各个领域各条战线紧紧抓住"改革开放"这关键一招，在体制机制弊端上做减法，在加强服务上做加法，实现了历史性变革、系统性重塑、整体性重构。

发展如征途，每一个阶段有每一个阶段的特点、规律和难处，但也有每一个阶段的机会、空间和潜力。

做好当前的工作，既要做好应对波浪和曲折的准备，更要看到发展和前进的主流。将战略视线拉长，把过往与当下、现实与未来贯通起来，就能始终在喧嚣中保持一份清醒，在激荡中保持一份从容。

四

敢于斗争，方得生存，这是中华民族亘古传承的立身铁律；百折不挠、自强不息，也是铭刻于中国人血脉中的基本成长方式。

新中国成立以来，唱衰、聒噪始终在耳，打压、围堵从未间断，但关关难过关关过，步步难行步步行。"打逆风球、走上坡路"的历练，也锻造着中国破局突围的能力。

犹记当年，美国主导的国际空间站长期将中国拒之门外，以为隔绝就能将中国锁死在落后中。如今，"神舟""天宫"一次次跃上苍穹，昔日的技术封锁成为笑话。数年后，中国空间站可能成为在轨的唯一空间站，中美围绕航天国际合作的博弈形势正在嬗变。对此，有网友调侃，"多谢当年不收之恩"。

"以前，我们海底隧道的技术只是小学生水平"，但如今横穿伶仃洋的港珠澳大桥蜿蜒如蛟龙；当年被超高压卡住了脖子，但"现在，我们连特高压都搞定了！"；占全球市场份额三分之二的中国盾构机、包揽全球 500 米以上一半的超高层建筑、建成世界最大的硫酸钾生产基地……面对一次次"卡脖子"的危机，中国人以行动作答："不经历烈焰，何以淬火成钢？我的名字，就是历经苦难的缩影，我的现在，就是自强不息的勋章。"

日前，华为突围"上新"，这款"争气机"，让不少人再次热泪盈眶。一千多个日日夜夜，美国科技霸凌的"狼牙棒"始终高悬，"华为还能活下去吗"等悲观、怀疑情绪乃至投降主义蔓延涌动。然而此刻，从中国社会对华为新机的掌声与欢呼可以看出，我们在科技战场上依然斗志昂扬，生命力始终顽强。

逆境中突围、重压下崛起，无数自立自强的传奇，给予国人极大鼓舞，也是中国发展的生动缩影。

"我们现在的困难，有的已经渡过，有的快要渡过。我们曾经历过比现在还要困难到多少倍的时候，那样的困难我们也渡过了。"今天的我们已经站在了前所未有的基础之上，也拥有更广泛的资源和更丰富的经验去应对挑战、履险如夷、化危为机。

五

力量生于团结，团结才能胜利。

历史告诉我们，团结是中国人民和中华民族战胜前进道路上一切风险挑战、不断从胜利走向新的胜利的重要保证。

70 多年前，新中国百业待举、百废待兴，面对外国资本主义的封锁，全国上下勒紧裤腰带搞建设，在一张白纸上描绘出社会主义新蓝图；30 多年前，面对东欧剧变、苏联解体后的复杂国际形势，我们"冷静、冷静、再冷静，埋头实干，做好一件事，我们自己的事"，顶住压力，打开了改革开放新局面。

中国的目标从来不是超越或者取代谁，也不是为了和谁争世界老大，而是不断超越自我，成为更好的中国，让中国人民过上更好的生活。美西方一些人，同时患上了"对华焦虑症"与"对华强硬癖"，说中国"太行"的是他们，说中国"不行"的也是他们，一定程度上，这类无聊话题和过激行动本身就是他们内心纠结的表现。而在一个显然更加不稳定不确定的世界中继续谋求发展，以我为主，坚定立场，脚踏实地，昂首前进，是应对外部压力和聒噪最好的回答。

船到中流、人到半山，当此之时，更需要海内外全体中华儿女心往一处想、劲往一处使，拧成一股绳、铆足一股劲，最大限度凝聚起共同奋斗的力量。

只要中国共产党人始终与人民站在一起，只要 14 亿人同心携手，就一定能以自己的确定性对冲外界的不确定性，实现中华民族的伟大梦想。

六

复兴之路不会一马平川，越是处于距离伟大梦想最近的历史节点，越会遭遇风高浪急的风险挑战，有时甚至是惊涛骇浪。

继续保持艰苦奋斗的精气神，把困难踩在脚下、把责任扛在肩上、把梦想化作风帆，中国必将风雨无阻、勇往直前。

有利的情况和主动的恢复，就产生于"再坚持一下"的努力之中。我们的国家，有坚强的意志和能力"在克服困难中发展壮大，在应对挑战中超越自我"。

（2023 年 9 月 20 日　汤华臻）

中国人要始终站稳中国立场

"中国人的事要由中国人来决定"，同样，中国人对时局的判断和应对也必然要从中国视角出发，而不是接过别人设定的剧本。

俄乌冲突全球关注，在网上也引发了观点的激烈碰撞，其中有大量理性探讨，亦不乏听风就是雨的奇谈怪论，或是幼稚浅薄的空洞喊话。众声喧哗中，应该站在什么立场看问题，如何做一个政治上的"明白人"，其实值得思考。

作为 2022 年开年以来全球最大的地缘政治军事危机，俄乌冲突看似突然，实则发酵多年，背后有着极其复杂和特殊的历史背景。对此，应该怎么看，至少包括三点。一、我们真的没有生活在一个和平的年代，只是有幸生活在一个和平的国家。放眼世界，纷争冲突、动荡悲剧每时每刻都在发生，百年未有之大变局，考验着每个国家的智慧与定力。二、根本没有从天而降的岁月静好，中国人的和平生活与发展空间，完全是前辈浴血奋战、艰苦奋斗，今人负重前行、实力守护的结果。"以斗争求和平则和平存，以妥协求和平则和平亡。"一些人特别是一些自诩为精英者假装在真空中谈和平、喊口号，表演"绝对政治正确"的行为艺术，大有揣着明白装糊涂之嫌。三、国际风云变幻无常，而"国家的态度就是我们的态度"。就当前局势，中国始终秉持了公允和负责任的态度，呼吁各方保持克制缓解事态，回到对话、协商、谈判中来，最终让乌克兰成为东西方沟通的桥梁，而非大国对抗的前沿。这样的"中国态度"完全按照事情本身的是非曲直决定，兼顾了情理法，才是真正向往和平者的共同心声。

"中国人的事要由中国人来决定"，同样，中国人对时局的判断和应对也必然要从中国视角出发，而不是接过别人设定的剧本，或绕进别人织就的话语陷阱中去。正如有学者指出，"西方理论和西方视角并不反映中华民族的根本利益"。事实上，我们也能清楚看到，近些年无数的纷扰纠葛中，一些势力除了恶意拱火将国际社会的局面搅得越来越乱之外，也一直在不择手段、不遗余力地将中国扯入乱局之中。面对抹黑泼污、挑拨离间，以及舆论场中一些"假圣母""反思怪""带路党"的再度抬头，我们必须高度警惕、冷静思考、理性分辨。归根结底，无论到了什么时候，无论涉及什么领域，无论面对什么问题，中国人都要始终站稳中国立场，有自主精神与战略意识，而非被某些国家某些人的预设台词牵着走，成了稀里糊涂的"帮帮唱"。

今天的中国，正行进在伟大复兴的漫漫征途上，而梦想绝不是轻轻松松、敲锣打鼓就能实现的，面对愈发充满不确定性的世界，面对前进道路上可以预料和难以预料的种种风险挑战，中国人必须和祖国同呼吸、共命运、心连心，坚决维护国家利益、坚决维护国家形象、坚决维护国家安全，避免一切不必要的自我损耗。"光靠物质条件，我们的革命和建设都不可能胜利"。在"人人都有麦克风"而又异常多元多变的思想广场上，尤须对冲别有用心的噪音杂音，凝聚无数散落的音符形成一心向上的大合唱。

对于每个中国人来说，永远站在家国命运一边，心往一处想，劲往一处使，才能实现"我的梦""中国梦"，才能守护来之不易的和平美好的家园。

（2022 年 3 月 2 日　关末）

明辨是非关键要增强政治判断力

今天，对中国人来说最大的政治，就是实现中华民族伟大复兴，实现中华民族近代以来最伟大的梦想。

俄乌冲突全球关注，中国舆论场上同样出现了大量围绕于此的争论讨论、意见分歧，一些人各执己见，甚至因观点相左而激烈冲突。

明辨是非是不容易的。同一个事实，站在不同立场上看，尚且横看成岭侧成峰，更何况很多事实本身就极其复杂。乌克兰问题有着错综历史经纬和多方利益纠葛，舆论战、外交战、心理战、网络战交织其中，很多情况更是难以一言道明。局面动荡、信息混乱，那么，应该站在什么样的立场上，用什么样的思想方法来明辨是非，就成了必须解决的问题。

明辨是非要注意看全局、看源流、看本质。很多问题是长期的，头绪纷繁、荆棘丛生，对宏观真实的把握认知，离不开全面客观的视角、科学深入的分析。信息铺天盖地、乱花迷眼，但如果只看局部、看眼前、看表象，那就成了盲人摸象，只知其一不知其二，只知其表不知其里。俄乌同根同源，兵戎相见本是悲剧，而苦果从何而来，谁是始作俑者？谁是最终受害者？谁又在一路煽风点火递刀子？中国人民当然同情所有被战火摧残的无辜者，但如果不站在国际政治和国际斗争的战略高度来看清当前事态，如果不追问现象背后的底层逻辑和真正根源，一味空对空、唱高调、喊口号，固然"政治正确"，但于解决问题何补？

明辨是非要坚持独立思考、冷静判断。"后真相时代"，舆论场上情绪远比事实更有市场。放眼望去，听风是雨、二元对立、喊打喊杀的怪象在网上网下比比皆是。富于正义感和同情心是可贵的，但也要有基本的逻辑思维和信息辨识力。俄乌冲突看似"全程直播"，但战事呈现及随之形成的舆论生态，却与背后的全球舆论控制权息息相关。国内舆论场的讨论争论，实际上也混入了很多境外反华势力的声音，他们在借题发挥、扰乱视听。那些不知何时的图片、来路不明的视频，如果照单全收、人云亦云，那不仅辨明不了什么是非，更会彻底绕进别人的话术陷阱中去。

明辨是非要站稳主体立场。主张国际道义没错，但不应该脱离历史和现实的大背景空泛而谈。辨别是非，尤其是大是大非，更要以国家立场为底色、以国家利益为标尺。事实上，就俄乌冲突，那些来自不同方面的陈述表达，特别是美西方热衷标榜之种种，无不深刻烙印着国家利益和政治诉求。而中国在乌克兰问题上的基本立场是公开、透明和一贯的，始终主张尊重各国的主权和领土完整，始终认为一国安全不能以损害他国安全为代价，地区安全不能以扩张军事集团来实现。这就是中国态度，就是中国自己的独立思考和价值判断。如果中国人自己不站稳中国立场，反而被别人预设的剧本牵着走，显然是糊涂至极。

当前，世界正经历百年未有之大变局，我国正处于实现中华民族伟大复兴的关键时期。把握"两个大局"，做好应对各种困难局面的准备，就更要求我们做政治上的明白人，心明眼亮、明辨是非。明辨是非的关键，就是要增强政治判断力。必须清醒认识到，今天，对中国人来说最大的政治，就是实现中华民族伟大复兴，实现中华民族近代以来最伟大的梦想。不从这个立场和高度出发看问题，就辨不清当今中国在复杂国际形势中的大是大非。这些年，国际环境日趋复杂，经济全球化遭遇逆流，西方反华势力常年勾连，对我打压围堵，中国不得不在一个更加不稳定不确定的世界中前进。逆水行舟不进则退，必须付出更艰苦的努力，面对更加严峻的外部挑战，海内外所有中华儿女，应该在重大问题上围绕中国自己的主体立场和核心利益更紧密地团结凝聚起来。

行百里者半九十。中华民族伟大复兴，绝不是轻轻松松、敲锣打鼓就能实现的，而个体命运又与家国命运血脉相连。风风雨雨，考验的是实力、定力与明辨是非的智慧。在关键时刻，更要头脑清醒，团结一心，命运和未来才能牢牢掌握在我们自己手中。

（2022 年 3 月 4 日　晁星）

"为什么是中国"
走出了这条人间正道

只有不渝追求和平发展的国家，才能真正抛却唯我独尊的一己之私，提出饱含相互尊重、公平正义、合作共赢等价值追求的国际公共产品。

"这是见证共谋发展的历史性时刻""共建'一带一路'进程中又一个重要里程碑"……金秋的北京，第三届"一带一路"国际合作高峰论坛成功举办，擘画了"下一个金色十年"的路线图，开启了高质量共建"一带一路"新阶段。本次高峰论坛期间，有 151 个国家和 41 个国际组织的代表来华参会，注册总人数超过 1 万人。"万人盛会"再次体现出共建"一带一路"的巨大号召力和全球影响力。

论坛氛围热烈、成果颇丰，是共建"一带一路"倡议应者如云、硕果累累的生动缩影。10 年来，"一带一路"吸引了全球超过四分之三的国家参与，拉动近万亿美元的投资规模，为共建国家创造 42 万个工作岗位，让将近 4000 万人摆脱贫困……曾经，绵亘万里的古丝绸之路，让山水相隔的古老文明串联，一路上商贸往来、文明互鉴。如今，现代化的机场码头、通畅无阻的"经济走廊"，劈波斩浪的远洋巨轮、跨越大洲的"钢铁驼队"，成为新时代国际贸易的大道、驿站，驼铃、帆影，将多国人民再次联结，阔步于前途光明的人间正道。

"历史上从来没有谁尝试通过一系列政策的实施，在经济领域将那么多国家和大洲连接起来。"在新起点上回头眺望，共建"一带一路"倡议提出之际，正值国际金融危机深层影响不断显现之时，经济全球化遭遇波折，发展不平衡加剧，战乱和冲突、恐怖主义、难民移民大规模流动等问题对世界经济的影响突出，国际社会面临寻找新增长点、开启新的世界经济增长周期的共同任务。如何为世界经济复苏增添动能，如何推动经济全球化深入发展，如何实现更加平衡包容的发展？十年耕耘，共建"一带一路"之树硕果满枝，"为什么是中国"的追问也成为国际热门话题。

和平与发展相互依存，维护世界和平必须促进共同发展，也只有不渝追求和平发展的国家，才能真正抛却唯我独尊的一己之私，提出饱含相互尊重、公平正义、合作共赢等价值追求的国际公共产品。汲取古丝绸之路智慧而来的共建"一带一路"倡议，饱含着中华文化的和合共生、天下大同的价值基因，让世界看到了"求和平、谋发展、促合作"完全可以交织相融、和谐并行，也让世界特别是广大发展中国家和新兴经济体，看到了"西方中心论""霸权稳定论""文明优越论"等西方国际关系处理模式之外的另一种可能。各方以开放包容为导向，坚决反对保护主义、单边主义、霸权主义，共同推进全方位、立体化、网络状的大联通格局，探索开创共赢、共担、共治的合作新模式，让"一带一路"日益成为承载着生机与梦想的和平之路。

"要想富，先修路。"在共建"一带一路"倡议的合作框架下，基础设施建设是极其硬核也是各国人民普遍期待的一环。在这方面，常有人拉着中国算账，一个个大型工程难度不小、费时费力，建设到底有无必要、划不划算？与西方资本注重短期利益、私利最大化不同，"中国账本"始终算的是计利天下、广惠民生的大账。一路通，百业兴，据世界银行测算，"一带一路"框架下的交通基础设施项目若全部得以实施，到2030年，每年将有望为全球产生1.6万亿美元收益，占全球GDP1.3%，其中90%由伙伴国分享。10年奋进，一个个建设奇迹在"一带一路"上诞生：卡姆奇克隧道穿越大片山区，极高风险与难度让诸多欧美企业望而却步，中乌建设者最终只用3年就让天堑变通途；特殊的地质和汹涌澎湃的涌浪环境导致马尔代夫很难建桥，来自中国的建桥者们克服挑战，帮助马尔代夫人民实现了一个世纪的桥梁梦……逢山开路、遇水架桥，中国基建的"魔力"不断外溢，也成为中国推动共建"一带一路"的强大底气。

有国际观察人士分析，现行国际秩序中存在一种"治理理性"：治理的主体要么是个别发达国家，要么是同质化的西方国家联合体，不仅代表性和包容性不够，还习惯于抱团结盟，对"圈外"的国家吹毛求疵，极力打压。"一带一路"则提供了这样一种走向繁荣的新理念：从亚欧大陆到非洲、美洲、大洋洲，它同时惠及发达国家和发展中国家，超越了经济有尊卑的西方发展观；它不强制、不干涉，超越了利己主义的西方发展观；它不输出模式，不拉小圈子，超越了西方你死我活的发展观，无论什么样的政治体制、历史文化、宗教信仰、意识形态、发展阶段，只要有共同发展的意愿都可以参与其中。正如世界银行报告的统计显示，"一带一路"已成为有史以来全球规模最大、共同收益最多的国际公共产品。一个"共"字，道出了大道同行、命运与共的中国品格，点明了应者如云、相互成就的成功密钥。

英国知名历史学家彼得·弗兰科潘在《丝绸之路：一部全新的世界史》一书中预言，"丝绸之路"曾经塑造了过去的世界，甚至塑造了当今的世界，也将塑造未来的世界。凡是过往，皆为序章。在本次高峰论坛上，习近平主席进一步提出了中国支持高质量共建"一带一路"的八项行动，为深化"一带一路"国际合作，迎接共建"一带一路"更高质量、更高水平的新发展指明方向。我们坚信，只要各方携手同心、行而不辍，这条和平之路、繁荣之路、开放之路、绿色之路、创新之路、文明之路定能写就新的传奇。

（2023 年 10 月 20 日　晁星）

让世界看见
实现现代化的不同路径选择

> 现代化不等于西方化，西方的现代化也不是唯一的选择。中国式现代化的理论和实践，为那些既希望加快发展，又希望保持独立性的国家和民族提供了全新的选择。

在最近举办的明德战略对话（2024）活动中，英国知名学者马丁·雅克给出了自己的观察，"中国式现代化，不仅仅改变了中国自己的发展，它同时也改变了发展中世界的现代化进程"。

关于现代化，世界各国有很多指标体系和模式形态的描述。通俗而言，现代化是指社会、经济、文化等方面的发展和进步，意味着一个国家或地区的生产力、科技水平、文化水平、社会制度等达到世界先进水平，这当然也是各国为之奋斗的目标。在现代化的进程中，西方占据了先发优势、积累了雄厚家底，也由此掌握了定义权和解释权。在过去相当长的时间，很多人把西方现代化等同于现代化，等同于工业化，等同于民主，等同于先进。西方模式被塑造成历史的终点，人类的现代化进程被窄化为发展中国家向发达国家看齐、东方向西方过渡的过程。

但随着百年未有之大变局深入演进，一些西方国家的所谓现代化，所谓社会先进，所谓民主自由，所谓一系列可以输出的价值观等，一个个地被揭开真面目，其掠夺与吸血的底色也暴露在全世界面前。更多人开始思考：现代化真的是西方的专利吗？西方那套是不是现代化的唯一路径？

对上述问题，中国的实践提供了答案。从被动开启到主动探索，从长期系统规划到高效落实执行，几十年来，中国从现代化的后进生，一跃赶上时代，并开始在某些领域引领时代。经济快速发展和社会长期稳定的两大奇迹，成为最壮丽、最动人、最具说服力的中国故事。中国式现代化不仅从根本上扭转了中华民族的历史命运，而且深刻影响着世界现代化进程——中国式现代化之路，超越了西方以资本为中心、两极分化、物质主义膨胀、对外扩张掠夺的老路，展现了现代化的另一幅图景。

正如马丁·雅克所言，"以前的现代化，都是西方主导进行的，即便日本也不例外；但中国不一样"——这恐怕也是西方政界学界密集"向东看"，争相解码中国道路的重要原因。事实证明，一个国家选择什么样的现代化道路，是由其历史传统、社会制度、发展条件、外部环境等诸多因素决定的。国情不同，现代化途径自然也会不同。现代化不等于西方化，西方的现代化也不是唯一的选择。相反，那些选择照搬照抄、仰人鼻息的发展中国家，不但没能"修成正果"，反倒常常陷入国家治理低效失效、经济社会发展停滞甚至战乱四起的困境。这也为各国敲响了警钟：人类历史上没有一个民族、没有一个国家可以通过依赖外部力量、跟在他人后面亦步亦趋实现强大和振兴。独立自主，某种程度是开启真正现代化的必要条件。

中国式现代化为人类社会实现现代化提供了新的路径选择。近些年，中国始终坚持高水平对外开放，通过同各方一道共建"一带一路"等方式，为实现世界各国的现代化作出贡献。特别是一系列以发展中国家为主体的国际合作平台和机制，如金砖国家组织、中非合作论坛、"17+1 合作"等等，实现了多边机制在发展中国家的全覆盖。看得见的改变、看得见的发展，让中国方案、中国行动备受好评，东方价值与理念的感召力悄然上升。"中国不在援助中附加任何政治条件，不在投融资中谋取政治利益。"这也与一些国家强制"改造"别国、"绑架吸血"的做法形成了鲜明对比。

当今世界变乱交织，南北差距、发展断层、技术鸿沟等问题异常尖锐。站在"十字路口"，面对波谲云诡，世人比任何时候都期盼和平、追求发展，比任何时候都反感霸权强权、唯我独尊。"现代化道路上一个都不能少，一国都不能掉队"。中国式现代化的理论和实践，为那些既希望加快发展，又希望保持独立性的国家和民族提供了全新的选择，为更多发展中国家探索适合本国国情的现代化道路带来了希望、增强了信心、提供了启示。

老挝巴铺村数十盏太阳能路灯照亮夜空，刚果（布）国家一号公路蜿蜒穿越原始森林，一趟趟中国设计、中国标准的列车在亚非大陆驰骋……古往今来，过上幸福美好生活始终是人类孜孜以求的梦想。面向未来，中国会坚定走好自己的路，并以自身行动传递共赢的理念、和平的愿望，与世界各国共同开创更加多样的文明图景。

（2024 年 9 月 6 日　郑宇飞）

"说到做到"，
这才是中国人的极致浪漫

在不确定性持续加剧的世界中，这样的一份"踏实的浪漫"，何其宝贵。

某平台上，曾有这样一个热帖——你知道过去 100 年里哪些"说到做到"的故事？

出人意料，似乎又在情理之中，评论区成了"大型炫耀现场"。

"搞一点原子弹、氢弹、洲际导弹，我看有十年工夫是完全可能的"——1958 年。

"建立一支强大的具有现代战斗能力的海军"——1979 年。

"翻两番，国民生产总值人均达到八百美元，就是到本世纪末在中国建立一个小康社会"——1984 年。

"2020 年之前，中国研制的机器人将把月壤样品采回地球"——2004 年。

…………

跨越岁月的长河再看，这一个个千金之诺，让人心潮澎湃又无比动容。有网友留言："看得真不容易，还得憋泪。"

一

"说到做到"，某种程度成了当代中国的"特质"。

与之形成鲜明对比的，则是大量发达国家大开空头支票几成常态。

以号称"世界灯塔"的美国为例——

其曾言之凿凿地要在 2015 年再度登月，2020 年前在月球上建设多国太空站。可"阿尔忒弥斯计划"已是一拖再拖，所谓月球太空站依然停留在 PPT 中。

其建设高铁的动议每每搁浅，身为世界头号强国至今高铁里程依旧为零。最新愿景是，"首条高铁要在 2028 年建成"。

计划难以落实，工程屡屡烂尾，严肃法令沦为一纸空文……综合国力最强的国家，尚且不能克服"做"的困难，作为发展中国家的中国，为什么总能"说到做到"？

二

因为我们能调动最广泛的社会资源，集中力量办大事。

新中国的成立，彻底终结了中国社会一盘散沙的局面，全国人民前所未有地凝聚起来。在中国共产党的坚强领导下，一整套"横向到边、纵向到底"的组织网络，联结起各级政府机构、各类企事业单位和社会组织。在这套严密的组织体系之下，中央"如身使臂，如臂使指"，全国各条战线各司其职、高效运转，心往一处想、劲往一处使，释放出无穷战斗力。

"全国一盘棋"，便能集中力量、保证重点，调动资源、优化配置，万众一心、众志成城。

基于此，新中国在极其艰苦的条件下，完成了以"两弹一星"为代表的一系列重大工程、关键项目，让中国真正成为"具有重要影响的大国"。改革开放后，我们建成了西气东输、西电东送、南水北调等横跨诸多省份、纵贯几十年的基建工程。更不用说，每有灾害袭来的危急时刻，总能出现"一方有难、八方支援"的暖心场面、让世界惊叹的"饱和救援"以及快速高效的灾后重建。

反观某些西方国家，两党或多党攻击扯皮，利益集团倾轧掣肘，为反对而反对的极化政治和否决政体愈发固化。不同团体利益分散甚至对立，共识难以凝聚，整合全社会的力量几乎就是一句空话。同样以救灾为例，每每灾情已十万火急，执政党与在野党、联邦政府与地方政府还在为"这是谁的责任"撕扯不休。

三

因为我们有明确清晰的战略规划，一代接着一代干。

一个国家的发展任务有急有缓，有短期有长期。越是重要的工程项目、方案部署，往往越难以在一届政府任期内完成，需要的时间以数十年甚至百年计。

西方国家执政党走马灯似更迭，互黑攻讦的习惯操作之下，政策摇摆不定，何谈重大任务推进。更为致命的是，多党竞选、轮流坐庄的制度设计，极易形成急功近利的选票导向，难以出台立足中长期的战略规划。囿于眼前利益，只顾团体得失，这是西方政党体制的一大软肋和硬伤。

在中国共产党的坚强领导下，我们可以制定长远发展规划，保持大政方针的稳定性、连续性，使今天的事业与明天的事业顺畅衔接，当前的利益同长远的利益密切融合，局部的利益同整体的利益归于一致。

新中国成立以来，五年规划、十年中长期规划未曾中断，迄今已经出台十四个五年规划（计划）。用制定五年计划或规划的办法，通过一个个计划或规划，用一个又一个五年分步实施、接力推进，跬步千里、持之以恒，一张蓝图绘到底，一棒接着一棒跑，"说到做到"便有了扎实的制度保障。

诺贝尔经济学奖获得者罗伯特·恩格尔曾感慨："当中国为了下一代而制定规划的时候，我们的一切计划都是为了下一次选举。"

四

因为我们有极高的执行效率，说干就干、令行禁止。

邓小平同志曾言，"社会主义国家有个最大的优越性，就是干一件事情，一下决心，一做出决议，就立即执行，不受牵扯……没有那么多相互牵扯，议而不决，决而不行。就这个范围来说，我们的效率是高的"。

崇尚实干，不尚空谈，是马克思主义政党的重要特征，也是中国一路走来的兴邦之道。"一分部署，九分落实""幸福都是奋斗出来的""撸起袖子加油干"……全国上下在价值层面，早已牢牢树起一座座"干"字丰碑。

从千疮百孔、一穷二白到建立独立完整的工业体系，从面临"开除球籍"的危险到跻身世界第二大经济体，一路走来，当别人在喝咖啡谈享乐的时候，中国人在埋头苦干，当别人在吵架扯皮延宕虚耗的时候，中国人还在埋头苦干。

这些年来，中国是全球大气质量改善速度最快的国家，全球森林资源增长最快最多的国家，清洁能源利用规模最大的国家……正是依托高效实干的精神、艰苦奋斗的劲头，我们才能够按步骤实现一个个在别人看来难以完成的"既定目标"。

反观某些西方国家，短视思维之下，各方利益难以统一，争执冲突、掣肘内耗成为常态：执政党与在野党之间互相诋毁掣肘，总统和议会之间斗智斗勇，利益集团之间角力争雄，议员之间编排"舌尖上的民主"……"议而不决，决而不行，行而不实"，效率低下已成为西式政党模式无法摆脱的梦魇。

五

因为我们有全世界最好的人民，与祖国同心同向、同风共雨。

"勤劳勇敢"，是中国人民的鲜明标识，其中的价值内核便是集体主义与家国情怀。在中国，集体主义精神已融入民族血脉，家国情怀已藏于亿万国人心中。14亿多中国人，分享着祖国发展进步的成果，也会主动选择将个体命运融入家国叙事，"国有召，我必应"。

在个体与国家利益出现短暂冲突时，我们讲究个人利益服从集体利益。茫茫大漠隐姓埋名，危急关头逆行出征，不计名利科研攻关……这些个体选择背后皆是浓烈的家国情怀。这种集体感使命感，是极端讲究"性价比"的个人主义者所无法想象的。

任何共同体的存续，都要以某种集体意识为基础。任何项目的最终落实，都要以人为载体。一代代中国人躬耕笃行、风雨兼程，再苦再难都同心同德坚持干，梦想当然会照进现实。

六

说到做到，说易行难。

在不确定性持续加剧的世界中，这样的一份"踏实的浪漫"，何其宝贵。

近些年来，国内外愈来愈多的学者尝试以不同的学术理论体系解释"中国奇迹"，其中"权威政党与可信承诺"，正是着眼于中国共产党的坚强领导和稳定政治环境对于长期投资与发展的重要性。

说到做到的鲜明特质，与民族的文化根脉有关，与政党的初心信仰有关，与波澜壮阔的实践选择有关，是中国历经岁月磨砺而来的厚重财富。

往前眺望，还有太多梦想等待我们去实现。如远景目标所明确的——2035 年，基本实现社会主义现代化；到 21 世纪中叶，把我国建成富强民主文明和谐美丽的社会主义现代化强国。

没有比人更高的山，没有比脚更长的路。沿着业已被证明正确的道路走下去，充分发挥我们的独特优势，说到做到的精彩故事还将续写下去。

（2024 年 7 月 15 日　杜梨）

"NO"的嘘声与2分钟的掌声

> 越来越多的同道者正超越社会制度与意识形态的异同,最大限度地实现共同利益与共同追求,那些逆潮流而动的声音即便调门再高,也终归是应者寥寥。

1971年10月25日,纽约联合国大厦灯火通明、人声鼎沸。是否恢复中华人民共和国在联合国的合法席位,是否将台湾代表驱逐出联合国?答案即将揭晓。

或许已预感"情势不妙",美国驻联合国代表布什要求上台发言,试图在恢复中国合法席位的同时仍在联合国内保留台湾代表。"NO",嘘声从会场四周传来。

当地时间23时20分,电子计票牌显示表决结果——76票赞成、35票反对、17票弃权——联大第2758号决议诞生,决定恢复中华人民共和国在联合国的一切权利,承认中华人民共和国政府代表是中国在联合国的唯一合法代表。这是中国人民的胜利,也是世界各国人民的胜利,联合国会议大厅响起了持续2分钟的掌声。

从被西方世界拒之门外,到加入几乎所有普遍性政府间国际组织和600多项国际公约,几十年间,中国始终践行多边主义,联合国也成为中国与世界各国良性互动、对话合作的重要平台。

一

20 世纪，是战争最为惨烈的世纪。两场规模空前的世界大战相继爆发，惨痛的伤亡倒逼着人类社会开始思考一个古老的课题：如何防止战争、守护和平？

1942 年 1 月 1 日，时任美国总统罗斯福首次提出联合国的设想。3 年后，《联合国宪章》正式签署，联合国成立，可谓人类和平发展事业的里程碑。

中国虽是联合国的创始会员国和安全理事会的五个常任理事国之一，但由于冷战环境下西方国家的阻挠，长期被排除在联合国之外，合法席位一直被台湾国民党当局占据。

政治的黑手，或许可以操弄现实，却阻挡不了世道人心。从 1950 年开始，每一年都有国家提案，要求恢复中国在联合国的合法席位，但美国凭借强势话语权，想尽办法予以拖延。

得道多助，失道寡助。1970 年的第二十五届联大上，支持恢复中华人民共和国席位并驱逐国民党集团"代表"的表决结果为 51 票赞成、47 票反对，这是在此问题上首次出现赞成票超过反对票的情况。一年之后，压倒性胜利改写了历史。什么叫人心所向，什么叫大势所趋，在这一刻有了生动体现。

二

"任何重大国际问题，如果没有中华人民共和国的参与都是无法解决的。"这是 1971 年 7 月，阿尔巴尼亚等 17 国驻联合国代表表达的观点。半个多世纪的风雨同行充分显示，这一观点极具预见性——

守卫和平，中国以公心维护正义。从 1990 年第一次向联合国停战监督组织派出 5 名军事观察员，到如今成为联合国维和行动第二大出资国、安理会常任理事国第一大出兵国，中国迄今已参与近 30 项联合国维和行动，累计派出维和人员 5 万余人次，被誉为"联合国维和行动的关键力量"。

发展经济，中国以尽责彰显担当。1997 年亚洲金融危机爆发时，坚定承诺人民币不贬值；2008 年国际金融危机发生后，坚决采取负责任宏观经济政策，中国说到做到。同时，切实履行加入世界贸易组织承诺，不断提升对外开放水平，提前 10 年实现联合国 2030 年可持续发展议程确定的减贫目标。

促进合作，中国以行动谋求共赢。中国倡导建立亚洲基础设施投资银行等金融机构，打造广交会、服贸会、进博会等国际经贸合作平台，让各国搭乘中国发展的"快车""便车"。特别是共建"一带一路"这一宏伟倡议，已成为当今世界最受欢迎的国际公共产品和最大规模的国际合作平台。

不夸张地说，50 多年来的每一个历史关头，中国都为推动世界和平与发展贡献了智慧和方案。正是中国在联合国合法席位的恢复，让联合国的普遍性、代表性和权威性切实增强，让世界和平正义的力量空前壮大。

三

联合国为推动世界秩序走向和平有序而不断努力，而世界秩序本身也在时间的前行中发生着历史性变化。

近些年，新兴市场国家和一大批发展中国家快速发展，影响力和话语权不断增强。伴随着国际力量对比的深度调整，保护主义、单边主义和霸凌行径抬头，个别国家和政治势力企图挑起意识形态和社会制度对抗，联合国的正常功能运行遭遇巨大挑战。美国这一联合国的缔造者之一，如今却沦为搅局者和"刺儿头"——

毁约"退群"，家常便饭。1984 年，美国以联合国教科文组织"偏心"苏联为由宣布退出，但"9·11"事件后，美国感到重塑和联合国关系的重要，于是在 2003 年回归。2017 年，美国以助长"反以色列偏见"为由和教科文组织说再见，但 6 年后为"抗衡中国对教科文组织议程日益增长的影响力"，又再度回归。国际大事，被美国搞成了小孩子过家家。进进出出全然不当回事，"合则用、不合则弃"的行事逻辑，不仅简单粗暴，也透支着国际信誉。

无视决议，罔顾正义。比如，早在 1947 年，联大就通过第 181 号决议，规定在巴勒斯坦地区建立一个阿拉伯人的国家和一个犹太人的国家。"两国方案"既是国际社会对公正解决巴以问题的唯一共识，也是确保中东持久和平的唯一出路。新一轮巴以冲突发生以来，美国频繁否决联合国安理会关于加沙地带冲突的决议案，以色列常驻联合国代表甚至公然将《联合国宪章》放进碎纸机里粉碎。国际机构是开展国际合作的平台，美国却将其作为推行地缘博弈、展示自身霸权的秀场，哪里还有一点大国该有的样子？

四

联合国承载了各国人民对持久和平、共同繁荣的美好向往，见证了国际社会团结合作、追求进步的光辉历程。成立近 80 年来，联合国之所以能够让不少局部冲突得到控制，让新的世界大战得以避免，一大法宝正在于对多边主义的坚守，强调各方在处理对外关系时约束自身行为，以谈判方式协调彼此利益，合作解决有关问题。

时移世易，人类再次站在历史的十字路口，对全球治理体制机制进行相应调整是大势所趋。但这种改革并不是推倒重来，也不是另起炉灶，而是创新完善。

事实上，从联合国开始运转，就一直处于不停地改革中。《联合国宪章》曾经过三次修正，大会权力得到扩大，秘书长机制不断完善，等等。今天，个别国家一言不合就掀桌子，不想担责就撂挑子，或是打着多边主义旗号搞些拉帮结派的"伪多边主义"，与构建公正、民主、合理的多极化国际秩序南辕北辙。

联合国的作用只能加强，不能削弱。诚如观察者所言，联合国不是世界政府，而是主权国家间的国际组织。联合国机制的权威性和有效性取决于大国的合作和协调，以及成员国的支持和配合。当此之时，大国的担当作为就显得尤为重要。

"世界只有一个体系，就是以联合国为核心的国际体系。只有一个秩序，就是以国际法为基础的国际秩序。只有一套规则，就是以联合国宪章宗旨和原则为基础的国际关系基本准则。"中国对国际秩序发展方向性问题的清晰回答，给调整中的国际关系体系增添了稳定性力量。

我们欣喜地看到，越来越多的同道者正超越社会制度与意识形态的异同，最大限度地实现共同利益与共同追求，那些逆潮流而动的声音即便调门再高，也终归是应者寥寥。

世界反法西斯战争胜利和联合国成立即将迎来 80 周年。历史可以超越，但不能忘记。不忘初心，人类社会才能避免更多悲剧的重演，推动历史车轮向着光明的目标浩荡前行。

（2024 年 10 月 25 日　崔文佳）

"王道"还是"霸道"，世界在用脚投票

美西方的霸道，让"动荡与杀戮""血腥与罪恶"几乎写满人类近代史的每一页。但从人类历史大势来看，霸道者或可气势汹汹于一时，终将因霸蛮而"攻守之势异也"。

本轮巴以冲突已过去一个多月，丝毫没有缓和的迹象。

截至目前，冲突已致巴以双方 1 万余人死亡，其中包括 4000 余名儿童。加沙地带炼狱般的现实，不断冲击着人道主义底线。联合国秘书长古特雷斯痛心疾首"这是一场人性的危机"。

文明世界发展到今天，国际法在前，人道主义观念在前，何以还会出现如此惨烈的灾难？

一

"即使是战争，也有规则。"

这个规则，就是人道与公义，就是在战火中尽可能避免伤及无辜，最大限度保护平民的生命安全，这也是国际人道主义法的核心。

然而，面对满目鲜血，以"人权卫士"自居的美国，不仅反复否决联合

国安理会上关于立即实现巴以全面停火的决议草案，且不断火上浇油，为以色列源源输送规模庞大的杀人武器。倚仗强援，以色列的姿态也颇为强硬，明确拒绝"任何人道主义停火协议"，声称"必要时对抗全世界"。

在霸道面前，国际法似乎沦为一张"空头支票"。

巴以问题有着极其复杂的历史经纬，而域外之手长期干预，正是局势恶化的根源之一。

以美国为代表的西方国家，通过偏袒支持不同的国家或组织，煽动中东国家间的仇恨，鼓励暴力与冲突，甚至直接下场搞破坏，让矛盾愈演愈烈。

尽管美国多次提出或推动过巴以冲突的解决方案，如 1993 年的《奥斯陆协议》、2002 年的"中东和平'路线图'计划"、2020 年的"新中东和平计划"等，但事实上，这些不过是掩盖其"拉偏架""攫私利"的幌子而已。

比如，2020 年特朗普政府提出的"新中东和平计划"，更是公开违背绝大多数国家支持的"两国方案"，引起了国际社会的强烈不满，激起了巴勒斯坦人民更大的愤慨。

事实说明，只要霸权阴霾不散，只要霸道逻辑不变，只要某些国家始终将自身地缘利益凌驾于解决巴以冲突之上，中东地区就不可能迎来真正的和平。

二

"颐指气使不是傲慢，是自信，是美国的基本权利。"霸道，似乎深深印刻在美西方国家的文化基因中。

历史学家罗素在经典著作《怀疑论集》里有过如下论述：西方文化的核心部分是崇尚斗争，即武力，以"力"来征服自然、征服他人，从而打造为其服务的秩序。所谓"以力服人"，通俗来讲就是一种霸道的价值观，"占有、主张自我、支配"为其基本特征，表现在与外界关系的互动上则是"对抗、排他、二元对立"。

这样的价值观，构成了西方看世界的逻辑起点和对外交往的基本信条。当轰轰烈烈、机器轰鸣的工业化时代启幕，资本自有的霸道逻辑更是渗透到政治经济、社会思潮等方方面面。

这一大背景下，"社会达尔文主义"横空出世，物竞天择、适者生存、弱肉强食等理论充斥国际政治，使强者欺凌弱者有了理论依据，也塑造了霍布斯口中的"每个人对每个人的战争的自然状态，即丛林法则"。及至后来的所谓"文明冲突论""赢者通吃论""唯我独尊论"等国际关系理论，不过都是以霸道政治为内核的变体。

伴随地理大发现和新航路的开辟，西方列强先后走上了殖民扩张之路，靠坚船利炮大肆为海外扩张开道。而当美国崛起为世界第一大国，全球也经受了两次世界大战的重创，过去那套殖民的路子已行不通，以"文明"包装"野蛮"，便成了美国塑造并维持全球霸权的重要手段——

比如，打着民主、自由、人权的幌子，发动"颜色革命"，挑唆地区争端，甚至直接发动战争。

比如，固守冷战思维，大搞集团政治，挑动对立对抗。

比如，泛化国家安全，滥用出口管制，强推单边制裁。

比如，对国际法和国际规则合则用，不合则弃，打着"基于规则的国际秩序"旗号，谋着维护自身"家法帮规"的私利。

…………

三

"以力假仁者霸，霸必有大国；以德行仁者王，王不待大。"

美西方的霸道，让"动荡与杀戮""血腥与罪恶"几乎写满人类近代史的每一页。但从人类历史大势来看，霸道者或可气势汹汹于一时，终将因霸蛮而"攻守之势异也"。

在中国历史上，一直有"王道"与"霸道"之辩。如果说"霸道"的核心是"强权"，那么"王道"的核心是"仁政"，春秋战国时期儒家将仁爱与政治结合在一起，提出了处理政治关系时所遵循的和合价值观——体现的是人与外在客体之间的和谐相融，推崇的是"兼容"而非"对立"的世界观，主张的是用说理而非动武的方式来解决问题。

在几千年的文明演进中，"王道"慢慢成为中国社会的主流价值，并在岁月长河中塑造了独特的"东方思维"——"己所不欲，勿施于人"的同理心态，"四海之内皆兄弟"的大同理想，讲信修睦、善待他人的仁爱理念，强不凌弱、富不侮贫的正义情怀，等等。

有怎样的格局，就能看到一个怎样的世界——

历史上，中国人开通古丝绸之路，靠的不是战马和长矛，而是驼队和善意；不是坚船和利炮，而是宝船和友谊。

新中国成立后，从加入国际大家庭那一刻起，我们奉行不结盟、不针对其他国家和组织、坚持和平共处的原则，始终站在历史正义的一边。

时至今日，我们追求"强起来"，但走的从来都是和平发展之路，从不搞美西方国家崛起"你方唱罢我登场"的零和博弈，而是欢迎大家都来搭乘中国发展的快车。

这些年，中国在国际社会上相继提出并推动实践了一系列重大倡议和主张，从发出共建"一带一路"倡议到牵头成立亚投行，从拓展金砖国家、上合组织的合作路径，到完善中国—东盟、中阿合作论坛等多边平台……合作共赢的"中国方略"，坚实有力的"中国行动"，让中国在国际上得到越来越多尊重与认可，让世界看到了一种迥异于西方传统思路的国际公共产品。

四

"中国方案"，蕴含的是"共商共建共享"的全球治理观，诠释的是"人类命运共同体"的价值追求。

这与"王道"思想所体现的和合价值观一脉相承，但具体内涵随着时代演进有了新的飞跃与丰富，并在融入全球治理的过程中焕发出新的时代生命力。

对此，有政治学学者总结了大致如下方面——

政治方面，讲平等尊重、合作共赢，强调成员国无论大小一律平等，在协商一致的基础上推进合作，打破了弱肉强食的丛林法则；

外交方面，讲国际道义、公平正义，奉行不结盟、不针对其他国家和组织的开放原则，超越了西方传统的零和博弈、以邻为壑等陈旧观念；

安全方面，讲厘清历史经纬，照顾各方关切，从根本上化解地缘矛盾冲突，摒弃了以对抗谋求绝对安全的冷战思维；

经济方面，讲同舟共济，促进贸易和投资自由化便利化，推动经济全球化朝着更加开放、包容、普惠、平衡、共赢的方向发展；

文化方面，讲尊重世界文明多样性，以文明交流超越文明隔阂、文明互鉴超越文明优越；

生态方面，讲坚持环境友好，合作应对气候变化，保护好人类赖以生存的地球家园；

…………

独具中国特色的价值理念，为不同文明相处提供新范式，为全球治理提供新思路，为国际交往提供新观念，为应对共同挑战提供新方案，是对传统国际关系权力观、利益观、发展观、治理观、秩序观的创新和超越。

时事评论家扎卡利亚在《后美国世界》一书中评析："我们有史以来第一次见证这样真正的全球增长。在这样的国际秩序里，世界各国不再是被控制者抑或旁观者，他们将是参与者，按照自己的意志运转。这是一个真正意义上的全球秩序。"

五

没有世界伦理，就没有全球政治。

当今世界正处于百年未有之大变局，国际秩序正处于深度调整之中。一方面，高铁取代了驼队、巨轮取代了古船，经济发展的核心硬件都实现了硬核升级；一方面，"黑天鹅"频频振翅、"灰犀牛"横冲直撞，不稳定因素构成了大动荡。

面对"人类向何处去"的十字路口，选择"王道"还是"霸道"，世界正在用脚投票。

而历史告诉我们，打铁还需自身硬。在丛林法则仍旧主导国际秩序的当下，保持定力、专心发展、壮大自己，才能为世界注入最大的正能量，努力推动"和合共生、世界大同"。

（2023 年 11 月 14 日　范荣）

在变动世界求和平需要大国挺膺担当

一个大国能否担起与自身能量相匹配的国际责任，见胸襟、见格局、见担当，又将反过来重塑其大国形象，关乎其影响力、公信力。

2023年11月29日，时值"声援巴勒斯坦人民国际日"，中国作为联合国安理会11月轮值主席，主持召开安理会巴以问题高级别会议，就当前巴以局势和下步工作进行深入讨论。与此同时，《中国关于解决巴以冲突的立场文件》发布，提出推动全面停火止战、切实保护平民、确保人道救援、加大外交斡旋、落实"两国方案"等建议，再次为巴以和平作出努力。

自新一轮巴以冲突爆发以来，这块被称为"流着奶与蜜"的地方，就沦为沾满鲜血的"人间炼狱"：巴以双方超1.64万人死亡，加沙地带更成为"儿童坟场"。上周双方虽达成临时人道主义停火协议，但实现真正意义上的停火止战还未提上议程。前几天，以色列总理内塔尼亚胡公开表示将继续战斗；哈马斯方面也称，将在临时停火期间"把手指扣在扳机上"。战火似乎随时可能重燃，巴以冲突的出路在何方，严重的人道主义灾难何时结束，对地区与世界的负面冲击怎样降低，依然是摆在世界面前的难题。

巴以困局有其复杂的历史经纬，虽然紧张冲突反复上演，矛盾烈度持续升级，但事实上，巴以并非没有求和平的行动。20世纪90年代初，双方也曾有机会一起坐下来商量，还一度取得进展。然而，随着国际秩序展现多极竞争态势，地区国家之间出现不同程度的利益博弈。基于自身霸权与私利考量，个别大国不仅放弃推动双方和谈的努力，还常常"拉偏架""一边倒"，将人道问题政治化，甚至拱火浇油扩大战事，令双方积怨愈发难解。

乱局何解？考验人类良知，考验国际公义。巴以冲突循环往复，根本原因是巴勒斯坦人民的建国权、生存权、回归权长期遭到漠视。一代代巴勒斯坦人失去家园、颠沛流离，只有正视和解决这一问题，才可能将中东和平进程拉回正轨，才能阻止更多悲剧的发生。

推动巴以和解，必须站在和平一边，站在公道一边，站在良知一边。本轮巴以冲突升级以来，中方积极劝和促谈，推动停火止战。在担任安理会轮值主席国的 11 月份，中方一直将巴以冲突作为最紧迫问题。在主持通过安理会第 2712 号决议后，又进一步召开高级别会议，积极回应国际社会的强烈呼声。中方主张具有很强的针对性和建设性，契合绝大多数国家的共同愿望，也带来一系列积极信号。

历史和现实反复证明，"两国方案"是解决巴勒斯坦问题的唯一可行途径。然而，一段时间以来，当中国等为推动停火方案落地往来奔走、为中东永久和平大声疾呼时，某些大国却出于一己之私"拉偏架"，一步步将承载和平曙光的方案掏空、玩坏。谁在想方设法解决问题，谁在暗中递刀制造矛盾？何为出以公心力求和平，何为损人利己攫取私利？答案不言自明。没有国家愿意成为"世界的火药桶"，中东迫切需要安定、需要和平，但也唯有维持公正客观中立的立场，才可能凝聚各方共识。这是 2023 年春天沙特和伊朗在中国斡旋下实现和解并带动中东一系列和解潮的原因，也应当成为解决巴以问题的路径选择。

大国要有大国的样子，大国要有大国的担当。德国历史学家利奥波德·冯·兰克指出，大国的本质，就是国家实力居于显著的优越性地位。法国历史学家托克维尔也曾写道，大国则命定要创造伟大和永恒，同时承担责任与痛苦。显然，基于举足轻重的实力位置，大国如何作为将深刻影响一个地区乃至世界的时局走向，而国际社会对大国理当展现的形象、担负的责任也早有共识。换言之，一个大国能否担起与自身能量相匹配的国际责任，见胸襟、见格局、见担当，又将反过来重塑其大国形象，关乎其影响力、公信力。当下的世界变动不居，各种新旧力量、矛盾相互叠加碰撞，地区安全、全球治理深刻重塑，国际局势不稳定性不确定性日益突出。当此之时，各国休戚与共、安危共担，而大国肩上的责任愈发重大。

沧海横流，更当阔步人间正道。"除了我们对各自的社会分别要承担的责任外，我们还有在全球维护人的尊严、平等与公平原则的集体责任。"这是联合国会员国在《千年宣言》中的宣誓。70 多年前，人们以联合国为基础进行集体安全的顶层设计，倡导各国共同维护普遍安全，共同掌握世界命运。70 多年后的今天，和平与发展仍然是不变的时代潮流，大国应当坚定维护以联合国为核心的国际体系，在联合国框架下共同解决国际社会迫切面临的问题，让"地球村"保持和平与繁荣。

"我渴望睡在家中的床上""喘口气，哪怕只是一小会儿"，加沙民众的愿望令人泪目。我们不能因现实复杂而放弃梦想，更不能因理想遥远而放弃追求。说公道话、办公道事，推动巴勒斯坦问题全面、公正、持久解决，一定能为这个充满挑战变化的时代注入更多光明和希望。

（2023 年 12 月 1 日　田闻之）

要和平，去北京！

"世界破破烂烂，中国修修补补。"面对烫手山芋，为
什么总是中国来扮演和平调解人的角色？

我们又见证历史了。

2024 年 7 月 23 日，巴勒斯坦 14 个派别共同签署《关于结束分裂加强巴勒斯坦民族团结的北京宣言》。不乏观察者认为，统一战线的建立，对于巴勒斯坦乃至中东局势来说，都是一件石破天惊的大事件。

消息传来，舆论感叹"中国又闷声干大事了"。从调解世纪难题促成沙伊和解，到此番实现巴勒斯坦 14 个派别的北京聚首，乱云飞渡，沧海横流，中国何以能频频发出和平之音？

一

巴以新一轮冲突延宕至今，人间惨剧令人心痛，停火止战却困难重重。其中原因纵然是复杂的，但不得不说，巴勒斯坦的"一盘散沙"是一个重要方面。

中国有句老话，"兄弟阋于墙，外御其侮"。国难当头，首先要停止内讧。反观眼下的巴勒斯坦，尽管国土面积不大、人口数量不多，政治派别却有 14 个。这些派别地理分布上星罗棋布，意识形态上五花八门，彼此关系上有亲有疏。

就拿领头羊法塔赫和哈马斯来说，在建国方案上，前者想要建立世俗的巴勒斯坦民族国家，后者的目标则是政教合一的伊斯兰国家；在对待以色列的合法性上，前者承认，后者拒绝；在巴以和平进程上，前者选择和平谈判，后者坚持武装斗争。

山头林立，自然拧不成一股绳。但从另一个方面看，如此局面也反衬着此次中国出手的难能可贵——不仅振臂一呼，让巴勒斯坦 14 个派别坐在了一起，而且化干戈为玉帛，促成了这份《北京宣言》。

宣言的含金量很高。比如，明确巴解组织是巴勒斯坦人民唯一合法代表，这意味着诸多派别不再群龙无首。比如，明确根据联合国有关决议，建立以耶路撒冷为首都的独立的巴勒斯坦国，这意味着，各派别的诉求开始回归理性。

这次大和解大团结具有历史性意义，它表明巴勒斯坦的政治派别终于意识到，只有用一个声音说话，携起手来前进，民族解放事业才可能取得成功。

二

尽管前路漫漫，但步入正途总归让人看到了希望。

诚如法塔赫副主席马哈茂德·阿鲁勒所感叹的："中国是一道光。中国所作的努力在国际舞台上是罕见的。"

中国努力的核心，就是在一系列国际热点问题上积极劝和促谈——

针对俄乌冲突，中国于 2023 年 2 月发布《关于政治解决乌克兰危机的中国立场》，系统性地提出了 12 条重要意见。2024 年 3 月，中国政府欧亚事务特别代表访问俄罗斯、欧盟总部、波兰、乌克兰、德国和法国，为止战凝聚共识，为和谈铺路搭桥。7 月 23 日至 26 日，乌克兰外长库列巴应邀来华访问，表示"乌方愿意并准备同俄方开展对话谈判"。

针对中东乱局，中国于 2023 年 3 月促成沙特与伊朗两国代表在北京的对话，双方同意恢复外交关系。尽管伊朗和沙特作为现代国家的历史都不足百年，但双方的民族和宗教矛盾已有近 1400 年之久。以此为基点，中东掀起了一股"和解潮"，多对"冤家"相互抛出橄榄枝，新气象令世界欢欣鼓舞。

针对缅北风云，中国于 2023 年 12 月促推缅军方和果敢、德昂、若开军三家缅北民地武组织代表举行了和谈，就临时停火和保持对话等事项达成协议。双方同意立即停火止战，军事人员脱离接触，相关争端和诉求通过和平谈判方式解决。自此开始，缅北冲突交火明显下降。

…………

当世界种种问题困扰求解之时，"中国不能缺席"成为多数国家的共识。事实证明，中国已经处在许多国际事务处理的中心位置，中国外交正迎难而上、奋发有为。

三

"世界破破烂烂，中国修修补补。"面对烫手山芋，为什么总是中国来扮演和平调解人的角色？

一方面，中国有劝和促谈的意愿。从"己所不欲，勿施于人"的传统哲学，到"四海之内皆兄弟"的大同理想；从讲信修睦、善待他人的平和禀性，到强不凌弱、富不侮贫的民族文化，这些传统文化基因锻造了中国人弘义融利、先义后利的价值观。

具体到外交上，就表现为重视道义与责任，善于以人类情怀打量这个世界。我们主张所有国家主权一律平等，反对任何国家垄断国际事务。面对争端，站在公理一边，坚持主权平等，反对干涉内政，反对霸权强权；站在正义一边，坚持客观公道，反对地缘争夺，反对拉帮结伙；站在和平一边，坚持政治解决，反对使用武力，反对单边制裁。

作为全球化的擎旗者，中国深知，世界各国早已是一荣俱荣、一损俱损的命运共同体，任何危机长期化、复杂化都不符合任何一方利益。大国对国际关系具有重要影响，对世界和平稳定负有特殊责任。中国作为负责任大国，愿意积极发出正义之声，并在力所能及的范围内发光发热，减少诸多热点问题的负面外溢效应。

另一方面，中国有劝和促谈的能力。人无信不立，国无信则衰。信誉是一个人的立身之本，也是一个国家的生存之基。能够在国际社会上说得上话的国家，必然是讲公道话，办公道事，为各方所信服的存在。这么多年来，中国磊落坦荡，讲信义、重情义、扬正义、树道义，有识之士都看在眼里。

纵观全球热点问题，往往有着复杂的历史经纬和现实原因。相关主体各有各理、各说各话，才导致矛盾延宕至今。想要从中斡旋，必须得到各方的充分信任。就拿巴勒斯坦各派来说，之所以愿意来北京谈，就在于中国在中东始终是旨在贡献正能量的建设性力量，不偏不倚，不谋私利。

更重要的是，中国不仅能以国家信誉将相关主体拉上谈判桌，而且有智慧给出相应的倡议。政治解决乌克兰危机的"四个共同""四个应该""三点思考"、针对加沙冲突的"三步走"倡议等一系列中国方案切中肯綮，为问题的解决提供了不少启发。

四

路遥知马力，日久见人心。当中国在促和时，有些大国却在拱火。

就拿美国来说，本就是乌克兰危机的始作俑者，在引爆俄乌冲突后，全力将自己包装成"和平卫士"，所作所为却全是火上浇油：军事上，向乌克兰提供的军援总额已超过 544 亿美元；经济上，对俄罗斯展开了釜底抽薪式制裁。"战斗到最后一个乌克兰人"，于实现和平无益，却对美国的军火生意和地缘诉求有益。

再看新一轮巴以冲突，爆发之初，美国就宣布将最先进的航空母舰"杰拉尔德·R. 福特"号战斗群调往以色列沿海，并接连几天向中东作出了重要军事部署。随后，其反复否决联合国安理会上关于立即实现巴以全面停火的决议草案。就在巴勒斯坦各派在北京达成历史性和解之时，美国还在强化安保，确保以色列总理内塔尼亚胡在美国国会参众两院联席会议上发表的演讲，不为反对者干扰。

大国要有大国的样子，大国要有大国的担当。大国之大，不在于体量、块头、拳头，而在于胸襟、格局、担当。中美都是大国，但在一系列事件上的表现截然不同。透过抉择的分野，我们看到的是深层价值观的区别。高下立判，无须多言。

《北京宣言》签署后，联合国秘书长、欧盟中东特使等政要纷纷点赞。世人的眼睛是雪亮的，公理自在人心。一个国家的所作所为、善恶功过，历史都要记上一笔。

（2024 年 7 月 25 日　崔文佳）

拯救地球生态靠的不是说辞而是行动

举世瞩目的中国生态奇迹，向世人证明了"为之，则难者亦易矣"的中国格言，展示了"绿水青山就是金山银山"的中国智慧。

《联合国气候变化框架公约》第二十九次缔约方大会（COP29）正在阿塞拜疆首都巴库召开。作为本年度规模最大、最重要的国际会议之一，其聚焦推动清洁能源融资，旨在有效应对气候变化所带来的严峻挑战。

"又一年，又一个纪录。"世界气象组织最新公报显示，二氧化碳在大气中的积累 20 年里增加了 11.4%，速度超过人类有史以来的任何时期，2023 年全球温室气体浓度又创下新纪录。与数据曲线的陡然上升相伴，"水深火热"的冲击也来得更为猛烈。放眼全球，严重热浪、特大洪灾、"最致命"山火、"最强劲"飓风……与气候变化相关的极端天气频繁出现，对人类健康、生态系统、能源经济等各个方面产生巨大威胁。世界经济论坛最新发布的《2024 年全球风险报告》指出，未来 10 年，全球首要风险不是武装冲突，不是社会分化，而是极端天气事件。

回顾历史，工业化创造了前所未有的物质财富，也产生了难以弥补的生态创伤。权威研究显示，全球约 90% 的过量碳排放源自发达国家。作为累计温室气体排放量最多的国家，美国人均碳排放量是全球平均水平的 3.3 倍。

尽管历史欠账累累，亦常年高举"拯救世界"大旗，但发达国家还账的实际行动却一言难尽。援助沦为空头支票，气候政策朝令夕改，美国更对国际公约动辄"退群"，妄图继续攫取全球剩余"碳预算"。一些政客一边把"说了"当"做了"，一边以气候、环境议题作为打压他国的工具，操弄国际舆论，指责别人"这也不是""那也不行"，乃至直接干扰绿色产品和产业自由贸易投资，打断低碳技术转移扩散。"说得好听、做得难看"严重阻滞了全球减排进程，单边主义思维还在不断扩大气候治理赤字。

解决问题需要的不是嘴炮党，而是行动派。事实上，从 19 世纪碳科学初步发展，到 20 世纪六七十年代人类开始反思发展与环境的关系，再到近些年大型国际会议频繁召开，应对气候变化已逐步成为科学上的共识。联合国环境规划署在《2024 年排放差距报告》中明确指出，从技术角度看，通过大规模发展太阳能、风能及森林恢复，《巴黎协定》提出的 1.5 摄氏度的温控目标仍有实现可能。可以说，气候治理不缺认知、不缺雄心、不缺方案，缺的就是有效落实。这些年，作为全世界最大的发展中国家，中国承受着巨大的经济发展与环境保护双重压力，但始终以最大诚意和决心承担自身国际义务，更以智慧和魄力将应对气候变化作为实现发展方式转变的重大机遇。相比于那些只顾拔高"调门"的人，这样的躬身力行显得尤为可贵。

从宣布碳达峰碳中和目标，构建完成碳达峰碳中和"1+N"政策体系，到推动产业、能源、交通运输结构调整，引领全球可再生能源发展，再到积极参与全球气候治理，在发展中国家实施了 200 多个应对气候变化的援外项目，中国的绿色行动扎扎实实、可观可感。英国《自然—通讯》杂志发表研究显示，全球平均悬浮颗粒暴露量减少的 90% 以上来自中国，对全球近五分之一的人口产生了积极影响；据国际能源署最新发布数据，2023 年全球可再生能源新增装机 5.1 亿千瓦，中国贡献超过一半。放眼广阔华夏大地，借绿生金、生态共富的故事比比皆是，低碳出行、绿色社区、生态城市更成为社会发展的主基调。生态发展涉及多个复杂系统的转变与革新，实现目标并不容易。但举世瞩目的中国生态奇迹，向世人证明了"为之，则难者亦易矣"的中国格言，展示了"绿水青山就是金山银山"的中国智慧。

"人类只有一个地球，人类也只有一个共同的未来。"把一个清洁美丽的世界留给子孙后代，需要国际社会的共同努力。早在 1992 年，《联合国气候变化框架公约》就写入公平、共同但有区别的责任和各自能力原则，确认了发达国家历史排放责任。如今形势愈加严峻，更需要发达国家真正拿出态度、拿出行动。以更大视野来看，"多边主义是唯一出路"这句话的含金量还在不断上升。全人类利益交融、命运与共，无论是发达国家还是发展中国家，谁都不可能独善其身。摒弃冷战思维和零和博弈，才能应对人类面临的共同挑战，努力扩大各国共同利益汇合点。

围绕气候变化问题的声音纷纷扰扰，但地球发出的信号没有人可以无视。期待 COP29 能推动各国进一步落实减排目标，为应对气候危机带来更多新希望。

（2024 年 11 月 13 日　郑宇飞）

追寻人类共同的星辰大海

> "我们要么拥抱宇宙，要么一无所有。"

"我们从未如此接近时间的上游。"近日，詹姆斯·韦布空间望远镜惊艳首秀，传回了人类迄今为止最遥远、最清晰的宇宙红外图像照片，其中有一部分是 130 多亿年前"宇宙大爆炸"不久后的光。来自浩瀚星河的壮美与神奇，吸引很多人从繁忙中抬起头来，心中涌现出一股超然的感动。

构成我们身体的每一种元素，都是万千星体生死循环后的杰作，每一个人都是"星星的孩子"。特殊的联结，让"仰望星空"成为人类特殊的浪漫，而这份温饱之外的求知欲与好奇心，更在很大程度上成为人类文明澎湃向前的动力之源。从猜想到证明，从计算到探测，人类的想象力一次次超越现实的羁绊，就如韦布望远镜所传回的星辉，闪烁着赞颂勇气、热爱智慧的永恒之美。

"仰望星空"看似心灵鸡汤，却承载着立足人类整体性的思考。当功利心态、实用思维、工具理性牵引着社会狂奔，日夜奔忙、无暇驻足成为很多人生活的常态，新冠疫情的阴霾，似乎进一步将这个世界困于方寸之间。然而，我们不能忘记，除了辗转于眼前"蜗牛角上"的纷扰世事，人类依然在追寻远方的天高地阔、星辰大海。我们不能忘记，在代代先人打下的文明之基上，人类曾在"旅行者"号中放入黄金光盘，骄傲地向宇宙介绍自己的存在；也曾打造出"新视野"号划过冥王星，宣示自己的未来不会止步于太阳系……作为地球的代言人，人类永远不该丢掉"念天地之悠悠"的胸怀与超然。

有科幻作家曾言，"我们要么拥抱宇宙，要么一无所有。"尽管宇宙的尽头似已浮现，但我们仍未找到第二个家园。在这颗蔚蓝星球上，人类是统一的命运共同体，一荣俱荣、一损俱损。放眼当今世界，战火、贫困、灾害、疾病，各式各样的天灾人祸、纷争冲突不断消耗着人类的精力和财富。当此之时，人类的"视力"出现了前所未有的进步，或许正是一个隐喻：那些眼下看来了不得的大事，其实不过是过眼云烟，人类更应该破除偏见，去拥抱更辽阔的时空。

我们由星辰所铸，如今眺望群星。除了韦布望远镜，人类还拥有"事件视界望远镜"、"中国天眼"、郭守敬光学望远镜以及即将推出的巡天空间望远镜。相信科学的伟力将不断拓展人类的眼界，期盼文明的高度也能随之不断提升。

（2022 年 7 月 15 日　鲍南）

"city 不 city" 背后的真实中国

> 文化输出也好，形象塑造也罢，"低目的性""低按头感"
> 往往更胜一筹，这就是讲故事的"无心论"。

随着我国逐步扩大免签国家名单，外国游客扎堆来华，一大批海外博主的"China Travel"视频也火遍全网。

翻看他们镜头里的"中国故事"，有人说"中国高铁又快又稳，刚吃下外卖，嗝没打完就到站了"；有人对中国治安赞不绝口，感慨深夜逛街毫无压力，根本不怕被偷钱包手机；还有人创造出了"city 不 city 啊"的爆红网梗，成为海外网友用以形容中国"洋气"的高频词……

这些"China Travel"（中国旅行）视频，在海外社交平台引发大量围观和讨论，有人在评论区直呼"被西方媒体骗了！"。

一

长期以来，在英语占主导的国际传播语境下，中国国家形象一直被垄断传播权的西方媒体肆意"转译"。

一些被打了"思想钢印"的人，将自身标榜为现代文明范本，恶意贬损和诋毁他国，被认为"非其族类"的中国更成为主要贬斥对象。在全方位的妖魔化之下，关于中国落后、脏乱、危险甚至"基本没通电"之类荒唐论调层出不穷，也导致相当多外国人对中国的印象极其离谱。

就我们自己来说，这些年致力于解决"挨骂"问题，打造了不少外宣产品，但在"西强东弱"的传播大格局之下，许多中国故事并不能很好地传出去，或者即便传出去了，也会因身份问题遭到打压限流，无法获得应有的传播效果。

由此观之，此番一大波普通外国游客亲自来华走一遭后，竟自发成了中国的"互联网嘴替"，无疑是值得关注的现象，对我们当下做好国际传播、讲好中国故事具有重要的启示。

二

其一，要有"借嘴"意识。

根据传播主体的不同，在"谁来讲"的问题上，可以分为"我者"和"他者"。传播学理论认为，"受众倾向于接受与自身身份相近的传播者的观点"。而经过多年实践，学界、业界也逐渐意识到"我者叙事"之外，"他者叙事"同样重要，且相较于本国讲述者，外国讲述者能够很好地弥补"自塑"的局限性，实现事半功倍。

成长于相同的环境和社会文化背景，外国讲述者与其母国受众，几乎没有思维方式和语言习惯的障碍，交流起来更顺畅，也更容易说到对方关注点上。此外，由于文化和情感的熟悉，外国观众对其讲述的内容也更愿意卸下心防来听，在客观上让中国故事有了更多被"get"的可能。

回溯历史，国际友人见闻一直是中国故事的有效传播途径。13 世纪末，借着马可·波罗的经历，中国的形象开始广泛传播于欧洲地区；20 世纪 30 年代，一部《红星照耀中国》，将"中国共产党人的生活经历和革命精神"生动展现于西方世界。新中国成立后，伊文思、安东尼奥尼的镜头，让世界看到了这个"不太一样的"新生人民共和国；改革开放后，大量的西方专家、学者及留学生、外国导演来华进行各个层面的交流，"他者视角"让中国形象有了更加立体的呈现。

如今的这波 "China Travel"，在道理上也是异曲同工。因为只有真正踏上这片土地，才会发现 "中国根本不是传说的那样"，强烈的 "反差感"，自然让很多人自发成了中国的 "嘴替"。

而且，这种在场式讲述的强大真实感，为镜头外的观众带来一种投入其中的冲动。比如一位西班牙博主以第一视角边逛边拍，所分享的内容点击量瞬间破千，许多网友在留言中都表达了对神秘东方大国的好奇和好感。

三

其二，坚持深度开放。

眼下的这波 "China Travel"，很大程度得益于我国 72/144 小时过境免签政策。

截至目前，中国 72/144 小时过境免签政策适用国家已扩展至 54 国。一般来说，北京、上海、广州等大城市国际航线多，基本上成为这些外国博主勇闯 "新手村" 的第一站。当然，大家的中国之旅也并非一路畅通无阻。起初，苦于各类 App 没有外语翻译又无法绑定银行卡，他们多有抱怨，面对高昂的国际漫游费用也面露难色。但没过多久，他们的诉求就被听到、被解决，也让他们在另一个层面体会到了 "中国速度"。

今年 3 月，中国人民银行发布《外籍来华人员支付指南》，用图文并茂的方式介绍移动支付、银行卡、现金等 5 种支付服务的获取方式和使用流程。诚意满满的 "干货"，立即在外国友人的朋友圈 "刷屏"。

事实说明，"city 不 city" 啊背后，是越来越便利的入境政策，是中国社会的开放姿态。吸引更多人实地探访中国，让 "洋嘴替" 成为魅力中国的 "代言人"，最重要的是持续做好 "开放文章"。

从出台免签政策、优化跨境支付等实操层面，到社会氛围、思想观念的包容引导，当 "开放" 成为中国社会的底色，世界以更低成本了解真实的、全面的、可亲的中国，跨越山海的双向奔赴也会越来越多。

四

其三，做好自己的事。

"桃李不言，下自成蹊。"任何软实力的塑造，都离不开硬实力的打底，只有脚踏实地发展自己，才能拿出更多扎实的可观可感的具象成果。外国人来到中国，自发地成为中国故事的讲述者，充满新奇感地讲述和赞美他们看到、感受到的中国，归根结底缘于中国实实在在的发展变化。

有学者梳理了 YouTube 上在华外国人发布的上百条内容发现，中西对比是外国人讲中国故事的共通选择：说中国社会秩序混乱？可事实是，这里有"凌晨两点街边撸串"的安全感，却没有毒品横行、枪支泛滥，以及令人窒息的"零元购"。说中国街道脏乱差？可事实是，中国不管大城市还是小乡镇，街道、河道等路边景观都整洁有序，很难看到一些西方国家河流中如影随形的排泄物。说中国发展落后？事实上，中国科技创新日新月异，便捷的网购系统融入生活，买东西只需"扫一扫"，甚至地铁站里有卫生间都成为一众外国人直呼"哇塞"的难以想象的事……

放眼望去，丰富多彩的美食美景、既现代又传统的城市乡村景观，充满烟火气息的日常生活图景以及人与人之间的温情，等等，都是人类生活的基本母题，也完全可以成为中国故事的切入点。

更重要的是，这些代表美好价值的内容，都是我们一步步奋斗出来、治理出来的。当中国发展丝毫不逊色于西方发达国家，甚至在城市环境、公共服务、科技创新等方面还走在前头，世界看中国的眼光自然会亮起来，中国的国际影响力、文化感召力等软实力终究会水涨船高。

五

其四，要有"无心"智慧。

讲好故事，前提是研究受众。国际传播学者研究发现，移动互联时代的跨文化传播，正在逐渐转向以个人为主体的国际传播模式，传者和受者的地位愈发平等，个人情感、个人风格等鲜活度直线提升。这种新途径，也意味着传播处于一种平视的姿态，更易于让受众不设防地去评判和接受。

仔细审视这些备受欢迎的中国故事，许多视频没有精美的包装、炫酷的转场，有的只是简简单单再普通不过的日常记录。而恰恰就是这些最普通、最朴素的生活样貌，很"上头"、很"治愈"。

有人感慨，这波"China Travel"火得有点突然。但事实上，这是我们长期发展和利好政策综合作用的结果，特别是"72/144 小时过境免签政策"，更被不少人点赞为"神来之笔"。

把该做的事情做到位，把最真实的一面呈现在世人的镜头前，往往就会有"无心插柳柳成荫"之效。谁都无法预料下一个火爆的中国故事是什么，但"火"本身就已注定，这背后的逻辑是所谓的"柔性传播"。

这些年，从全球追踪一路"象"北，到全球圈粉的冰墩墩，这些成功的"出海"传播案例，几乎都不是刻意为之的"硬传播"，却都凭借亲切的姿态、动人的细节，让中国形象分外鲜活，让东方古国的文化魅力跨越文化差异直抵人心。

文化输出也好，形象塑造也罢，"低目的性""低按头感"往往更胜一筹，这就是讲故事的"无心论"。不要高高在上地说教、不必时刻紧绷，生活化的视角与足够的松弛，反而会让人感受到真善美，最终四两拨千斤。

六

"他们无法表述自己；他们必须被别人表述。"

有人曾揭示西方在表述东方上的文化霸权。当然，"冰冻三尺，非一日之寒。"对中国的刻板印象和负面看法，不是一天两天就能改变的，中国形象"自塑"与"他塑"的二元对立也不是一两天能打破的。

厚积才能薄发，久久方可为功。秉持开放和淡定，脚踏实地做好自己的事，欢迎更多人"走进来"一睹真实中国，一个可信、可爱、可敬的中国，终会走进全世界更多人心中。

（2024 年 7 月 3 日　范荣）

开放进步的中国会赋予国民更多自信

> 大国的成长，不仅体现在物质层面，更反映在精神层面。国民心态的变化不是凭空而来，而是扎根于现实，取决于国家的荣辱兴衰。

近日，美国《外交政策》网站刊文写道，一个多世纪以来，许多中国年轻人一直敦促本国领导人向西方学习，但如今，他们不仅对美国的外交政策感到愤怒，而且对西方最基本的社会和政治理念表现出了越来越蔑视的态度，"这是一个划时代的转变"。

此类"世易时移"的吐槽近些年频繁出现在西方舆论场，中国人特别是年轻人看待西方的态度成为外媒的重要观察对象。有人从好莱坞电影在中国"千禧一代"心中降温得出美式价值观恐失魅力的结论，有人从中国消费者不再为苹果手机和特斯拉汽车而疯狂看到美国制造的危机，也有人开始反思诸如"为什么在美国留过学的日本人会去中国工作"。种种论断科学与否暂且不论，但仅从设问即可看出，即便是"自省"，里头也透着一股深深的傲慢。面对商品，理性消费者当然"只买对的"；面对外部挑衅，特别是对本国核心利益和民族尊严的伤害，哪国国民都有权表达愤怒，这都是再正常不过的表现。中国人平视西方、平视世界，如果一定要将这种自信的"平视"解读为"蔑视"，那只能说明，西方一些人还沉浸在"唯我独尊"的迷梦中，仍期望中国人妄自菲薄、卑躬屈膝。

大国的成长，不仅体现在物质层面，更反映在精神层面。国民心态的变化不是凭空而来，而是扎根于现实，取决于国家的荣辱兴衰。曾几何时，西方的坚船利炮打开了古老国门，也震碎了中国人的自信。几千年的辉煌文明史与近世的衰落形成巨大反差，带给国人强烈的屈辱感，"器不如人""技不如人""人不如人"等心理开始蔓延。新中国成立后，我们摆脱了半殖民地半封建社会的枷锁，实现了民族独立，但相对落后的经济水平和相对封闭的社会环境，还是局限了国人对外部世界的认知。20 世纪八九十年代，西方社会的富足给刚刚踏出国门的人们以极大冲击，一些人对域外风潮产生了近乎偏执的崇拜，张口闭口就是"西方的月亮比中国圆"。

"所见少则所怪多，世之常也。"羡慕、犹豫、迷茫……这些在改革开放之初萦绕在国人心头的情绪都是自然反应。封闭就会落后、落后就会挨打的教训，让我们放下纠结，坚定地走向世界。今天再看，正是坚定地改革开放、坚决地发展图强，带动了国民自信的水位日渐上升。投身经济全球化的大潮，把握"科学技术是第一生产力"的铁律，我们用几十年时间走完了发达国家几百年走过的工业化历程。更重要的是，中国这一崛起过程是在一个高度开放的环境下实现的。作为亲历者、见证者，中国人得以在巨大的时空范围内去比较不同政治制度的效能、不同经济模式的利弊、不同民族文化的特色。特别是近些年，无远弗届的互联网大大降低了信息获取门槛，也为民意表达、公共讨论提供了便利平台。国力差距和信息鸿沟的进一步缩小悄然改变着国人的认知——中国有不足之处，更有特色优势，日新月异的进步亲眼可见；西方有发达一面，也有深层矛盾，谈不上什么"灯塔标杆"。

过去很长一段时间，西方被捧上神坛，既是发展实力使然，也有话语权力的渲染。但近些年，在世界发展坐标向东方转移的同时，西方社会自乱阵脚，传统话术在现实冲击下正变得愈发无力。仅以美国为例，自诩"人权卫士"，但新冠肺炎死亡病例超过 50 万；标榜"民主典范"，但不择手段的党争互撕、激烈火爆的选民对峙让其颜面扫地；打造"自由贸易旗手"人设，却动辄"退群""脱钩""筑墙"……种种自我暴露之举，让全世界都看到了光环之虚妄、神话之易碎。

从仰视到平视，透过国人看西方视角之变，我们感受到了国民心态的日渐成熟，更体会到了促成质变的内在逻辑。平视世界是要有资格和实力的，"站起来"是基础，"富起来"是支撑，"强起来"是保证。这一切，都不会有人赐予，也不会从天而降，只有靠自己"越是艰险越向前"地去拼，"一个汗珠子摔八瓣"地去干。真正的自信，不是因业已取得的成绩而自大，而是能够以一种客观、理性、务实的姿态，看待自身的成绩与不足，回应别人的吹捧与抹黑。这个意义上，保持开放环境，坚持国际视野，我们才能看到更大的世界、看清自己的位置、走好自己的道路。

有亚洲问题专家曾感慨，"自 1978 年以来，世界人民见证了不同国家的兴盛和衰落、各国力量对比的不断变化、全球秩序结构的不断重组，在这个变动的世界中，唯一不变的是中国对改革开放日程表的坚守和为此做出的持久努力"。开放的中国将继续拥抱世界，做好自己，并赢得更光明的未来。

（2021 年 4 月 23 日　崔文佳）

在青春风暴中看朝气蓬勃的中国

> 一个发展的、向上的中国，正是赛场"00后"，乃至所有中国青年人至为关键的底气与背景。

巴黎奥运激战正酣，青春风暴席卷全场。从开赛首日黄雨婷／盛李豪组合"射落"首金，到昌雅妮／陈艺文组合为跳水"梦之队"赢得开门红；从邓雅文勇夺自由式小轮车冠军创造历史，到潘展乐在男子百米自由泳大战中刷新世界纪录……小将们的精彩表现令人感慨："是时候给世界体坛一些来自中国'00后'的震撼了"。

作为竞技体育的巅峰赛场，奥运会向来是"超新星"的诞生地。特别是近些年，"流行化、年轻化、城市化"成为改革趋向，奥运会吸纳了霹雳舞、滑板、攀岩和冲浪等深受年轻人喜欢的项目，"更懂年轻人"的体育嘉年华也迎来了更多青葱面孔。就拿中国代表团来说，运动员平均年龄 25 岁，最小的滑板选手郑好好才 11 岁。

"更快、更高、更强——更团结。"追求卓越，是奥林匹克精神的灵魂。小将们的光彩夺目，既源于追求梦想的执着，也源于阳光鲜活的个性。他们既是激烈拼杀国际赛事的猛将，也是拥有搞怪微博 ID、喜欢幸运美甲贴的"小孩哥""小孩姐"。提前锁定奖牌时，直呼"下班了"；一时失意承认"确实遗憾"，但"享受过程就好"。为队友摘金夺银欢呼雀跃，同样尊重对手、表达敬意。从他们身上，我们能看到"00后"独特的"人生哲学"——全力拼搏奋斗，尽情享受过程，坦然面对输赢。率真又自然的表现，是对奥运精神的青春诠释，是对时代气质的生动表达。

别看小将们年纪不大，面对高压却丝毫不惧。一个个"又狠又萌"的名场面，诠释着何谓头角峥嵘、后生可畏。他们临大赛而不乱的底气，包容平和的稳定心态，依靠的是日复一日的艰苦训练，以及对自身实力的强大自信。"首金不是压力，也不是动力，而是结果""我在比赛中坚持做了自己应该做的""把中国跳水的美展示给大家看"……这些话语朴素而真诚，却让人感受到张扬的青春背后，当代中国青年对前辈永不放弃、奋斗拼搏精神的传承。

每一代人的精神面貌，皆有不可磨灭的时代印记。对于包括"00后"在内的青年一代而言，从童年到少年到成年，他们有幸在自己国家亲历了两场奥林匹克盛会，更有幸见证了中国经济快速发展和社会长期稳定的双重奇迹。这样全世界独一无二的"成长故事"，赋予了当代青年对于国家民族的强烈归属感与信赖感，也让他们早已能够平视世界，甚至拥有世界舞台"C位"视角。他们这一代，对何为中国、何为世界、何为中国与世界，自有此前任何一代中国人都不具备的认知与实践。一个发展的、向上的中国，正是赛场"00后"，乃至所有中国青年人至为关键的底气与背景。

透过奥运舞台，世界从中国运动员身上看到的，是新时代的奋进中国。赛场上的"00后"震撼，只是各行各业青春力量的缩影而已。科研攻关，青年人崭露头角，"中国天眼"团队平均年龄30岁，北斗团队平均年龄不超过35岁，天宫载人航天团队平均年龄32岁。建设家乡，青年人当仁不让，学成返乡创业的故事越来越多，让"知识反哺"有了最美的样子。数以亿计的青年人为了家庭幸福和个人梦想在各行各业奋力打拼，用态度与热爱证明着自己的成长和进步，也撑起了国与家的未来和希望。

国强则少年强，少年强则国强。出生在一个有着深厚历史积淀的文明古国，成长在这个大国走向复兴的关键阶段，热情、自信、昂扬、向上早已悄然化为中国青年一代内心深处的自觉认同。祝福赛场上的小将老将继续享受奥运、斩获佳绩，也期待青春风暴为中国带来源源不断的蓬勃动力。

（2024 年 8 月 2 日　胡宇齐）

有一种安全感，叫"我是中国人"

> 无论何时何地，始终与她的人民双向奔赴、彼此信任，将普通人的安危冷暖当成最大的事。这样的抉择，即如一面镜子，折射出国家的价值取向、治理内核和治理水平。

如今，各国社交媒体热榜上中国话题甚多，而大小博主们分享自己中国之行的见闻感受时，"安全感"是绝对的高频词。

有博主拿着新买的手机记录城市夜生活，外国网友发问："你怎么敢？"有人讲述亲身"奇遇"，凌晨4点多在公园溜达，听到树后有响动，结果是"一群老人家在打太极拳"。还有人走进便利店购物，发现看店老板在悠然睡觉，直呼"不可思议"。

不一样的视角分享，让更多国人意识到，原来我们习焉不察的安全感竟然如此不一般。

一

安全，受益而不觉，失之则难存。

"安全"很宏大，是社会发展的前提，文明赓续的保障。回望历史长河，多少曾经显赫的民族、强大的帝国、辉煌的文明，如今皆湮没成为历史书中或长或短的记录，大多与安全破防直接相关。

"安全"又很具象，是个体对社会稳定性、秩序性的感性认识。它与社会良好的治安状况相关，同经济社会发展的平稳预期相关，植根于"诉求有回应、权益有保障"的细节中，生长于"危急时刻有人挺身而出"的场景中。

从"安全"角度看，当今的世界并不太平。一些国家和地区仍然硝烟弥漫、炮火轰隆，民众生死未卜、颠沛流离。一些国家和地区枪支暴力不绝，恐袭事件频发，贩毒吸毒、抢劫犯罪已成顽瘴痼疾。甚至在部分发达国家，"晚上别出门"已成为基本安全常识。

安全感，这份所有个体最重要的现实关切，成为含金量最高的公共产品。

二

我们并非生活在一个安全的世界，而是恰好生活在一个安全的国度。

数据显示，2012 年至 2021 年的 10 年间，我国民众的安全感由 87.55% 上升为 98.62%，持续保持高位。《2021 年全球法律与秩序报告》据居民对当地警察信心、对自身安全感受以及盗窃、人身伤害或抢劫案件发生率等指标综合评价，中国得分高达 93。今年以来，我国现行命案破案率达 99.9%，保持历史最高水平，也是全世界发案率最低的国家之一。

简单数字投射到现实图景，就是万家灯火、岁月静好，就是随时可以来一场"说走就走的旅行"。这样的安定有序，也成为中国经济社会发展的基本盘，赋予民众"认真生活、踏实奋斗"的底气。

三

"如此庞大的人口生活在这里，这个国家还能这么安全，简直是门艺术！"这是一位在华外国人的感言。

解码这份属于中国的"艺术"，可以看到其背后治理逻辑的根本不同。

这门艺术，在空间维度表现为"无处不在"。与西方各类项目的"嫌贫爱富"不同，中国公共服务从来不以纳税多寡、社区贫富为供给"度量衡"，而是公平惠及所有人的民生产品。公安、消防、社区建设等力量投放，一项都不会少；各项平安工程项目的铺设推广，一处都不会落。

这门艺术，在时间维度上表现为"无时不有"。全天候在线的社区民警，奔忙于大家身边的街道干部，闻风而动的治理主体，令安全嵌入生活的每时每刻。就北京来说，自 2019 年以来，12345 热线已受理各类群众反映超 1 亿件，诉求解决率、满意率分别提升至 94%、95%，生动诠释"群众的事儿有人管，社会治安就好办"。

也曾有人质疑，如此庞大且持续的资源投入，是不是一种浪费。且不说，一个社会秩序井然必然带来种种利好和潜在能量。即便仅算"眼前账"，"不遗余力"也不等于"不计成本"。以警力配置为例，中国每 10 万人警察数约为 140 人，而在美国，这一数字是我们的两倍还多。只不过，他们的资源仅是在荷枪实弹地守护富人区罢了，对待穷人、黑人，拔枪就射是他们不假思索的动作。

某种程度上，安全感来自治理资源的可触及度。社会治理格局横向到边、纵向到底，加上灵敏的"神经末梢"，孕育着中国的"安全密码"。

四

高效有力的治理，带来稳稳的安全感，也激发着大家的共治热情。

在中国人的朋友圈中，常常出现一股神秘的"民间力量"：

他们急公好义、耳聪目明，重大节点走上街头巷尾放哨站岗，日常生活中散落在各行各业埋头耕耘，各种治安隐患都逃不过他们的火眼金睛。他们是"朝阳群众""西城大妈"，也是"海淀网友""丰台劝导队"。

从政府的"我治理"转变为全民的"我们治理"，"群众"已经成为社会治理不可或缺的重要力量。此前有数据已显示，朝阳区共有各类群防群治力量 19 万余人，其中实名注册的"朝阳群众"达 13 万余人。有社区民警打趣道，这都是自己的"下线"。

公共治理中，群众最接地气，对社会风险感受最敏感，也最直接。如果将现代社会比作肌体，把危害社会安全的因素比作病毒，那么动员和发挥群防群治力量便是提高肌体免疫力。推动治理重心向基层下移，调动起最广大人民群众，不仅是"性价比最高"的选择，也是实现政府治理和社会调节、居民自治的良性互动。

广泛的群众参与，也从一个侧面反映了我们国家的鲜明底色——人民民主专政的国家。人民当家作主，是国家、社会的主人翁。

今天，公共安全领域突破传统治理模式，内涵和外延都有了更多拓展，吸引更多民众参与，不仅是在创新并丰富治理方式，更让"公共安全"这个统一的公共价值，融入了社会生活的土壤。

五

人间烟火气，最抚凡人心。

安全感是社会文明水平的重要标志。有观察人士指出，当社会整体安全系数提升，社区环境、公共安全、生态卫生、邻里关系得到改善，人与人之间和谐、友好、友爱，一个自尊自信、彼此信任的社会心态也将更容易形成。

我们常会看到如下新闻：某男士错拿"爱心冰箱"一瓶水，还回"一箱水"；某医生车尾贴条："我是一名医生，如果有需要请截停我"；某店某铺，老板时常不在，也没有安装监控，顾客全程自取并付款，最后账单几乎分厘不差……

德国社会学家卢曼认为，"信任"是为了简化人与人之间的合作关系。安全感，同样遵循此理。从"人人相善其群"到"人人独善其身"，再由"人人独善其身"推动"人人相善其群"，社会安全感和社会文明互相激发、相辅相成，成为获得感的重要来源。有序生活的安稳幸福，构筑着这片土地的安全感，也形塑着时代的精神文明。

根植于内心的修养，无须提醒的自觉，以约束为前提的自由，为别人着想的善良——当每个人的安全感不断夯实，全社会的文明因子将不断被唤醒并开枝散叶，也必将涵养出从容自信的国民心态。

六

曾有外媒不解，在中国，无论是地震、水灾，还是雪灾、泥石流，军队总能第一时间奔赴一线救援，更令他们困惑的是，"军队救灾居然不带武器？"听闻此言，中国网友同样不解，"为什么要带（武器）？"。

因为他们不知道，中国的军队，是"人民军队"。中国，是人民的"共和国"。让民众享有一个安全稳定的生存生活环境，是中国治国理政的重要目标。不管是严厉打击各类违法犯罪活动，还是完善社会治安防控体系，落脚点都是让人民安居乐业。

无论何时何地，始终与她的人民双向奔赴、彼此信任，将普通人的安危冷暖当成最大的事。这样的抉择，即如一面镜子，折射出国家的价值取向、治理内核和治理水平。

马克思主义者明确主张"利益"是人民的利益，是群众可感可知可享的"生存利益"和"生活利益"。与构筑安全感同行，建成世界上规模最大的教育体系、社会保障体系、医疗卫生体系，教育普及水平实现历史性跨越等等，"人民"已融入我国治理实践的方方面面。

七

有一种骄傲，叫"我生在中国"；有一种安全感，叫"我是中国人"。

今日中国的平安祥和，源自艰辛奋斗，源自负重前行，源自太多人的默默守护。我们的社会仍有这样那样的"不完美"，但一个强大而又以人民为念的国家，会赋予国民不可撼动的信心，也如巨人立于大地之上，拥有了磅礴而持久的力量。

（2023 年 11 月 16 日 汤华臻）

守护国家形象是最自然的国民情感

> "守护国家，就是守护我们的生活。"对国家利益和形象的守护捍卫，对外部泼污和抹黑的坚定回击，本是国人最自然的情感流露。

眼下，"新疆棉花保卫战"轰轰烈烈，新疆棉农怒斥谎言，网友起底幕后黑手，明星代言即时中止，同仇敌忾的力量正在网上网下凝聚激荡。曾因与澳大利亚总理隔空对话而广为人知的 CG 画团队乌合麒麟也发布新作，辛辣讽刺西方造谣抹黑手段下作，却对自身践踏人权的黑历史装聋作哑，引发各方关注。

肆无忌惮炮制散布虚假信息，为所欲为误导垄断国际舆论，如乌合麒麟画中所示，信口雌黄、极尽诋毁，正是西方左右世界的传统操作。政客媒体轮番上阵，罗织罪名不遗余力，煽风点火花样迭出。近年来，或许是被这边独好的"中国风景"进一步触发了酸意，西方一些人对中国的泼污攻势大有"狗急跳墙"之状，炒作事由愈发无厘头，拿着自家的"血棉"罪恶栽赃雪白的新疆棉花，污蔑扶贫工程侵犯了"懒惰自由""贫穷自由"，"为黑而黑"的歇斯底里一再击穿廉耻底线。

中国人凭什么要为谎言埋单？又凭什么接受抹黑侮辱？群魔乱舞"碰瓷"中国，践踏中国人的民族感情、人格尊严，当然会令中国人倍感愤怒，中国人也当然有权表达自己的感受。H&M 等国际服装企业因发表抵制新疆棉花声明在华引起广泛声讨和抵制浪潮，再次证明中国光明磊落，中国人民友善开放，但中国民意不可欺、不可违。而在舆论场上，也出现了一些阴阳怪气的声音，什么"应从商业秩序角度理解西方""不必对西方的批评反应过激""'战狼'对中国没有好处"等等，言下之意，抵制新疆棉花不过是商业行为，既是"生意"，就没必要上纲上线到国家利益、民族尊严，中国人不应该生气，更不应该针锋相对，一旦回呛，那就是"不文明"，一旦抵制，那就是"不理性"，假如还敢揭露西方的老底，那就是"战狼""民族主义"。这套强词夺理、倒打一耙的"理中客"说辞，毫无意外地迅速招致舆论场强烈驳斥。

谁都心知肚明，国家利益和个人命运休戚相关，正所谓"皮之不存，毛将焉附"。这些年，亲历大国崛起的发展奇迹，经过同风共雨的种种考验，特别是随着越来越多中国人走出国门、平视世界，有了太多真真切切的国际比较，大家对中国道路、中国制度、中国治理、中国文化都有了更为深刻的认识，也愈发明白"守护国家，就是守护我们的生活"的家国逻辑。可以说，对国家利益和形象的守护捍卫，对外部泼污和抹黑的坚定回击，本是国人最自然的情感流露。一些人刻意将个体与国家割裂开来，将民众自发的、朴素的爱国表达矮化为"幼稚病"，可以说既蠢又坏。那些赤裸裸挑拨民众与祖国关系的行为，急吼吼出来"洗地"的言论，都像是为 14 亿中国人提供爱国主义教育的反面教材。

波涛暗涌的舆论战，让我们清晰看到当前国际话语斗争的激烈。事实反复证明，话语权在一定程度上就是"第一定义权"，直接影响着外界对是非曲直的认知。长时间以来，凭借话语权优势，一些西方国家对中国指手画脚、说三道四，变着花样讲中国的"坏故事"。究其用心，就是要构建这样一套暗黑逻辑——"民主国家"总是对的，"非我族类"全是错的，然后理直气壮站在价值制高点上"薅羊毛""攫私利"。这套"话语陷阱"在相当程度上影响着外部世界对中国的认知，也是国内一些"公知"常年推销的主打内容。样样有伪装、处处是双标，更让我们清醒看到，只有努力发出中国人自己的声音，才能冲破这层无处不在、极度不公的"话语牢笼""暗黑滤镜"。

从"富起来"到"强起来"，完善表达日益成为中国复兴路上的必要一环。解决了"挨打""挨饿"的问题，现在要解决"挨骂"的问题。太多事实告诉我们，低眉顺目、逆来顺受、委曲求全，换不来攻击者的"好脸色"；旗帜鲜明划出底线、有理有节驳斥谬误、不卑不亢表达自我，才是真正的文明和理性。这些年，从记录田园生活的李子柒火遍外网，到乌合麒麟插画"打入西方"，都让我们看到民间表达的独特力量。跳出"以西度中"的思维窠臼，立足本国本民族的历史视角，构建属于自己的话语体系，同时用对方听得懂的语言、方式进行议题设置、话题阐释，方能让中国声音穿透地域、种族、文化和意识形态的壁障，被更多人听到、听懂并接受。

今天的世界，百年未有之大变局进入加速演变期；今天的中国，正处于距离中华民族伟大复兴最近的历史节点。如果说已经被成功实践所证明的中国道路，为后发国家实现现代化提供了另一种选择，那么探索建构"中国话语体系"，则将是中国为人类进步作出的另一份独特贡献。"中国的目标从来不是超越美国，而是不断超越自我，成为更好的中国。"走向复兴的征程中，外部聒噪必将如影随形，保持定力、提升耐力，一心一意做好自己的事，我们就能拥有"任你风吹浪打"的底气。带着这种自信投入新的奋斗时序，一个更强大的中国终会让外界纷扰都显得苍白无力。

春暖花开，万物萌发，新疆从南到北的棉花春播正在开启。在阿克苏地区，装有北斗导航的播种机在自动作业，"一人能播种150亩棉田"的大场面刷屏网络。不惧乌云，向阳而生，努力打拼的中国人定能在希望的田野上收获新的美好、赢得新的未来。

（2021 年 3 月 31 日　范荣）

精神之脊

他的智慧，
影响着我们每个人的思维方式

> 伟人之为伟人，他留给后世的，不仅是光耀千秋的功业，
> 还有影响深远的理论学说、思想方法。

光阴似箭，一代伟人毛泽东，离开我们已经 48 个春秋。

中国人历来推崇立德、立功、立言"三不朽"，伟人之为伟人，他留给后世的，不仅是光耀千秋的功业，还有影响深远的理论学说、思想方法。

习近平总书记在纪念毛泽东同志诞辰 130 周年座谈会上指出，"毛泽东同志把辩证唯物主义和历史唯物主义运用于无产阶级政党的全部工作，在中国革命和建设的长期艰苦斗争中形成了具有中国共产党人鲜明特色的立场、观点、方法"。

"星星之火，可以燎原""好好学习，天天向上""前途光明，道路曲折""丢掉幻想，准备斗争"……他的诸多融合了深刻思想和生动表达的"金句"，不仅进入中国共产党人的思想资源库，也成为中国社会普通民众常用的口头语、常用语，深刻地影响了几代中国人的思维方式。

一

"实事求是。"

1938 年 10 月，在《中国共产党在民族战争中的地位》一文中，毛泽东创造性地使用了"实事求是"这一中国古代典籍中就有的概念。1941 年 5 月，在作《改造我们的学习》报告时，他清晰诠释了"实事求是"的含义——

"'实事'就是客观存在着的一切事物，'是'就是客观事物的内部联系，即规律性，'求'就是我们去研究。"

从此，"实事求是"这个在《汉书》中便有的古老语汇，被赋予了崭新的意义和生命。它不仅成为中国共产党思想路线的核心内容，也在不知不觉间成为中国社会全民接受、熟知和广泛运用的概念。

在反映事实情况时，人们会自然而然"实事求是地说"。在分析讨论问题时，人们会坦率评价"这个说法不实事求是"。可以说，在中国人的普遍意识中，已自觉将"实事求是"作为言行判断的准则和遵循，无论大事小情，都要以事实为依据，以符合实际为尺度，去分析看待，得出正确结论。

二

"透过现象看本质。"

1930 年，毛泽东在《星星之火，可以燎原》文中指出，看事情必须看它的实质，这才是可靠的科学的分析方法。1937 年，他在《实践论》中更为详细地论述："要完全地反映整个的事物，反映事物的本质，反映事物的内部规律性，就必须经过思考作用，将丰富的感觉材料加以去粗取精、去伪存真、由此及彼、由表及里的改造制作功夫。"

事业遭遇挫折的时候，难免有人迷茫无措。但具有坚定意志和远见卓识的人总能以其富于历史穿透力的眼光分析形势，不仅看表面而且看深层，不仅看眼前而且看长远，以"本质方法论"的分析穿透现象，给人以信心。

"用直觉一看就看出本质来，还要科学干什么？还要研究干什么？"当代社会纷繁复杂，容易让人目迷五色，透过现象看本质，是中国人认识和分析问题的基本逻辑。无论观察时代大势，还是分析身边小事，纵然众声喧哗，有矛盾、有分歧、有情绪，但凡事看本质、看主流、看长远，避免简单化、情绪化判断，才能把握大势，作出正确选择。

三

"抓住主要矛盾和矛盾的主要方面。"

1937 年，毛泽东在《矛盾论》中写道："研究任何过程，如果是存在着两个以上矛盾的复杂过程的话，就要用全力找出它的主要矛盾。"

"主要矛盾"的名词概念，是列宁继承和发展了马克思关于主要矛盾的思想，在哲学史上明确提出的。我国传统文化中也有"射人先射马，擒贼先擒王"等提法。毛泽东融合中外哲学意蕴，提出了分析和解决问题的重要的方法论。

无论是一个国家、一个组织、一个个体，无论是规划阶段性目标还是应对多核任务，都需要分清事情的主次、轻重、缓急，确定优先序。应对困难挑战、谋划长远发展，同样需要找到主要矛盾和矛盾的主要方面，确定重点突破的目标。在公共生活中，让更多人认识到主要矛盾之所在，有利于"从大处着眼""以大局为重"，更自觉地形成凝聚力、向心力。

今日中国社会，外部环境不确定性增加，内部改革发展稳定各项任务艰巨繁重，矛盾交织成为常态。学会抓主要矛盾和矛盾的主要方面，方能保持"人间清醒"，不会在纷杂的种种现象中迷失方向。

四

"没有调查，没有发言权。"

1930 年，毛泽东在《反对本本主义》中提出这个著名论断，指明"一切结论产生于调查情况的末尾，而不是在它的先头"。

重视调查研究、号召开展调查研究，几乎贯穿毛泽东领导中国革命和建设的全过程。认识世界不是一件容易的事，"没有眼睛向下的兴趣和决心，是一辈子也不会真正懂得中国的事情的"，"凡是忧愁没有办法的时候，就去调查研究……调查研究就会有办法"。

当今时代，技术高速发展，通信高度发达，为人们工作、学习提供了极大便利。然而必须警惕技术助长形式主义、官僚主义的苗头倾向，避免离虚拟近了，离现实远了，陷入以数据报送、视频会议代替下基层、听民声、察实情的怪圈。任何时候都不丢掉调查研究的好传统，眼睛向下、脚踏实地，才能为群众办好事、办实事、办成事。

五

"自己动手，丰衣足食。"

抗日战争中，陕甘宁边区和敌后各抗日根据地一度"几乎没有衣穿，没有油吃，没有纸，没有菜，战士没有鞋袜，工作人员在冬天没有被盖"。毛泽东发出了"自己动手"的号召。在这一号召激励下，根据地军民开展大生产运动，南泥湾成了"陕北的好江南"。

自力更生、艰苦奋斗，在任何时候都是克服困难、战胜敌人的终极法门。其核心要义是，坚持把发展放在自己力量的基点上，不被别人牵着鼻子走，按照自己的节奏办好自己的事。

今天的世界，各国的联系前所未有地紧密，但"逆全球化"的阴影挥之不去，美西方一方面拉帮结伙，一方面大搞"脱钩断链""小院高墙"。事实反复证明：核心技术买不来、讨不来，攻克核心技术根本上靠自己，像中国这样一个大国，谋求发展一方面必须坚持改革开放，另一方面必须坚持自力更生。

六

"战略上藐视敌人，战术上重视敌人。"

1948 年 1 月，毛泽东在《关于目前党的政策中的几个重要问题》中指出："当着我们正确地指出在全体上，在战略上，应当轻视敌人的时候，却决不可在每一个局部上，在每一个具体问题上，也轻视敌人。"而在《中国革命战争的战略问题》演说中，他有个形象说法，"我们的战略是'以一当十'，我们的战术是'以十当一'"。

战略是指导战争全局的方略，战术是具体战斗中使用的策略。前者强调从全局、长远、大势上作出判断和决策，后者要求根据问题、条件和形势的变化，采取慎重态度发挥策略的灵活性。"战略上藐视"强调的是在总体和全局上坚持必胜信念，"战术上重视"强调的是在具体的每一战中郑重慎重、细致周密。

今天的世界并不太平，冷战思维在一些人头脑里依然根深蒂固，他们不希望看到中国实现伟大复兴，将中国视为重大威胁，进行战略围堵和各种打压。应对困难挑战，依然需要战略上藐视、战术上重视，坚信我们一定能战胜各种艰难险阻取得最后的胜利，但仗要一场场打、饭要一口口吃，困难要一个个去克服。

七

"丢掉幻想，准备斗争。"

1949 年 8 月，美国国务院出台中美关系白皮书，对即将成立的新中国大肆诋毁，毛泽东亲自撰文回应。当时国内甚至党内颇有一些人对美国存有幻想，毛泽东在深刻分析形势和美国对华政策本质的基础上提出的这八个字，振聋发聩，点醒了很多抱有美好愿望的善良的人。

西方国家戴着"有色眼镜"看中国，有其历史和现实的复杂背景，本质上是为了维护自身霸权和地缘政治利益，不愿意看到一个社会主义中国的强大。如今面对中国发展的蒸蒸日上，其"不适应症"只会进一步加重。

而当下国内舆论场中，崇美症、恐美症仍然存在，有些人一遇到摩擦就六神无主、膝盖发软，一遇到冲突就先"反思"自己的不是，以为低头就能"被放过"。然而妥协换不来安宁，让步换不来空间。大国崛起必然要经受重重挑战的洗礼，继续往前走，敢于斗争、善于斗争依然是我们战胜一切风险挑战的底气所在。

八

"前途是光明的，道路是曲折的。"

1945 年，结束国共重庆谈判后回到延安，毛泽东作出重要战略判断，认为历史的总趋势任何人也改变不了，但同时提醒全党，世界上没有直路，要准备走曲折的路。

将事物发展过程的前进性与曲折性相统一，具有鲜明的唯物辩证主义与历史辩证主义思维。这样的思维，同样体现于《论持久战》等许多经典论著中。从不利中看到有利的方面，从失败中找到成功的因素，不仅给了当时的人们看待时局和国家未来的科学视角，也深深影响了几代中国人认识现实、面对困难的思维方式。

当年，先辈们满怀期待"站在海岸遥望海中已经看得见桅杆尖头了的一只航船"，今天中国已真正成为一艘世人瞩目的"东方巨轮"，中华民族伟大复兴已经走到了最关键的一步。推进中国式现代化的道路上，依然有很多困难挑战，面对很多内部的杂音和外部的噪音，当此之时，必须稳定心神，放大眼光，既看到前途是光明的，坚定信心、增强斗志，也看到道路是曲折的，行百里者半九十，脚踏实地、埋头苦干，这才是复兴路上需要的"人间清醒"。

毛泽东一生波澜壮阔，思想博大深邃，本文所撷取的，不过沧海一贝。而他的理论学说、思想方法，也正是马克思主义基本原理同中国具体实际相结合、同中华优秀传统文化相结合的优秀典范。

　　"在5000多年文明发展进程中,中华民族创造了博大精深的灿烂文化。"从天下为公、世界大同，到自强不息、厚德载物，从"发展才是硬道理""科学技术是第一生产力"，到"空谈误国，实干兴邦""我将无我，不负人民"，这些已经成为全民常用语的表达，凝聚着一代代中国人的思想观念、人文精神、意志品质、智慧情怀，潜移默化间形塑着今天和后来的人们看待问题、处理问题的方式。

　　"我们黄金的世界，光华灿烂的世界，就在前面！"在纪念毛泽东同志诞辰130周年座谈会上的讲话中，习近平总书记引用毛泽东同志的话豪迈地宣告。坚定地站在自身文化土壤自信表达，中华民族将获得生生不息的永恒力量。

（2024 年 9 月 9 日　汤华臻）

集体英雄主义成就中国人的星辰大海

> 个人在历史长河中宛若流星，但巨大的能量恰是由这些光芒所累积。"功成不必在我"，但"功成必定有我"，集体英雄主义的激励，也将成就中国人挺进更广阔的星辰大海。

神舟十二号飞船成功升天入轨，三位航天员顺利进驻"天和"，中国航天事业的新成就举世瞩目。而随着报道深入，一段段鲜为人知的航天故事进入公众视野，特别是"备份航天员"这一群体的奉献让人肃然起敬。原来，三度"飞天"的聂海胜也曾有三次"备份"经历，而与他并肩作战的队友中，有人因年龄原因已停航停训，再也没有机会出征太空，也有人仍在默默苦练，时刻准备接受祖国和任务的挑选。

"两弹一星"元勋孙家栋曾有言，载人航天工程"离开了集体的力量，个人将一事无成"。"主份""备份"只是最后的角色定位，此前从训练科目到工作强度，所有航天员采取的是统一标准。优中择优，强中选强，"备份航天员"往往因零点几分的成绩差距无缘星空，但同样要"打满全场"。现役首批航天员中唯一一位没有执行过飞天任务的航天员邓清明曾说："不管是主份还是备份，都是航天员的本分。""备份任务不是从基地回来就结束了，你的战友安全回来了，你的任务才结束。"日夜坚守、艰苦备战时义无反顾，仰望天空、转身离去时无怨无悔，强烈对比中，闪耀的是爱国主义、集体主义精神的光芒。多年以来，总有人与自己的飞天梦失之交臂，但正是这样的精神让中国离实现航天强国的梦想越来越近。

不为个人功名患得患失，以达成集体目标为最高荣誉，这样的精神不为航天人独有。在那些关乎国计民生的关键领域、重大项目中，我们国家向来坚持全国一盘棋，强调集中力量办大事，以实现高效攻坚、弯道超车。新中国从成立之初"只能造桌子椅子、茶壶茶碗"，到今天"蛟龙入海""嫦娥奔月""神舟飞天"，这套"中国方案"确实行之有效。"个人服从集体，责任重于利益"，这是中国人在漫长岁月中历经无数患难后形成的独特价值基因，新中国成立以来集体奋斗的经历以及家国巨变的体验，更让中国人的价值取向愈发清晰坚定——个人与国家、个人与社会从来都是密不可分的整体，"国家好民族好，大家才会好"。

若以功利目光看，集体奋斗的过程，需要无数个人的奉献与牺牲，最终事业有成，功勋也不会由一人独享，似乎不无吃亏。在西方文化中，所谓英雄，多是以一己之力拯救世界的形象，要实现的是自我价值，收获了所有的鲜花与掌声。但中国人对此有自己的理解，中国人所推崇的英雄，未必站在聚光灯下，未必有响亮的名号，他们很多时候以集体的形象出现、以平凡的身份出现，不问条件、不惜付出，哪里需要自己就去哪里，国家需要什么就做什么。诚如金一南在《苦难辉煌》一书中所写，真正的英雄，"播种，但不参加收获，这就是民族的脊梁。"

当今社会，个人主义、利益至上等价值取向确有一定市场，讳言集体主义、奉献精神的现象一定程度上也存在。有人讲求"性价比"，凡事不愿"为他人作嫁衣"，处处要求"功成必须在我"，也有人沉溺"小时代""小确幸"，认为干什么事"缺我一个不少"……客观地说，强调自我和个体感受无可厚非，但这不意味着可以割裂个人与集体的关系、否定集体主义的价值。所有人都是时代的一分子，"你所站立的地方，便是你的中国，你怎样，中国便是怎样"。只有大家与集体同心同向、与国家同频共振，时代才可能向前、国家才可能向上。而集体的发展不会遮蔽个人价值，只会提供更大的舞台，赋予个体追求自身幸福更多元的维度。也只有在"大国崛起"的中国梦中，每个人才能守好"我的家"，实现"我的梦"。

"在征服宇宙的大军里，那默默奉献的就是我。在辉煌事业的长河里，那永远奔腾的就是我。不需要你认识我，不渴望你知道我，我把青春融进，融进祖国的江河。"这是航天人钟爱的一首歌。这又何尝不是无数奋斗者的心声？个人在历史长河中宛若流星，但巨大的能量恰是由这些光芒所累积。"功成不必在我"，但"功成必定有我"，集体英雄主义的激励，也将成就中国人挺进更广阔的星辰大海。

（2021 年 6 月 23 日　郑宇飞）

永远铭记这场中华民族的铸剑之战

> 民族危难之际，抗战精神不会自发地从个体的信念汇聚成民族的信仰，必须有一股力量担负起民族救亡的历史重任。

2024 年 9 月 3 日，是中国人民抗日战争暨世界反法西斯战争胜利 79 周年纪念日。

历史是最好的教科书。尽管时光已悄然走过 79 年，但重温那段饱含血泪与抗争的历史，仍然是一次荡气回肠的精神洗礼，是对我们这一代人继续奋斗、砥砺前行的现实召唤。

一

西安事变前夕，美国记者史沫特莱采访杨虎城将军，问他："中国有强大的实力抗击日本吗？"

彼时的中国，年工业总产值只有 13.6 亿美元，钢铁总产量 4 万吨，石油总产量 1.31 万吨，而日本这三个数据分别为 60 亿美元，580 万吨，169 万吨。彼时的中国，基本无生产飞机、坦克、汽车的能力，而日本年产飞机 1580 架、坦克 330 辆和汽车 9500 辆……面对如此悬殊的差距，史沫特莱的担忧再正常不过。

但杨虎城笃定地回答道："谁能从理论上解答这个问题？我认为中国的力量不在飞机和坦克上，日本拥有更多的飞机和坦克。我们的力量就在于我们懂得我们必须抗日。这不是单纯的物质力量问题，它需要我们面对现实，有坚定的意志，只要我们有坚定的意志，我们就有力量抗战。"

战争是物质的比拼，但也是意志、精神和信念的较量。1931 年柳条湖边的巨响，1937 年宛平城内的炮声和南京城中让人窒息的惨叫，1942 年西南联大上空刺耳的防空警报……一步步，中华民族被推到亡国灭种的悬崖边；一步步，中华民族的觉醒和团结也达到空前的程度。

长达 14 年的抗日战争，中国既是世界反法西斯战争的最早战场，也是世界反法西斯战争的最后战场。中国人民以难以想象的民族牺牲，为改变整个东方战局、赢得世界反法西斯战争胜利作出了彪炳史册的贡献。

重温抗战，缅怀先烈，依然能够强烈感受到当年中华民族御侮驱寇的力量和锋芒，也是一次荡气回肠的精神洗礼。

二

人是要有一点精神的，国家和民族更是如此。

从 1840 年鸦片战争开始，中国逐步沦为半殖民地半封建社会，可谓无约不损、无战不败，积贫积弱、任人宰割。日寇的铁蹄，更是让神州焦土遍地，生灵涂炭，中华民族到了最危险的时候。

但是，当年日本军国主义者所要面对的，已不是甲午战争时的中国，不是八国联军入侵时的中国，也不是他们逼迫袁世凯签订"二十一条"时的中国，而是民族觉醒的中国。无数中华儿女以铮铮铁骨抗击强敌、以血肉之躯筑起新的长城，前仆后继奔赴国难，铸就了"战争史上的奇观，中华民族的壮举，惊天动地的伟业"。

抗战的伟大胜利离不开宝贵的民族精神，抗战的伟大胜利又升华了宝贵的民族精神。历史证明，中华民族有同侵略者血战到底的气概，有在自力更生的基础上光复旧物的决心，有自立于世界民族之林的能力。

今天之所以还能有中国，文明火种之所以绵延不息，就是因为危难关头，总有那么一批顶天立地的人，不怕苦、不怕死、不为名、不为利，用自己的铮铮烈骨、大勇大义，挺起中华民族的脊梁，争取子孙万代的福祉。

就连美国总统特使卡尔逊也在给总统的信中赞叹："我简直难以相信，中国人民在这样危急的时刻是那样齐心协力。就我在中国将近 10 年的观察，我从未见过中国人像今天这样团结，为共同的事业奋斗。"

三

山雄有脊，房固赖梁。民族危难之际，抗战精神不会自发地从个体的信念汇聚成民族的信仰，必须有一股力量担负起民族救亡的历史重任。

1932 年 4 月，中国共产党代表中国人民的意志发布《对日战争宣言》，正式对日宣战。中国共产党成为中国人民奋起抵抗日本帝国主义侵略的最早宣传者、动员者和最坚决的抗击者。

1937 年 9 月，八路军 115 师在山西平型关主动出击，歼灭了日本号称"钢军"的第 5 师团一部，自此打破了日军不可战胜的神话。中国共产党带领军民开辟出广大的敌后战场，成为坚持抗战、反对投降，坚持团结、反对分裂的中坚力量。

1938 年 5 月，毛泽东同志发表《论持久战》，批驳了"亡国论"和"速胜论"的错误思想，科学地论证了中国抗战必须经过持久抗战取得胜利的客观规律，阐明了争取抗战胜利的正确道路。中国共产党成为中国抗日战争正确战略的提出者、指导者和引领者……

实践证明，中国共产党是全面抗战的中流砥柱。在党的领导下，中华民族结成了广泛的抗日民族统一战线，焕发了民族精神，凝聚了民族力量，燃起了人民战争的熊熊烈火，促成了规模空前的抗日运动和抗日战争，改变了中日双方的力量对比，这就从根本上决定了中华民族抗战胜利的前途和日本帝国主义必然失败的命运。

四

"天地英雄气，千秋尚凛然。"79 年光阴荏苒，硝烟散尽，换了人间。

中国人民抗日战争胜利 79 年来，中国发生了翻天覆地的变化。中国共产党团结带领全国各族人民发愤图强、艰苦创业，创造了举世瞩目的发展成就，成功开辟了中国特色社会主义道路。如今，中国特色社会主义进入新时代，中华民族伟大复兴迎来了光明前景。

与此同时，中国发展任务的艰巨性和繁重性世所罕见，面临矛盾问题的深刻性和复杂性世所罕见，面对困难风险的挑战性和严重性同样世所罕见。"科技铁幕""脱钩断链""小院高墙"，一轮又一轮打压需要我们坚决回击；"中国崩溃论""崛起见顶论""产能过剩论"，一个又一个怪论需要我们高度警惕；建设富强中国、民主中国、文明中国、和谐中国、美丽中国，一道又一道难题需要我们破解。在实现中华民族伟大复兴的征程上，还需要打赢一个个"平型关""台儿庄"。

救亡图存的历史任务先辈已经完成，但中华民族伟大复兴依然是未竟的事业，抗日战争中孕育出的伟大抗战精神依然是我们这个时代最可宝贵的精神财富。在当下这个历史的关键节点上，我们重温一个民族在紧要关头爆发出的最强大精神力量，正是支撑我们以高度的自信和定力，不断赢得"具有许多新的历史特点的伟大斗争"新胜利的能量之源。这是我们对厚重历史的最好继承。

五

"欲知大道，必先为史"。

卢沟桥畔，桥栏杆上的 500 多只石狮子在讲述着过去。桥西侧的京广高铁上，"复兴号"高铁列车疾驰而过，步履不停奔向下一程。

一切伟大的成就都是接续奋斗、接力探索的结果，一切伟大的事业都需要在承前启后、继往开来中推进。让我们用抗日战争的胜利之光，照亮中国号巨轮的前程，也照亮我们每一个人的未来。

（2024 年 9 月 3 日 鲍南）

铭记，74 年前的这一晚

中国何以能胜？西方很多人百思不得其解，而他们，恰恰忽视了保家卫国、舍生忘死这一精神上的关键变量。

1950 年 10 月 19 日，中国人民志愿军开赴朝鲜战场，"雄赳赳，气昂昂，跨过鸭绿江"。

夜幕掩护下，中国人民志愿军 6 个军共 18 个师，分别从安东（今丹东）、长甸河口和集安等处奔赴前线。渡江行动从黄昏开始，到第二天凌晨 4 点结束。

一位宣传队员曾回忆，到了江边，大家都去河里捧水喝，"这是壮行酒，很快就要告别祖国"。

一

告别祖国，为的是保家卫国。

1950 年 6 月 25 日，朝鲜战争爆发，美国横加干涉、全面介入。不仅如此，其第七舰队驶入高雄、基隆，在台湾海峡耀武扬威；其空军飞机先后 5 次侵入中国领空，公然轰炸我国东北边境城市安东等，击伤火车司机、机场工作人员和居民 21 人，打死机场人员 3 人。

唇亡则齿寒，户破则堂危。战火烧到家门口，躲是不现实的。但入朝作战，并不是一个轻松的决策。

彼时的中国，刚刚结束绵延战火，一穷二白、百废待兴，非常需要和平安定的环境。而美国，已是资本主义世界的"头号强国"。数据显示：1950 年，美国的国民生产总值为 2848 亿美元，钢产量 8772 万吨，而中国钢产量仅 60 万吨，工农业生产总值仅 100 亿美元。

渴望太平与发展的中国人民当然不愿战。但某些国家的坚船利炮，打碎了幻想空间，让更多人正视现实。

"如果要我写出和平建设的理由，可以写出百条千条，但这百条千条的理由不能抵住六个大字，就是'不能置之不理'。""出兵援朝是必要的，打烂了，等于解放战争晚胜利几年。如美军摆在鸭绿江岸和台湾，它要发动侵略战争，随时都可以找到借口。"

某种程度上，抗美援朝是形势所迫，不仅是出于支持朝鲜的道义考量，也是为切身安危长远考虑。

"打得一拳开，免得百拳来。"

二

"制空权"理论认为：飞机在战争舞台上的出现，将彻底改变以往战争的面貌，空中战场是决定性战场。据统计，朝鲜战争爆发初期，美国及其盟国投入了强大的空中力量，各型作战飞机 1200 余架，而当时中国空军作战飞机还不足 200 架。

陆地战场也不容乐观。美国拥有原子弹和最先进的武器装备，门类齐全、数量充足，而战争初期的我国，基本上只能用"小米加步枪"来形容。武器装备如此悬殊，这场仗究竟要怎么打？

"夫战，勇气也。"与强敌抗衡，是物质的角力，也是意志的比拼、精神的对垒。对"武装到牙齿"的敌人，置身异国他乡的志愿军战士们，打出了新生共和国的国威，打出了人民军队的军威——

从云山接触、首战即胜，打破"美军不可战胜"的神话；到二次战役、扭转战局，让"感恩节前结束朝鲜战争"的狂言成为泡影；再到第五次战役决胜、粉碎"联合国军"建立新防线的计划……经过 2 年零 9 个月的激战，那个不可一世的世界霸主，最终不得不第一次"在没有得到胜利的停战协定"上签字。

中国何以能胜？西方很多人百思不得其解，而他们，恰恰忽视了保家卫国、舍生忘死这一精神上的关键变量。

长津湖水门桥，温度低至零下 54 摄氏度，战士们伏守在冰雪之中无一人后退，以战斗之姿永远停留在朝鲜最冷的冬天；三所里急行军，战士们 14 小时狂奔 72.5 公里的山路，疲惫不堪之时迎敌仍誓死不退，创下世界步兵行军速度的天花板；上甘岭山头，面对"人类历史上最大的炮火密度"，中国军人以血肉之躯筑起坚强堡垒，"危急时刻拉响手雷、手榴弹、爆破筒、炸药包与敌人同归于尽，舍身炸敌地堡、堵敌枪眼等成为普遍现象"……

武器装备、人员数量、后勤补给等皆可测算，但不畏牺牲、以身许国的英雄气概难以估量。正是那些最可爱的人，靠着"炒面加步枪"，赶跑了美帝野心狼。

三

1953 年 7 月 27 日，战争双方在朝鲜停战协定上签字。彭德怀同志留下了那句掷地有声的名言："西方侵略者几百年来只要在东方一个海岸上架起几尊大炮就可霸占一个国家的时代是一去不复返了。"

这是在战场上打出来的豪迈宣言，也是由无数牺牲与奉献铸就的自信底气。此战之后，世界上再没有人认为这样一支"农民军队"是可以不放在眼里的力量。世界上再也没有国家会错误地认为，这个初生的人民共和国，是可以肆意挑衅的。

以劣胜优，以弱胜强，抗美援朝早已超越一次非同寻常的军事行动，而成为已经站起来的中国人精神世界的全面展示。热爱和平的中国人民从来不会主动挑起战争，但我们一定有决心、有实力挫败任何挑衅进攻。这场"不可能实现的胜利"正告世界，一个觉醒了的，敢于为祖国光荣、独立和安全而奋起战斗的民族是不可战胜的。

"能战方能止战，准备打才可能不必打，越不能打越可能挨打。"无实力而乞和平，则和平危；有实力而卫和平，则和平存。和平与战争的辩证法，过去如此，今天亦然。

尽管进入 21 世纪，世界依旧波谲云诡，霸权主义和强权政治的阴霾从未散去，国际斗争依然充满着丛林法则的残酷底色，局部地区仍然笼罩在战火之中。看看那些深陷战火的国度，看看那些发展进程被迫中断的国度，便会更加懂得，抗美援朝究竟带给我们什么。此时此刻，那些"抗美援朝值不值、该不该"的所谓讨论，何其谬误、何其苍白。

四

今天的中国已走过千山万水，但我们永远不会忘记和平安定从何而来。

"一代人打了三代人的仗，吃了三代人的苦。""未见其面，却受其恩。""去是少年身，归来甲子魂。"每每提及抗美援朝，总会牵动舆论场上的浓烈情绪。英雄们为家国永安抛头洒血；而今天的我们，应当做些什么，又能够做些什么？

穿越光阴，我们在深情地追忆英雄。一封封浸透着岁月沧桑的战地家书，一件件沾满硝烟炮火的战地物品，一部部将战争场面具象化的影片，一段段被时光掩埋的英雄故事……透过依旧鲜活的细节，尽可能捕捉那个时代的气息，感悟"最可爱的人"。

忠魂不灭，我们郑重地迎接烈士回家。让无名者有名，让英烈们归根。近年来，在韩中国人民志愿军烈士遗骸分批由专机护送回国安葬，轰鸣的战机、接风的水门、真挚的感怀，无不表达着国人对英魂的深情祭奠。

丰碑永存，精神不朽。"苦不苦想想长征两万五；累不累想想革命老前辈"，话虽浅白，道理过硬。一代人有一代人的征程，一代人有一代人的使命。论艰难，论困苦，今人遭遇有多少能与当年相比？追思英雄，发扬壮大他们的精神，我们便有战胜困难、决战决胜的不竭动力。

五

光阴荏苒，今天的中国，行至中华民族伟大复兴的关键一程，发展任务与风险挑战都摆在眼前。

我们走出的这条中国式现代化道路，戳破了某些国家一直以来构建的神话。某些人虚幻的优越感被不断戳破，陈旧的零和思维却依然故我。放眼望去，针对中国的"捧杀""棒杀"，"贸易大棒""科技壁垒"，以及"香港牌""台湾牌"等等，为的皆是扰乱中国的发展节奏，打断中国的复兴进程。

试想，一穷二白之时、国家初创之时中国皆没有退步，今时今日，又岂会被威胁挑衅、打压围堵吓退？

关关难过关关过，胸怀梦想的远征，何惧千山万水，何畏千难万险。直面外部挑战的逆风逆水，跨越不进则退的发展关隘，需要吾辈自强。有幸生活在和平年代，有幸参与民族复兴的关键一程，必要全力以赴。

六

高山苍苍，岁月奔流，是光阴的故事，也是光明的故事。

在辽宁沈阳抗美援朝烈士陵园内，烈士纪念广场上有一面由 138 块黑金沙花岗岩组成的烈士英名墙，镌刻着在抗美援朝战争中献出宝贵生命的 197000 多名英雄儿女的英名。

他们的青春热血，他们的美好希冀，在今人的幸福生活中有了最清晰的回响。

为家国牺牲者，不可使之遗忘于历史。为未来奔走者，不可使其精神消散。

泱泱华夏，一撇一捺都是脊梁。先烈回眸应笑慰，擎旗自有后来人。"中国一定有个可赞美的光明前途"！

（2024 年 10 月 19 日　胡宇齐）

铭记，"邱小姐"背后的他们

中国在过去半个多世纪能够一心一意谋发展，进而带来了亿万国人的生活变迁，首先得益于一份确定性。如此来看，当年"再穷也要有一根打狗棍"的判断是何等清醒。

五、四、三、二、一，起爆！

1964 年 10 月 16 日，一朵巨型"蘑菇云"在新疆罗布泊腾空而起，惊天动地的巨响宣告着中国第一颗原子弹爆炸成功。

彼时，出于保密需要，这颗"球"被取了一个谐音代号——"邱小姐"。横空一爆因而有一个浪漫的表达："邱小姐出嫁了！"

60 载倏忽而过，但几十年间新中国所经历之种种、世界所发生之种种，无不令人感慨老一辈领导人的深谋远虑、感恩"邱小姐"及其缔造者的坚实庇护。

岁月静好从不会自天而降，"国之底气"永远靠的是"国之重器"。今时今日，我们该如何用能力和志气攒成新的拳头？

一

"邱小姐出嫁"并不是一个浪漫故事，而源于冷峻严酷的现实。

新中国成立初期，不仅百废待兴、百业待举，且虎狼环伺、暗流涌动，国外敌对势力在军事上咄咄逼人。特别是 20 世纪 50 年代，美国发动侵朝战争，扬言要用原子弹封杀中国，并在日本部署核武器。1954 年 12 月，美国和台湾当局签订"共同防御条约"，提出"台湾海峡安全受到威胁时"，他们有权使用原子弹。一系列的核垄断、核讹诈、核威胁冲着新中国而来。

新中国不可能卑躬屈膝、苟且偷生。尽管当时刚刚经历了抗美援朝战争的消耗，国内的经济力量、科学技术和工业基础都十分落后，但毛泽东、周恩来等老一辈无产阶级革命家还是毅然作出了创建我国原子能事业的战略决策。

"在今天的世界上，我们要不受人家欺负，就不能没有这个东西。"1956年 4 月 25 日，毛泽东同志在中南海主持召开中共中央政治局扩大会议。就在这一天，一场苦旅启程了。

二

尽快造出自己的核盾牌，让中国人在世界上挺直脊梁，这是一个朴素又宏大的愿景。但对于一个连拖拉机都造不出来的国家而言，要去攻克最尖端的原子弹，这不啻天方夜谭。以至于有人断言："中国（穷得）三个人穿一条裤子，二十年也搞不出原子弹。"

不了解上百年的苦难屈辱，就难以理解中国人对于独立自强的执着追求；不了解中国人的家国情怀，就难以理解科研人"虽千万人吾往矣"的义无反顾。在不被看好的外界目光里，一大批留学爱国人士放弃国外优越条件，毅然决然回到祖国。

钱三强，年仅 34 岁就成为法国国家科学研究中心的研究导师。面对大好前程，他却选择"自讨苦吃"。在辞别信中，他祖露心声："师恩难忘，但同样，我也从未忘记祖国。眼下，我的祖国很落后，急需发展科学技术，我也该回去报效祖国了。虽然科学没有国界，但是科学家是有祖国的。"

1950 年，钱三强主持成立了中国原子能科学研究院前身——中国科学院近代物理研究所，并吸纳了邓稼先、彭桓武、王淦昌、赵忠尧、杨承宗等一批有造诣、有理想的原子能科学家。短短数年时间，中国科学院近代物理研究所就由初创时的十来个人，增加到 1956 年时的 638 人，成为中国原子核科学研究的核心力量。

没有任何外国资料和帮助，只有最基本的物理学原理；没有前沿的科学器械，只有黑板、计算尺等"老古董"。但如此恶劣的环境，从未浇灭这群赤子心底的热忱——

"我愿意放弃自己搞了多年的基础理论研究工作，改行从事国家急需的工作，我们随时听从祖国的召唤。"周光召向相关部门主动请缨，并在"改行转岗"后开启了长达 19 年的"秘密工作"。

"我愿以身许国！"王淦昌在面对隐姓埋名的要求时义无反顾，并改名"王京"在国际物理学界消失了 17 年。

"我愿意！""我愿意！""我愿意！"王承书在历尽艰难回国后，被问到能否开辟热核聚变这一陌生领域、能否转行从事高浓缩铀研制、能否为国家的核事业隐姓埋名一辈子时，她以三次干脆的回答明志。

…………

淡泊名利、矢志报国，正因心有所向，所以这一代科学家对艰难困苦甘之如饴。正如钱三强所说："曾经以为是艰难困苦的关头，却成了中国人干得最欢、最带劲、最舒坦的黄金时代。"

三

半个多世纪以来，在描述这颗"争气弹"时，人们总是写下这样的文字："有力打破了超级大国的核垄断和核讹诈，使新生的中华人民共和国巍然屹立于世界东方。"

承平日久，当代人或许常常忽视这寥寥数语的千钧之重。我们并不是生活在一个和平的世界，而是有幸生活在一个和平的国家。21 世纪以来，阿富汗战争、伊拉克战争、格鲁吉亚战争、利比亚战争、叙利亚战争等此起彼伏，当下，俄乌冲突、新一轮巴以冲突等仍在制造着人间悲剧。当加沙的孩子在人间炼狱说出"我们在巴勒斯坦长不大，我们随时都可能被枪杀"，让人愈发看清国际政治的残酷本质，愈发强烈感受到，和平是何等的重若千钧。

新中国的安全无虞从何而来？以"邱小姐"为代表的一批"大国重器"的庇护，显然是重要因素。有学者认为，原子弹的出现为人类开辟了一个新的世纪，它既是"战争恶魔"，也是"和平天使"。事实证明，正是在核恐怖平衡法则的主导下，大国之间维系了长达 70 多年的持久和平。

对于一个国家而言，维护和平稳定的环境是头等大事。一旦失去这个基石，民众生活就失去了依托，社会繁荣就失去了基础，业已取得的一切也将雨打风吹去。中国在过去半个多世纪能够一心一意谋发展，进而带来了亿万国人的生活变迁，首先得益于一份确定性。如此来看，当年"再穷也要有一根打狗棍"的判断是何等清醒。

四

斗转星移，沧海桑田，一个强起来的新时代中国显然不会再被人轻易威胁，但"帝国主义亡我之心不死"并非虚言，"备预不虞，为国常道"的铁律没有改变。

树欲静而风不止。从历史上看，新兴国家在崛起的关键性阶段，往往会与守成国家发生国家利益的激烈碰撞，遭遇这样那样的打压。

中国从来都是西方好战者们处心积虑针对的目标。如今面对中国的复兴态势，"贸易牌""台湾牌""南海牌"更是一张接着一张，目的就是全方位遏制中国，羁绊和打乱中国前进的节奏。在可以预见的未来，这种打压也许还有别的花样，但不管怎么样，天塌不下来。有人来挑事、闹事、搞事，怕是没有用的，归根结底还是要有自己的硬核实力。

这里头，"国之重器"依然发挥着压舱石作用。近些年，"神舟"飞天、"蛟龙"入海、"嫦娥"奔月、"墨子"传信、"北斗"组网、"天眼"巡空……中国创新捷报频传。但我们也深知，中国科技发展现状，还不能完全满足国家民族发展的需要。尤其是光刻机、芯片、生物技术等一些"卡脖子"领域，成为潜在的风险来源。

当此之时，重温"邱小姐"的故事，特别是那一代科学家"干惊天动地事，做隐姓埋名人"的事迹，就是希望更多人能够保持头脑清醒，激发广大科技工作者矢志不渝地向"原始创新"进军的动力。

五

千难万难，但总没有当年那么难。今天的中国，有党领导下稳定的制度安排与长期规划，拥有比过去任何时候都更好的创新基础、创新条件与创新资源，称得上科技创新的黄金年代。

相较老一辈科学家，当代科研人特别是青年一代成长于和平与发展的大环境，确实没有经历过山河破碎、家国危亡之痛。但大家依然明白一个道理：有国才有家，只有与国家同心同向、同频共振，才能守护我们今天拥有的一切、在乎的一切。几十年过去，拳拳赤诚依然在中国人的血脉中流淌，依然会有那么一批人，回答："我愿意！"

"在征服宇宙的大军里，那默默奉献的就是我。在辉煌事业的长河里，那永远奔腾的就是我。不需要你认识我，不渴望你知道我，我把青春融进，融进祖国的江河。"诚如这首歌中所唱，"功成不必在我"，但"功成必定有我"。我们不会忘记每一位家国命运的守护者，历久弥新的"两弹一星"精神也将引领中国人挺进更广阔的星辰大海。

（2024 年 10 月 16 日 崔文佳）

"30年后，还会有人记得我吗？"

大国崛起，奠基于精神。先行者们的功业永存，他们的理想情怀和信仰信念，更为后来人构建出复兴之路上稳定的"意义世界"。

今年8月，周光召院士在京逝世。1999年获颁"两弹一星功勋奖章"的23位"两弹一星"元勋，如今仅有两位健在。

时光荏苒，岁月无情，几乎囊括了新中国成立初期国内所有科学界精英的这群人，为我们撑起几十年和平天空的这群人，正渐行渐远，只留下高大的背影。

眺望那些陨落的星辰，人们经常会想起这样一个故事：1986年7月，当时已在弥留之际的邓稼先提出了一个简单的愿望——希望能再去看一次天安门。当轿车沿着长安街缓缓行驶，邓稼先转头问妻子许鹿希："你说，30年后，还会有人记得我吗？"

今天的我们，可以坚定回答——这盛世，如你们所愿。无论30年、50年、100年，祖国永远记得，人民永远记得。

一

"中华人民共和国成立了！"

1949 年 10 月 1 日，当第一面五星红旗冉冉升起，近代以来历经苦难斗争的中国人民，终于迎来中华民族浴火重生的曙光。

然而，新生的喜悦也伴随着严峻的现实。以美国为首的西方国家虎视眈眈，依托其在"二战"中快速增长起来的军事、经济实力，企图把年轻的共和国扼杀在摇篮里。20 世纪 50 年代中期，西方势力开始对我国实施全面封锁和打压，并多次进行核威胁。朝鲜战争期间，美国时任国务卿杜勒斯更狂妄叫嚣，"如果不能安排停战，美国将不再承担不使用核武器的责任"。

相比之下，彼时的新中国"一辆汽车、一架飞机、一辆坦克、一辆拖拉机都不能造"，遑论国防尖端科技。为尽快增强国防实力、保卫和平，党中央领导集体作出了发展"两弹一星"、突破国防尖端技术的战略决策。

1958 年，在苏联的援助下中国建成了第一座实验性原子反应堆。1959 年 6 月，中苏关系破裂，苏联随即撤走全部专家，带走了图纸和资料。彼时嘲讽之声不绝于耳，"中国（穷得）三个人穿一条裤子，二十年也搞不出原子弹；中国种的是'蘑菇云'，收获的是'鹅卵石'"。

但这些嘲讽者、看衰者似乎忘了，中华民族自古就有忠诚为民、为民请命的人，就有埋头苦干、拼命硬干的人。

"自己动手，从头做起来，准备用 8 年时间，拿出自己的原子弹！"毛泽东同志如此号召。我国第一颗原子弹工程代号为"596"，即苏联毁约的年月。"一定要在不远的将来，赶上和超过世界先进水平。"戈壁沙丘下的指控室里，墙面上写着这样的标语，写出的是那一代人排除万难、保家卫国的意志和决心。

二

科技攻坚，关键在人。只是，人从何来？

"同学们，听吧！祖国在向我们召唤，四万万五千万的父老兄弟在向我们召唤，五千年的光辉在向我们召唤，我们的人民政府在向我们召唤！回去吧！让我们回去把我们的血汗洒在祖国的土地上灌溉出灿烂的花朵。"

1950 年，26 岁的朱光亚在回国途中与 51 名留美同学联名发出了《致全美中国留学生的一封公开信》，道尽了赤子之心。

而在大国的政治博弈之下，科学家的抉择何其艰难。这一声"回来"背后，是钱学森被美国软禁 5 年、归国路上不敢下船的忍辱负重；是郭永怀将呕心沥血钻研出来的资料全部焚烧殆尽的毅然决然；是周光召自愿放弃深耕多年的基础理论，转向原子弹研究的从头开始……

"以场为家，以苦为荣，死在戈壁滩，埋在青山头。"回国已是跋山涉水，而这又仅仅是漫漫征程的第一步。

"两弹一星"研发驻地大多偏远封闭、环境恶劣，戈壁滩更被当地人称作"一年一场风，从春刮到冬"。除了生活条件上的艰辛窘迫，研究基础薄弱是更大的困顿。那时大型计算机在中国十分稀缺，研究人员硬是靠着飞鱼牌 JSY-20 手摇计算机，计算出了第一颗原子弹相关的数据。

北京应用物理与计算数学研究所原所长李德元曾回忆道，即使是我国核武器理论研究举足轻重的人物——彭桓武先生，当时也并不知道氢弹是什么样子。为搞清氢弹"模样"，大家做过现在看来很"蠢"的事——把好几个月的《纽约时报》借来，一页一页翻，希望找到蛛丝马迹，可惜什么也没有找到。可以说，探索者们手中除了最基本的物理学原理，就只有几十麻袋计算草稿、古老的算盘珠子、一颗不知疲倦的大脑和一颗为国跳动的心脏。

"两弹一星"是国家最高机密工作之一，上不告父母，下不告妻儿，这既是保密要求，又是创业者的使命自觉。很多时候，在一起工作的同事互相不知道对方名字，也不清楚对方的研究内容，甚至不知道自己研究的对象将会用在何处。

接受原子弹研制任务时，妻子问"去哪儿？""做什么？""去多久？"，邓稼先连续回答了三个"不能说"。因在国际上知名程度高，王淦昌改名"王京"，在物理学界消失了整整 17 年。当时，同样"赫赫而无名"的还有"核潜艇之父"黄旭华，自 1958 年被秘密召至北京，开始我国第一代核潜艇的论证与设计，他"人间蒸发 30 年"，父亲去世也未能再见一面……

国在先家在后，有国才有家。隐姓埋名的他们，做的是惊天动地事，虽万难而不言悔。

三

1964 年 10 月 16 日，巨大的蘑菇云在罗布泊荒漠腾空而起，中国第一颗原子弹爆炸成功。《人民日报》刊发号外向世界宣告："这是中国人民在加强国防力量、反对美帝国主义核讹诈和核威胁政策的斗争中所取得的重大成就。"

"两弹一星"铸就了共和国的核盾牌，奠定了我国国防安全体系的基石。也是自那时起，中国重返联合国、中美苏三角关系的形成、与美苏等大国关系正常化等一系列重大外交进展得以实现。这深刻影响了国际战略格局演变，塑造了中国崭新的大国形象，为后来几十年的和平环境奠定了基础。

邓小平同志曾感言："如果六十年代以来中国没有原子弹、氢弹，没有发射卫星，中国就不能叫有重要影响的大国，就没有现在这样的国际地位。这些东西反映一个民族的能力，也是一个民族、一个国家兴旺发达的标志。"

这段"争气故事"有力地证明了，不发展是最大的不安全。关键核心技术是要不来、买不来、讨不来的。只有把关键核心技术掌握在自己手中，才能从根本上保障国家经济安全、国防安全和其他安全。

元勋们创造了彪炳史册的功绩，也留下了弥足珍贵的精神财富，鼓舞了一代又一代中国人特别是科研人——"热爱祖国、无私奉献，自力更生、艰苦奋斗，大力协同、勇于登攀"。

一路走来，今天的中国硬核科技越来越抢眼。"嫦娥"探月、"北斗"组网、"神舟"飞天、"天眼"巡空、"蛟龙"入海、"鲲龙"击水……一批"国之重器"的纷纷亮相，标注着"两弹一星"精神的薪火相传，激扬着"中国人民一定能，中国一定行"的民族志气。

四

一代人有一代人的使命，一代人有一代人的担当。

今天，世界科技革命和产业变革蓬勃兴起，激烈竞争中惟创新者进，惟创新者强，惟创新者胜。各国间围绕创新的较量步步升级，中国要获得更大发展，要将国家发展与安全的命运牢牢掌握在自己手中，不能指望别人，必须更多地立足于自身力量，提高自主创新能力。

这不仅是历史的昭示，也是现实的倒逼。身处世界百年未有之大变局，地缘冲突发酵与反全球化逆流叠加，国际形势愈发严峻复杂。一些国家将中国误判为"战略竞争对手"，掏出了自己擅长的"冷战剧本"。某种意义上，当下之局与当年并没有根本变化。唯有继续拿出革故鼎新的勇气、坚忍不拔的定力，方能为自身发展争取主动权。

一度，随着社会思潮的多元化，有人妄断，"两弹一星"模式难以复制，再也不会出现那种奇迹了。但事实是最硬的试金石。君不见，遭遇闭门羹后，我们用 12 年兑现了"中国人要上就上自己的国际空间站"的诺言；为了摆脱对美国 GPS 的依赖，我们用了 26 年让北斗系统成为全球导航领域的璀璨明星。

"两弹一星"精神跨越时空、历久弥新，已经成为中华民族的宝贵精神财富，激励着一代代科技工作者攻坚克难，勇攀高峰。不驰于空想，不骛于虚声，一步一个脚印，在各个领域写好我们这个时代的故事，这也是对前辈最大的"记得"。

大国崛起，奠基于精神。先行者们的功业永存，他们的理想情怀和信仰信念，更为后来人构建出复兴之路上稳定的"意义世界"。

"你们在我们的记忆里，我们在你们为之奋斗的事业中。"那些埋头苦干者、拼命硬干者、勇敢担当者、无私无畏者，永远是这个民族、这个时代的英雄，永远是中国最硬的脊梁。

（2024 年 8 月 29 日　郑宇飞）

我们的飞机，再也不用飞两遍了

> "为什么我们需要一支强大的人民空军？"眼前的万家
> 灯火、一路繁花或许就是最好的答案。

1949年10月1日，日出东方，全球目光聚焦天安门广场。广场正南方向13公里处，南苑机场的17架飞机正在起飞线上集结待命。

"向前向前向前！"下午4时许，《八路军进行曲》（现为《中国人民解放军军歌》）在广场奏响，盛大的阅兵正式开始。受阅部队自东向西依次亮相，当战车方队开过主席台前，几乎同一时间，天边传来阵阵轰鸣。在30万群众的仰望下，空中受阅编队划破长空、穿云而来。

群众欢呼声、马达轰鸣声交织一片，将开国大典的气氛推向顶点。彼时的人们并不知道，参加空中分列式的17架飞机分为6个分队，前三分队的9架飞机前脚通过天安门上空，后脚即加大马力，在复兴门上空右后转弯，沿西直门、德胜门、安定门、东直门又转向建国门。在东单同第6分队首尾相连后，这三个分队又一次整装待发，飞过天安门广场。在场的外国记者一边惊叹"中共一夜之间有了自己的空军"，一边又在随后的报道中一致写道，"一共有26架飞机参加了编队飞行"。

"飞机不够，我们就飞两遍"，开国大典前，周总理果断下令化解了新中国成立之初的窘迫。40 天后的 11 月 11 日，中国人民解放军空军宣告成立，新中国从此拥有了自己的空中力量。

75 年转瞬即逝，从成立不久就在抗美援朝战场创造奇迹，到艰难求索军备自主研发能力，再到国产航母、歼 35A 等"国之重器"接连上新，中国空军从无到有、由弱到强，在中国领空上筑起了坚不可摧的"蓝天长城"。

一

百年前的一战，面对德国发动的一系列空中袭击，英国人猛然意识到，英吉利海峡已不再是天然的防御屏障，人类历史上一支全新的部队——英国皇家空军独立成编，使空中局势发生大逆转，为协约国的全面胜利奠定坚实基础。战后的巴黎和会上，作为战胜国的中国在谈判桌上却毫无话语权，再次领会到什么叫"弱国无外交"。

"中国什么时候能有自己的空军？"在那个积贫积弱、内外交困的年代，这样的设想简直是痴人说梦。直到 1930 年春，红军在鄂豫皖根据地缴获一架国民党军队的飞机，并将其命名"列宁"号，工农红军才终于拥有了第一架飞机——命运的齿轮开始转动。

"没有枪，没有炮，敌人给我们造。"耳熟能详的歌词背后，是一部艰苦卓绝的奋斗史。解放战争时期，我军第一所航校在东北的黑土地上开办。没有教材，教员们就边编边教；没有燃料，就用酒精代替航油；没有教具，就把日军撤退时留下的"缺胳膊少腿"的飞机东拼西凑、缝缝补补……凭着一股白手起家的闯劲，3 年间老航校培养各种航空技术干部 560 名，为日后建设人民空军奠定了基础。

当战火烧到鸭绿江畔，成立不久的中国空军临危受命，在抗美援朝的战场上"一鸣惊世界"。2 年 9 个月的浴血奋战，年轻的中国空军击落敌机 330 架、击伤 95 架，胜利完成了掩护交通运输、保卫重要目标和配合地面部队作战的任务，在清川江和鸭绿江之间建立了让美国空军望而生畏的"米格走廊"。以至于美国空军参谋长范登堡大声惊叹："共产党中国几乎是一夜之间变成了世界空军强国之一。"

作战经验丰富的敌军不会理解,这些只有数十小时飞行经验的战士何来勇气冲锋战场?哪来的胆识能打胜仗?只因保家卫国,是他们刻在骨子里的信念。

二

大国之翼,动于九天之上。

即便起步晚,但我们深知,空军装备制造不能假手于人,否则永远无法摆脱被动的境遇。可百业待兴的新中国,工业基础薄弱、生产能力落后,航空工业这朵"现代工业之花"该如何绽放?

从修理走向制造、从仿制走向原创,一步一个脚印,中国空军逐渐拥有了自己的设计力量。1958 年 7 月 26 日,歼教 -1 完成首飞,这是新中国自行设计、制造的第一架飞机。从开始设计到首飞成功,仅仅用时 1 年零 9 个月,中国航空工业从此迈出了自主设计制造的第一步。

20 世纪 60 年代中期,世界超级大国已拥有两倍声速战斗机,而我国却没有与之抗衡的装备。核心技术被封锁、引进途径被堵死,西方国家的百般阻挠再次将我们"逼"上了自力更生的道路。1965 年,歼 8 项目开始研制,这款双发高空高速截击战斗机,一举成为中国航空自主研制的一代传奇,捍卫中国领空长达半个世纪。

历史记录了这样一组数据:从立项到服役,歼 10 战机一共用了 20 年时间;而歼 20 战机,仅用 9 年就完成了这一跨越。放眼望去,中国空军歼 20、运 -20、轰 6K 等一大批主战装备集中亮相,在即将开幕的珠海航展上,歼 35A 等新型装备也将重磅登场,仰望共和国的蓝天,中国战鹰从未像今天这般群星璀璨。

一路走来,人民空军从当年开着百余架缴获的"万国牌"飞机,发展成为一支由航空兵、地空导弹兵、高射炮兵、雷达兵、空降兵、电子对抗兵等多兵种合成,由歼击机、强击机、轰炸机、运输机等多机种组成的现代化高技术军种。这样的奋斗史、成长史，提醒我们铭记这条铁律——关键核心技术要不来、买不来、讨不来，必须牢牢掌握在自己手中。

三

"威武之师"，更是"和平之师"。中国人历来崇尚道义，中国军队始终是捍卫和平、维护稳定的关键力量。

面对外机侵犯，寸步不让坚决驱离。"我是中国空军，你已接近我领空，请立即离开，否则将遭到拦截"，美国此前不断渲染南海"紧张局势"，在美军机窜扰南海时，解放军迅速反应，最终成功正面迎敌驱离美军。"朋友来了有好酒，豺狼来了有猎枪"，不信邪也不怕邪，不惹事更不怕事，这是中国军人的胜战信条。

面对"台独"挑衅，联合作战砺剑台海。在上个月开展的"联合利剑—2024B"演习中，东部战区空军多型战机挂弹出击，直达台岛周边区域，战机与宝岛台湾中央山脉同框的画面，更是令国人倍感振奋。挑衅越甚，勒得越紧，任何人、任何国家都不要低估中国军队捍卫领土完整的决心。

面对国际救援，勇毅担当从未迟疑。被誉为"和平之鹰"的运 -20，航迹已经遍布亚洲、非洲、欧洲和大洋洲，在国际人道主义救援中，运 -20 为汤加、阿富汗、巴基斯坦、尼泊尔等国送去希望，也传递和平友谊。上高原、飞远海、跨大漠、出国门，如今，运 -20 更是中外航展上的常客，不断延长的海外飞行航迹，亦是一个国家科技能力、综合国力的最大体现。

警巡东海、战巡南海、前出西太、绕岛巡航……一次次领命出征、一次次不辱使命，大国空军战机如鲲鹏展翅、铁翼凌云，一飞冲天、次次凯旋。

四

"常怀远虑、居安思危。"

今天的世界并不太平，地区安全、热点问题此起彼伏，局部冲突和动荡频发，恐怖主义、分裂主义、极端主义势力猖獗，有人磨刀霍霍，有人虎视眈眈……许多人感慨，我们不是生活在和平的时代，只是生活在一个和平的国度。

而和平从来不会从天而降，也不是空喊口号、求荣苟活可以换来的。回顾过往百年，无数先辈以铮铮铁骨战强敌、以血肉之躯筑长城，硬生生建起了维护国家主权、安全、尊严的坚固屏障。尽管中国早已走出亡国灭种的险境，但我们必须明白，国际竞争的丛林法则没有改变，"落后就要挨打"的根本逻辑没有改变，国泰民安来之不易，吾辈必须坚决捍卫。

无实力而乞和平，则和平危；有实力而卫和平，则和平存。强大的国防实力是中国和平崛起的坚强保证，可靠的人民军队是保卫和平的"钢铁长城"。作为一个负责任的大国，建设一支强大的人民空军，是捍卫国家主权、安全和领土完整的需要，人民空军也有坚定的意志、足够的能力完成使命。

"为什么我们需要一支强大的人民空军？"眼前的万家灯火、一路繁花或许就是最好的答案。从战火中走来，一路高歌猛进，与共和国同龄的人民空军定将不负时代、不负使命、不负人民。

（2024 年 11 月 11 日　高源）

这条长龙，与中华儿女共迎民族复兴

> 光阴流转，山河焕新，在长城连接着的历史、现实与未来之中，一个充满生机的中国，一个充满希望的中国，回到了世界舞台的中央。

长城保护日志里，一定记载着 40 年前的这一天——

1984 年 7 月 5 日，北京晚报、北京日报联合八达岭特区办事处等首都单位，共同发起"爱我中华 修我长城"活动，开启社会集资修复长城的先例。

一声召唤，应者如云，全国乃至全球华人保护长城、修复长城的热潮由此掀起。

光阴荏苒，回首再看，长城保护利用日渐完善的 40 年，也是中华民族矢志复兴、奋勇前行的 40 年。

一

"跨越两千多年，纵横两万余公里"。这条横穿戈壁、翻越千峰的长龙，相当于赤道周长的一半，堪称全球史上规模最为宏巨的人类作品。

在漫长的岁月里，作为军事防御工事存在的长城，为古代中国提供了稳定环境和保护屏障。

时至近现代，当中华民族进入最危险的时候，古老长城同样经历了战火硝烟，见证着铮铮铁骨。"万里长城万里长，长城外面是故乡""把我们的血肉，筑成我们新的长城"的旋律和呼号，如今听来依旧震撼人心。

岁月雕琢，沧桑磨洗。长城以砖石之躯，中华民族以血肉之躯，筑起了一道不曾坍塌，也不会被摧毁的精神长城。这道长城，守护着家国田园，守护着神州大地。

二

长城是中华民族的代表性符号和中华文明的重要象征，凝聚着中华民族自强不息的奋斗精神和众志成城、坚韧不屈的爱国情怀。对于这样一处独一无二的文化遗存，后来人理当精心守护、传之后世。

古人修筑长城难上加难，今人守护长城同样不易。克服文保资金匮乏的现实困难，不过是千头万绪的问题之一。

修缮保护长城应当遵循怎样的理念与标准？如何从建筑遗存中破解古人的智慧密码并加以应用？应当如何建立起长城保护机制？……在这项系统课题之下，技术的、文化的、法律的问题相互交织，呼唤更细致的求解，考验更高超的智慧。

以知促行，以行促知。长城沿线15个省区市以长城国家文化公园为载体，不断探索守护长城的新法子。从修旧如初到修旧如旧、整旧如残，从保护修缮到边考古研究边修缮，从尺量目测到高科技手段有效融入，从立法空白到法律法规不断完善……

热忱守护之心依旧坚定，实践探索与理念更新相互促进，蜿蜒巨龙更安然地栖身华夏。

三

望长城内外,忆峥嵘岁月。于古老城墙极目远眺,神州大地早已换了人间。

曾几何时,长城脚下的小村庄,因山多地远,深陷贫困。与天下雄关同名的昌平区南口镇居庸关村,相当长的时间里都是后进村、低收入村。

如今,长城 IP 成为最大的金山银山。村民们或搞休闲旅游,或搞特色种植,或搞文创潮玩,"长城 + 文旅""长城 + 乡村振兴"的新故事,让大家的日子一天比一天红火,一个个小康村串成了"珍珠链"。

长城,一头连着文化之"承",一头连着发展之"成"。这样的发展故事,发生在长城脚下,也发生在更广阔的地域。从山海关到嘉峪关,从渤海之滨到河西走廊,长城仿若"画轴",让中国式现代化的火热实践图景徐徐铺展。

观之于宏,发展篇章波澜壮阔;察之于微,亿万个体命运与长城错落交织。乡亲们当起了长城保护员,摄影师记下长城的朝朝暮暮,修复工程师忙碌奔波甘之如饴……"我和长城的故事",恰是伟大变革和发展奇迹最生动的微观注脚。

光阴流转,山河焕新,在长城连接着的历史、现实与未来之中,一个充满生机的中国,一个充满希望的中国,回到了世界舞台的中央。

四

"不到长城非好汉。"长城,是世界认识中国的窗口,亦是中国走向世界的桥梁。在对外交往历程中,这个古老意象一次又一次惊艳亮相。

1987 年,中国向世界发出第一封电子邮件——越过长城,走向世界。简单八字,彰显着彼时中国主动融入世界的坚定决心。

1990 年,中国首次承办亚运会,会标图案中,除亚奥理事会会徽中的太阳光芒外,便是以雄伟的长城构成的"A"字。

2008 年，中国举办第二十九届夏季奥林匹克运动会，以古老城墙为背景，"我家大门常打开，开放怀抱等你"的旋律热情唱响。

2022 年，第二十四届冬季奥林匹克运动会开幕式上，二十四节气开场短片中，惊蛰之际，长城蜿蜒群山生机勃勃；大雪时节，"雪龙"群山飞舞尽显自强不息。

…………

长城是地理的坐标，是时光的刻度，也是时代的缩影。国之大事，总以长城为"媒"，最直观地展现着长城图腾的分量。而与之共同给世界留下深刻印象的，是一个日新月异的东方古国，是更加开放进步、自信昂扬的新中国。

国力的升腾和托举，提振着国人的精神与心态。从喜迎四方来宾的自信胸怀中，从分享传统智慧、发展成果的坦荡大方中，我们读懂了"更好的中国"，看到了"更好的自己"。

五

古往今来，任何民族的发展与振兴，归根结底都是以文化的兴盛为支撑的。

发展，从来不只是物质概念。中华民族伟大复兴，也会表现在文化复兴上。

"像守护家园一样守护好长城"，不只意味着传承历史遗产与文化记忆，同样拥有着激扬爱国情怀与民族精神的时代意义。

今天的中国，正前所未有地接近民族复兴的伟大目标，面临的风险和挑战也更加艰巨，改革发展稳定各项任务更加繁重。迎击涉滩之险、爬坡之艰、闯关之难，没有一股子精气神，又如何能够行至更远的历史方位？

人无精神则不立，国无精神则不强。在中国这片伟大的国度、辽阔的土地上，孕育着灿烂的文明，传承着伟大的文化。泱泱中华，历史何其悠久，文明何其博大，这是我们的自信之基、力量之源。

从中华优秀传统文化中感悟千年传承的浩然之气，滋养心灵深处的文化基因，获取"日新又新"的能量密码，知难而进、迎难而上，敢于斗争、善于斗争，前方就必然是强国建设、民族复兴的壮阔前景。

六

曾 3 次来华的泰戈尔这样描述中国的长城：因残破而展示了生命的力量，因蜿蜒而映射着古老的国度。

罗素从蜿蜒长城中读出中国人坚韧不拔的民族精神，不屈不挠的刚强伟力，以及无与伦比的精神凝聚力。

雄关漫道，砥砺征途。中华民族的文化记忆和爱国情怀，在这里代代传承。中华民族的坚强崛起与伟大复兴，也必将在这里得到见证。

爱我长城，兴我中华！

（2024 年 7 月 5 日　胡宇齐）

那代创业者给我们的激励与启示

> 时代前行，精神不朽。那一代人身上所体现出的企业家精神，才是传奇中真正震撼人心的部分，也具有穿越时空的实践价值。

娃哈哈集团创始人宗庆后先生的去世，引发大量追思，也引发了大家对改革开放大潮初期时那一代企业家的集中回顾。

鲁冠球、张瑞敏、任正非、宗庆后……这些大众熟悉的人，都是在那段冰河解冻的激荡岁月崭露头角。白手起家的他们在不同赛道创造了商业传奇，在中国经济驶向发展快车道的征程中作出了自己的贡献，也在世界舞台上打响了中国品牌。

时至今日，这批企业家有的已然功成身退，有的依然叱咤风云，留给我们的，不仅仅是创业范本和励志故事，还有更珍贵的东西值得体会。

一

在中国企业史上，20 世纪 80 年代是一个熠熠生辉的时代。

1984 年，邓小平同志先后视察了深圳、珠海、厦门三个经济特区，并分别为三个经济特区题词。这一视察，很快以新闻的方式传遍全国，关于特区的争论至此告一段落。在他离开广东后的第二个月，中共中央作出重大决定，宣布"向外国投资者开放 14 个沿海城市和海南岛"。

随着改革开放的格局正式确立，中国经济体系加速从计划经济向市场化转轨，春潮奔流也在思想层面引发了前所未有的"松绑效应"，弄潮儿如春天的种子一般破土而出——

43 岁的任正非漂泊到深圳，集资 2 万多元，创办了一家名叫华为的电子公司，业务为代理进口香港康力公司的模拟交换机。

42 岁的宗庆后举债 14 万元，带领两名退休教师，承包了杭州市上城区校办企业经销部，即娃哈哈前身，代销汽水、冰棒、文具。

35 岁的张瑞敏被派到一家濒临倒闭的电器厂当厂长，他上任后决定由做洗衣机改为生产冰箱，并一度挥锤怒砸数十台质量不合格的冰箱。

…………

二

热潮涌动看似遍地机遇，但机会并非想抓就能抓住。

对于企业家来说，"敏锐的嗅觉"是一种天赋。比如宗庆后从儿童偏食的现象中，预测到了食品保健的巨大市场。

当然，嗅到商机，只是万里长征第一步。最终能跑赢市场的企业家，往往都极富创新精神，敢闯敢试，勇于"摸着石头过河"。

宗庆后掌舵的娃哈哈，在儿童营养液"一炮而红"后，马不停蹄进军瓶装水市场，研发出非常可乐、AD 钙奶等新产品……如今，娃哈哈产品已涵盖包装饮用水、蛋白饮料、碳酸饮料、罐头食品等 10 余类 200 多个品种。

任正非创业伊始销售交换机，看到这个"二道贩子"生意红火，许多供货商停止供货，他"豪赌一把"决定自主研发，中间一度经历了现金枯竭、差点破产的巨大打击。直到 1992 年，其团队研制的大型数字程控交换机终于面世。

正如《创业维艰》所写，成功背后是苦难，伟大背后是痛苦。成长环境的历练与筚路蓝缕的创业过程，让艰苦奋斗成为那代中国企业家刻进骨子里的特质，也塑造了他们"如影随形的危机感，胜败亦然的平常心，刻苦谦卑的学习态度"。

宗庆后骑着三轮车走街串巷，常年穿一双布鞋；任正非创业初期，靠公共汽车运货。即便之后企业发展高歌猛进，他们本人早已财富自由，但仍然保持着艰苦朴素的习惯，曾引发关注的"坐二等座""搭经济舱""深夜打车"等等，不是作秀，而是他们的日常。

出生于 20 世纪四五十年代的这批人，普遍有着浓重的家国情怀，又在创业之初目睹了西方巨头"碾压式"的实力，故"争光和留名，是那一代人深入骨髓的信仰，是他们一生不懈奋斗的原动力"。1987 年创立华为的任正非，立志使公司成为民族通信企业的脊梁！做汽车零部件起家的鲁冠球，则满腔热血要实现"中国人自己要造一辆汽车"的梦想。

经济学家认为，企业家精神"是一种痴迷机遇、整体把握和协调领导的思考和行为方式"。敢为人先、吃苦耐劳、追求卓越、坚守实业、质朴低调……那一代人身上所体现出来的品质，无疑就是这一抽象表达的生动注释。凭借着这样一股精气神，他们在各自领域做大做强，而这种时代气质也成为一种精神路标，激励着后来者砥砺前行、勇立潮头。

三

在致敬那代人的同时，总有人追问：他们的成功还能复制吗？他们展现出的企业家精神对今天还有借鉴意义吗？

无疑，今天的市场环境和创业环境较改革开放之初已大为不同，昨天的故事或许没办法复制。但创业拓荒就像突破"无人区"，最终的成功不仅是物质上的胜利，也是精神上的胜利。那一代人身上所体现出的企业家精神，才是传奇中真正震撼人心的部分，也具有穿越时空的实践价值。

如今新一轮科技革命和产业变革竞争愈加激烈，技术迭代日新月异，颠覆性创新难上加难，新一代创业者更需要秉持老一辈开辟新天地的智慧和勇气。

随着全球化迈入纵深，中国企业加快"出海"，走到全球市场"与狼共舞"，面对国际环境的"风雨莫测"，新一代创业者更需要秉持老一辈披荆斩棘、百折不挠的硬骨头。

创新创业春潮涌动，"短平快"热点层出不穷，新一代创业者更需要秉持老一辈坚守实业的实干精神，心无旁骛做好属于自己那"一瓶水"。

…………

从更大视野来看，求真务实、敢闯敢试、脚踏实地，又何尝不是一种可贵的人生态度？

四

管理学大师彼得·德鲁克在其著作《创新与企业家精神》中，热情讴歌企业家经济，认为"这是社会历史中最有意义、最富有希望的事情"。

今天，中国已经进入了"企业家经济"的时代。数据显示，全国登记在册的经营主体超 1.8 亿户，民营经济成为推进中国式现代化的生力军。正所谓"世界上没有成功的企业，只有时代的企业"，在新征程上续写光荣与梦想，推动中国经济进入高质量发展新轨道，必须进行"二次创业"，呼唤更多具有企业家精神的"弄潮儿"大展拳脚、绽放光彩。

当然，企业家精神不会从天而降，离不开公平的环境、政策的土壤。

党的十八大以来，从深入推进简政放权、建立权力清单制度，营造保护企业家合法权益的法治环境；到致力于建立"亲""清"新型政商关系，厘清政府和市场边界、打造公平竞争的市场环境；再到出台弘扬企业家精神相关文件，涵养全社会尊敬并激励企业家的文化氛围……我们对企业家作用的重视程度前所未有，制度保障前所未有。进一步营造公平环境、打破隐性壁垒、实现平等对待，让不同规模的经营主体，都能安心经营、放心投资、专心创业——这是民营企业的信心来源，也是护佑企业家精神拔节生长的沃土。

政策支持之外，鼓励创新、宽容失败的社会氛围同样重要。

敢为人先、敢于创新，从来都是企业家的"第一桶金"。而过往事实反复证明，"从 0 到 1"的创新之旅，往往与失败相伴而行，结果经常是"九死一生"。中国民营企业一路走来，不论是大胆开辟新生产线，还是引入新企业管理形式和组织形式，每一次选择在当时的约束条件下，都是风险拉满的"豪赌"。摒弃"成王败寇"的功利评价，对"勇敢地试错"多些宽容，为企业家营造良好的舆论氛围，他们"向险而行"就能少些心理负担。当经营主体都敢向前一步，后浪推前浪，百舸争风流，就能汇聚成"创新驱动发展"的洪流。

五

"此身恰似弄潮儿，曾过了、千重浪。"

一代人终将老去，但总有人正值青春。

属于初代创业者的辉煌奋斗史将渐渐翻页。但时代前行，精神不朽。在企业家精神被不断提及的当下，民营企业发展的舞台更加广阔。时代呼唤更多企业家接过老一辈的精神衣钵，在创新与实干的道路上深耕，孕育属于这个时代的春天的故事。

务实，创新，拼搏，坚毅。中国企业家跋涉不止，步履向前。

（2024 年 3 月 14 日　范荣）

中国一定会有，关键要靠我们自己

当一个国家无比重视并孜孜不倦钻研核心技术的时候，就是这个国家心气十足、蓬勃向上的时期。

确保美方拥有的半导体、人工智能等在内的尖端技术"我们有，中国没有"！

近日，美国商务部长雷蒙多再次炒作中美芯片竞争，直言将"不惜一切代价，包括扩大管制"。

近年来，以"脱钩断链""小院高墙"专门遏制中国科技创新发展，愈发成为美国政界"共识"。包括进出口管制、出入境投资限制、电信和电子产品许可制度、签证禁令、金融制裁在内，打压中国科技发展的手段不断翻新。

作为世界第一强国，美国的技术封锁来势汹汹。但不论从历史上，还是从理论上来看，"卡脖子"都不是多么高明的策略，而是注定失败的选择。

一

在很多美国政客眼中，科技优势是其维系绝对霸权的基础之一。

"二战"结束后，如何让科技更好地服务于美国经济繁荣和国家安全？1944年，美国总统罗斯福要求当时的美国科学研究发展局主任万尼瓦尔·布什认真思考这一课题。

布什由此提出了影响战后美国科学研究体系建构的研究报告——《科学：无尽的前沿》。该报告认为：美国发展的物理空间边疆虽然消失了，但科学作为"没有终点的边疆"将持续存在，并成为未来美国经济繁荣、公民高质量生活和国家安全的基础，这一趋势要求联邦政府承担起科技发展的主要责任。

然而，美国政府虽然一边承担起了科学研究与技术研发的主要资助者角色，通过各种手段推动本国科技发展，但是一边也在根深蒂固的零和思维、霸权思维驱使下，利用各种手段对他国进行技术封锁，成为人类科技合作进步的巨大阻碍。

美国在科技领域谋求霸权的做法，被学者称为"技术民族主义"，就是通过掌控关键技术、实行技术出口管制、金融控制以及采用限制进入、联合盟友施压等手段实施市场控制，实现对竞争对手从供给端到需求端的全面打击，以此维持科技霸主地位，谋求特权垄断和超额利润。

二

眼看着今天的中国在自主创新上不断发力，美国祭出"技术封锁"带有某种历史必然，但以史为鉴，一国对他国技术所施加的封锁，其实最后总表现得那么事与愿违。

17世纪，为了阻止英国崛起，整个欧洲大陆对其进行了全面封锁。然而，由于新教革命和宗教冲突，大量技术工人从荷兰、法国等地逃离到英伦三岛，传播了以纺织技术为代表的很多先进技术，最终促进了珍妮纺纱机的诞生，并与蒸汽机动力相结合，孕育出全面赶超欧洲大陆的工业革命。

18 世纪，为保持自身优势地位，防止工业技术外泄，英国政府又对美国进行了严格的技术封锁，不准任何一个英国技师、任何一张英国图纸、任何一台英国机器运到美洲。但大西洋彼岸广阔的市场，还是吸引着源源不断的"淘金者"。其中一位名叫塞缪尔·斯莱特的纺纱工，凭借自己超强的记忆力，在美国成功复制了英国工业的"皇冠"阿克莱特纺纱机，打响了美国工业革命的第一枪。

20 世纪，面对德国崛起，法国、俄国、奥地利以及美国等国家，对德国进行了全面的科学与技术封锁，不允许德国科学家参加任何学会，不允许他们在国际杂志上发文章，不允许任何的科技专家与德国合作。但封锁的结果是，德国自主构建了其大学体系、研究院体系、实验室体系，成为 20 世纪初期全世界专利技术、工业技术发展最为迅猛的一个国家。

这些历史事实告诉我们，任何新兴大国在其关键成长期都会遭受守成大国在技术上、贸易上的强烈打压，任何一个成功的新兴大国也都是在这种打压中成功突围，并实现技术全面赶超和崛起的。

三

技术封锁注定失败的第一个原因，是技术发展本身的规律。

从改良蒸汽机掀起第一次工业革命，到芯片飞速进步支撑起信息革命，我们可以发现，每一次技术进步都推动了人类全球化的发展，同时每一次全球化的深入又带来了技术的进步。随着科学研究的进步，技术的创新愈发是一个系统性的集纳，愈发需要多学科、多产业、多市场之间相互配合。

这就注定了，技术的进步必然带来技术的传播，技术的发展必须配合技术的扩散，在全球分工体系中实现效率最优，才能形成从实验室到流水线的完整循环。

技术封锁注定失败的第二个原因，是企业的市场逻辑与国家的霸权逻辑之间的矛盾。

市场逻辑倾向于在国内国际市场寻求利润，实现财富最大化，因此关注的是绝对收益；霸权逻辑的核心是权力，关心维持世界权力等级化的目标，更加关注相对收益。

众所周知，美西方发达国家的政治权力来自资本，而资本不可能按捺住逐利的冲动。同时，技术扩散也是企业"找回"前期投入、寻求技术租金、保证利润和维持运行的客观需求，也是为新技术研发积累财富基础、保障企业未来发展的重要手段。

市场逻辑驱动下的技术扩散有其客观性，资本主义的国家性质决定了其不可能阻断自家的跨国公司进行技术传播以获得利润。技术封锁就像用筛子建拦水坝，再怎么费力，水还是会穿过缝隙流向它该流向的地方。

技术封锁注定失败的第三个原因，是被遏制国家自己的主观能动性。

技术创新离不开科学发展。而科学的基础理论，是全球共享的，并不存在只属于某个国家的相对论或是量子力学。这就决定了，任何一项已知的技术，要卡是卡不住的，突破只是时间问题。

在这样的基础之上，封锁政策对于许多后发国家而言，往往是坚定不移自主创新的"发令枪"，反而促进了该国科学体系激发出强大潜能，使国家创新发挥出巨大能量。

这样的剧情，中国再熟悉不过。从新中国成立仅一个月，限制先进技术出口的"巴黎统筹委员会"便宣告成立；到 1999 年荒谬的《考克斯报告》出台，令中国商业航天发射 25 年来没接到过任何一笔美国订单；再到剔除设备、禁止投资、直接断供等各种手段对华为轮番招呼，直接变"不让华为卖进来"为"不让华为造出来"……

新中国成立 75 年来，美国从来没有在关键技术和核心技术上与中国进行深度合作和对接，但我们仍然在百折不挠的奋斗中，自己建成了完整的工业门类，拥有各种先进的"大国重器"。放眼未来，我们完全有信心在这样那样的封锁中，依赖于我们自己的发展体量实现相对良性的自我循环，不断突破"卡脖子"核心技术。

四

否定市场经济，背弃产业规律，充斥着唯我独尊、狭隘自大霸凌作风的技术封锁注定失败。但这并不意味着守成大国对后发国家的技术赶超没有办法进行遏制，我们必须抱有充分的警惕。

从技术经济学的理论上讲，要遏制一个后发国家进行技术赶超，最有效的方法不是封锁，而是有步骤地转让落后技术给它们。

这种落后技术的转让，可以从根本上颠覆后发国家的自我研发体系，特别是当它们自我研发刚刚有所收获的时候，来自发达国家的技术转让会直接让这些自我研发体系在竞争中被摧毁。

就拿信创产业来说，长期以来，软件的"开源"往往被认为是一种无私的、具有奉献精神的，甚至可以说是伟大的理念与行为。例如，正是因为有了"开源"的存在，我们才能用上免费的 Android 操作系统，享受到过去难以想象的移动互联网所带来的便利。

诚然，开源模式可以使国内开发者站在全球同行的顶尖研究及应用成果之上实现更高的自主创新，而不需要重复"造轮子"；利用开源代码进行创新性工作也是贯穿于整个软件业发展的基本规律，完全从头自己搞一套并不现实。

但某种意义上说，开源具有"麻痹性"，以为源代码全部公开就透明了，就完全掌握了，事实却是，一个系统的代码有几千万行，想要真正掌握，必须花费大量的人力、物力、时间去分析，工作量堪比重新开发。

开源还可能挫伤自主创新的积极性。比如，在免费的 Android 操作系统占据手机半壁江山的同时，国产操作系统的发展变得十分缓慢；再比如，在 ChatGPT 狂飙突进的同时，其会不会将 GPT-4 开源成了后续创业者头顶的"达摩克利斯之剑"，导致一些投资机构不敢资助人工智能大模型领域的创业者，无形中帮助 OpenAI 消灭了大量潜在竞争者。

因此，无论美国在对华科技政策的程度上、尺度上、节奏上、范围上出现怎样的变化，坚定不移把核心技术掌握在自己手里都必须成为中国社会的共识，决不能出现犹豫与摇摆。

五

当一个国家无比重视并孜孜不倦钻研核心技术的时候，就是这个国家心气十足、蓬勃向上的时期。

75 年来，中国在战风斗雨中一步步锻造着破局突围的能力。有统计指出，德国当年在赶超的时候，其体量大概占核心守成大国 40% 左右的水平；日本在与美国进行技术挑战的时候，其 GDP 占到美国 GDP 的 32% 左右。

而今时今日，中国发展所积累的物质基础和规模体量，远超当年的德日，既为我们抵御外部风险提供了充足有效的回旋余地，也为经济稳定发展提供了巨大空间和强力支撑。

当然，发展自主技术是必然的、必要的，但一定不要把自主技术和开放对立起来，而是要紧密地统一起来。

要相信，执意拉起"科技铁幕"者，只会蒙蔽自己的双眼；执意构筑"小院高墙"者，只会落得个作茧自缚。无论到了什么时候，"倡导合作交流、反对封闭对抗"都是大局，是大势。

我国高科技企业、高校，特别是那些受到美国制裁的高校和企业，要有"千磨万击还坚劲"的韧劲，积极通过多种途径和方式，向国际同行学习交流合作，反对美国破坏科技和教育合作的种种做法。惟其如此才能"以我为主"，在部分领域的国际重大科学问题新规则的制定上掌握主动权、话语权。

六

1983 年，北京全国政协礼堂。礼堂正中摆着一台电视，旁边站着美国未来学家阿尔文·托夫勒。电视即将播放他的纪录片《第三次浪潮》。片中，电脑和网络勾勒出无限广阔的未来。

台下观众心潮澎湃，散场时蜂拥提问："我们是不是已经错过了？我们还能赶上吗？"

打开国门后中外科技的差距，让国人对错失分外敏感，而当信息化革命与"科学的春天"叠加到来之际，一代人投身科技大潮，呕心沥血跟上了世界大势。

"没有人能熄灭满天星光。"今天的中国，拥有比过去任何时候都更好的创新基础、创新条件与创新资源，我们只需要坚定不移做好自己的事。而美国执着于人为制造分裂对抗、意欲扼住竞争者咽喉的霸权霸凌霸道，终会在失败后成为又一个历史教训。

（2024 年 3 月 15 日　鲍南）

在"寒气"里做那树傲雪的梅花

对于习惯了高歌猛进发展节奏的中国人来说，接踵而至的"黑天鹅""灰犀牛"，可能会有些不适应。某种意义上讲，看清大局、正视风险，把危机意识及底线思维传递到每个人，应当成为理解和审视今日中国发展的基本出发点。

近日，华为创始人任正非的一份讲话在网上刷屏。基于全球经济持续衰退的预判，他将"活下来"定为公司未来 3 年的主要纲领，并要求"让寒气传递到每个人"。尽管这番言论针对的是公司经营本身，但其中就发展形势的判断以及对忧患意识的强调，还是引发了舆论的广泛关注。

出乎许多人的意料，21 世纪的第三个十年，世界会以这样的图景开局。我们所处的世界没有变得更好，反而进入了一个高风险时期——

看政治，冷战思维沉渣泛起，地缘政治冲突加剧，一些大国不仅热衷煽动意识形态对立，还执意打造"小院高墙""平行体系"，对国际规则合则用、不合则弃。俄乌冲突战火难熄，带来并加剧了全球多重安全危机，制造了新的安全困境。特别是美国错误地把中国视为"战略竞争对手"，从贸易战到科技战，从战略围堵到舆论轰炸，试图掀起"新冷战"阻挡和打断中国现代化发展进程，由此而来的溢出风险让世界忧心忡忡。

看经济，全球产业链供应链紊乱、大宗商品价格持续上涨、能源供应紧张等风险相互交织，高通胀、高利率、高债务和低增长的"三高一低"特征已然形成。联合国全球粮食、能源和金融危机应对小组（GCRG）反复预警，全球正面临着整整一代人都未曾经历过的生活成本危机，弱势群体和弱势国家首当其冲，其他国家也难全身而退。

看疫情，新冠病毒持续肆虐，对老年人和基础病人群仍具较大威胁。与此同时，猴痘疫情和脊髓灰质炎正逐渐蔓延扩散，流感病毒也将于今年秋天再次来袭。"四毒"夹击之下，一些国家却已躺平"弃疗"，一隅不安，举世皆危。

看气候，目前全球 GDP 总量一半以上仍依赖自然资源的贡献，而公认的 15 个气候临界点中有 9 个已被突破。今夏北半球遭遇的极端高温等异常天气，或将在近十年或更长时间内频繁发生。但从今年的应对情况来看，人类对异常天气危害的认识和应对的准备还远远不够。

基于种种不乐观现实，联合国发出警告：灾难可以预防，但前提是各国投入时间和资源，必须准备面对一个"昂贵的未来"。不少国家纷纷为国民"打预防针"，比如新加坡总理李显龙就直言，亚太地区已是"山雨欲来风满楼"，新加坡人要"现实一点"。现实的种种"寒气"侵入全球运行的诸多领域，要过相当长一段"苦日子""难日子""紧日子"，某种程度成为国际社会普遍共识。

"雪压冬云白絮飞，万花纷谢一时稀。"作为新兴的发展中大国，中国同样会感受到压力。改革开放 40 多年来，中国经济一直保持着高速增长，对于习惯了高歌猛进发展节奏的中国人来说，接踵而至的"黑天鹅""灰犀牛"，可能会有些不适应。某种意义上讲，看清大局、正视风险，把危机意识及底线思维传递到每个人，应当成为理解和审视今日中国发展的基本出发点。

面对所谓"寒气"，如何自处？

做好一切准备，艰苦奋斗。"高天滚滚寒流急，大地微微暖气吹"，大国崛起的过程不可能是一帆风顺的坦途，"中华民族伟大复兴，绝不是轻轻松松、敲锣打鼓就能实现的"，越是处于距离伟大梦想最近的历史节点，越会遭遇风高浪急的风险挑战，有时甚至是惊涛骇浪。不信邪，不怕鬼，艰苦奋斗，方得生存，这是中华民族亘古传承的立身铁律。"独有英雄驱虎豹，更无豪杰怕熊罴"，发愤图强、自强不息，也是铭刻于中国人血脉中的成长方式。我们依靠艰苦奋斗让民族历经挫折而不屈，现在也要靠这一法宝继续战风斗雨，将命运牢牢掌握在自己手中。

力量生于团结，团结才能胜利。历史告诉我们，团结是中国人民和中华民族战胜前进道路上一切风险挑战、不断从胜利走向新的胜利的重要保证。当此船到中流、人到半山之时，正需要海内外全体中华儿女心往一处想、劲往一处使，拧成一股绳、铆足一股劲，最大限度凝聚起共同奋斗的力量。只要中国共产党人始终与人民站在一起，只要 14 亿人同心携手，就一定能以自己的确定性对冲外界的不确定性，实现中华民族的伟大梦想。

坚信"前途光明、道路曲折"。就算有一时的"寒气""寒流"，也终会过去。70 多年来，中国在"打逆风球、走上坡路"中一步步锻造着百折不挠、破局突围的能力。今时今日，中国发展所积累的物质基础和规模体量，既为我们抵御外部风险提供了充足有效的回旋余地，也为经济稳定发展提供了巨大空间和强力支撑。更不用说，面对大风大浪、大灾大疫，我们还有社会主义独特的制度优势。要有充分信心，坚信我们的国家有坚强的意志和能力"在克服困难中发展壮大，在应对挑战中超越自我"。

"梅花欢喜漫天雪，冻死苍蝇未足奇。"古老的民族，年轻的国家，亿万万追求幸福生活的人民，不畏艰难，历经风雨，创造了值得骄傲和自豪的今天。继续保持艰苦奋斗的精气神，把困难踩在脚下、把责任扛在肩上、把梦想化作风帆，中国必将风雨无阻、勇往直前，奔向更加美好的明天。

（2022 年 8 月 26 日　闫维民）

我们超越了"一定要赢"，
不变的是"永不言弃"

> 越来越多的中国观众，更关注顽强拼搏、永不言弃的过程，
> 为展示自己、表达个性喝彩，有了一颗"赢了，欢呼；输了，
> 鼓励"的平常心。

1984 年 7 月 29 日，洛杉矶奥运会，关键时刻、决胜一枪，许海峰为中国实现了奥运金牌"零"的突破。

40 年后的巴黎奥运赛场，两名未满 20 岁的射击小将黄雨婷和盛李豪，展现高超技艺与松弛姿态，用又一枚奥运首金续写荣光。

岁月荏苒，沉甸甸的奖牌记录着一代代运动员的故事，也见证着中国划时代的进步与成长。

一

作为全球最大的综合性体育赛事，奥运会是不同国家和地区之间文化交流的重要平台，也是展现国家综合实力、增强民族凝聚力的重要平台。

在现代化进程中，中国是"迟到者"，似乎正因此，中国人对奥运有着独特而深厚的情结。1908 年，伦敦举行了空前盛大的第四届奥运会，当时《天津青年》杂志向中国人发出震耳欲聋的"奥运三问"：中国，什么时候能够

派运动员去参加奥运会？我们的运动员什么时候能得到一枚奥运金牌？我们的国家什么时候能够举办奥运会？

彼时的中国内忧外患、风雨飘摇，无力给出答案，但国人心中渴望参与世界盛事、渴望祖国强大的种子一直在生长。

新中国成立后，尤其是改革开放之后，中国体育健儿斗志昂扬，加快了在国际赛场争金夺银的步伐。1984年，许海峰赢得奥运首金，"中国体育史迎来伟大的一天"，极大振奋了国人。对于这枚金牌的分量，许海峰曾表示，"我拥有的最高荣誉不仅是奥运会上的第一块金牌，更重要的是中华民族的尊严"。

二

"升国旗、奏国歌"是每个体育健儿的梦想，从1984年到2024年，金牌依然代表了光辉与荣耀，但中国人对"拿金牌"的态度，多了太多的淡定与从容。

看连续两届的奥运首金获得者——东京奥运会杨倩射落金牌后微笑比心，巴黎奥运会首金赛后两名中国小将轻松回应"这是自然而然的结果"。

再看社交媒体的热搜榜上，老将的坚守、小将的突破、失误的遗憾、互动的可爱……金牌虽仍是焦点，但社会舆论对奥运的关注点愈加丰富多元。

强大的内心、自信的态度，悄然塑造着中国人新的奥运观、金牌观——中国健儿毫不隐藏争夺世界冠军的雄心，也毫不掩饰享受快乐体育的内心。越来越多的中国观众，更关注顽强拼搏、永不言弃的过程，为展示自己、表达个性喝彩，有了一颗"赢了，欢呼；输了，鼓励"的平常心。

三

某种程度上，过去，中国人都憋着一口气，想告诉世界一个真实的中国，想向世界证明"我们行"。

如今,中国已凭借实力稳稳站在世界舞台中央,在"包含了丰富内涵、不同于西式体系的'文明的崛起'"过程中,自尊、自豪、自信、自强逐渐成为国民心态的基本面。

在开放的浪潮里,中国与世界深入交流互动,当可亲可爱可敬的中国形象于中国制造、文化出海乃至"China Travel"等全方位展示中变得愈加立体,中国人也比以往任何时候都更具有开阔的视野和包容的胸怀。

时光穿梭百年,曾经的"奥运三问"早已不再困扰我们。

中国体育事业的发展日志不断刷新:第一次举办亚运会、第一次举办奥运会、第一次位列奥运金牌榜第一、第一次设立全民健身日……进入新时代,中国又成功举办了冬奥会、青奥会、亚运会、大运会等国际大赛。中国运动员争金夺银乃至打破纪录已是常态,渐渐将屏幕前你我单纯的"胜负欲"打磨得更加平和。

更重要的是,体育产业蓬勃发展,助力大众体育欣欣向荣,国人日益体悟和欣赏竞技体育锲而不舍、无所畏惧的纯粹魅力,"成绩不仅仅在于能否拿到或拿到多少块奖牌,更在于体现奥林匹克精神,自强不息,战胜自我、超越自我"。

四

"更快更高更强",奥运会是全球顶尖选手的竞技,承载的是全人类对挑战极限的渴望。

回顾中国人的奥运史,从1932年"中国奥运第一人"刘长春一腔孤勇"单刀赴会",到2004年刘翔闪耀雅典震撼体坛;从东京奥运会"亚洲飞人"苏炳添一战封神,到巴黎奥运会中国女排以一场荡气回肠的胜利开局……

一代代中国选手接力向前,以不屈不挠、坚韧不拔的意志写下激动人心的奥运故事,这是中国故事的一部分,也是奥林匹克精神历久弥新的缘由。

圣火还在燃烧，激情仍旧澎湃。

接下来，让我们继续欣赏中国选手在巴黎的拼搏，礼赞一个个斗志昂扬的瞬间。涌动其中的勇气、自信、热血，必会鼓舞更多人勇往直前。

（2024 年 7 月 31 日　晁星）

向所有坚韧向善的人生致敬

> 任劳任怨、脚踏实地、孝亲睦邻的烟火人生也许十分平淡，也不存在什么"逆袭"桥段，却总是散发着向上向善的点点星光。

连日来，视频短片《回村三天，二舅治好了我的精神内耗》在社交媒体观看量破千万次，满屏的"敬二舅"表达着网友们的心声。

一段不无坎坷的人生故事，何以有如此魔力？诚如网友所言，"二舅重叠了无数平凡人的身影"。甚至许多人家中，都有这样的"二舅"：一生奔波劳苦，频遭变故，但骨子里的坚韧与善良让他们总有办法"给生活加点糖"。无论学手艺、谋生活，还是看顾家中老小，他们都勤勤恳恳，拼尽全力负起自己的责任。在他们身上，有岁月的风雨，有错过和遗憾，但从没有一蹶不振、自怨自艾，最终，他们活出了温良朴实的大写的"人"字，展现出了一种无比温暖可亲的顽强生命力。

就像歌中所唱，"灿烂星空，谁是真的英雄，平凡的人们给我最多感动"。人这一生，各有不易，但永远不向命运低头，总能找到更多的梦想与可能。任劳任怨、脚踏实地、孝亲睦邻的烟火人生也许十分平淡，也不存在什么"逆袭"桥段，却总是散发着向上向善的点点星光。大家热议"二舅"，又何尝不是在推崇一种普通人的"英雄主义"？

　　"二舅"能否治好"精神内耗"？这不好说，但"二舅"的故事确实给了很多人一次重新审视自我的契机。生活注定有无可避免的压力、难以下咽的辛酸，但它们的存在并没有消解生活的意义，反而让我们的生命显得有血有肉。如今的人们，有着更多的机会，可也有更高的追求，面临着更频繁的变动、更多元的压力，谁都有焦虑迷茫的时刻。但正如视频作者所说的，"我四肢健全，上过大学，又生在充满机遇的时代，理应过比"二舅"更为饱满的人生"。善于跟生活和解，不抱怨、不沉沦，这是"二舅们"带给我们的精神财富。

　　面对爆红，有人建议"二舅"去各大平台直播当网红，博主回应，"希望大家对'二舅'的所有关切就简单地起于线上，止于相忘，渺渺神交一场"。不要打扰"二舅"，因为认真生活的人从不需要观众，踏实前行的人总会找到属于自己的圆满。

（2022 年 7 月 29 日　关末）

他们，
记着初心，记着使命，记着相信

> 这个时代，当然不是不需要记者了，而是更需要专业的记者、专业的报道。

今天，是第 25 个中国记者节。

昨日立冬，万物冬藏，这是自然运转的规律；可于新闻人而言，在路上、在现场，永远没有停歇的时节。

这一天一切如常，记者奔波采访、主播忙着出镜、"头条"紧张更新、热点实时跟进；

这一天也有不一样的心绪。比如，你问他们怎么过节，他们会说"过节不放假，还要给自己做策划"，他们会说"这条稿什么时候能 10 万 +"……

相比过去的新闻人，身处新媒体时代的记者编辑们，责任依旧、情怀依旧，却也有更多的压力与焦虑。

他们记录、书写着时代，时代也改变、重塑着他们。

一

说起来，记者节的历史远比我们想象得久远。

早在新中国成立前，就有记者节。1933 年 1 月 21 日，镇江《江声日报》经理兼主笔刘煜生，被国民党江苏省政府主席顾祝同下令枪决，罪状为"宣传共产"。刘煜生被枪杀的消息经上海《申报》刊载后，立即引起强烈反响。

为了缓解舆论压力，1933 年 9 月 1 日，国民党政府发出"训令"，要"对于新闻事业人员，一体切实保护"。1934 年 8 月，杭州记者公会向全国新闻界发出倡议，公定 9 月 1 日为记者节，届时开展庆祝活动。可以说，这是爱国进步人士用生命和鲜血抗争而来的纪念日。

新中国成立后，《全国年节及纪念日放假办法》虽明确列了"记者节"，但没有明确具体日期。直到 2000 年 11 月 8 日，全国新闻工作者才迎来了第一个记者节。

此外，记者节设在 11 月 8 日，有其特殊的纪念意义。因为这一天，是中国记协的前身——中国青年新闻记者协会成立之日。1937 年 11 月 8 日，范长江等 24 人发起，"中国青年新闻记者协会"在上海山西南路 200 号南京饭店正式成立。这个组织，是中国共产党领导下的新闻界统一战线组织，在抗日战争中作出了重要的贡献。

时间的指针继续向前，对看报纸、听广播、看电视长大的一代代人来说，《县委书记的榜样——焦裕禄》以及《焦点访谈》等等，无不是难忘的记忆，也构成了大众对媒体、对记者这个职业的赞许与向往。

二

媒体记录历史，也是历史的一页。时代发展，社会进步，媒体变革也成为时代洪流的浪花。

有人说，新媒体风起云涌，报纸的黄金时代、记者的黄金时代已经走远。同时，社会大众对记者的评价也变得多元，尊重信任有之，调侃诋毁有之。

不可否认，在每个人都有麦克风，每个人都有摄像头，每个人都是记录者的时代，"记者这个职业褪去了光环"。

"路人甲"在社交平台发布的短视频，可能瞬间引爆舆论；社会新闻现场，常被各路网红主播挤个水泄不通；自媒体大号一篇文章的影响力，时而遥遥领先机构媒体；屏幕前，各色 AI 主播全天候有声有色播报新闻……

作为记录者、传播者，媒体的传播力在不断被解构，记者那份曾经独一无二的职业尊荣也不再"专有"。

于是这样的声音便多了起来："学啥也别学新闻""做新闻没出路""去媒体不如干自媒体"……传播模式在变，观念思维在变，挑战无处不在，迷茫有增无减。而这些刺耳的声音，同样是记者要去聆听、探索、解码的重要"选题"。

三

多元的声音、丰富的表达，是时代进步的产物。

但我们也看到——网络视频掐头去尾，打着滚反转，网友大呼"有图有视频无真相"；太多网络"大 V"不管事实、贩卖情绪，语不惊人死不休；又或者某个现象倒是清晰了，但背后又存在怎样的深层问题，事件"为何发生"，往往无人探究、无人解答。

我们同样看到，硬着头皮上"悬崖村"，于灾害中逆行，奔赴战争前线……大事当前、全民关注，还是他们第一时间勇毅前行，传递出第一手权威信息；真相迷离、众声喧哗，还是他们深入调查，一步步构建事件真实全貌，呈现准确客观的报道；观点交织、各抒己见，还是他们冷静分析、理性表达，尽可能用有温度、有锐度的文字凝聚共识，防止舆论失焦失真。

这个时代，当然不是不需要记者了，而是更需要专业的记者、专业的报道。这是挑战，更是机遇。

从外在形式看，单纯采访、写稿早已不能满足时代的需求，手机、电脑、云台、机器人、无人机，拍摄、剪辑、配音、直播……融媒体时代，一个人就是一条新闻"生产线"，记者要有"三头六臂"，也要修得十八般武艺。

从内在操守上，越是信息爆炸、新闻快进，越需要打实基本功，提升对事实的敬畏，秉承还原事实本貌的耐心。越是情绪泛滥、观点先行，越需要跳出流量为王、人云亦云的窠臼，修炼一双透过事实看本质的火眼金睛。

有些时候，这样的严谨或许显得"后知后觉"，或许会让自己错过一些"10万+"，但评论区"为权威客观理性报道点赞""铁肩担道义，辣笔著文章"等留言，何尝不是对传播者最好的褒奖？

时代确实在变，但公众对"知"的需求没有变，事实的准确陈述和观点的理性表达永远都有市场。记者的工作方式确实在变，但责任没有变，那就是探究事实真相、捍卫公平正义、维护公共利益。

即便在今天，我们仍常能听到大家如是评价这一职业，"执笔行文，仗义执言""用笔尖、用镜头、用声音，捕捉世界每一束光亮"……可见，社会、公众始终对"记者"抱有很高的期待。这也恰是记者们努力的方向、前行的动力。

四

每一代人有每一代人的际遇，每一代人有每一代人的使命。去做新战场、新市场的弄潮儿和领跑者，掌握新闻传播、舆论引导的主动权，就是这一代新闻人的历史使命。

有首歌这么唱，"梦想总是遥不可及，是不是应该放弃……"可正如老一辈新闻人所告诫的，"新闻是一条注定要长跑的路，一朝一夕不足以改变这个世界；要相信新闻依然有助于让这个世界变得更好一点，你会是千万推动者中的一员"。

记者，是一枚记录时代的符号。

一支笔，就是时代的注脚；一个镜头，就是历史的追光；一台摄像机，就是前行的基石。

记者，记着初心，记着使命，记着相信……相信，"没有比脚更长的路"；勿忘，"荣光永远在前方"。

瞭望船头，秉笔春秋。在这个如常的日子，祝所有新闻人节日快乐！

（2024 年 11 月 8 日　晁星）

治理之义

中国发展的要义在为民而不在超越谁

> 以足够的自信和定力来面对世界，以足够清醒的头脑和举措来完善自己，这应该是新征程上的中国共识。

经济总量达 114.4 万亿元，稳居世界第二，占全球经济的比重预计超过 18%；国内生产总值较上年增长 8.1%，经济增速在全球主要经济体中名列前茅……在全球疫情形势严峻、经济复苏疲软的大背景下，新近出炉的 2021 中国经济年报显得分外亮眼。外媒集体"向东看"的同时，对比中美发展、预测中国经济总量何时超美之类话题也尤为火热。

多年来，中国经济稳健增长，盘子越来越大，围绕"中美 GDP 何时逆转"的争论早已有之。有鼓吹"赶超无望论"的，有得出"迅速超美论"的，还有不少国际机构热衷从经济结构、产业潜力等多维度对比中美经济，而在连篇累牍的报道中，"中国威胁论""中国责任论"等不同论调层出不穷，炒作意味不言自明。

中美经济差距在不断缩小，这是客观事实，也无可避免地成为世界观察中国的新角度。但抛开别有用心的"尬吹尬黑"，我们自己该如何看待这个问题？

作为全球通用的重要经济指标，GDP 在一定程度上反映了一个国家或地区发展水平的"基本面"。更大的总量、更快的增速，往往对应着更强的综合国力。但GDP的规模与增速，只是衡量经济状况的指标之一，并不能囊括发展全貌。比如，总量大并不代表质量高，我国经济当前确实面临"三驾马车"驱动姿态不协调、地区发展不平衡不充分、产业含金量不足等现实问题。再从长期效益来看，发展远非一道简单等式，而是一道复杂方程。在关注增速的同时，更要问一问，GDP是哪种产业贡献的、付出了多少资源成本、是否绿色可持续……无论从哪方面看，"只唯GDP论高低"都失之偏颇，只盯着超越美国也没多大意义，坚持用辩证的眼光来审视中国经济，才是更科学合理的姿态。

更重要的是，中国发展的目标从来不是超越谁，而是让14亿中国人过上好日子。这份专注与清醒，镌刻在我们党的初心与使命里，贯穿于大国前行的方针与政策中。回望这70余年，一穷二白之时，我们党就将全面恢复国民经济当作头等大事，富起来之后，又马不停蹄开启脱贫攻坚大决战，绝对贫困问题得到了历史性解决，全球最大社会保障网逐步建立……栉风沐雨，春华秋实，可以说，正是靠着始终脚踏实地办好自己的事，一心一意为人民谋幸福，中国才书写了光照时代的历史篇章。

弱者跟风，强者自立。如今，中国虽以世界第二大经济体的身份回归世界舞台中央，但依然是世界上最大的发展中国家，还有10亿中国人没有坐过飞机，2亿多中国家庭没有抽水马桶，中国人获得大学本科以上教育的比例仅有4%。很多国民还不那么富裕，大家对"幼有所育、学有所教、病有所医、老有所养"还有更高期待。总的来说，解决"人民日益增长的美好生活需要和不平衡不充分的发展之间的矛盾"，还需要我们付出巨大努力。在外界的众声喧哗、"捧杀""棒杀"乃至堵截打压中，我们尤须戒骄戒躁，继续集中精力办好自己的事。以足够的自信和定力来面对世界，以足够清醒的头脑和举措来完善自己，这应该是新征程上的中国共识。

关注和评价经济发展，根本上要看发展成果是否惠及于民。这个道理不仅对中国适用，对任何国家而言皆然。就拿美国来说，作为老牌资本主义强国，GDP连续百年蝉联"世界第一"，贫富差距却越来越大，国民的幸福感不断缩水。近8000万人挣扎在无法付清医疗账单的旋涡中，超过85万人殒命于此次新冠疫情，通胀阴影下低收入群体连吃饭都成问题……经济体量惊人，但没有社会公平、没有族群平等、没有生命安全，这样的"第一"又有何意义？这也提醒所有观察者，与其盯着数字高谈阔论，不如深入分析发展的民生含金量。

没有天生的大国，也没有一成不变的大国。中国至今是发展中的大国，我们的奋斗目标是让 14 亿中国人都过上幸福生活，而中国经济最大的潜力也恰在其中。每个人心无旁骛的坚定、奋力向前的奔跑，终将汇聚成国家发展的磅礴伟力。"莫听穿林打叶声，何妨吟啸且徐行"，希望更多人都能保持这样的定力与专注。

（2022 年 1 月 21 日　范荣）

读懂两会，读懂中国

> 代表委员忙碌的身影里，有百姓冷暖，有万家忧乐，有无数普通人的梦想。

全国两会启幕在即，代表委员从四面八方奔赴"春天的盛会"，共商国是、共谋发展。

"读懂了两会，就读懂了中国。"

今年是全国人民代表大会成立 70 周年，中国人民政治协商会议成立 75 周年。特殊的时间节点，回顾"中国式民主"制度建立和发展的不凡历程，会愈加深刻地感受到人民共和国缔造者们在新中国制度奠基上的远见卓识。

一

"经国序民，正其制度。"

任何一种民主的价值理念，无不是通过一定形式和内容的制度安排来体现和实现的。

75 年前，新中国成立前夕，中国人民政治协商会议第一届全体会议在北平隆重开幕。此次会议，在当时充分实现了爱国统一战线内部各政党、各团体、各民族、各方面代表人士之间的协商民主功能。

同时，由于当时还不具备召开全国人民代表大会的条件，而政协这次会议又具有广泛的代表性，因此决定，在普选的全国人民代表大会召开以前，由中国人民政治协商会议的全体会议执行全国人民代表大会的职权。

到 1954 年 9 月，第一届全国人民代表大会第一次会议召开，通过并公布了《中华人民共和国宪法》，全国人民代表大会成为国家最高权力机关。我国的人民代表大会制度也正式确立起来。

因为有了人大，政协便不再承担国家权力机关职能，而回归专门的政治协商机构的角色。

因此，70 年前的 1954 年，在新中国政治制度构建史上是一个重要节点——国家的根本政治制度、基本政治制度都在这一年确立和定型。

人民代表大会，作为国家权力机关，是人民代表大会制度的载体，承担着立法修法、选举任免、讨论决定重大事项、监督宪法和法律实施、监督"一府两院"工作等重要职能。各级人民代表大会由民主选举产生，对人民负责，受人民监督，昭示着我国国家政权的人民性质。

中国人民政治协商会议，作为专门协商机构，是中国特色社会主义政治体制的独特设计，是实行人民民主的重要平台。秉承中国人崇尚有事商量着办的传统和政治智慧，人民政协汇聚各党派、团体、阶层、界别于一堂，共商国计民生，为国家治理建言献策。

人民代表大会制度和中国共产党领导的多党合作和政治协商制度，一个侧重治国理政的运行实施，一个侧重大政方针的谋划协商。在中国共产党的领导下，两者各有职能，互相协作。

千人同心，则得千人之力。这样的制度设计，让"中国式民主"从一开始就杜绝了不同政治力量排斥异己、相互倾轧的恶性竞争，形成最大公约数和统一意志，激发出同心同德、推动发展的强大力量。

二

春和景明，政通人和。

1978年2月28日，《人民日报》刊发《醉春风·庆祝人大政协两会同开》，第一次把全国人大会议和全国政协会议合称为"两会"。

在新中国成立初期，这两个会议其实是分开筹备召开的。对此，时任民革中央主席李济深认为，这样的做法会导致花费很多时间、人力、财力、物力，因此建议对两个会议进行改革：时间上同期举行，形式上全体全国政协委员列席全国人民代表大会。

建议、设想逐步成为现实。20世纪50年代中期，人大政协在联席会议、联合视察上密切互动。到了1959年4月，全国政协三届一次会议和二届全国人大一次会议同期召开，揭开了两会每年同期举行的序幕。

人大与政协的密切联系互动延续至今。如今的全国两会上，政协委员不仅要讨论政协的问题，还要列席全国人大会议，参加对有关法律修改、"一府两院"工作报告等的讨论，这样的制度安排真正实现了让人人起来负责、人人监督政府工作，形成了具有中国特色的两会式民主。

对于两会机制安排，周恩来同志曾指出"这个会是又联合，又有区别。主要议程是合着的，但人大要实行它的权力，这些权力政协是没有的，但是多吸收意见，归入决议中去，可以集思广益把工作做得更好"。

实践证明，正是由于政协与人大在多个层面上各有侧重、各具特点，使"政协民主"与"人大民主"互为补充、相得益彰。

比如，按照制度设计，政协委员主要按各党派、各人民团体、各界别（条条）为单位产生，而人大代表主要按区域（块块）构成的选区或选举单位产生。前者有利于从"条条"的角度表达民意，后者则有利于从"块块"的角度表达民意。

比如，按照宪法规定，人大是国家政权机构中的国家权力机关，政协则是政治协商机构而非国家政权机构。人大在政权内立法、讨论决定重大事项与监督政府，政协在政权外"政治协商、民主监督、参政议政"。"内""外"角度的不同，便可产生"横看"与"侧望"之间的有效互补。

三

来自人民、为了人民。

1954 年 9 月，新中国第一部宪法通过。10 月 1 日，在庆祝中华人民共和国成立 5 周年时，游行队伍抬着巨大的《中华人民共和国宪法》模型进入天安门广场，模型徐徐打开后，出现八个大字——"一切权力属于人民"。

人民民主是社会主义的生命。保证和支持人民当家作主不是一句口号、一句空话。

1949 年 8 月，社会学家费孝通在参加北平第一次各届代表会议后，感慨万分："穿制服的，穿工装的，穿短衫的，穿旗袍的，穿西服的，穿长袍的，还有一位戴瓜帽的——这许多一望而知不同的人物，而他们会在一个会场里一起讨论问题，在我说是生平第一次。"

今天，这般"难得一见"的场景已成常态。第十四届全国人大代表中，一线工人、农民代表占比 16.69%，专业技术人员代表占比 21.3%。全国政协十四届委员，来自 34 个界别，其中非中共委员超 60%，56 个民族都有委员。

代表委员的代表性在于覆盖范围的广泛性，更在于对群众生活感受的认知度、意见建议的了解度。

一年间，围绕新就业形态劳动者权益保障工作，全国政协委员粟斌深入到 18 个省份的近 30 个城市调研，厚厚的笔记本上记满了一线群众的呼声；

一年间，全国人大代表、农业农村部小麦专家指导组顾问郭进考走遍河北小麦主产区的每个地市，对上千户农民开展调研，努力找寻继续提升粮食单产的新方案；

一年间，围绕居家养老所需要的社会支撑体系，全国政协委员、对外经济贸易大学教授孙洁通过发放 2000 多份调查问卷、召开多场座谈会等方式展开深入调研……

代表委员忙碌的身影里，有百姓冷暖，有万家忧乐，有无数普通人的梦想。他们把这些声音带到两会，打通"庙堂之高"与"江湖之远"。再通过广泛而深入的协商民主，实现民意的汇总、民智的汇集、民力的汇聚，找到思想的共同点、利益的交汇点、解决问题的切入点，让"百姓盼的"与"党和政府干的"高度契合起来。

四

问题为先，实干为要。

广泛性、真实性和有效性是民主政治的科学评价标准。民主不是用来做摆设的装饰品，而是要用来解决人民需要解决的问题的。

实践最有说服力，人民最有发言权——

在民主的广泛性上，我们既强调选举民主的作用，人民通过选举、投票行使权利；又注重发挥协商民主的优势，人民通过广泛协商参与国家和社会事务，形成了全面、广泛、有机衔接的人民当家作主制度体系。

在民主的真实性上，从国家大政方针，到社会治理，再到百姓衣食住行，人民的期盼、希望和诉求，有地方说、说了有人听、听了有反馈。党的十八大以来，在人民网"领导留言板"上，有超过300万件群众意见建议获得回复办理。

在民主的有效性上，国家各项制度都是围绕人民当家作主构建，国家治理体系都是围绕实现人民当家作主运转，人大"开门立法"，政府"开门问策"；老百姓通过村民、居民、业主代表大会畅所欲言，推动公共事务管理；企事业单位职工代表大会保障职工知情权、参与权、表达权、监督权，有效维护职工利益。

民主，起始于人民意愿充分表达，落实于人民意愿有效实现。"中国式民主"为什么能干事、干好事、干成事？根本就在于，与"选举时漫天许诺、选举后无人过问"的西式民主不同，"中国式民主"是全过程人民民主，是全链条、全方位、全覆盖的民主，是最广泛、最真实、最管用的社会主义民主。

全过程人民民主是社会主义民主在新时代的创新表达。"人民民主"是社会主义民主政治的根本目的，"全过程"是社会主义民主政治的实现形式。

占世界人口近 1/5 的 14 亿多中国人民真正实现当家作主，享有广泛权利和自由，提振了发展中国家发展民主的信心。这是中国对人类政治文明的重大贡献。

五

与时俱进，历久弥新。

"十四五"规划建议起草过程中，我们党在五年规划编制史上首次开展"网络问计"。一位叫"云帆"的网民留下关于"互助性养老"的建言，这条建言有关内容被列入"十四五"规划建议，最终化为规划纲要的具体举措。

制度创新鲜活可感。作为展现中国政治制度的重要平台，两会的创新变革始终在路上。

两会不是"闭门会"，而是愈发直通民心、开放透明。曾经，人民大会堂北大厅，屡屡上演记者"堵部长"的场景，也曾有一些部长对着镜头躲躲闪闪、拱手而别。如今，"部长通道""代表通道""委员通道"持续开设。通道不过百米，教育、就业、医疗等大家关切的话题，都能在这里听到回应。数字平台还搭建起会场内外连通的通道，让民意更好地走进会场，让两会声音传到千家万户。

两会也不只是"定期会"，而是愈发融于日常实践中。为了强化代表委员与群众的联系，地方上探索了不少创新举措。比如，立法过程中，有地方组织"万名代表下基层"打捞鲜活民意，很多一线的"金点子"被写进法条；

比如，代表之家、委员驿站等建到街村居、社区、企业、楼宇乃至商场，多元的常态化与民沟通平台让群众能找得到人、说得上话、议得成事。

民主发展史表明，民主的价值能否真正实现，不仅取决于是否有完整的制度载体和制度秩序，而且取决于能否有广泛的参与渠道和参与实践。火热的政治实践证明，中国发展全过程人民民主，既有完整的制度程序，也有完整的参与实践。

六

商以求同，协以成事。

民主与国家治理紧密相关。好的民主一定是实现良政善治的，一定是推动国家发展的。绝无国家治理"失灵""低效"，国内问题成堆，民主却是"世界样板"的。

小到通过"小院议事厅"，居民坐在一起商议停车位怎么划、电动车车棚如何建；大到民法典草案编纂过程中，先后10次公开征求意见，累计收到42.5万人提出的102万条意见和建议……这些都是民主制度优势转化为国家治理效能的微观实践。事实也证明，群众的意见，是改革发展的根本推动力；民间的智慧，更是治理革新的源头活水。

"鞋子合不合脚，自己穿了才知道。"评判一种民主形式好不好，归根结底要看能不能让人民过上好日子。

从织就世界最大的社会保障网，到国内生产总值、人均国内生产总值分别突破110万亿元和8万元；从历史性地解决绝对贫困问题，到中国科技、中国"智"造喜报频传……

在党的全面领导下，发展维护人民根本利益的最广泛、最真实、最管用的民主，汇聚起治国理政的强大合力。恰如外国专家所评价的："良好的制度推动了中国的发展进步，激发了人民的创造活力，成就了中国的繁荣。"

七

初心不改，行者无疆。

70 年前，毛泽东同志在第一届全国人民代表大会第一次会议上说："我们有充分的信心，克服一切艰难困苦，将我国建设成为一个伟大的社会主义共和国。我们正在前进。我们正在做我们的前人从来没有做过的极其光荣伟大的事业。我们的目的一定要达到。我们的目的一定能够达到。"

新起点，新征程，历史接力棒交到了我们这一代人手中。

牢牢抓住历史机遇，坚定制度自信，更好发挥中国特色社会主义政治制度的优越性，在实践中不断发展全过程人民民主，定能创造更加光明的未来。

（2024 年 3 月 3 日　晁星）

最好的纪念就是将改革开放进行到底

> 回溯历史可以发现，改革开放不止一次遇到过内部的争论和外部的挑战，风雨兼程是一种常态。

时值改革开放 45 周年，社会各界重温沧桑巨变，致敬壮丽史诗。面对波谲云诡的国际形势、艰巨繁重的发展任务，时间节点的历史回望也成为又一次发展共识的凝聚：只有社会主义才能救中国，只有改革开放才能发展中国、发展社会主义、发展马克思主义，对改革开放最好的纪念，就是坚定将改革开放进行到底。

改革开放，这沉甸甸的四个字，之所以总能激发中国人的强烈共鸣，很大程度就在于，时代的宏大叙事背后，是无数个体可见可触可感的获得感、幸福感、安全感。从粮票布票承载一家子的酸甜苦辣，到点点手机就能买遍全球；从蓝、黑、灰"主导"全国人的衣柜，到国潮、国风不断"上新"；从"二八大杠"风靡一时，到城市堵车成了"幸福的烦恼"；从"10 亿双袜子换飞机"，到 C919 国产大飞机直上云霄……种种做梦都想不到的改变，就这样在 45 年中真切地发生着，怎能不令人心潮澎湃？

步履匆匆，时移世易，今天再谈改革开放，内外环境已与当年大为不同。从内部看，容易的、皆大欢喜的改革已经完成，剩下的都是难啃的硬骨头。

这些疑难杂症解决起来，无不需要破解错综复杂的矛盾，无不需要突破认识和利益的掣肘。从外部看，逆全球化思潮抬头，单边主义、保护主义明显上升，局部冲突和动荡频发，封锁围堵、"脱钩断链"等明枪暗箭频频。方方面面的不确定性不可避免地让人心生困惑迷茫，甚至犹疑误判。

回溯历史可以发现，改革开放不止一次遇到过内部的争论和外部的挑战，风雨兼程是一种常态。我们曾面对"价格闯关"的风浪，也曾面对国企改革的阵痛；曾面对简政放权的阻力，也曾面对经济转型的艰难；曾面对亚洲金融危机、国际金融危机的冲击，也曾面对金融市场"狼来了"的担忧……众声喧哗中，革故的决心从未退缩，鼎新的脚步从未停滞，破除着"一切不合时宜的思想观念和体制机制弊端"。中国的改革开放，始终在历史前进的逻辑中前进、在时代发展的潮流中发展，不断推进解放和发展生产力，满足人民对美好生活的需要。

推进改革开放，应当有"莫听穿林打叶声，何妨吟啸且徐行"的坚定。当前，我国仍处在经济结构转型升级的关键时期。面对外部环境不确定性明显增大，以及有效需求不足、部分行业产能过剩、社会预期偏弱、风险隐患仍然较多等内部挑战，中国经济需要以深化重点领域改革来释放红利、稳定预期。近日闭幕的中央经济工作会议上，"改革"成为高频词，彰显了中国继续推进全面深化改革的决心。中国经济最大的潜力就是每个人都过上美好生活的愿望。继续依靠改革激活庞大的市场和社会，让一切劳动、知识、技术、管理、资本等生产要素的活力竞相迸发，中国发展就始终拥有坚实基础、不竭动力。

改革和开放是不能分开的双螺旋。45 年一路走来，我们更加清楚国际经贸"相通则共进，相闭则各退"的规律，也始终在坚定支持和维护经济全球化。可以说，继续保持开放心态，推进更高水平对外开放，是因应当下、前瞻未来的务实选择，是构建以国内大循环为主体、国内国际双循环相互促进的新发展格局的必由之途。以更大力度吸引和利用外资，进一步完善外商投资法律体系，营造市场化、法治化、国际化一流营商环境，今天的中国正以实际行动证明，这里始终是全球投资热土和兴业高地，未来还将释放更多发展红利。

45 年前，毅然决然的启航远征，最终成就了改变中国、影响世界的浩荡进军。在新的起点上推进改革开放，我们心中更多了一份坚定自信，多了一份睿智从容。相信永不止息的改革求索、拥抱世界的开放心态，将继续书写激动人心的精彩叙事，打开我们对于未来的想象空间。

（2023 年 12 月 20 日　闫维民）

珍视和爱护关键时刻站出来的那些人

> 他们也是"别人家的孩子"、父母、妻子或丈夫，同时以他们的辛勤付出、奉献牺牲成为党和政府形象在群众心目中的化身。

"我是包村干部，我得去！"这是门头沟区王平镇包村干部熊丽生前留下的最后一句话，在防汛抢险和转移群众工作过程中，她被突然坍塌的铁道路基护墙掩埋，不幸遇难。

"服务，服务，再服务！"这是门头沟区龙泉镇副镇长刘捷在自己工作笔记扉页写下的自勉，在群众转移及抢险救灾工作过程中，他被突发山洪卷入激流，不幸遇难。

熊丽，刘捷，是全市奋战于防汛救灾一线基层干部的代表。面对这场140年来北京遭遇的最大降雨，面对山洪塌方等严重次生灾害，广大基层干部逆行向险、全力以赴。"平常时候看得出来、关键时刻站得出来、危急关头豁得出来"，他们像战士一样守护着我们共同的家园，以自己的付出，让大家安全安心。

"基层干部真难，群众工作不易"。基层是政策执行落地的"最后一公里"，也是人民群众感知公共服务效能和温度的"神经末梢"。街道、社区、乡镇、农村……在改革发展的最前沿，在社会治理的最前线，总能看到基层干部忙碌的身影。置身脱贫攻坚的战场，是他们大胆探索，用脚步丈量前方的致富之路；着眼精细治理的目标，是他们下足"绣花功夫"，管好群众家门口一桩桩"天大的小事"。无论眼前的任务是急难险重，还是庞杂琐细，都是这支队伍冲锋在前。是万千基层干部履职尽责，大小社区有序运转，支撑起了社会生活的秩序井然。

大事急事当前，中国基层的执行效率之高总让人惊讶。为什么中国能迅速办成别的国家办不了的事？一大原因就是有这么一支"信得过、靠得住"的基层干部队伍。事实上，在中国这样的大国，幅员辽阔、人口众多、区域差别大、发展不平衡，实现基层善治、连通"上""下"并不容易。但在党的坚强领导下，中国形成了缜密高效的组织体系，基层就是连通"上""下"的纽带桥梁，基层干部就是穿针引线、承上启下的那根"针"。再纷繁复杂、千头万绪的治理事项，再棘手难办、紧急迫切的方针政策，都能通过基层干部传递到千家万户。一事当前，国家有部署，基层有行动，民众有参与，纵到底横到边的"组织堡垒"，打通了基层治理效率的痛点堵点，迸发出强大的战斗力，确保了政令畅通、运转高效。

基层组织中蕴含的战斗力令人惊叹，但这份"超能力"绝非天赋，也不是任何一个国家都能拥有的。事实上，某些国家与政党，之所以陷入治理困境、走向社会溃败，很大程度是基层战斗力、组织力、凝聚力太差。有历史学者分析国民党失败的原因，重要的一条是组织体系"涣散松懈"，"上层有党、下层无党""城市有党、农村无党"，"党同党员没有任何联系"。相较于此，中国共产党很早就重视基层组织建设，提出并坚持了"支部建在连上"，使党的组织体系得以"上""下"贯通、完整严密。新中国成立后，党在各个领域普遍建立了基层党组织，充分发挥基层党组织的战斗堡垒作用和党员的先锋模范作用，有效地团结带领广大群众，保证了党和国家的各项方针政策贯彻落实，党的执政基础不断巩固加强。

"欲筑室者，先治其基。"早有观察者指出，如今国与国之间的竞争，是政党领导力的较量，是决策执行力的对垒。在中国共产党百年发展历程中，重视基层、强基固本，是光荣传统和宝贵经验，更在屡次实践淬炼中升级为独特制度优势。行进在新征程上，我们必须清醒认识到，我们国家发展不平衡不充分的问题仍然突出，广阔基层仍存很多问题有待解决，不少还都是难啃的硬骨头。与此同时，基层治理现代化，是实现国家治理体系和治理能力现代化的基础工程，甚至可说是关键环节。"基础不牢，地动山摇。"基层既是产生利益冲突和社会矛盾的"源头"，也是协调利益关系和疏导社会矛盾的"茬口"。不断夯实基层社会治理这个根基，还需要下更大功夫发挥党的组织优势，激发基层组织、基层干部的战斗力，不断增强人民群众的获得感、幸福感、安全感。

每个人都跟基层干部打过交道。但很多时候，唯有在同风共雨、守望相助之后，大家才会最真切地感受到，原来我们熟悉的身边人如此珍贵。他们是最辛苦、最不容易、最值得尊敬和爱护的人。每一次灾害、危险来临的时候，冲在前面、干在一线、忍辱负重、流汗流血的都是他们。他们也是"别人家的孩子"、父母、妻子或丈夫，同时以他们的辛勤付出、奉献牺牲成为党和政府形象在群众心目中的化身。对于可亲可敬的他们，要给予理解，更要拿出务实政策进行激励，以具体机制解除他们的后顾之忧，助力他们不忘初心、保持锐气，争当攻坚克难的闯将、为民服务的干将。

"因为信任，所以支持，因为支持，所以胜利"。基层干部们冲锋在前，广大市民配合支持，双方深度联动、同心同向，基层组织的优越性就能得到更大发挥，我们必能扛过一次次风险考验，争取更大的光荣和胜利。

（2023 年 8 月 11 日　胡宇齐）

服务好民营经济，
首先要服务好小微企业

> 真正的服务，不是"我能为你做这些，你需要吗"，而是"你需要什么，我就做什么"。

随着一系列政策落地生效，经过一段时期发展阵痛的民营经济，正逐渐展现出边际改善态势。

据国家统计局发布的数据，2023 年 1 月至 10 月，扣除房地产开发投资的民间投资增长 9.1%，接近两位数。制造业、基础设施民间投资同比分别增长 9.1% 和 14.2%，呈现出较强投资活力。

政策效果正在显现，企业家们信心回暖，当此之时，如何继续为民营经济加把油？

一

民营经济，社会主义市场经济发展的重要成果，推动经济社会发展的重要力量。

这句话，历经改革开放 45 年的波澜壮阔，凝结着许多人的艰辛探索，已深深烙刻于今日中国人的价值认知中。

《大江大河》中，杨巡从"杨小馒头"变成"杨小倒爷"，从拥有一个摊位到打理一座商城，曾经不可违背的"商业纪律"每松绑一点，便能唤起乘数效应的创业热情。《鸡毛飞上天》里，伴随着改革开放的春风，义乌的"鸡毛换糖"变身小作坊、小厂子经营，更在国内市场趋于饱和时勇敢走出国门。"春江水暖鸭先知"，一批批敢想敢干、披荆斩棘的踏浪者，也为宏观层面的发展变革提供着最具体的微观动力与最生动的现实注解。

1978 年，十一届三中全会拉开了改革开放的大幕，民营经济迅速破土：街头卖纽扣的 19 岁姑娘章华妹领到了 10101 号的个体执照；小鞋匠南存辉看到了电开关的商机；工厂推销员宗庆后贷款办起了批发小卖部……

1988 年，"私营经济"被写进宪法，为我国民营经济确立了法律地位。1992 年，党的十四大明确提出"我国经济体制改革的目标是建立社会主义市场经济体制"。

此后，民营经济的重要性不断被强化，从"重要组成部分"，到"两个毫不动摇"，再到"三个没有变"……清晰的历史脉络，传递出鲜明信号——

我们党巩固和发展公有制经济，也鼓励支持民营经济和民营企业发展壮大。

二

关于中国民营经济，人们熟知"五六七八九"的说法：民营经济贡献了我国五成以上的税收、六成以上的 GDP、七成以上的技术创新成果、八成以上的城镇劳动就业岗位，以及九成以上的企业数量和新增就业。45 年一路走来，如今其税收贡献已达 60% 左右，数量也达我国企业总量的 96%。

但快速成长的另一面，是不可避免的"成长的烦恼"。

在日前"中国经济圆桌会"上，有学者提出，民营企业遭遇的困难突出表现在三方面：一是生产要素保障不足，如资金压力大，高级人才缺口大，对数据要素的应用广度和深度较低；二是存在技术创新短板，"从 0 到 1"的基础研究较弱，"从 1 到 N"的应用转化仍有提升空间；三是制度环境有待改善，包括市场准入壁垒、不公平竞争、遭受选择性执法等。

三方面难题环环相扣，而破题的关键，恐怕仍在于制度环境。

"制度是经济增长的根本原因"，这是经济学家道格拉斯·诺斯的著名观点。民营企业对接着市场的"神经末梢"，对制度环境更加敏感，如若缺失了这份"阳光雨露"，长远发展必受影响。

"现在民营企业面临的问题，实际上不是政策框架存在什么重大漏洞，而是一些隐形的障碍。"稳定的制度供给，良好的发展环境，不仅在于政策的出台，更在举措的落地。

在不确定的市场环境中切实提供高度确定的制度环境，为民营企业打造足够的"安全感"，这是它们发展信心的重要来源。

三

民营经济发展涵盖事项庞杂，涉及诸多方面，情况千差万别，呼唤管总的制度方案之余，也需要有机构"专门操持"。国家发改委民营经济发展局，应需而生。

"职责103个字，关键词都是服务。民营经济发展局将始终坚持全心全意为民营经济发展壮大服务。"

没有"管"字，全是"服务"，直接展现了民营经济发展局愿做贴心"娘家人"的想法：让民营经济事有处办、理有处讲、苦有处诉、难有处解、愿有处达，身份更有认同，情感更有归属。

真正的服务，不是"我能为你做这些，你需要吗"，而是"你需要什么，我就做什么"。用户思维的第一步，便是换位思考明确痛点，之后才谈得上想方设法解决问题。无论是与企业家座谈聊天，还是向社会广泛征集问题线索，又或者关注企业家的采访发言，就会发现几点普遍的心态与诉求——"不要照顾要公平""政策不要朝令夕改""强化法治保障"。

相比国有企业，民营企业普遍面临融资渠道少、金额小、期限短和利率高等问题，"卷帘门""玻璃门""弹簧门"等隐形歧视，也形成了某种事实上的不公平。而若是同样的订单条件，人们总倾向于"国"字头、"央"字头的企业，而非交予民营企业；遇到同样的执法审查，民营企业又往往面临着更苛刻更挑剔的眼光。还有，"私营经济离场论"等时而冒出，让民营经济乃至民营企业家处于舆论场"下风口"，在无形中加大了民营企业的不确定感。

想企业家之所想，急企业家之所急，从反映最集中的问题入手，从一点一滴的具体改善之中，让民营企业切实感受国家的力挺、"娘家人"的温暖，更自信地在广阔舞台大展拳脚。

四

当好民营企业的"娘家人"，服务半径需要包含所有被需要的地方。

揆诸现实，大型民营企业，体量大、能力强，有的还是一地的龙头企业、纳税大户，自然颇受重视。相较于此，中小微企业体量小、成立时间偏短，因实力财力弱还可能遭遇借贷融资难，让抗风险能力愈加脆弱。

然而，中小微企业恰恰是我国数量最多、活力最足的企业群体，也是涵养就业、创造经济活力的生力军。截至 2022 年末，我国中小微企业数量已超过 5200 万户，占全部企业数量的九成、从业人员占全部企业从业人员的八成。

从逻辑上讲，任何大企业都是从无到有一步步成长起来的。数据显示，我国目前小微企业平均寿命 3 年左右，而在美国和日本对应数据是 8 年和 12 年。

"只有小微企业过得好，经济才会真的好。"用心呵护小微企业，除了在税费、融资、房租等方面提供一系列看得见、摸得着、实打实的帮扶之外，同样需要增强政府行政行为的稳定性，减少政策出台的随意性，让他们可以在可预期的环境中苦练内功、提升本领。

中小微企业青山常在，经济社会发展自会收获盎然生机。

五

在建设服务型政府的时代语境下，政府部门与公务人员都是服务者，民营企业作为被服务的对象，则是服务的打分者、评判者。

放眼全国，已有多地进行了相关探索。比如，邀请各行各业的民营企业家代表作"评委"，为当地营商环境打分；设立"民营企业家节"，由企业家给政府部门颁奖，且奖项的"裁量权"由企业家说了算；还有的每两个月开展一轮"企业评部门"活动，搭建起"一站式、便捷式、解难式"高效政企直连直通服务体系……一系列创新尝试，皆彰显着尊重民企的心意、服务民营的诚意：把评价权交给民营企业，让服务质量成为政府的KPI。

政府服务做得好不好，企业说了算；企业打分考核有没有用，还得看政府的后续行动。从每一次考卷得分之中，明确所短所长，把做得好的继续发挥，把做得不好的迅速补上；从每一次聊天对谈之中，搞懂普遍关切，将紧急的议题迅速完成，对重要的议题充分研究。唯此，企业的打分才真正有了意义。

有一个常被提及的"飞轮效应"，是指为了使静止的飞轮转动起来，一开始必须使很大力气，一圈一圈反复推，但当飞轮转动得越来越快，达到某个临界点后，飞轮的重力和冲力就会成为驱动力的一部分。

"政府为民企服务—民企为服务打分—政府从打分中找到更精准的服务方向"，当这样的良性循环构建起来、运行下去、越转越快，民营经济何愁没有更好的发展环境？

六

"一有阳光就灿烂，一有雨露就发芽"，这是对民营经济生命力的生动描述。

2023中国民营企业500强调研分析报告显示，参与调研的500强中近七成企业认为，在新发展格局下企业将迎来科技创新带来的新机遇。

发展长路上，有风有雨是常态，但最敏感最灵活最具创造力的民营经济，必能在多方共同创造的良好条件下抓住机遇、穿越风雨，书写更加传奇的创业史。

（2023 年 11 月 24 日　胡宇齐）

做足"安全冗余"，
提升城市应对风险韧性

> 某种程度上，城市在为人们提供种种便捷与舒适的同时，也钝化着大家的风险意识，降低着人们的忍耐能力，客观上加剧着城市的脆弱感。

经过前一阶段连续极端高温煎熬后，我国北方近期又遭遇极端降雨。其中，北京地区记录到的降雨极值，更是有仪器测量记录140年以来最大。"造访"频率越来越高、存在感越来越强的极端天气，促使我们系统审视城市防灾减灾救灾水平。假如极端天气成为常态风险，我们的城市韧性够吗？

对于生活在北方城市的人们来说，今夏的情况着实特殊。滂沱大雨日夜不停的场面过去并不常见。从1951年有气象记录以来，仅有12次台风减弱后的低压经过或接近北京，并带来比较明显的风雨影响。另外，在传统认知中，人们更倾向于认为，乡村受到暴雨等极端天气的影响更大，舆论关注点也多落在农作物等受损情况上。但近些年的现实让人们猛然发现，随着全球气候变化进入新阶段，极端天气导致的城市内涝正在成为一种常态化公共危机。

诚如人们的观感，看似更为强大的城市其实有着极其脆弱的一面。现代都市不是钢筋水泥的堆砌，而是各类社会资源、社会功能的组合。每一个"模块"的加载，在促进城市发展的同时，也聚集着人口、密切着关联。这部体积庞大、线路复杂的精密机器中，任何一个零件报错，都可能牵一发而动全身。随着城市规模扩大、人口增长和功能叠加，各个运行系统不仅犬牙交错，且呈现倒金字塔结构。便捷的交通出行、繁华的商业消费、快速的物流配送、先进的管理系统等丰硕又高端的发展成果，本质上都高度依赖着水电、网络等基础设施。一旦这些"根服务器"受损，搭载其上的各类功能瞬间失灵、"智能城市"瞬间瘫痪并不是危言耸听。诚如有人所言，"停电的一刹那，文明就开始痛苦呻吟"。

某种程度上，城市在为人们提供种种便捷与舒适的同时，也钝化着大家的风险意识，降低着人们的忍耐能力，客观上加剧着城市的脆弱感。利益诉求多元多样，对生活品质的期待越来越高，城市风险的启动门槛也越来越低。当今时代，在快节奏的城市生活中，家中停水断网、门口树倒车泡、外卖跟不上趟儿，均足以让家庭生活部分停摆、城市运行警铃大作。这是必须正视和面对的客观现实。

城市的发展不可能总是艳阳高照、平顺无虞。坚持底线思维，不回避矛盾，不掩盖问题，凡事多从坏处准备，才能有备无患。当然，每座城市又有自身发展的现实阶段和资源禀赋，对未知风险的预见性设防也必然要有一个具体的标准。倘若凡事都按照最极端的状况来设计安排、储备运行，在平常时候难免会有资源空耗；而一旦预见不足、低线设防，巴望极端灾害落不到头上，那灾害袭来一定会捉襟见肘、招架不住，付出惨痛代价。所以，这个标准不会是无限追高，也不是无限拉低，而是要在资源投入和防灾效果之间取一个平衡。就如面对极端暴雨，做再多准备也难穷尽所有意外。但有过硬的基础设施打底，加以充分的应急预警和高效行动，就能最大限度降低灾害造成的损失。从这个意义上说，正是因为天灾难料，我们才更要着力打造韧性城市。这种"韧"，很重要的一个方面就是通过制定科学的设防标准，有效增强城市在面对极端情况时的运行张力。

如何提升城市韧性？可以从历次大考中总结出一些重点方面。比如，更加注重城市里子。越是困难时刻，越需依靠城市治理的基础建设和长期积累。在这方面，很多设施和工作都是"隐功"，在城市如常运转时往往被忽略，但做没做、做得好不好，一旦遇到极端情况，便会完全暴露出来。就拿本轮暴雨来说，北京在各个易积水路段都设置了专人值守，在山区危险路段提前设置"劝返点"，而一些村镇由于提前按要求做好了人员转移，免于在突发山洪中造成人员伤亡。这一系列有针对性的动作，很大程度就基于本市近些年来持续优化的城市防洪排涝基础设施，以及不断完善的预警预案。比如，时刻保持风险意识。长期以来，几乎所有城市都存在"重救轻防"的倾向。实际上，即便是"突发"的事件，其预判和应对也总是有规律可循的。在城市规划、建设、运行和管理等每一环节，都对可能发生的风险进行通盘考虑，建立起多层次的立体风险防护意识网络，才能保证一个城市在风险灾难面前保持一定主动性。比如，提升市民防灾意识。多措并举号召广大市民高度重视预警，君子不立危墙之下，不该去的地方别去。储备防灾应急知识，力争做到临危不乱。

安全领域有个概念叫"安全冗余"，即用多重备份来增加系统可靠性。大城之治，同样需要相当的"安全冗余"。不断增强城市系统的可靠性，必须将防灾减灾意识融入城市的方方面面。让我们不存侥幸、科学防灾，一起守护自己的家园。

（2023 年 8 月 4 日　崔文佳）

做好调查研究关键在一个"实"字

> 调查研究，关键在一个"实"字，尤须避免纸上谈兵、虚应故事。或走马观花、做表面文章，或手捧材料、想当然判断，这样制定的政策举措没有根基，最后注定"砸锅"。

"既报喜又报忧，不唯书、不唯上、只唯实""防止调查多研究少、情况多分析少，提出的对策建议不解决实际问题"，近日，中办印发《关于在全党大兴调查研究的工作方案》（以下简称《工作方案》），部署全党大兴调查研究之风。聚焦党和国家事业发展全局，紧扣人民群众急难愁盼和经济社会发展实际，《工作方案》在各地各界干部群众中引发强烈反响，"走出办公室""练好基本功"成为普遍心声。

调查研究是我们党的传家宝，也是密切联系群众的重要经验。毛泽东同志形象比喻："调查就像'十月怀胎'，解决问题就像'一朝分娩'。调查就是解决问题。"回望历史，调查研究贯穿了我们党百余年的发展历程，其间所蕴含的问题意识更成为引领党各个时期工作的基本方法。党的十八大以来，习近平总书记高度重视调查研究工作，倡导全党大兴调查研究之风，自己更身体力行，将坚实足迹印在祖国大江南北。听民声、察民情、问民意，一系列重大理论实践问题由此回答，一系列战略决策部署由此擘画。

"上之为政，得下之情则治，不得下之情则乱。"调查研究的价值，不仅在于扎下身去找到破题的源头活水，更在于洞悉世情掌握发展的时代坐标。当前，世界百年未有之大变局加速演进，世界之变、时代之变、历史之变正以前所未有的方式展开，逆全球化思潮抬头，来自外部的打压遏制随时可能升级；从国内看，不确定、难预料因素增多，改革发展稳定面临的种种深层次矛盾躲不开、绕不过，各种风险挑战、困难问题比以往更加严峻复杂。这样的背景下，"本领恐慌"客观存在，也常遭遇"老办法不管用，新办法不会用"的尴尬，迫切需要通过调查研究把握事物的本质和规律，找到破解难题的办法和路径。此番中央明确12个方面的主要调研内容，既是对实事求是思想的传承，也是对党员干部提升能力的要求。

"身入"方能"心至"。"一个县是不是光靠一个产业去发展，要去深入调研，不能大笔一挥，拨一笔钱，这个地方就专门发展养鸡、发展蘑菇，那个地方专门搞纺织，那样的话肯定要砸锅。"今年全国两会期间，习近平总书记生动举例，再次阐明了调查研究的重要性。不论是部门条线，还是地方基层，都有具体的工作特点以及问题所在，只有带着困惑"下去"，才能怀揣办法"上来"。现在通信很发达，打打电话、发发微信、看看材料也能了解很多情况，但没有现场看、当面听、直接问和"七嘴八舌式"的讨论，就难言了解了真实情况。或走马观花、做表面文章，或手捧材料、想当然判断，这样制定的政策举措没有根基，最后注定"砸锅"。

调查研究，关键在一个"实"字，尤须避免纸上谈兵、虚应故事。一段时间以来，很多调研带有明显的形式主义、官僚主义习气，考察走访成了文山会海，调查报告成了填表留痕，某些基层单位为了应付上级甚至精心安排路线、布置场景、挑选群众，上上下下折腾得人仰马翻。如此"戏精"，不仅让调研结果浮于表面，令政策制定跑偏脱轨，更会助长不良政风。正如有人所批评的：如今的一些党员干部，一个最大的问题就是搞花架子的能力很强，把本事都放在形式主义上去了。特别听话，上面叫做什么，很快地弄出一套东西来，照着葫芦画瓢，但处理问题、干事兴业的能力就不好说了。从这个意义上说，大兴调查研究之风，就必须杜绝"出发一车子、开会一屋子、发言念稿子"，在深入分析思考上下功夫，去粗取精、去伪存真，由此及彼、由表及里。

　　"一语不能践，万卷徒空虚。"调查研究不仅是一种工作方法，而且是关系党和人民事业得失成败的大问题。调查越深入，研究越细致，距离群众越近。群众对身边难题最有感触，对解决难题也往往有各自的点子，跟群众坐在一条板凳上，是成本最低、效率最高的达致共识的办法。明确了应该做什么，就要排除万难去落实。对经过充分研究、比较成熟的调研成果，要及时上升为决策部署；对尚未研究透彻的调研成果，要更深入地听取意见，完善后再付诸实施；对已经形成举措、落实落地的，要及时跟踪评估，视情况调整优化，惟其如此，才能使各项决策部署充分集中民智、体现民意、反映民情。

　　全面贯彻党的二十大精神的开局之年，号角响亮。每一位党员干部都真正"动"起来、"深"下去，交一批基层朋友，搞一批专题调研，在问题中把准社会脉搏，在解题中认识发展规律，我们一定能在新征程上继续创造经得起实践、人民、历史检验的实绩。

（2023 年 3 月 22 日　郑宇飞）

如何看"市长一个电话就解决"

困扰企业很久的难题，市长一个电话十分钟就解决，其间反差也引人深思。

近日，某市市长现场办公的一幕引发各方热议：在调研当地一家智能制造企业时，得知该企业迟迟找不到钢铁厂合作，当即打电话联系，十分钟就给企业牵上了线。

视频虽短，展现的作风却很实。没有推诿搪塞，弄清问题，立马着手处理，现场办公的即时性，以及干部的工作态度和服务意识，值得点赞。无独有偶，日前，广东一家企业负责人"抱着试一试的心态"，拨打了企业所在地镇委书记的电话，反映厂房腾挪改造难题，没想到电话不仅打得通，问题还在短时间内得到专题研究和解决。眼下，随着生产生活秩序全面恢复，各地都在积极为市场主体排忧解难。上述这种雷厉风行抓落实的作风，本身就意味着更强的发展信心和动力。

当然，反过来看，困扰企业很久的难题，市长一个电话十分钟就解决，其间反差也引人深思。据企业负责人介绍："传统的行业生产是火焰切割、等离子、打坡口这种工艺，切成钢板块需要400块钱一吨，如果用我们的设备只需要40元。"以市场逻辑分析，这样的技术应当很抢手才对，怎么会出现对接困难？市场之手的效力发挥到底卡在了哪里，是企业缺乏宣传导致"好酒"困于深巷子，还是存在更深层次的产业对接机制问题？只有把一系列更深层的问题搞清楚，才能让当下的"对接上了"，真正化为长久对接的产业机制，让更多企业不至于被市长一个电话就能解决的问题困扰良久。

"找市长"与"找市场"辩证统一，背后是正确处理政府和市场关系的现实课题。如果说，市场经济条件下，企业生产经营过程中遇到的一些难题，只有在"领导重视"的压力机制下才能得到化解，其实也从侧面反映出市场"决定性作用"的发挥还不够充分，营商环境很可能还存在短板弱项。对各地各部门来说，市场主体的燃眉之急当然要赶紧解、积极主动解，而更重要的是多将功夫下在平时，主动去了解企业的困难，拿出有针对性的解决方案。当绝大多数企业发展经营中遇到的问题，都可以通过既有规则与机制顺畅解决，这才是政府服务意识和服务方式不断"升维"的体现。

让政府的归政府，市场的归市场。原则十分清晰，在具体案例中不断向深挖掘，发现问题、理顺机制、稳定预期，市场主体就能大展拳脚、焕发生机。

（2023 年 2 月 15 日　晁星）

洗牌之后，政务新媒体下半场怎么走

> 政务新媒体不仅代表着官方的形象、态度和立场，还应该有人的情感、温度和关怀。

一

"不用再给单位账号点赞了，它黄了。"

去年年底，中央网络安全和信息化委员会印发《关于防治"指尖上的形式主义"的若干意见》，明确指出"对于使用频率低、实用性不强的政务应用程序，应及时关停注销并提前发布公告"。今年以来，各地应声而动，对政务新媒体关停并转，一些鸡肋账号就此消失。

与之同时，也有一批网感强、内容实、形式新的政务新媒体火出了圈——

"深圳卫健委"通过微短剧等形式科普乳腺癌趁早治、白血病不能献血等专业知识，有网友留言"好上头，看得想充会员"；

"中国救捞""湖南禁毒"等以最近流行的猫咪梗图为模板制作了各类宣传、科普短视频，有评论调侃，"'00后'剪辑，'90后'审核，'80后'擦着汗向'70后'解释"；

天气、招聘、教育、交通、租赁、文旅、消费，广东省佛山市南海区大沥镇的"南海大沥"公众号上各类民生信息应有尽有，热气腾腾贴近性十足的"生活态"备受追捧；

各地文旅账号与网民"打成一片"，官号的评论区里皆是招揽游客的民间高招妙招，"官方听劝"一度成为政民互动的网络佳话……

同样的载体，鲜明的对比，既印证着这波"瘦身"的必要性，也为下半场的政务新媒体运营提供了启示。

二

虽然运营成果天差地别，但不可否认彼时开通政务新媒体的意义。

网络空间是群众获取信息和公共服务的平台，是开展社会交往的新场域。开办政务新媒体，及时发布资讯，嵌入办事链接，让群众足不出户就能办理好业务，是时代进步使然，契合民生所需所求。

但在实践过程中，不少政务新媒体套上了形式，却没注入灵魂，办着办着就走了样——

"一言不发"。一些账号长期不更新，甚至开号即停更，沦为"僵尸号""睡眠号"。

"自言自语"。更新倒是更新，但内容都是官话套话，与网友关切不搭边，阅读量低到忽略不计。

"胡言乱语"。"官博"追起了星，"官微"大搞标题党，更有甚者，在一些公共事件上发泄私人情感，给所代表的部门单位抹黑添乱。

"装聋作哑"。对留言一概不理，对建议"充耳不闻"，对求助"视而不见"。

"门户大开"。政务号被不法分子盗用，发布不良信息的情况时有出现。

这样的政务新媒体徒有其名，确实没有保留的必要。

三

政务即服务。一些政务新媒体之所以走偏，是"初心"就有问题。

看到别人家的政务新媒体搞得风生水起，于是认为自己不申个公众号、不开个视频号，似乎就落了伍、跌了面儿。

"一事一端、一单位一应用"，甚至一个村也得搞个 App，一个乡镇也得建个融媒体矩阵。即便既有政务软件能够覆盖相关服务，也要"另起炉灶"，以显"与时俱进"。

然而，举凡出圈的政务新媒体，一定是以便民为基础的，至于那些花活儿，更多是一种锦上添花。相比之下，一些政务新媒体本身就是形象工程，没有受众支撑，到头来，活跃度不行，只好派任务、拉人头、求关注。

这样的自娱自乐，对用户来说没大用，又把运营人员累够呛。有基层干部直言，"指令来了就得发，有人 @ 就要管"。可这种"发"与"管"，往往零碎而不定时，既占时间又耗精力，最后成了一大负担。

更有地方热衷于搞"年度优秀政务号"之类评选，以流量高低论英雄，并不关切此项工作的实际效能和群众口碑。转发、点赞、评论，一个个考评要求更扯出了一条长长的形式主义链条，平添压力与束缚。

铺摊子、绷面子，不切实际、好大喜功，这样的政务新媒体不是给群众看、为群众服务的，效果不佳、不受欢迎是必然的。

四

当然，关停≠不做，更不能"一关了之"。

一些政务新媒体"花式整活"，与网友双向奔赴的热闹场面已然证明：在回应公众关切、为群众答疑解惑、简化办事流程等方面，政务新媒体的功能是无法替代的。

当下大量关停，是对政务新媒体一哄而上、效果悬殊的一种校正，夯实的是"关无用的号、办有用的号"的共识，摒弃的是"指尖上的形式主义"。围绕政务新媒体，我们当下更应讨论的是怎么把"好事办好"。

那么，一个好的政务新媒体，到底应该是什么样呢？多解剖麻雀，能总结出办好政务新媒体的几条方法。

形式活泼。网络平台上，"打官腔"一本正经，"公文体"信手拈来，只会让人避而远之。把官话套话空话换成真话新话白话，用"脑洞""网感"塑造"有政气""接地气"的官方形象，把漫画、音频、图片、短视频、AI 创作等玩出"政"趣，"代表官方，不打官腔"，才能收获网民的"一键三连"。这就好比政府办事机构的"微笑服务"，得做到"门好进""脸好看"。

内容有用。无论是做宣传、搞科普，还是提供办事的渠道，都得从群众的角度出发，满足各类所需所求。以网上办事为例，坚持问题导向，想群众之所想、急群众之所急，把不同人群的急难愁盼，转化为尽力而为的责任清单，落实"只跑一次"甚至"一次都不跑"，自然能收获点赞。

互动积极。网络时代，人们更喜欢参与感和互动性，政务新媒体当放下身段，做好回复，尽量和用户"玩"到一起。及时回应各方留言，真心实意解难题、办实事，大家自然会"粉"你。反之，对群众的问题装聋作哑，无动于衷，自然没人买账。

资源集聚。政务新媒体贵精不贵多，在数量上做减法，为的是在影响力上做加法。《关于推进政务新媒体健康有序发展的意见》明确提出，一个单位原则上在同一平台只开设一个政务新媒体账号。将有限的力量，集中在拳头账号上，既有利于作出特色，也能让目标用户"少兜圈"，更好发挥政务号应有的服务作用。

五

政务新媒体不仅代表着官方的形象、态度和立场，还应该有人的情感、温度和关怀。前阵子网络热传这样一个小故事，老王夫妇采购了几十万元虾苗，在温室大棚培育，却接连几天出现虾苗死亡的情况。女儿小王得知情况后，向浙江省农业农村厅求助，没想到当天专家就联系到老王进行远程指导，把问题解决了。

一枝一叶总关情。面对面也好，键对键也罢，"为民服务"的态度与标准都应是一致的。

把服务群众放在首位，把政务新媒体当作联系群众、服务群众的直通车，当作线下公共服务的延伸，用心用情沟通互动，何愁不受欢迎？

（2024 年 5 月 30 日　晁星）

官员如何克服"舆情恐惧"

> 不回应关切，不解决问题，仅以"平事"为目的应对舆情，鲜有不碰壁者。

《人民论坛》杂志多年前曾做过一项调查，数据显示彼时国内有七成官员患有"网络恐惧症"。

害怕的主要原因是，"担心工作疏漏等不良现象被曝光，影响前途"。而对此最提心吊胆的，就是负责舆情的宣传干部和主政一方的"一把手"。

如今，从互联网时代进入移动互联时代，这样的恐惧有增无减，范围也在扩大。从单位领导到基层职员，除了应对繁忙的本职工作，也都在密切监测舆情。哪怕是一些便民好事，也生怕传着传着风向突转，不定在什么节点就"变味"了。

怕"舆情"、怕"关注"，背后是怕"争议"、怕"问责"。与其承担处于聚光灯下的风险，惊心动魄，倒不如隐于沉默的保护色，平稳度日。

一

网络生态复杂，声音喧嚣嘈杂。敢于触网，并且在实践中提升网络执政能力，是"治理体系和治理能力现代化"的题中应有之义，是各级领导干部必须直面的现实要求。

哪怕同样的事、同样的人，对接到不同的利益关切，也很难获得百分之百的满意。有点赞表扬，有善意批评，有满腹牢骚，甚至还会有攻击谩骂，都是再正常不过的事。热议之下，没准哪处蝴蝶扇动的羽翼，最后就变成了杀向自己的"回旋镖"。

具体到一些党员干部的现实苦恼：明明是一五一十回应质疑，为何网友仍不满意，还越说争议越大？明明是出于好心办的好事，怎么就会被传变味，辛苦费力还完全不讨好？明明就是正常穿衣说话、待人接物，怎么一发上网之后就引爆了新的舆情？

身处网络时代，党员干部当如何适应裂变的传播环境，又该怎样练好舆情应对的基本功？

二

人声鼎沸，舆情变幻，古今中外皆然。论及政务舆情的形成，常被提及的有三大理论观点——

其一，政治学上的塔西佗效应。早在古罗马时代，执政官塔西佗在其所著历史书中便有感而发，"一旦皇帝成了人们憎恨的对象，他做的好事和坏事，就同样会引起人们对他的厌恶"。只要怀疑产生、信任丧失，无论政府说什么做什么，人们都会认为它是在说假话、做坏事。这被当代学者引申为"塔西佗效应"，并经常用作政府丧失公信力的警醒。

其二，心理学上的晕轮效应。在人们的认知交往中，由于掌握对方信息太少，往往就会通过个人主观推断的泛化，来形成定式的结果，成见或偏见由此产生。很多时候，事实尚不明晰，怀疑情绪便直接引发对公权力的有罪推论，"言之凿凿"中，可能并无多少理性客观可言。

其三，管理学上的公地悲剧效应。当一项资源拥有多个拥有者，所有人都有使用权，却没有权力阻止其他人使用，极易造成资源过度使用和枯竭。

在公众眼中，每一个与官方沾边的人物、机构，都会被视作公权力的"代表符号"。哪怕一项权力滥用行为出现，那么受伤害的就绝非某人某地，而是整个行政系统的公信力。

三重"效应"相互交织杂糅，一旦触发连锁反应，舆情回应必然难上加难。

三

舆情防不胜防，很多时候诱因不只在事件本身，也在于应对方面的问题。

比如，避之不及。公共事件当前，有些官员或是信奉"多一句不如少一句"，或者自觉腰杆不硬，生怕被翻出事来，以至于芒刺在背、心虚胆怯，生出"鸵鸟"姿态。

比如，反应迟缓。舆论争议已有起势苗头，相关方面还未知未觉。明明最好的办法就是"见于未萌、治于未乱"，却白白浪费了时间窗口。

比如，放水流舟。面对舆情如沸，幻想扛一扛、拖一拖就过去了，寄望时间冲淡热点事件。不理会、不处理，不作表态和反馈，任由小事拖大、大事拖炸。

比如，稀里糊涂。已处于聚光灯下，却在重要信息上搞不准。前后数据不一致、各方说法有冲突，都会让本该解疑释惑的回应陷入罗生门。

比如，话语刻板。麦克风前，神情紧张、姿态僵硬，只顾自说自话，官话套话连篇，完全不互动、不沟通，只顾把准备好的稿子念完，对公众关切听而不闻。

比如，存心掩饰。明知自己有履责不力或处理失当之处，却不想着知错改错、求得谅解，还刻意遮掩、隐瞒实情，甚至故意放出虚假信息，混淆视听。

比如，避重就轻。选择性回应舆论关切，对于公众真正关心的问题避而不谈，或一笔带过，仅就细枝末节或无关紧要的事情说些冠冕堂皇的套话。

…………

种种应对之病，皆不难从现实之中找到负面案例。这也从侧面折射出直面弊病、大力纠偏的紧迫性。

四

应对舆情，首在诚意。

一事当前，官员的表态、回应是不是真诚，有没有诚意，公众是可以感知到的。不回应关切，不解决问题，仅以"平事"为目的应对舆情，鲜有不碰壁者。

有不少舆情事件，本来事实并不复杂，只要第一时间通报真相、诚恳道歉、严肃追责即可；结果"不管你信不信，反正我相信"等荒唐操作接二连三，越想把事按下去，越是按下葫芦浮起瓢。

《舆论的脾气》一书曾如此预警："舆论的脾气，便是人心的脾气，什么是人心的脾气，就是你所做的事情，如果违背了伦理道德，那必然是不被大众所容忍的。"当此之时，遮遮掩掩、强行洗地，更像是侮辱公众智商。一意孤行、错上加错，有时比错误本身更让人厌恶。

"自古套路靠不住，唯有真诚得人心。"正视问题，如实回应问题，是起码的诚意。

五

快速反应，实事求是。

问题客观存在，捂是捂不住的。特别是在以"秒"计的互联网速度面前，人们对回应时效的期待大大提升。第一时间没有发声，就可能被认为是无言以对或有意拖延，客观上助长着舆情发酵的速度。

如何对待公众、对待媒体，折射着相关部门单位对公众知情权、舆论监督权的态度。舆情回应中有"黄金4小时"之说，虽然在每一起具体事件中未必尽然，但"唯快不破"始终是根本法则。

"时效"要求之下，"实效"才是目的。

诚然，任何事件来龙去脉都有调查过程，处理起来需要时间，官方回应要准确权威，需兼顾的情况很多，一些内容可能一时半会儿不适宜公开，这都是可以理解的，将这些情况跟公众讲清楚、说明白，明快地传达一种负责任的态度，同样是回应关切的重要内容。

既然必须要说，就要说准。如果初次回应没有说准，那么后续改口就会相当被动。

六

有的放矢，讲究方法。

舆情汹涌，往往在于多重热点交织。每一阶段的关注点，都有不同侧重，明确在具体阶段说什么、怎么说，这就是舆情回应的刻度。

有学者提出"4确认5发布"原则，认为舆情发布中需要确认的侧重点，自开始算起，包括确认事件存在、事件真实、事件逻辑性、事件关联性，而最后一次发布则针对衍生信息进行回应。

有始有终，保障公众对核心关切的满足度，是做好信息发布和舆论引导的前提。但在具体操作上，也不能硬干硬上，讲究方式方法往往事半功倍。

比如拿证据。有时候说一万句，不如一项实证更能取信于人。

比如讲温度。感同身受的共鸣情感，往往能为化解舆情注入"润滑剂"。

再如有网感，活用一些网言网语，有时远比一句"正在积极调查"更能拉近距离。

多一些"用户思维"，就能少一些"沟通误差"。

七

舆情回应，看起来是"说"的功夫，却一定建立在"做"的基础上。这个"做"，既包括精心准备发布内容，更在于认真做好本职工作，尤其包括改正已经出现的错误苗头。这才是"釜底抽薪"之策。

出舆情，根本上还是工作过程中有瑕疵。网络监督的目光无处不在，越自以为是、将错就错，越会将自己拖入舆情的深渊，相反，积极回应、扎实整改，才是在用实际行动修复已经出现的信任裂痕。

"做"是第一性，"说"是第二性。即便某些事件确实棘手复杂，但只要迎难而上、勇于去"做"，并将具体的成果有效地传递出去，让大家看到，自然就有了凝聚共识的基础。

更何况，随着公众素养提升，绝大多数网友都有基本的辨别力，理性的是非观。做事坦坦荡荡，从政清清爽爽，关系明明白白。就算遇到某些"莫须有"的舆论挑剔，也能一身正气、腰杆挺直，不至于陷入舆情滔天的被动局面。

正所谓，"行得正坐得端，何须屈尊畏谗言"。

八

人无信不立，政无信不兴。官员修炼政务舆情应对基本功，回应的还是提振政府公信力这一课题。

公信力是政府的立身之本，亦关乎社会秩序的形成与维系。官员的"舆情恐惧"，必须要克服。敢于直面争议、回应问题，"好事能说好，坏事也能好好说"，本身就传递着某种敢担当、敢任事的作风，这也是人民群众看重的品质。

互联网，是治理的变量，也是能力的增量。政府也好，官员也罢，都要修炼本领过好这一关，习惯在阳光下做事、在互联网上"生存"，不仅接受网络，更能让网络为己所用，"恐惧"之症便可极大缓解了。

（2023 年 7 月 6 日　胡宇齐）

官方通报为什么每每推高舆情

> 有些人总有这样的误解，以为没有质疑声音，才算工作平妥；以为掩盖了问题，才算治理有方。但换个角度看，外界的质疑和追问，也是在砥砺政府信息公开的速度与力度。

面对突发舆情，身处聚光灯下，以官方通报回应社会关切实属各部门各单位的必备技能。

但盘点诸多案例，很多旨在一锤定音的官方通报，非但没有让舆情热度应声而降，反而成了众矢之的，引发二次甚至多次舆情。

"灭火"变"浇油"，究竟是公众太苛刻，还是通报不得法？

一

舆情汹涌，非身处其间不能感受。

每一个被推至风口浪尖的主体都"压力山大"，每一份官方通报想必也都凝结了大量的调查、多方的协商和反复的修改。

但在容错空间几近于零的舆论环境下，官方通报的每个词每句话，都会被拿到放大镜下"过审"。仔细复盘，那些深陷舆论旋涡的官方通报，常常犯了以下错误：

姗姗来迟。"谣言已经跑遍半个地球了，真相还在穿鞋。"第一时间不发声，错过了回应窗口期，丧失了第一定义权，迟到的解释在沸反盈天的舆论面前，显得被动又羸弱。

避重就轻。或分不清主次，或顾左右而言他，总给人遮遮掩掩、答非所问之感。提供的信息增量拉不直外界心中的问号，反而在大家反感的内容上过多着墨，无异于自引炮火。

论据不足。对调查过程语焉不详，对论证过程含糊带过，通报结论自然显得不够给力，而"情绪稳定""妥善解决""达成和解"等粗线条表述，则免不了招致怀疑甚至阴谋论。

措辞欠妥。明明谈的是社会悲剧，却态度冷漠、言语生硬；明明讲的是严肃问题，却抖了机灵、夹杂网语；有的甚至违背人情常理，搞出"低级红，高级黑"的闹剧。

急于求成。忽视传播规律，总想通过"一次性答复"让热度散去，通过定性的话语给事件盖棺论定。但公众并不会听一个结论就自动画上句号，越想尽快平事越有可能招事。

官方通报本质上就是与人沟通，一词一句都应传递真诚的姿态。诚如上述这般引人不悦，非但不"通"，反倒留下一道道"沟"，难免失分。

二

"舆论者，造因之无上乘也，一切事业之母也。"

舆情与民情民意息息相关。官方通报一旦失焦跑偏，势必造成次生负面影响。

简单问题复杂化。当断不断，反受其乱。那些迟滞缺位的通报，往往把小事拖大、大事拖炸。特别是今天，公众对权益的敏感、对公开的要求、对信息的把握更甚以往，在该说话的时候失声，在该对话的时候回避，必然丧失引导舆论的主动性。不断质疑与被动处置的循环过程，严重占用社会资源，耗费行政管理成本。

按下葫芦浮起瓢。社交媒体的兴起，带来话语权的分散。"人人都有麦克风""人人都是评论员"，也意味着官方通报中的任何词句，都可能被带往四面八方的空间。当这种"超链接思维"投射到公共事件上，便体现为"舆情搭车"现象。一个事件没按住，事件中的任何细节都可能成为新的索引，导致更多关联舆情。拔出萝卜带出泥，最终搅得人仰马翻。

透支官方通报的可信度。从传播学的研究来看，人们在认知事物时，往往依赖于一个框架，而这个框架的形成源于其现实生活经验。具体到政府与市民的沟通上，那些回应失当、进退失据的通报，势必令许多人对官方通报印象不佳。久而久之，刻板印象一旦形成，政府部门就会陷入塔西佗陷阱，在很大程度上对工作开展形成掣肘。

三

今天，中国网民数量已超 10 亿。众声喧哗、多元分化的天然属性决定了任何一份官方通报，都不可能让所有人满意。

有业内人士坦言，"网友骂骂咧咧地散去"就是舆情应对基本成功的常态。

这个意义上，官方通报追求的或许并不是有问必应、事无巨细，而是要切准社会关切的最大公约数，让大多数人得到想知道的答案。

结合正反两方面的案例可以看出，官方通报至少要兼顾以下方面：

其一，时效性。

"天下武功，唯快不破"。这个"快"，不仅是在一时一事上快速回应，也是对于潜在风险的快速研判。

面对全民关注的社会事件，舆论留给有关部门工作的时间窗口越来越小，早一分说清原委，就早一分把握主动。

不过，越是争议事件，往往越是情况复杂。发掘真相，需要时间；判断结论，需要证据。面对客观存在的调查周期，是不是闷头干活即可？恐怕不尽然，毕竟官方信息缺位，流言蜚语就会上位。实事求是，坦诚相待，及时告知处置和调查的阶段性进展和未来需要的时间，才能避免误会、争取理解。

其二，含金量。

以确定性信息消弭不确定性，这是官方通报的存在意义。

舆情事件发生后，舆论场往往充斥着信任和不信任、理性和情绪的对立。一旦官方通报在事实描述中间存在空白，时间线上出现漏洞，"质疑派"就会占据上风，甚至推翻整个通报。在这个问题上，切莫想当然，必须有受众意识，积极倾听民之所呼，对于公众欲知未知且可以披露的内容，予以公开详细回应，以严谨的逻辑和扎实的论据推导出结论，才能经得起外界严苛的审视。

其三，分寸感。

围观群众渴求事实真相，官方通报渴求外界认可，但这绝不意味着官方通报要通过一味迎合博取好评。

什么该说，说到什么程度，采用什么措辞，都需要综合考量之上的精准拿捏。特别是很多敏感事件，往往涉及司法程序、保密要求、个人隐私等具体情况，需要具体问题具体分析，同时兼顾到多重约束条件。把这些情况都实实在在地讲明白，本身就是有诚意的体现。

四

摒弃"高高在上""我说你听"的单向传播，注重"我说你评""你问我答"的双向互动，其实公众期待的，无非是一份权威而不装腔作势、专业而又通俗易懂的官方通报而已。

话风反映作风。官方通报其实并不全然看文字水平、传播技巧，关键要站稳群众立场、树立群众意识。

事实上，官方通报不仅仅是一种政务公开的程序，更是联系群众的方法。可一到现实场景中，一些部门首先考虑的不是公众所呼，而是上级会否问责、如何减少担责。也正是这样的心态，导致很多官方通报的写作逻辑不是奔着回应公众去的，而是想方设法降低影响、推卸责任。一来二去，最终压力全都传导给了宣传部门，"笔杆子""发言人"反倒成了"责任人""背锅侠"。

舆情当前，真诚大于技巧。"拖、瞒、封、堵、压"的应对方式早已失效，评判舆情应对成效的也不是上级，而是公众。

从善如流、知错即改的姿态，在很大程度上更加可信、可敬、可亲。更重要的是，"巧妇难为无米之炊"。如果没有负责事件处置的实际工作部门提供权威详尽的信息，全凭"笔杆子""发言人"是不可能扭转舆情的。

上下联动、群策群力，才可能拿出一份有理有据有人情的通报，最高效地平息舆情。

五

有些人总有这样的误解，以为没有质疑声音，才算工作平妥；以为掩盖了问题，才算治理有方。

但换个角度看，外界的质疑和追问，也是在砥砺政府信息公开的速度与力度。信息越是畅通，摩擦系数越小，工作效率越高。

以发展的眼光来看，从被动到主动，从消极到积极，相关部门的媒介素养已在实践中得到普遍提升。坚持问题导向，持续优化提升，"帮倒忙"的官方通报一定会越来越少，也会让"谣言止于公开，互信缘于透明"成为更多机关单位的共识。

（2023 年 9 月 20 日　崔文佳）

媒体不监督，问题就不存在？

> 舆论监督确实往往会给被监督的组织和官员造成压力，
> 带来整改的工作量。但这些所谓的"麻烦"，与其说是一篇
> 监督报道带来的，毋宁说是本身工作中存在的问题造成的。

一段时间以来，各地记者开展调查暗访和监督报道时，遭遇威胁乃至殴打的情形时有发生，"你是不是想死"之类话语让人闻之心惊。

在巨大的舆论压力下，当事部门、单位和企业也都采取了一些补救措施或公关手段，试图挽回和减少不良后果，但类似事件接连发生，恶劣的社会影响已然造成，也进一步引发社会追问——

为何总有人把舆论监督当"洪水猛兽"，视舆论监督为挑刺拱火？

一

舆论监督，是我们党开展和推进工作的重要手段。

1954 年通过的《中共中央关于改进报纸工作的决议》就明确了报纸开展新闻批评的方针，毛泽东同志指出："不开展批评，害怕批评，压制批评，是不对的。""批评要正确，要对人民有利……"

邓小平同志 20 世纪 80 年代曾就群众监督和新闻工作指出："要有群众监督制度，让群众和党员监督干部，特别是领导干部。""不搞批评和自我批评一定不行。批评的武器一定不能丢。"

党的十三大历史性地提出："发挥舆论监督的作用，支持群众批评工作中的缺点错误。"这是该概念首次正式出现在党的纲领性文件中。

党的十八大以来，以习近平同志为核心的党中央把舆论监督理念推上新高度。在 2016 年 2 月 19 日召开的党的新闻舆论工作座谈会上，习近平总书记发表重要讲话，深刻阐述了新闻舆论工作的根本原则、职责使命、重大问题。

针对现实中一些人常把舆论监督与正面宣传对立起来的观点做法，习近平总书记指出，舆论监督和正面宣传是统一的，新闻媒体要直面工作中存在的问题，直面社会丑恶现象，激浊扬清，针砭时弊。从目前批评报道的实际状况看，既有新闻单位不大善于批评的问题，也有被批评者包括一些领导机关、领导干部不习惯不适应批评的问题。有些地方和部门遇到敏感复杂事件，习惯于采取"捂盖子"的做法，有的还通过宣传部门"灭火"。这种观念和做法在信息社会无异于掩耳盗铃。

"对舆论监督要有承受力，不能怕自己的'形象'、'利益'受到损害而限制媒体采访报道。同时，媒体发表批评性报道，事实要真实准确，分析要客观，不要把自己放在'裁判官'的位置上。"总书记的重要讲话，为新时代新形势下做好党的新闻舆论工作指明了方向，也为主流媒体更好开展舆论监督提供了遵循。

二

良药苦口，忠言逆耳。在现实中，往往有一些基层组织、基层官员对舆论监督不喜欢、不习惯、不适应。

既然是舆论监督，就难免在报道中会有所揭露，有所批评，会让一些组织和个人不舒服，也容易引起被监督者反感、排斥。

于是，有的逃避监督，平日"防火防盗防记者"，遇事"没时间跟你闲扯"；有的闻过则怒，断定是舆论监督"没事找事"，怒斥媒体"多宣传宣传好的方面不行吗"；有的打压威胁，反问记者"你是替党讲话，还是替老百姓讲话""你是站在党的一边，还是站在群众的一边"，更极端的，打记者、抢设备，甚至动用公权力千里迢迢去拘传记者……

事实证明，时至今日，一些领导干部对舆论监督还存在很深的认识误区。

<h2 style="text-align:center">三</h2>

舆论监督是负面报道吗？

团结稳定鼓劲、正面宣传为主，是新闻宣传工作的重要方针。而一些官员一看见针对本地区本部门本单位的监督类报道就跳起来说，"又报我们的负面"，反映的是对所谓"正面""负面"的狭隘理解。

将正面宣传单纯理解为报喜不报忧，希望媒体上只讲成绩，不讲问题；只讲典型，不讲矛盾，最好全是表扬肯定、经验介绍，这显然是不对的。

坚持团结稳定鼓劲、正面宣传为主，不等于一味吹喇叭、抬轿子，评功摆好。习近平总书记对舆论监督报道的落脚点讲得很清楚，即"激浊扬清、针砭时弊"和"及时解疑释惑，引导心理预期，推动改进工作"。如果起到了这样的作用，则这一报道的效果应该说就是正面的。

评价一篇报道是"正面"还是"负面"，要看它的出发点和实际效果是正面还是负面的。健康的、建设性的舆论监督报道，虽然内容是批评和曝光，但目的是推动问题解决，取得的实际效果是解决了问题、改进了工作，给人以信心，给人以希望，这样的舆论监督当然是正面的。这个意义上，舆论监督和正面宣传，就是统一的。

四

舆论监督是找麻烦添乱吗？

舆论监督确实往往会给被监督的组织和官员造成压力，带来整改的工作量。但这些所谓的"麻烦"，与其说是一篇监督报道带来的，毋宁说是本身工作中存在的问题造成的。舆论监督报道是揭示了这些问题。

在我国，党和政府以全心全意为人民服务为根本宗旨，新闻媒体是党和政府联系群众的重要桥梁和纽带。这一性质决定了，我们的媒体不是西方所谓"第四权力"，而是与党和人民站在同一立场上，来发挥建设性作用，我们的舆论监督不是挑事抹黑，不是扒粪泼污，而是出以公心、基于事实，以报道推动党和政府工作的改进，这是党的新闻工作重要的组成部分。

当然，随着改革进入深水区，基层实际工作的复杂程度很多时候远超想象。一些矛盾问题的解决，牵涉方方面面，硬骨头确实不好啃，这对媒体报道把握"时度效"提出了更高的要求。这是媒体在工作层面需要注意的。

五

是舆论监督引发舆情吗？

就基本逻辑而言，舆情形成于公众对特定事实或媒体对该事实的报道所进行的讨论。事实第一性，新闻第二性；问题在先，舆情在后。从本质上说，引发舆情的不是舆论监督，而是舆论监督反映的事实本身。

有人说，天下本无事，是媒体报道把舆情挑起来的。这种说法难免自欺欺人。在今天的舆论环境下，"人人都有麦克风""人人都是评论员"，如果问题确实存在，一张照片、一段视频，分分钟能引爆舆论，不从根本上消除隐患，责难媒体于事何补。

脸脏不能怪镜子。领导干部面对棘手工作和社会批评倍感压力的心情可以理解，但无视工作中存在的不足，反而颠倒因果，指责"都是媒体瞎报闹的"，显然既不实事求是，也不解决任何问题。

媒体不报，问题就不存在了吗？讳疾忌医，小事拖大、大事拖炸，只会造成更加严重的后果和更为恶劣的社会影响。正视问题、解决问题，才是真正的争取主动、根除隐患。

六

舆论监督让基层无所适从吗？

基层工作千头万绪，一线干部的辛苦有目共睹。一些人就说，媒体监督"搞得底下都不知道如何开展工作了"，似乎是媒体的监督报道扰乱了基层工作的规则和节奏。

应该说，媒体监督的问题都不是空穴来风，而是群众意见不满的反映。作为基层政府、基层组织，以群众的意见诉求为导向，去及时发现问题、解决问题，是提高回应性，推动治理能力建设的题中之义。除此，还有什么别的规则和节奏呢？

要看到，当今之世，不只媒介已来到双向交流的 2.0 时代，社会治理同样进入了 2.0 时代。面对人民群众越来越强的主人翁意识，以及愈发丰富多元的发声渠道，哪个部门也不可能在"静音状态"中按部就班闭门运转。相反，直面问题，欢迎监督，调查研究，广集民意，增加参考系数和认知视角，开展工作才能更加顺利。

媒体是社会的预警器，媒体的发声并没有打乱什么，反而对于体察社情民意、提升治理能力大有益处。

七

"闻过则喜，知过不讳，改过不惮。"对待舆论监督的态度，反映格局气度，也反映能力水平。

有问题意识的领导干部，敢于直面批评监督，能够虚怀若谷地听取不同声音，以便更全面地作出判断，冷静科学地分析，深思熟虑地提出办法。

"知屋漏者在宇下，知政失者在草野。"

全社会对热点问题的关注与讨论，聚焦成建设性的"光束"，更好地照亮公共生活。

善治离不开舆论监督。愿更多领导干部正确理解和对待舆论监督，那不仅是一种智慧和格局，亦是执政能力和执政水平逐渐进步的标志。

（2023 年 11 月 9 日　崔文佳）

不曝光，问题就不解决？

> 曝光有助于解决问题，但绝非万能钥匙，不可能也不应该取代日常解决问题的渠道。

常听人谈起这样的现象：有些问题，群众反映许久无果，但媒体一曝光、舆情一发酵，没几天就解决了。

问题总有个轻重缓急，解决问题耗费的时间也各不相同。可同一个问题，曝光前后，解决起来"时差"这么大，这问题到底是好解决，还是不好解决？

一

"问题一曝光，舆情一发酵，马上就解决"……客观来说，这样的说法并不全面。

很多复杂问题，即便是曝光了，解决起来也还是要经历一定的过程。而曝光了很多次，也没有彻底解决的疑难杂症也不在少数。

但不可否认，在"聚光灯"下，更容易"提速""加压"乃至"破例"。以往看很多民生曝光类电视节目，总能听到"节目播出当晚问题就得以解决"等经典台词。近些年来，类似案例也不胜枚举——

去办事大厅办个证，不是缺这材料就是少那手续，前前后后跑了七八天未果。回过头，网上曝光掀起舆情，随即引得上级重视，成立专门工作班子，证件迅速办妥。

人行道被一堵破墙拦腰切断，周边居民反映数年无果，多个部门都说自己没招。最终，媒体跟进报道，地方政府立马召集相关部门协商解决，没几天墙拆了、路通了。

高校出现食品安全问题，涉事方第一时间掩盖事实、息事宁人。但视频、照片流传网络，媒体持续跟进，舆情热度飙升，到头来上级调查组出马，终于是拨云见日、以正视听。

媒体对于社会议题的聚焦，本就在很大程度上塑造着公共舆论。加之随着互联网迅猛发展，新媒体广泛应用，可谓"无人不网、无处不网、无时不网"，舆情酝酿周期大大缩短，热点事件可能瞬间引爆舆论场。

争相评论转发间，某一件事很容易获得集中而广泛的关注，引起各方面的重视，进而推动问题的解决。而这样的路径，反过来也会加深"一曝光就解决"的社会认知。

二

所谓"横看成岭侧成峰"，事情总是有多面性的。

从积极角度看，舆论监督是及时发现问题并推动问题解决的重要方式。于社会治理而言，"曝光—关注—重视—解决"的链条本身也是正向的。

梳理相关新闻不难发现，很多地方已经把舆论监督视为推进社会治理的重要一环，鼓励媒体找线索、做调查，曝光各种积压的难题，反映群众呼声，以督促相关部门快速处置。

社会治理千头万绪，出现问题实属正常，有时触发舆情也在所难免。当此之时，积极解决远远好过"鸵鸟思维"，快速处置远远好过巧言塞责。在良性的舆情回应机制中，展现直面问题的姿态，本身也是推动问题解决的必要助力。

不过从不少案例看，"一曝光就解决"的"立行立改"背后，往往有着"不曝光不解决"的莫名尴尬。见多了"解决总在曝光后"，不免让人产生这样的担忧：

一些实际存在的问题，是不是只要没有媒体报道，或是没有传到网上，就可以视而不见、能拖就拖？

不论什么问题，是不是只要捅到网上，引发热议、形成舆情，就需要如临大敌，提格升级，处置并问责？

三

从理论上看，当代社会已经进入一个高度的媒介化社会，如同克努特·伦德比在《媒介化、变化和后果》一书中所指出的，"媒介，特别是新闻媒介主宰、溶解和牵引人们的意识、行为方式和整个社会，促成媒介化社会。人类高度依赖媒介而生存，社会被媒介所驾驭"。

曝光进而触发舆情，是媒介传播的表征。诚然，在纷乱的新媒体时代，处处皆媒介，网络舆情有复杂化、多元化乃至泛化的倾向。但很多时候，其依旧是"人心"的呈现，纷扰之间也集纳着民意、反映着民情。

从官员心态上讲，高效回应舆情，除了有问题导向的一面，也多少有怕被问责的一面。出了问题如果处理不好，影响政绩不说，还可能被问责。这恐怕也就是一些基层干部一方面抵触监督报道、害怕网络舆情，总想着把问题捂着盖着，一方面问题一曝光又忙不迭地"雷厉风行""特事特办"的原因。

媒体报道后就能解决，说明之前的"没解决"并非解决问题的要件有缺失，而是姿态上有不足——缺的是像在"聚光灯"下那样对民生关切的时时关注、时刻上心，是像在"高压"下那样担当作为的决心。

倘若一个平时就存在或已长期存在的问题，非要等媒体曝光、舆情起来以后才得以解决，那么只能说明背后可能有作风不实的问题，需要好好找一找原因了。

四

曝光有助于解决问题，但绝非万能钥匙，不可能也不应该取代日常解决问题的渠道。

毕竟，偌大的社会，难点、痛点、堵点、矛盾点纷繁复杂，舆论不会什么都关注，能被拿到舆论场去"发酵"的是少数，能被反复追问、反复敲打的更是少数。

没有舆情就"万事大吉"，舆情来了就"如临大敌"，这样的认知和态度危害性不小。

一则，加剧社会矛盾。一些被多次反映的问题本身不大，及时察觉认真解决不是什么难事。非要等到"拖大拖炸"，即便最终拿出"亡羊补牢"的诚意、"大刀阔斧"的力度，付出更多的时间和精力去把事情解决，也往往是"吃力不讨好"。

二则，打乱工作节奏。一些复杂的、牵涉甚广的矛盾，解决起来未必是一时一刻的事。舆情不等人，网友们等着要答案，如果为了快速平息舆情，一次次搞特事特办，无异于破坏规则，难免给以后正常开展工作造成阻碍。所以，解决问题的功夫还是应该下在平时。

三则，制造舆情迷信。不曝光不上心，一曝光就解决，久而久之，难免会给人以"小闹小解决、大闹大解决、不闹不解决"的错误认知。今天的网络空间本身就十分芜杂，形形色色的博主、"大 V"使用带有强烈感情色彩甚至煽动性的词汇语言来制造舆论压力、带偏节奏的情形屡见不鲜，更别说还有人为了博取关注直接虚构事实。很多不断反转的新闻背后，往往有当事人利益诉求的博弈。公共资源本就有限，经得起这样的折腾吗？

五

"知屋漏者在宇下，知政失者在草野。"避免落入被动的关键，在于改变作风，在每一个日常里走好群众路线。

无论是深入群众、深入实际、调查研究，还是经常上网看看，"潜潜水"、聊聊天、发发声，都能更及时发现社会痛点，保持对民生的最大警觉和关切。在这样的基础上，科学精准施策，一把钥匙开一把锁，就能一步步解决群众关切的大事小情。

这样的工作态度，就能让我们的基层政府和基层干部走向社会舆论的纵深，探寻广泛的民意、民情。即便一些问题引发了舆情，有平常工作深厚积累，也不会被打个措手不及。在平稳面对舆情的心态基础上，才能更从容地去分析问题、解决问题。

（2024 年 6 月 20 日　晁星）

世界之鉴

看清楚谁才是当今世界祸乱之源

> 和平、发展、合作终究是这个世界的历史潮流，世人的心里同样也有一本账，谁祸乱世界、透支信用，终会引火烧身、遭到反噬。

俄乌冲突牵动人心，尽管当前谈判形势及未来走向尚不明朗，但国际社会正义之士普遍呼吁，各方应在充分考虑彼此合理安全关切和相互尊重基础上，通过平等协商妥善解决分歧。

俄乌两国同宗同源，兄弟之邦兵戎相见，无疑是巨大悲剧。战火无情，死伤难免，带来的动荡与创痛不知多少年才能结束。曾饱经战乱之苦的中国人民，对于乌克兰民众高度同情。而在祈愿和平的同时，也需要搞清楚，到底是谁制造了这场悲剧？

乌克兰问题有着复杂的历史经纬，内部纷争难以调和，外部势力借机插手，演变至今是一系列因素共同作用的结果。其中，北约东扩又是绕不开的核心背景。作为当年冷战的产物，北约并没有随着苏联解体而寿终，相反违背昔日承诺开启了数轮东扩，对中东欧国家的接连"收编"直接引发了俄美在该地区的战略博弈，而身处敏感地缘边界、向美投诚意愿明显的乌克兰随之成为大国对抗的前沿。在这一过程中，美国极尽挑动拱火之能事，开空头支票鼓动乌克兰挑战俄罗斯底线于前，反复渲染战争制造紧张，疯狂挑拨俄乌双方和全世界神经于后，终于挑起了战争，更不断向乌克兰输送武器，极限制裁，极限施压，激化局势，种种作为，可以说已经丧失了起码的国际道义，观之令人齿冷心惊。

把一个大国逼到绝地的后果是可怕的。可以说，俄罗斯的强烈反应，是对冷战结束后自身安全诉求被长期漠视的不满的大爆发。而美国才是乌克兰这场战争的始作俑者，从头到尾，煽风点火，浇油添薪，套路出尽。一个大国，不为世界负责，不为和平努力，而一边煽风点火，一边指责别人救火不力，这是极其荒诞的，也是毫无道德的。

种刺埋雷、空言蛊惑，忽悠了乌克兰，挑衅了俄罗斯，离间了俄欧关系，强化了北约存在感，红火了自家军火生意，美国这一箭多雕的算盘，着实精明得很。细数起来，这种祸乱一方、坐收渔利的操作，美国可太熟了。事实上，在建国不到 250 年的时间里，美国只有不到 20 年没有对外发动军事行为；从"二战"结束到 2001 年，在世界上 153 个地区发生的 248 次武装冲突当中，美国发起的就有 201 场。讽刺的是，这些冲突无一例外都是在美国本土以外发生的，美国俨然成了战争策源地、祸乱输出机。放眼望去，阿富汗、伊拉克、索马里、叙利亚、乌克兰……处处鸡犬不宁、国家动荡、民不聊生，不仅当事国人民饱尝苦痛，全世界都在为乱局埋单。而就在成功挑起俄乌冲突的当口，美国也没闲着，先派"约翰逊"号导弹驱逐舰过航台湾海峡，后又组织了一个"跨党派资深代表团"访台，这扮演了什么角色、又想达到什么目的，路人皆知。

收割战争红利、大吃人血馒头，这样的缺德买卖又真能永远做下去吗？基辛格曾在《美国的全球战略》一书中发出警告：蓄意追求霸权主义的做法终将使美国成为伟大国家的整套价值观毁于一旦。身患"霸权焦虑症"，顶着"冷战铁脑瓜"，到处制造冲突分裂，以一桩桩人道主义灾难为"世界第一"垫背，长此以往，"仁义不施而攻守之势异也"。曾任美国中央情报局（CIA）局长的美国前国务卿蓬佩奥曾在演讲中大言不惭地概括美国情报部门的工作内容："我们撒谎、我们欺骗、我们偷窃。我们还有一门课程专门来教这些。这才是美国不断探索进取的荣耀。"然而，林肯也有言，"你可能在某些时候欺骗所有人，也可能在所有时候欺骗某些人，但你却不能在所有时候欺骗所有人"。和平、发展、合作终究是这个世界的历史潮流，世人的心里同样也有一本账，谁祸乱世界、透支信用，终会引火烧身、遭到反噬。

俄乌冲突终究要回到和平轨道来解决，中国始终致力于劝和促谈，发挥中国建设性的作用，这才是大国该有的样子。但树欲静而风不止，面对世界纷扰和搅局之手，中国尤须提高警惕、站稳脚跟，以硬实力保障自身安全、维护世界公义。

（2022 年 3 月 1 日　闫维民）

俄乌战火两年未熄，但事情越来越清晰

> "人民希望和平，为什么我们的领导人总是让我们处于战争状态？"《华盛顿邮报》曾如此发问。唯一合理的解释只能是，某些冲突制造者眼里根本没有人民。

转眼间，俄乌冲突已持续两年，和平迹象仍未显现。

对于这场 21 世纪欧洲大陆上最激烈的战争，我们从其爆发之初便密切关注，第一时间组织了一系列评论文章，审视乱局中的各方角色，揭露某些国家的自私用心，分析作为中国人理当秉持的立场视角，鲜明态度赢得很多赞同，亦引发部分争议。

两年过去了，事实最能教育人。战火旷日持久，灾难日渐深重，亦让是非黑白愈加清晰。

一

理当认清，美国才是这场战争的始作俑者。

俄乌冲突爆发之初，舆论场一时喧腾扰攘，甚至有不少亲朋好友为了该站俄还是站乌，吵得不可开交，闹到割席断义。

事发突然，内情复杂，该怎么看？我们适时推出评论文章《看清楚谁才是当今世界祸乱之源》（2022 年 3 月 1 日），鲜明指出：美国开空头支票鼓动乌克兰挑战俄罗斯底线于前，疯狂挑拨俄乌双方于后；等到终于挑起战争，又不断向乌克兰输送武器，极限施压，激化局势，极尽挑动拱火之能事，种种行为，是在劝和止战还是添油加薪，不言自明。

而后续战场走势也充分印证了这一判断。每当局势趋缓、曙光乍现，美国便忙不迭递刀拱火，甚至前线"督战"。比如冲突一周年之际，美国总统拜登突然现身乌克兰首都基辅，并宣布向乌额外提供 5 亿美元的军事援助和一系列新的对俄制裁措施，这不是煽风点火是什么？

某些人嘴上高喊"不让冲突升级"，行动上却清晰写着"让战火燃得更猛烈些"，这与其军工复合体的本质有关。美国的军事部门、军工企业、国会及国防科研机构，早已组成盘根错节的庞大利益集团。事实上，不只军火买卖，能源、粮食、股市，皆是美国趁战争祸乱大肆攫金的领域。

而进一步从地缘战略格局看，美国通过这盘大棋，忽悠了乌克兰，挑衅了俄罗斯，掏空了欧洲，扩大了北约，一箭多雕、一石多鸟，着实精明得很。只要冲突还在继续，俄欧关系就难以缓和，欧洲地区剑拔弩张，欧洲诸国就会更加依附于美国，其便能继续渔翁得利，维系霸权地位。这样的盘算之下，美国怎么可能成为缓解冲突的建设性力量？

从科索沃到伊拉克，从阿富汗到叙利亚，从俄乌再到巴以，几乎每场冲突中都有美国作乱的身影。通过挑拨矛盾、制造冲突、发动战争来维护霸权、攫取利益，堪称美国内政外交的基本逻辑。

二

理当认清，乌克兰和乌克兰人民不过是美国达致自私目标的"耗材"。

俄乌冲突一个月之际，我们推出《谁才是俄乌冲突化解的最大阻力》（2022 年 4 月 1 日）一文指出，对于一个靠战争"吸血"、坐收渔利的霸权国家来说，"人权""平等"只是说说而已，至于身处水深火热中的民众，以及因战事受到牵连的外国包括本国民众，完全不在考虑范围之内。

一次又一次，为鼓励乌克兰"战斗到最后一个乌克兰人""流尽最后一滴血"，美西方国家做足了功夫，丝毫不顾乌克兰承受代价之惨痛——国家千疮百孔，经济社会遭受重创，死亡人数持续上升。

2023 年 11 月底，联合国人权事务高级专员办事处称，俄乌冲突中至少有超过 18500 名平民受伤，许多平民伤亡发生在远离前线之地。另有数据显示，在经过连续残酷作战后，乌克兰士兵的平均年龄已从 30—35 岁，升至 43 岁。这意味着，这场战争已消耗了乌克兰整整一代人。

蝴蝶轻扇羽翼便会引发大洋彼岸的风暴，俄乌冲突同样波及世界，其中也包括美国。战争伊始，美国总统拜登在宣布第一轮对俄制裁时便承认，俄乌局势恶化、各国对俄施加制裁或将触发俄方反制，影响普通美国人民的生活。制裁带来的能源紧缩，选边站队引发的"脱钩"端倪，无不加剧着经济运行的不确定性，让通胀阴影再袭全球。

"人民希望和平，为什么我们的领导人总是让我们处于战争状态？"《华盛顿邮报》曾如此发问。唯一合理的解释只能是，某些冲突制造者眼里根本没有人民。

三

理当认清，兄弟之邦刀兵相向是一场巨大的悲剧。

俄乌冲突一周年之际，我们刊发《俄乌兄弟阋墙给世界的警示》（2023年 3 月 1 日）一文指出，俄乌同出一脉，皆发源于斯拉夫国家基辅罗斯；而历史上的分合摩擦，也导致东西乌克兰积怨颇深。

但历史并非没有提供选择的契机。20 世纪 40 年代，"二战"结束后，乌克兰完全成为苏联的加盟共和国。在民族情绪相对平稳的时期，苏联着重提升了乌克兰地区的工业水平。苏联解体后，拥有强大工、农业基础的乌克兰，本可充分发挥"陆地桥"优势，成为俄罗斯连接欧洲的一条通道以实现发展。

但乌克兰政府逐渐转向了向西方"投怀送抱"的策略。美西方打着"恢复民主"的旗号在乌克兰煽动"颜色革命",推动亲西方政府上台,大肆鼓动其加入北约。多方势力盘踞的乌克兰,早就成了一个高压火药桶,在强势的"拱火浇油"之下,冲突爆发成为必然。

审视各方角色,俄罗斯的核心安全关切屡被忽视,乌克兰沦为被战争绑架的"耗材",所谓加入北约仍遥遥无期。俄乌本是同根同源却兄弟阋墙、代价惨痛,反倒是某些介入战局最深的第三方,成为最大甚至是唯一的获利方,可叹可悲。

四

理当认清,一个国家掌握战略自主极端重要。

《俄乌冲突一年给世界最清晰的警示》(2023 年 2 月 23 日)指出,从始至终,乌克兰对发生在自己国土上的这场悲剧都没有任何主导权,欧洲对发生在自己身边的这场安全危机都没有任何发言权,一切都在按照美国"导演"的剧本向前发展。

乌克兰本可享有正常的发展节奏,却自"向西倒"那天起,将安身立命的自主权拱手让人。乌克兰地理位置极其重要,这决定了其必然会成为美西方诱惑拉拢的对象,但这让乌克兰自觉有了对抗俄罗斯的资本,悄然间被"看不见的手"拖入泥潭。

当战火燃起,发展态势便不由自己掌控。随着时间推移,那些挑事者渐渐隐身,对真金白银的投入避之不及。尤其巴以冲突爆发后,美西方外交战略目标陡然转向,泽连斯基沦为靠边站的弃子,更遑论那些本就不着调的虚妄承诺。

再看欧洲诸国,数度声称要实现战略自主,却在地缘政治形势的巨变之下,被死死焊在了美国的战车上,无奈承受着"敲竹杠",更进一步陷入了能源危机、地缘政治危机、经济衰退危机。

国家战略不能自主,便意味着"被人牵着鼻子走"。而在霸权国家的战略考量中，"兄弟""朋友""伙伴"，统统只是牺牲品。

五

理当认清，破解乱局的希望从来只在劝和促谈。

《俄乌战争：付出惨重代价又回到原点》（2022年3月8日）一文指出，对于欧亚大陆而言，只有摒弃冷战思维和意识形态对立，以协商对话、平等相待来构建相互尊重、彼此互信的安全秩序，才能真正解开乌克兰东西撕裂的死结。

俄罗斯的强硬姿态，足以让美西方清醒，北约东扩难以实现，也无法带来真正的欧洲安全；遍体鳞伤的乌克兰，承受了"痴心错付"的恶果，再次证明域外黑手只会给地区局势埋下不定时炸弹。

对待地区冲突争端，中国始终秉持公允负责任的态度，呼吁各方保持克制缓解事态，回到对话、协商、谈判中来，最终让乌克兰成为东西方沟通的桥梁，而非大国对抗的前沿。这样的态度，由事情本身的是非曲直决定，兼顾了情理法，尤其是照顾到当地民众的生存发展诉求，是世界所有向往和平人民的共同呼声。

俄乌冲突历时整整两年，人民颠沛流离，大地满目疮痍，此情此景令人长叹，曾经的兄弟之国，现在不共戴天，到底为了什么？又得到了什么？

六

理当认清，中国人要始终站稳中国立场。

《中国人要始终站稳中国立场》（2022年3月1日）指出，俄乌冲突方兴之时，一些势力不择手段想将中国扯入乱局之中，舆论场上的攻势极其猛烈。面对纷纷扰扰，一些"假圣母""反思怪""带路党"屡屡抬头，自诩为精英者假装在真空中谈和平、喊口号，表演所谓"绝对政治正确"的行为艺术，掀起了好大一波价值观争端。美西方是在维护"人权"还是大搞破坏？眼下再看，孰是孰非，不言自明。

国际局势风云变幻，这不是中国舆论场第一次遇到分歧，也不会是最后一次。置身愈发不确定的世界，面对前进道路上的风险挑战，更需要思考，应该站在什么立场看问题，怎样才算得上"明白人"。

一国的国民与国家有着天然的联系。我们没有生活在一个和平的时代，只是有幸生活在一个安全的国度。这份习焉不察却不可或缺的生活环境，其实都获益于国家的庇佑、先辈的守护，这理当是我们看待问题、发表意见所不能忽略的基本点。

面对任何问题，中国人都需要站稳中国立场，国家的立场就是亿万国人的立场。若是丧失了这份精神自主与清醒判断，就会被某些人的预设台词牵着走，成了稀里糊涂的"帮帮唱"而不自知。教训极其深刻，着实应当警醒。

七

俄乌冲突何时结束仍是未知，但毫无疑问，清醒的战略判断，完全的战略自主，强大的国民凝聚力，对一个国家至关重要。

今天的中国，正阔步行进在伟大复兴的漫漫征途上。亿万国民理当保持高度警惕、冷静思考、理性分辨，选择与祖国同呼吸、共命运，坚决维护国家利益、国家形象、国家安全，心往一处想，劲往一处使，避免一切不必要的自我损耗。

这是在守护我们共同的美好家园，也是捍卫每个人的幸福生活。

（2024 年 2 月 22 日　胡宇齐）

按他们的说法，
中国至少已"崩溃"五次

> 不管如何带节奏，"中国崩溃论"都会毫无悬念地走向破产。中国过去没有因为"中国崩溃论"而崩溃，现在也不会因为"中国见顶论"而见顶。

3月份，中国制造业采购经理指数（PMI）为50.8%，较2月上升1.7个百分点，这也是该数据时隔五个月重回枯荣线以上。

在美国机构更早发布的一份中国经济褐皮书中，他们在调查1400多家企业后，对中国经济在3月份的表现，给出了"强劲"的评价。

一段时间以来，"中国崛起见顶论"在西方疯传，被各路媒体、机构轮番炒作，一些政客、智库更是借就业、人口等数据大肆渲染所谓"繁荣落幕"，引发不小关注。

经济运行出现波动实属正常，惟有客观、全面、辩证审视，才能窥得全貌。带着偏见为唱衰而唱衰，很容易自我打脸。

一

"中国崛起见顶论"，瞅着像个新概念，说穿了还是"中国崩溃论"的老调。

有学者粗略梳理，自改革开放以来，形形色色的"中国崩溃论"至少泛起过五轮。唱衰论调格外高亢的时期，往往伴随着国际政治经济环境的重大动荡。

20 世纪 80 年代末至 90 年代初，随着东欧剧变、苏联解体，世界社会主义运动陷入低潮。彼时的中国，在探索价格双轨制、物价闯关等改革时，也出现了较为严重的通货膨胀，关于"中国即将崩溃"的言论一度甚嚣尘上。其中以日裔美籍学者弗朗西斯·福山的"历史终结"论断最为典型，直接预言中国必将是继苏联之后的"下一个"政治溃败国家。

1997 年东南亚金融危机后，中国出口受到显著冲击，加之国有企业经营体制效率低下、银行呆坏账问题突出，中国经济遭受严峻考验。以索罗斯为代表的国际金融大鳄伺机围剿香港，国家外汇承受空前压力。当此之时，以美国华裔律师章家敦所著的《中国即将崩溃》为代表的"中国崩溃论"横空出世，断言"中国现行的政治和经济制度最多只能维持五年"，一度被美国政坛视为研究中国未来走向的"教辅"首选。

2008 年国际金融危机重创世界，带动中国经济的"三驾马车"亦显疲态，出口缩水造成部分行业产能过剩，企业库存高企，经济效益下滑。一些西方国家四处煽动"颜色革命"，突尼斯、埃及、利比亚等北非国家陷入动荡，一时国际国内环境空前紧张。此时此刻，反华势力又借机燃起中国"崩溃"之火。

2015 年前后，全球经济下行压力加大，中国经济也处于由高速增长进入中高速增长的新常态区间。换挡转型期，由于股市出现波动，固定资产投资额有所下滑，一些西方媒体借机渲染"中国经济崩溃论"，以美国学者沈大伟为代表，高调嘲讽"中国经济行将崩溃""中国模式走向末路"。

新冠疫情发生以来，世界经济陷入复苏乏力的困境，地缘冲突、能源短缺、逆全球化等不利因素进一步放大风险，而中国也面临有效需求不足、部分行业产能过剩、社会预期偏弱等挑战。在此背景下，一些西方媒体、政客又伺机在全球范围散布"中国崛起见顶论"。

二

然而，历史往往充满反讽。

几十年来，西方对中国的唱衰声此起彼伏，中国非但没有崩溃，反而一路承压前行。可以说，一部新中国的经济发展史，就是一部"中国崩溃论"不断被证伪的历史。

面对 20 世纪 80 年代"西风压倒东风"的舆论攻势，中国顶住压力，没有盲目跟风采取"休克疗法"，而是通过渐进式改革逐步恢复元气。在此之后，无论是 1997 年亚洲金融危机还是 2008 年国际金融危机，抑或新冠疫情严重冲击全球经济期间，中国都没有成为"下一个崩溃的经济体"，还在动态调整中迅速稳住阵脚，重新走出一条稳健上扬的经济增长曲线，成为拉动地区和世界经济复苏的重要引擎。

时至今日，中国经过连续几十年快速发展，成为世界第二大经济体，创造全球工业化以来的长期增长奇迹。高速铁路里程世界第一，货物进出口总额世界第一，出境旅游人数和出境旅游支出世界第一……沿着中国特色社会主义道路，中国正以越来越多的发展奇迹，书写着中华民族伟大复兴的辉煌史诗，也不断刷新着世界对自己的认知，史无前例地开创了一个落后大国实现现代化的崭新模式。

这样的发展进步，让断言"历史终结"的福山不得不修正理论，坦言中国政治体制优点明显，人类思想宝库需为中国留下一席之地。

这样的活力中国，让章家敦在西方彻底沦为笑柄，摩根士丹利亚洲名誉主席杰克·沃兹沃思毫不客气地评价他："你的'中国崩溃论'只在你的书中存在。"

历史没有终结，中国也不会崩溃，崩溃的是当初所谓的神预言。

三

屡屡"唱空"，次次落空。

英国学者马丁·沃尔夫分析称，一些人之所以一而再，再而三地错误预言中国经济，是因为他们已经习惯了用西方的思考方式解答"中国谜题"，"对中国经济的误解，既有偏见，更有知识谱系的不足"。

透视一波波唱衰之声不难发现，西方媒体惯于用预设的导向、片面的视角和不适配的观点来"打量"中国。不提波诡云谲的国际局势给各国造成普遍损失，不提中国经济增长的绝对规模仍然可观，不提中国仍处于回稳复苏和产业升级的关键期，只凭单项、局部、短期的波动与困难来判断全局，只见短期波动之形，不见整体上升之势，这种"选择性失明"显然有违观察一国经济全面、辩证、长远的专业视角，也完全脱离了中国经济的实际。

从深层次看，"中国崩溃论"背后是根深蒂固的"西方中心主义"思维弊病。

近代以来，西方发达国家凭借工业化的先发优势，一度走在文明前列，文化上的优越感也相伴而生并根深蒂固。究其核心，就是以现代化的祖师爷和教师爷自居，投射到政治领域则是"西方中心论"——将西方政治模式视为普世性的唯一范式，凡是不符合其发展道路的另一种选择，都被视为不民主的、不具代表性的、不负责任的，因此也是不可持续的。拿此标尺一量，走社会主义道路的中国自然"非我族类"，也自然"行将崩溃"。

事实胜于雄辩。抱持这种意识形态偏见的西方压根读不懂中国，"中国崩溃论"被证伪也是一种必然。可尽管屡屡被打脸，一些人还是热衷于老调重弹，尤其是在一些政客、媒体的推波助澜之下，"中国崩溃论"逐渐成为妖魔化中国的"政治话术"，杂糅了西方通过舆论战和认知战遏制中国崛起的战略意图。

有学者指出，1985年以后苏联改革的最终失败，进而导致国家解体，与无力回应欧美舆论对其各种蛊惑性、煽动性与恐吓式的声音有很大关系。概括起来，这套舆论的冲击过程就是，"外界的舆论冲击—国内社会的不稳定情绪滋长—本国反制无力—国内彻底失控—国家解体"。如今一些人不愿看到中国崛起，所以故伎重施，希望通过煽动负面舆论，扰乱中国社会的国内预期，动摇全球对中国发展的信心，从而阻碍中国发展的脚步。

　　与此同时，西方世界正面临各种积重难返的治理困境。在国际话语权仍被西方主流媒体主导的背景下，通过唱衰中国来转移视线，顺理成章成为掩盖矛盾的一大利器。对于这套戏码，西方宣传机器早已深谙此道，一边"唱衰中国"，一边"吹捧西方"。比如《经济学人》，紧接"中国崛起见顶"的下一期封面文章就高呼，美国经济正在"让其他经济体望尘莫及"，而比较对象却没有中国。

四

　　装睡的人，叫不醒。

　　昨日的章家敦被事实击退了，今后必然还会有许许多多的"章家敦"出现。只不过，不管如何带节奏，"中国崩溃论"都会毫无悬念地走向破产。中国过去没有因为"中国崩溃论"而崩溃，现在也不会因为"中国见顶论"而见顶。

　　我们的底气，来自硬核的实力。中国经济是健康、可持续的，量的合理增长与质的有效提升并行不悖，构成了中国经济实力的双重支撑。一方面，中国经济去年同比增长 5.2%，在主要经济体中名列前茅，仅增量就超过 6 万亿元，相当于一个中等国家一年的经济总量，对世界经济增长贡献率超过 30%；另一方面，中国经济结构不断优化，高新技术产业、绿色经济、数字经济等新兴产业蓬勃发展，"新三样"出口额突破万亿元大关，新质生产力加快形成，为经济增长注入新动力。量质齐升，显示了中国经济稳定增长的确定性。

　　我们的底气，来自独特的潜力。中国具有社会主义市场经济的体制优势、超大规模市场的需求优势、产业体系配套完整的供给优势、大量高素质劳动者和企业家的人才优势……这些优势让中国经济具备强劲的内生动力、韧性、潜力，以提供"稳"的坚实基础和"进"的广阔空间。

　　我们的底气，来自勃发的动力。改革开放是当代中国大踏步赶上时代的关键一招。中国一直强调"吃改革饭""走开放路"，一方面，深化市场化改革，激发市场活力和社会创造力；另一方面，扩大高水平对外开放，与世界共享发展机遇。面对全球化一时的"逆风"与"回头浪"，中国始终坚定将改革开放进行到底，"下一个'中国'，还是中国"。

我们的底气，来自治理的能力。经过 75 年风雨淬炼，中国共产党领导国家、社会和市场经济的能力日趋成熟，中国共产党执政的专业化能力日益提高。治理能力的成熟，也意味着风控能力的提升，这既是中国共产党政治上成熟的标志，也是中国经济社会发展走向安全的重要保障。

面对中国依然强劲的发展势头，美国贸易代表戴琪日前在欧盟开会时，又公开酸了一把，"在中国非常高效的经济制度面前，我们的经济体正艰难生存"。宣称中国"令人难以置信的经济增长"是中美关系紧张的关键因素之一，美欧应采取适当"反制措施"，共同应对中国经济模式对西方所谓"经济开放体系"带来的挑战。

五

人类社会的政治实践一再表明，后发国家在由弱转强的进程中，一般都会遭遇守成大国的遏制。任何在国际社会权力结构中的席次靠近守成大国的新兴国家，都将被视为"假想敌"。

20 世纪上半叶，美国在崛起的过程中，曾经遭受英国、法国等的恶意排挤；日本在 20 世纪 80 年代经济起飞后，遭到美国的应激性反应，一纸"广场协议"让日本经济几乎"失去 30 年"。

回望新中国一路走来，来自外部环境的各种挑战一刻也没有停止。在前行过程中遭遇西方密集发起的认知战、舆论战，也是大国崛起的"成长的烦恼"，是锤炼大国定力的必要考验。逐渐习惯在别人的吵嚷声中前进，亦应当成为一种愈发淡然的发展状态。

战略上清醒笃定，战术上脚踏实地办好自己的事情，这也是对冲西方舆论冲击的根本之策。

中国经济发展过程中不是不存在问题，但发现问题才能更好解决问题，而非一见问题就妄言崩溃。始终对风险挑战保持清醒敏锐，不断优化宏观调控增强市场活力，不断深化改革促进经济健康发展，是我们一贯的"行动哲学"，也是自我磨砺、强身健体的方法论。

从舆论战、认知战角度看，以严谨的论述、可信的传播、精准的沟通形成舆论反击，也是对冲"中国崩溃论"的柔性策略。在目前传播格局中，"西强东弱"的现象依然存在。加速建构中国国际话语的生成和传播介质，提升中国的国际影响力，无疑是一道长远课题。与此同时，推动中国学者"走出去"，利用新媒体等讲好"中国叙事"，不断壮大有效信息的输出，也会增加我们赢得关于经济发展预期的舆论竞争的概率。

六

"青山遮不住，毕竟东流去。"

今天的中国，正以强健的体魄、不断提升的高质量发展成色，宣告着种种唱衰声音的破产。谁的聒噪，也改变不了中国经济长期向好的大势，更阻挡不了中国和平崛起的历史历程。

毛泽东同志有言，"中国人民有志气，有能力，一定要在不远的将来，赶上和超过世界先进水平"。

这是一个不同本质的国家的崛起，是一个历史悠久、幅员辽阔的"文明型国家"的崛起，是一种独立的政治话语体系的崛起。只要我们自己头脑清醒，站稳脚跟，自信而不自矜，自豪而不自满，中国只会越发展越安全。

（2024 年 4 月 10 日　范荣）

他们不遗余力攻击的，
往往是我们做得最好的

从所谓"竞争不过中国"的话语里，我们不难发现，正是中国制度的优势让他们焦虑、狂躁。

"中美关系的负面因素仍在上升积聚，面临各种干扰破坏，中国的正当发展权利遭到无理打压，中方的核心利益不断受到挑战。"

日前，王毅外长会见美国国务卿布林肯时直言不讳，强调美方不要干涉中国的内政，不要打压中国的发展，不要在涉及中国的主权、安全、发展利益上踩踏中方的红线。

这一系列表态被不少观察人士解读为"话讲得比较重"，毕竟在抵达上海后，布林肯还专门就中方所谓"不公平的贸易行为"和"非市场经济行为"提出关切。

一

常有人言，美国人越攻击中国什么，越说明那个就是中国的巨大优势。

前阵子访华期间，美国财政部长耶伦再提中国新能源"产能过剩"，却让更多人看到了中国这些年在新能源领域所做的技术攻坚、产业革新，认识到了中国人的战略清醒与远见。

美国贸易代表戴琪在与欧盟官员会晤时放言，"在中国非常高效的经济制度面前，我们的经济体正艰难生存"。言外之意，西方经济体系与中国正当竞争起来不是对手，这节骨眼儿上就"不要讲江湖道义了"。

一向擅长抨击中国制度低效的西方政客，为了拉拢盟友，也忍不住说实话了？

这显然不是礼节式地伸出大拇指说"China OK！"，而是"论据为真、结论为假"的迷惑性更强的"捧杀"。这种有"技术含量"的进攻手段，恰恰证明：一些西方政客并非没有认识到自身在产业、制度方面的缺陷，以及中国制度的独特优势。

二

对中国的误读，很大程度源于对自身的认知偏误。

美西方骨子里的"西方中心论"根深蒂固，认为西方制度"天命昭昭""包治百病"，是放之四海而皆准的衡量标杆。

尤其是在冷战之后，一些西方国家认为，随着经济全球化，西方自由主义民主模式也必然为世界各国所接受。

基于这样的"有色眼镜"，他们刚愎自用，断言"同时有市场和政府在配置资源是最糟糕的制度安排"，迟早要"崩溃"；大玩"双标"，无视自己进行的"国家调控"、出台的"产业政策"，动不动就给中国扣"国家资本主义"的帽子；自我"赋权"，把自己的经济模式作为"市场经济"的样板，没有照抄照搬他们那一套的中国就成了"非市场经济"……

但历史和现实却一次次证明，真正有问题的，是西方经济自身的运行机制。

2008年国际金融危机，暴露出金融资本过度逐利与社会整体利益之间的根本冲突，以及政府监管的严重缺失，也反映出以私有化、市场化、自由化为主要特征的新自由主义理论及其实践的危害。

彼时，对这场危机负有责任的美联储前主席格林斯潘称，他处于"极度震惊和难以置信"的状态，因为"整个理智大厦"已经"崩溃"，他"不敢相信自己对市场的信念和对市场是如何运作的理解是错误的"。

后危机时代，西方经济长时间陷入停滞，保护主义和单边主义大行其道，逆全球化暗流涌动，世界经济向何处去、经济全球化朝何处发展，成为世界各国普遍关心和思考的问题。

三

"像中国这样大的国家，应该'标新立异'。"

如果说西方一直在全世界推销所谓"市场原教旨主义"，那么中国的成功恰恰是因为摆脱了这种迷思，大胆探索，走出了一条符合自己国情民情的成功之路，创造了"当惊世界殊"的发展奇迹——

改革开放40多年，我国国内生产总值由3679亿元增长到超120万亿元，占世界生产总值的比重由1.8%上升至18%左右；我国居民人均可支配收入从171元增长到33036元，增长了190多倍……今天的中国，是世界第一大工业国、第一大货物贸易国、第一大外汇储备国，对世界经济增长的贡献率稳居世界第一。

中国制度、中国道路引领的超凡实践，超越了西方经济学的解释范畴，颠覆了美西方的陈旧认知，也为广大发展中国家提供了一个观察、思考经济社会发展的新样本。

恰如"软实力"概念提出者、美国哈佛大学教授约瑟夫·奈所言，中国的经济增长不仅让发展中国家获益巨大，中国特殊的发展模式和道路也被一些国家视为可效仿的榜样。

四

谈到中国经济的优势、中国市场的吸引力，总绕不开人口红利、低成本劳动力、"世界工厂"等词汇。

可在本质上,一个国家在国际竞争中的比较优势,在微观意义上表现为蕴含于产品之中的成本竞争、技术竞争,在宏观意义上却是制度竞争、战略竞争。

世界经济大浪滔滔、波谲云诡,学者们用不计其数的案例表明,迈向现代化的每一步,每一项改革与创新,都会涉及制度的调整、利益的重组。越是重大的、深刻的改革,涉及的范围越大、利益也越复杂,稍有不慎就可能"停车"乃至"翻车"。

中国经济增长何成奇迹、改革何以高效?最根本上还是有制度的强力支撑。

一张蓝图绘到底。中国特色社会主义制度的最大优势是中国共产党领导。党的集中统一领导和长期执政,使我们能够不为眼前利益所干扰,善于审时度势,化危为机。同时,也能为经济发展和全体人民的利益树立中长期目标,一茬接着一茬干、一棒接着一棒跑。反观一些西方国家,政党"轮流坐庄"、党争压倒一切,各党派都有自己的小九九,且新人不理旧账,政策几年一翻篇,遇事动辄陷入"议而不决、决而不行"的内耗撕扯,大战略、大工程最后往往不了了之。

集中力量办大事。市场经济具有灵活高效的优点,但也存在自发性、滞后性的缺点,在解决关系国家整体利益和长远利益的重大战略问题上有明显不足。社会主义市场经济体制可以充分发挥政府作用,从社会整体和长远利益出发有效配置资源,集中力量办大事。新中国 75 年一路走来,之所以能够在一穷二白基础上快速建立起比较完整的国民经济体系,能够走完西方国家几百年走过的工业化历程,创造出经济快速发展和社会长期稳定的奇迹,很大程度上就在于此。

兼顾公平与效率。公平和效率的矛盾是市场经济发展必须面对的棘手难题。社会主义市场经济体制是以公有制为基础、以实现人民的根本利益为目的,既能保证市场机制的效率,又为促进社会公平正义提供物质基础和体制保证。

《世界是平的》一书的作者托马斯·弗里德曼，甚至产生一个"古怪的想法"：要是美国能做一天中国有多好！"做一天中国"，是希望"在这一天里，我们可以制定所有正确的法律规章"，克服难以迅速作出重大决策的制度弱点。

五

除了一些有识之士，那些批中国批得最狠的人，又何尝不是在天天"研究"中国？

但从所谓"竞争不过中国"的话语里，我们不难发现，正是中国制度的优势让他们焦虑、狂躁。

他们前脚刚大呼"中国威胁"，转过身就大谈"中国行将崩溃"，种种话语看上去虽混乱不堪，但目的其实非常明确，那就是试图通过舆论战、认知战，侵蚀我们的自信，扰乱中国社会对中国经济的预期，动摇世界各国对中国发展的信心。

话语陷阱，不容小觑。去年2月，美国《战略安全》杂志曾刊文明言："认知操作可以是扩张的工具，甚至可以通过改变目标群体的观点、价值观和利益来实现特定的殖民化。"

史料表明，1985年以后苏联改革最终失败，进而导致国家解体，与国家的舆论门户大开，无力回应欧美舆论对苏联改革各种蛊惑性、煽动性与恐吓式的声音有很大关系。有学者把这一过程总结为：外界的舆论冲击—国内社会的不稳定情绪滋长—本国反制无力—国内彻底失控—国家解体。

六

古语有云，"君子和而不同，小人同而不和"。

竞争从来不应该因为制度不同，就走入零和博弈的死胡同。

如今，冷战结束已30多年，一些西方国家却仍然固守冷战思维，热衷零和博弈，习惯于从竞争和对抗的视角看待世界。他们对新兴力量崛起心存抵触甚至畏惧，认为新兴国家改变了他们的游戏规则，动了他们的"奶酪"。

而国际货币基金组织（IMF）研究显示，中国经济增速每提高 1 个百分点，就将带动与中国相关联的经济体增速提高 0.3 个百分点。中国从没有从谁手里抢走"奶酪"，反倒是努力把互利合作"蛋糕"做大，让发展成果更多更公平惠及各国人民。

作为当之无愧的"世界市场""全球经济引擎"，中国向来欢迎各国搭乘中国发展"顺风车"。我们从不搞赢者通吃、零和博弈的消极对抗，在世界经济大船面临西方国家周期性经济危机掀起的惊涛骇浪时，中国担当愈发成为重要的稳定锚。

"德不孤，必有邻。"

无论是共建"一带一路"的热潮，还是各种展会"一位难求"的火爆，又或是当下热闹非凡的"春之外交"，都在表明：选择中国就是选择机遇，携手合作才能共赢共进，正成为世界广泛共识。

七

一位西方历史学家曾说，人们之所以陷入不可挽回的灾难，常常是因为自己的愚蠢。

那些身体已进入 21 世纪，但脑袋还停留在冷战思维、零和博弈旧时代之人，正在为这一论断提供新的例证。

讳疾忌医，撒泼甩锅，只会使自己丧失自我反思、自我调节的窗口。

一意孤行，逆势而动，他们煞费苦心炮制的那些陷阱，也只会成为埋葬自己的深坑。

（2024 年 4 月 27 日　晁星）

"世界的生产中心"动摇了吗?

> 中国经济自有其运行逻辑和面对风浪的底气韧劲。与其渲染产业外迁的焦虑,不如关注此刻中国迈进的方向。

"从中国大陆转移是件容易事吗?"至少大量国际玩具生产厂商的回答是否定的。据路透社报道,尽管遭遇所谓"脱钩断链",但去年前 7 个月,在中国大陆生产的玩具仍占美国和欧洲玩具销售的 79%。厂商们发现,把生产转移到成本更低的其他国家并非易事,因为那里"没有中国那样的港口设施,也没有中国那样的道路设施"。

这些年,产业转移屡屡成为舆论话题。不管是流向东南亚还是回流欧美国家,都会衍生出各种唱衰中国经济的论调。事实上,跳出偏见窠臼,回顾历史进程,全球化时代,部分产业迁移是再正常不过的现象。毕竟,世界发展向前,各国的比较优势总在动态变化,每个国家在不同时期的发展战略都在调整。有研究显示,自 19 世纪下半叶至今,全球范围内明显跨境产业链变迁已出现过 5 次。

产业链转移本身,固然带有市场规律的动因,但就目前来看,大肆宣扬所谓"外资和生产撤离中国",更像是偏见使然的炒作。事实上,相较中国经济的既有规模，这些年迁出去的产业相当之少。而且，很多并非全链路转移，更像是上下游部分生产环节分工的再调整。正如有专家指出，一些中国出口产品目的地虽悄然变化，产业链迁往东南亚，但最终出口目的地仍然指向欧美，"游戏发生了变化，但本质没变，中国仍然是世界的生产中心"。

客观而言，全球经济复苏迟缓，中国经济面临转型升级，挑战不少，承压是必然的。然而，中国经济自有其运行逻辑和面对风浪的底气韧劲。以工业增加值为例，中国制造约占全球制造的30%。这背后，是全世界最完整的工业体系，是齐备完善的产业配套，是高效的生产效率，是充沛的劳动力。曾有人很困惑，当年美国风投力挺本国无人机，为何依然"干不掉"大疆，甚至不少公司后来不得不退出市场？《福布斯》杂志披露，因为在美国一架无人机从设计到成品，需要辗转多地采购零部件，至少3个星期，但大疆在深圳一天就能将所有零部件采购完成，做出成品。

产业的转移，不是简单的工厂迁徙。产业能否在某地重新生长发育，需要构建一个包括生产、销售、物流、服务等的全链条体系。这些年，我国综合交通总里程不断突破，铁路、公路等客货运数量以及港口吞吐量、发电量长期稳居世界第一位。与此同时，高效规范、公平竞争、充分竞争的全国统一大市场正在加快建设。这边是"人享其行、物畅其流"，另一边可能"即使是从一个邦到另一个邦都会陷入僵局"，资本会怎么选、厂商会怎么选，自有答案。

如果说，硬件设施赋予了中国制造发展的底气，那么高效率就是中国制造前行的动力。曾有一项针对各国工作效率的调查，内容是基于40个国家和地区所有行业用户在最近3年的生产任务完成情况，结果显示，中国是全世界罕见的任务完成速度快且任务完成率高的国家。劳动力既技术熟练，又有纪律和责任心，展示的正是"干得快的没中国干得好，干得好的没中国干得快"的现实。

"中国仍是最主要的世界制造业枢纽。"其实，与其渲染产业外迁的焦虑，不如关注此刻中国迈进的方向。如今，中国制造正锚定高质量发展目标迈进。从产业转移"承接者"到创新发展"先行者",世界还将持续感受到中国发展的澎湃动能。

（2024 年 1 月 19 日　汤华臻）

中国"被发达"是美国人在挖坑

> 想方设法鼓吹中国从"发展中国家"地位中"占了便宜"，就是为了增加中国的发展成本，逼迫中国承担超出自身能力范围的国际责任，通过"捧杀"的手段，实现"扼杀"的图谋。

近日，美国国会众议院以 415 票支持 0 票反对的结果，通过了一项旨在剥夺中国"发展中国家"地位的立法草案。该法案要求美国国务卿致力于在有美国参与的国际组织中剥夺中国"发展中国家"地位，反对在任何国际协议和条约中将中国继续视为"发展中国家"。

一个国家，究竟属于发达国家还是发展中国家，国际组织有着相应的衡量标准，各国人民有着具体的实际感受。美国人大笔一挥说谁发达谁就发达、说谁不发达谁就不发达，不仅毫无意义，也实在管得太宽。就世界银行的标准看，当年第一批被列入高收入国家的发达国家，目前人均国民收入普遍都在 3 万美元以上。近几十年间，中国虽然取得了巨大发展成就，但与现行发达国家的发展程度相较，还有很大差距。尤其发展不平衡不充分问题普遍存在，"总量大、人均少"的矛盾仍然突出。可以说，中国"当今世界最大发展中国家"的定位是实事求是的，"一夜被富"不符合中国现实国情，更包藏着美国的险恶用心。

说起来，美国剥夺中国"发展中国家"地位的动议由来已久。2018 年，特朗普政府对华挑起贸易争端但收效甚微，便从 2019 年起数次要求 WTO 取消中国的发展中国家身份。用他的话说，"中国作为一个发展中国家得到了很多美国没有的好处"。美国处心积虑炮制"中国不是发展中国家"的叙事，不过是为遏制中国编织的又一个"话语陷阱"。想方设法鼓吹中国从"发展中国家"地位中"占了便宜"，就是为了增加中国的发展成本，逼迫中国承担超出自身能力范围的国际责任，通过"捧杀"中国发展的手段，实现"扼杀"中国发展的图谋。

但明眼人都知道，美国这种"占便宜"的论调多么荒谬。加入 WTO 20 多年来，中国完全履行义务、积极兑现承诺，不仅从来没有因"发展中国家"的身份而与其他发展中国家抢夺国际组织的资源，反而在国际交往中作出了远超一般发展中国家应有水平的承诺和让利，以建设者的姿态推进国际合作，赢得普遍赞誉。反倒是某些发达国家，长期都是世界经济贸易的受益者，却要么拖欠会费，动辄制裁威逼；要么以邻为壑、大搞"脱钩断链"，视他国利益、国际秩序若无物。这究竟是谁在揩世界的油？如果真的如其所宣称的要"让其他发展中国家得到更好的帮助"，那么最应该改变的难道不是自身的霸道行径吗？

从深层看，美国拿发展中国家身份说事，也有削弱"中国式现代化"影响力的考量。随着这些年来中国发展风景独好，世界越来越多地"向东看"，许多有识之士都意识到，中国式现代化打破了"现代化＝西方化"的迷思，展现了现代化的另一幅图景，也拓展了发展中国家走向现代化的路径选择。这显然对某些国家四处兜售的所谓"终结版发展模式"构成了挑战。在这个意义上，美国政府再三操弄中国"被发达"，无非是想将中国从发展中国家的群体中剥离，让中国成为发展中国家中的"另类"，削弱中国式现代化典范意义。毕竟只有彻底否定多元选择，才好把更多人绑定在自家的战车之上。

事实胜于雄辩。某些国家自诩为山巅灯塔，却在民主人权方面急剧退步，对内无视民生、执迷党派互撕，对外转嫁矛盾、大搞"脱钩断链"，这样的一地鸡毛加无赖行径，又怎么会有说服力和吸引力呢？一而再，再而三地挥舞大棒、祭出狠招，持续上演"自己生病却让别人吃药"的戏码，不恰恰是在自曝唯利是图、巧取豪夺吗？

（2023 年 3 月 31 日　杜梨）

这条赛道日韩不行，中国就不行？

现实世界没有完美的市场机制和产业政策，关键在于管理者调整、修正、"打补丁"的效率与准度。

"电动车这条路，咱们是不是走错了啊？"

最近，有这么一段视频在网上引发不小的波澜。一位博主在日韩旅游10 来天后发现，在这两个国家的街道上，电动汽车寥寥无几。

于是他从自己的"亲身经历"出发，认为日韩"这种发达的、科技水平高的国家之所以没有电动车，是因为火电不环保、电池成本高、报废污染大"，最终得出结论——中国的新能源汽车浪潮是走错了路。

"日韩或欧美不行，中国就不行"，这种简单粗暴的类比逻辑本身有多少槽点，已经不必多言。

时至今日，在中国即将成为世界第一大汽车出口国的背景下，对于国产新能源汽车的质疑在舆论场上依然有市场，也说明很多人并不清楚中国所拿下的这颗"民用工业皇冠上的明珠"含金量几何，以及其中蕴含着怎样的成功密码。

一

道阻且长，行则必至。

汽车制造水平，一直是评价一国制造业是否强大的指标之一，中国毫无疑问曾经是这一领域的"落后生"。

据《北京志·汽车工业志》记载，早在 19 世纪 90 年代北京就出现了德国汽车，但晚清压根儿就不存在汽车工业的土壤。待到了民国，张学良决定在东北试制汽车。1931 年 9 月，中国自产的第一辆汽车在上海举办的车展亮相。但此时距离九一八事变，已经不到 6 天。

"文明毁灭了，但文明的种子仍在，她将重新启动。"这句话用来形容中国的汽车行业，再合适不过。

"现在我们能造什么？能造桌子椅子，能造茶碗茶壶……但是，一辆汽车、一架飞机、一辆坦克、一辆拖拉机都不能造。"面对新中国成立初期的一穷二白，毛泽东同志深知中国必须拥有独立自主的工业体系，高瞻远瞩地开始了中国工业化进程。

伴随着"一五"计划的实施，中国汽车重新在黑土地上发动引擎。1956 年 7 月，第一辆解放牌载重汽车在一汽下线；1958 年 8 月，第一辆红旗牌轿车在一汽诞生。这些凝聚着无限爱国热忱的产品，有力支援了国家建设，帮助中国推进着从农业国向工业国的转型。

然而，汽车是技术密集型产品，它由几万个零部件构成，涉及上下游庞大的供应链，能造车和拥有顶级汽车工业是两码事。

1978 年，中国所有的汽车产量不到 15 万辆，同年的日本则突破了1000 万辆，成为世界第一。随德国大众公司考察团一起来到中国的《明镜周刊》记者曾写道："大众汽车即将在一个孤岛上生产，这里没有任何配件供应商。"

基于改革开放初期的现实情况，中国提出"市场换技术"策略。一大批合资公司纷纷成立，资金、技术和全新的经营管理模式乘着春风走入国门，中国汽车工业终于不再闭门造车，国产供应链雏形初显。

百尺竿头，急需更进一步，但技术是各个国家各个企业的核心竞争力，怎会轻易拱手让人。汽车最核心的三大件——发动机、变速箱和底盘，外资企业最多将过时技术进行转让，根本不会将最尖端的领域示人。

在那个年代，中国消费者对于汽车的认知，几乎完全被外国品牌占领。少数自主品牌则沦为价低质次的代名词，被嘲讽为"远看摇头摆尾，近看龇牙咧嘴，停下漏油漏水"。

二

博观约取，兼收并蓄。

在燃油车这条技术路线上，西方国家已经深耕细作了近百年，积累了大量经验与专利。对于中国自主品牌而言，要越过这些竞争壁垒，只能不断试错，才能把自主技术的路蹚出来。

可是，市场竞争并没有那么多龟兔赛跑的故事。你在快跑，别人也在狂奔，在同一赛道上竞争，中国车企很难有机会超越。

但幸运的是，车轮不是只有靠内燃机才能转动。

事实上，世界第一辆电动汽车比燃油车还早出现几年。1900 年，欧美出售的 4200 辆汽车中，40% 是蒸汽车，38% 是电动车，剩下的 22% 才是燃油车。然而，到 20 世纪 20 年代，燃油车不断改进，价格合理的汽油广泛应用，燃油汽车在各方面都超越了其他驱动方式，电动汽车消失在了历史舞台。

当时间的指针进入 21 世纪，世界科技进步一日千里，中国已经有了非常适合新能源汽车发展的条件。

其一，"市场换技术"带动起来的汽车上下游产业供应链已经非常完整，稍加改造就可以和突破了电池、电机、电控新三大件技术的新能源车企完美契合，还催生了宁德时代等一批优秀企业，在很短时间里复制了中国手机产业崛起的奇迹，实现了国内电动车品牌市场产业链的良性循环。

其二，在电池原材料的加工、精炼、生产及回收方面，中国拥有绝对主导权。所以中国生产锂电池，有比其他国家更为低廉的成本和更为强劲的竞争力。

其三，中国蓬勃发展的移动互联网为新能源汽车提供了一个腾飞的平台。中国非常成熟的卫星定位、地图导航、车联网、自动驾驶、5G 通信可以一股脑儿放进汽车座舱里，给新能源汽车带来革命性的体验。

而且，不太发达的燃油车体系反而有利于中国轻装上阵，轻松掉头。反观德国车企由于历史包袱太重，在电动化转型上犹豫不决，错失了先发优势；日本车企则由于技术研发受挫，转而走上氢能源赛道，产生了巨大的市场空白。

可以说，中国发展新能源汽车是"万事俱备，只欠东风"。

三

不忘初心，方得始终。

针对事关国计民生的战略性产业，中国不能永远"躺"在"微笑曲线"的谷底赚"组装费"，必须换道超车，力争后来居上。但一个集中国众多行业之所长的产业，想在短时间内从无到有再到优，单靠市场的力量绝不可能办到，必须有政府进行引导。

1992 年，钱学森致信国务院，提出我国汽车工业应该跳过汽油柴油阶段，直接进入减少环境污染的新能源阶段。该提议很快获得国家的重视。

除了在技术研发上坚定不移进行投入，在市场培育上，国家也显示出巨大决心和战略定力。

要知道，汽车作为大宗消费品与关乎生命安全的交通工具，消费者很难接受新技术与新品牌。尤其是电动车几百上千枚电池组合在一起，质量更不能有丝毫纰漏。

面对认知空白，中国政府以补贴政策为产销助力。以真金白银"砸开"市场，也引发了一些质疑。有经济学者提出，"鼓励套利的制度不可能促进创新"。同时，一些企业也确实出现了"用脚造车，用心骗补"现象，一度营造新能源汽车市场的虚假繁荣。

现实世界没有完美的市场机制和产业政策，关键在于管理者调整、修正、"打补丁"的效率与准度。在嘈杂的舆论环境中，中国锚定新能源汽车作为战略性新兴产业的目标，坚定不移培育市场，及时完善政策方向。

一方面，财政部等四部委对骗补行为进行了联合审查并依法进行处置，有效规范了行业；另一方面，补贴政策由普惠式转向扶优式，对新能源车续航里程、电池能量密度、电耗等提出一系列要求，以指标压力引导企业进行技术、产品升级，鼓励优胜劣汰，促进优质企业做大做强。

在扶持国产新能源汽车的同时，中国也没有放缓开放的脚步。2018年，新能源汽车外资股比限制正式取消，特斯拉、大众等企业乘着开放东风在中国境内开设新工厂，如同"鲇鱼"一般进一步带动国内新能源汽车产业链提质升级。

跨度长达10多年的产业政策布局，最终起到了除杂扶优的作用。2021年、2022年我国新能源汽车实现爆发性增长，呈现出市场规模、发展质量双提升的良好局面，分别实现新能源汽车销售352.1万辆、688.7万辆，2023年初新能源汽车渗透率超过30%，标志着这一新兴产业已具备规模发展效应，产业开始进入普及期。中国终于有了成为全球第一汽车出口国的机会。

四

大道至简，行稳致远。

过去30年，中国制造走遍世界，然而由于缺失技术与品牌，获得与付出严重不成正比。中国出口一台售价32美元DVD，只能赚1美元；湛江的电饭煲年产2500万台，最低时一台利润只有0.5元；芭比娃娃在美售价9.9美元，中国工厂获利只有0.35美元……如果不进行产业升级，利润越来越薄，内外循环都将越来越难参与。

但产业升级谈何容易，会有大量因素的干扰，例如全球产业的周期规律，例如来自美西方不断加码的制裁，例如对失败后"一失万无"的恐惧……

如何破局？产业升级的实质是工业知识和经验体系的扩张和更新。任何单个企业都很难有完备的关于经济体系应该向哪里发展的知识，关于基本社会矛盾（如能源、环境等）以及如何通过经济结构调整来化解这些矛盾的知识，只有掌握各种宏观数据、有着强大动员能力以及丰富调控经验的政府，才能引导这个"知识和经验体系"克服其在"扩张和更新"过程中的瓶颈。

同时，世界经济不仅存在市场竞争，还存在国家之间政治和战略竞争。一国经济发展的方向，只有以政治决策为前提，才能确保连续一贯，锚定目标"一张蓝图绘到底"。政策大方向正确，市场机制会在微观层面通过竞争检验结果，奖优罚劣。

五

为什么电动汽车在中国风头正劲，在日韩等传统造车强国却发展困难？

因为我们有着强而有力的中央政府，有效领导了汽车工业体系的演进，帮助降低不确定性带来的风险并鼓励企业敢于突破，走出了一条跨越式发展道路。

放眼未来，在半导体、航空航天、医疗器械和制药等方面，我国本土公司仍然有着巨大的上升空间，并且在国家层面也形成了必须自主创新、突破高端的共识。

有新能源汽车、风电光伏、高铁5G等一系列成功经验在先，中国一定能完成产业升级之路。

我们应当对此抱有充足的信心。

（2023年8月23日　鲍南）

TikTok，撕下了美国最后的"画皮"

中美市场的开放程度真的对等吗？我们该如何在扩大开放的同时应对这种"不对等"？

"强盗对一个人说，把你的钱交出来我就不砍你，因为这个钱放在你身上不安全。"我们现在看到的，就是这样非常荒诞的一幕。

2024 年 3 月，美国众议院以 352 比 65 的压倒性票数通过了一项跨党派法案，要求字节跳动公司剥离旗下海外短视频应用 TikTok 的控制权，否则 TikTok 将被禁止进入美国的手机应用商店和网络托管平台。

从 3 月 5 日两党议员抛出该法案，到众议院能源和商务委员会 7 日表决通过，再到 13 日众议院投票通过，这份备受争议并可能产生深远影响的法案，以前所未有的速度得到推进，不禁让人咋舌。

找个国家安全的理由就可以任意打压别国企业，这是霸权逻辑；看到别人的好东西就要想方设法据为己有，这是强盗行径。可以说，美国以国家力量对一个 App 围追堵截，完全站在了公平竞争原则和国际经贸规则的对立面，彻底扯下了所谓"自由市场"的画皮。

一

TikTok 可谓不少美国政客的眼中钉，肉中刺。

早在 2019 年 11 月，美国政府就抛出了"小鞋"，对 TikTok 母公司收购 Musical.ly 进行国家安全审查，关注点在于用户数据的处理和存储。

2020 年，时任总统特朗普签署行政令，要求字节跳动在 90 天内剥离 TikTok 在美国的业务，否则将面临禁令。特朗普甚至一度疯狂到以广告投放的形式，在美国互联网上发起"请愿号召"，试图煽动民众一起携手"驱逐这家有中国血统的公司"。

面对美国政府的极限施压，TikTok 积极起诉，最终联邦法院驳回了该禁令。

2021 年 6 月 9 日，拜登政府发布了新的行政命令，撤销了特朗普时期针对 TikTok 的禁令，却维持了美国外国投资委员会（CFIUS）对种种应用的审查，并提出了一系列针对"外国对手"开发的软件应用的限制措施。这些措施的打击力度甚至超过了特朗普政府时期。

面对霸凌，TikTok 始终在运用各种合法手段积极维护自身权益。

比如，此次众议院通过法案后，TikTok CEO 周受资就直言，"这一举措会重创依赖平台的创作者和小型企业，或导致超过 30 万名美国人面临工作危机"。

同时，TikTok 还向超过 1.7 亿美国用户弹窗寻求民意支持，大量用户对国会议员进行了"潮水般"的电话轰炸。

欲加之罪，何患无辞。听证会不给机会阐述立场、荒谬指控平台有"反犹主义"等内容问题、编造"中国数据威胁论"……种种"莫须有"罪名让世人看到，美国以国家之力围剿，不是因为 TikTok 犯了什么错误，而是它根本就不知道除了不择手段，还能通过什么正常方式赢下这场商业竞争。

二

TikTok 只是一个短视频平台，为什么让美国政客如此恐惧？

在过去近百年里，在科技和经济优势加持下，美国在全球建立了独一无二的媒体影响力和舆论引导力。从冷战时期的政治宣传到海湾战争的媒体报道，美国利用其强大的传媒机器形塑了公众对国际事件的认知，并将自己定义为山巅不可撼动的"自由灯塔"。

而 TikTok 似乎在美国密不透风的媒体霸权体系中打开了一个小口。许多西方民众通过 TikTok 看到了"真实的美国底层生活"，看到了"巴勒斯坦人民的悲剧"，看到了"中华文化的丰富多彩"，这些内容与美国传统媒体的一贯报道形成了鲜明对比。

这让许多美西方民众开始意识到，政客挂在嘴边的"言论自由""新闻自由"都是假的，所谓的"再次伟大"是如此冷漠、血腥和虚妄。传播媒介的革新，隐隐动摇着美国的舆论霸权，亦引得各路政客欲除之而后快。

打压 TikTok 也是美国遏制中国发展的"组合拳"之一。

随着中国经济发展的质量越来越高，中国企业的综合实力也越来越强。由于中国市场规模大、需求多元、基建水平高、应用场景丰富、劳动者素质优秀等因素，那些在本土市场脱颖而出的"中国制造""中国创造"，往往拥有更低廉的成本和更强劲的竞争力。

物美价廉的中国产品在给世界消费者带来福祉的同时，也在无形中终结了一些美西方公司凭借先发优势在价值链顶端"躺着数钱"的好日子。

拒绝合理竞争，只想坐地生财，而这种以国家行为出现的强盗行径，对所有志在"出海"的中国企业都会产生广泛的"寒蝉效应"。

三

美国明抢 TikTok，实质就是在搞一份当代的《排华法案》。

从历史上看，凡是有国家被美国视为对手时，美国政客就会疯狂打脸"自由市场"原则，推动联邦政府启动"底线思维""战时思维"，以"贸易"为武器实践"战时政策"，用最全面、最系统、最严苛的体系围追堵截对手的产品和企业。

1929 年美国爆发了空前的经济大萧条，但当时的美国政客没有反思资本主义制度的结构性矛盾，反而怪罪于世界各国对美国的产品征收关税太高。为此，时任美国总统胡佛于 1930 年签署《斯穆特－霍利关税法案》，将美国关税的平均税率拉升到 57.3%，为 1929 年的 4 倍。这场由美国引发的世界范围内的政治经济纷争，最终令全球贸易总量剧烈缩水 66%，多国经济濒临崩溃，民粹主义兴起，是"二战"的诱因之一。

20 世纪 80 年代初，面对日本在半导体领域的崛起，硅谷的半导体企业成立行业协会（SIA），通过大肆游说，在 1985 年抛出了一个"神论"——日本半导体发展将威胁美国国家安全。美国政府又迅速行动起来，要求日本完全开放半导体市场，保证 5 年内国外公司获得 20% 市场份额，还否决了富士通收购仙童半导体的商业协议……1987 年 7 月，9 名美国国会议员在国会门口抡起大锤，砸烂了一台东芝收音机，成为美国动用国家力量围剿日本半导体"战争"中最知名的一幕。

翻看美国过往的累累"战绩"，"市场经济捍卫者"之名完全像个笑话，而这个笑话之所以一直挂在嘴边，无非是借以对别国指手画脚，转移国内视线、转嫁国内矛盾罢了。

"美国优先"早已有之，且从来都是"我有，你就不能有"。肆无忌惮祭出的关税大棒、贸易屏障、"小院高墙"，一次又一次"实锤"着谁才是"麻烦制造者"和"秩序破坏者"。

四

真正意义上的自由贸易，本该是"互通有无""良性竞争""平等共赢"。

而美西方追求的，从来都是资本如何能在更大范围内增殖以攫取更丰厚的利润。

马克思曾在《关于自由贸易问题的演说》中直截西方自由贸易的神话："在当今社会条件下，到底什么是自由贸易呢？这就是资本的自由。排除一些仍然阻碍着资本自由发展的民族障碍，只不过是让资本能充分地自由活动罢了。"

20世纪80年代以来，美国之所以成为经济全球化的有力推动者，是因为美国人认为，通过将技术、军事、金融三者的优势牢牢握在自己手中，自己就可以处于全球价值链网络最中心地位，以最小的资源消耗轻松获得最庞大的财富。

美式"自由贸易"，追求的是"肥己瘦人""我有你无""等级秩序"，是把其他国家变成自己经济的附庸，但这显然不符合世界发展的潮流，也难以达到其想要的效果。

我们看到，过去40多年来，经济全球化并没有形成美国想象中的"中心—外围""消费—生产"结构，一些发展中国家跳出了由发达国家及其跨国企业配置好的产业结构，逐步建立起自己的优势产业。

而与此同时，美国深度沉迷"钱生钱"的金融游戏，GDP账面繁荣下，制造业空心化加剧，脱实向虚、贫富分化等问题日益严峻。

对此，美国没有反思自身，反而认为是"自由贸易"导致了美国工业衰退，竞争力被削弱，将锅统统甩给所谓"危险的地缘政治对手"。

因此，特朗普、拜登两届政府彻底将"自由贸易"视为"口惠而实不至"的外交辞令，"合则用，不合则弃"。某种程度上，美国保护主义势力已经进入"无礼无理无节"的新阶段，驱使美国在"逆全球化"道路上蒙眼狂奔。

不只是TikTok面临封杀之忧，"新日本制铁公司拟收购美国钢铁公司"一事，也遭到了拜登政府的公开反对。

五

市场经济以规则为准绳，而美国却打着"规则"的幌子，将国内法凌驾于国际规则之上；市场经济的活力源于对市场主体经营、投资决策的尊重，美国却滥用"国家安全"概念，恣意出台禁令、动用国家力量打压他国企业。

饮鸩不能止渴，美国的贸易保护主义策略看似有利于美国本土企业和部分劳工提升收入，但从长远来看，对进口和外商投资方面的壁垒只会抬高消费者需要支付的成本，同时还会导致美国企业与资本、先进技术渐行渐远，以及国际投资者对美国投资环境信心的下降。

当今世界已非昨日之世界，经济全球化的步伐从未停息，世界经济的大海再也回不到过去湖泊与小河的状态。

美西方曾经是经济全球化的主要推动者，但根深蒂固的零和思维，注定它们无法解决全球化中存在的不完全、不公平、不开放等问题。广大新兴经济体和发展中国家，是经济全球化的参与者、受益者，希望进一步提升在全球产业链中的位置，坚定支持推动经济全球化向更高质量、更均衡的方向发展。这样的结构性矛盾，某种程度上就是我们审视当前国际贸易以及国际治理中种种冲突时，需要正视的基本现实。

不同于一些国家的"围墙心态"，中国不仅一直向世界传递推动经济全球化的倡议，而且在身体力行地实践着自由贸易的理念。

从发起成立金砖国家新开发银行和亚洲基础设施投资银行，到共建"一带一路"惠及沿线各国，从对实现"碳达峰""碳中和"设立详细时间表，到签署 RCEP、对接 CPTPP……中国的开放合作不是"教师爷式"的，而是强调平等合作，以求共同发展、普遍繁荣；不是去重复地缘博弈的老套路，而是强调"你好我好大家好"，以求共同做大蛋糕；不是去搞所谓的"小集团"追求小利益，而是着力建设"大家庭"谋求大合作，打造人类命运共同体。

六

1981 年 1 月 7 日，波音 747SP 大型客机飞越了太平洋，开启了中美之间的第一条航线：北京—上海—旧金山—纽约。

彼时，旧金山市市长在致辞中感慨，美中通航使漫无边际的太平洋变得像一条河。

如果说，过去很长一段时间里，许多人都认为中美两国的市场是互相开放的，只是因为当时中国企业实力不够强，只能卖过去一些附加值很低的商品，美国企业则凭借强大的品牌、技术实力，在中国市场占据了大量份额。

那么如今，当 TikTok 在美国闯出一片天地，中国新能源汽车蓄势待发立起新的标杆，美国却严禁它们进入美国市场，甚至在法案中称之为"敌国"（foreign adversary country）的产品。

中美市场的开放程度真的对等吗？我们该如何在扩大开放的同时应对这种"不对等"？这显然是更加值得深思的问题。

（2024 年 3 月 29 日　鲍南）

推特是谎言机构，拜登说的

所谓"客观中立"是具体的，有条件的，必须服从西方资本主义的政治制度和经济制度。推特可以易主，但不变的是虚假的"言论自由"。

日前，沸沸扬扬的马斯克收购推特一事终于尘埃落定。对于这位顶级网红富豪强势入主，不少美国网友并不看好，现任总统拜登更是"炮轰"马斯克收购了一个满世界散布谎言的机构。

拜登与马斯克"隔空互怼"明显有党争较量的因素。作为拥有 5 亿多用户量的社交媒体巨头，推特的影响力早已渗透到美国人的日常生活。特别是在前任总统特朗普"推特治国"的加持下，其政治属性日益浓厚。而马斯克一贯自称"言论自由的绝对主义者"，在关于对社交媒体的内容管控等议题上，与民主党所持观点分歧颇大。2021 年 1 月国会山骚乱后，特朗普的账号被永久封禁，彼时马斯克就直言这是"愚蠢"且"不道德"的。随着收购大戏序幕拉开，关于特朗普回归的传言流布江湖。如此种种，怎能不让拜登大动肝火？

急赤白脸之余，拜登这番话更直白地讲出了某种真相，那就是推特也好，Facebook 也好，美国的社交媒体平台上一直充斥着仇恨言论和虚假信息，也充当着政治操弄和政党纠葛的工具。细细数来，这些年推特散播的谣言还少吗？在国内议题上，煽动种族歧视等仇恨的虚假言论触目惊心；在国外议题上，各种偏激观点、虚假新闻大行其道。特别是在涉华报道中，推特更是传播了不少惊世骇俗的"世纪谎言"。比如，诬蔑中国在新疆进行"种族灭绝""强迫劳动"；再如，在香港"修例风波"中，任由对香港特区政府和警察百般诋毁的言论传播，却把近千个揭露暴徒行径的内地账号关停……不难看出，以推特为代表的社交媒体，从来都不存在超脱于现实的"言论自由"。这些社交媒体对内容的规制和管理，也绝非自己标榜的"客观中立"，而是有着鲜明的立场——再真实的内容，只要不符合西方固化的叙事框架，就要赶尽杀绝；而那些颠倒是非的言辞，只要能输出它们所认定的价值，就可一路放行。

"对推特看得越多，对西方国家的虚伪就认识得越多。"今年 3 月，马斯克在自己的推特账号上发起一项投票：你认为推特遵循言论自由原则吗？在 200 多万次投票中，超七成参与者投了否定票，而马斯克则承诺接管推特后就将恢复平台内"言论自由"。问题是，能有所谓言论自由吗？西方媒体一贯标榜自身"客观中立"，而避谈其背后的阶级性、党派性和商业性。很明显，所谓"客观中立"是具体的，有条件的，必须服从西方资本主义的政治制度和经济制度。说白了，推特可以易主，但不变的是虚假的"言论自由"。

有消息指出，美国中期选举推进以来，推特上本就泛滥的虚假新闻和仇恨言论激增，由此带来了更多的社会撕裂和政治暴力。一片舆论混战中，更多的是"自由"还是"谣言"，答案不言自明。

（2022 年 11 月 9 日　雨馨）

顶级富豪赤膊上阵的流量炒作

> 如果仗着身份特殊，天然处于话语高地的公众人物，肆意凭空制造噱头，随意收割注意力，最后只会将普通人表达意见的舆论空间压缩殆尽。

还记得"马扎之战"吗？据马斯克最新表态，他与扎克伯格的这场决斗，将在 X 平台上现场直播，所有收益将捐给退伍军人慈善机构。而扎克伯格也撂下狠话：这次约架，我是认真的。

回想 6 月，马斯克在 X 平台上发帖表示，准备与接受过柔术训练的扎克伯格进行一场"铁笼格斗大赛"。没想到，一个真敢约，一个也真敢接，扎克伯格迅速让马斯克发地址。要知道，八角笼格斗赛，是一项血腥、残酷的格斗运动，主打一个不限招数"KO"对手。如今，两位身家相加超三千亿美元的顶级富豪，竟然要脱去西装，以如此"直接"的方式一较高下，着实吸引眼球。而自打这一爆炸性消息传来，两位大佬频频隔空互怼，剑拔弩张的火药味，让这场"顶流富豪格斗赛"赚足了话题度，网络上也掀起一场场围绕谁赢谁输的玩梗大赛。

真打还是假打，目前不得而知。但细究起来，作为两大社交媒体的掌门人，马扎"不对付"由来已久。业务上，推特和脸书本互为竞品，自打马斯克入主推特，竞争更进一步白热化。由于一系列争议性改革，推特面临用户不断流失的尴尬，而出自脸书之手、对标推特的 Threads，短短几日用户量就已破亿，其中许多正来自前者。另外，从大趋势来看，随着短视频的崛起，图文类社交媒体流量下降是不争的事实。而扎克伯格全力押注的元宇宙，也并未带来显著收益，双方都需要一针揽客引流的"强心剂"。某种意义上，除了商业利益之争，这场约架更是充满了制造噱头的炒作味道。吃瓜群众想看戏，殊不知自己才是戏中人。毕竟，就媒体粗略统计，两位大佬明争暗斗这两个月，已为两人旗下的商业产品赚足了利益。

为了流量，顶级富豪下场约架，确实蛮拼的，但吃相也真够难看。注意力就是生产力，这是网络时代的传播铁律。对于两位富豪来说，财富的量级显然会带来普通人无可比拟的影响力。但另一方面，注意力资源也是稀缺的。如果仗着身份特殊，天然处于话语高地的公众人物，肆意凭空制造噱头，随意收割注意力，最后只会将普通人表达意见的舆论空间压缩殆尽。而且，随着社交媒体时代的到来，网络空间也相应具备了"公共领域"的属性，故作惊人之态的流量炒作，毫无疑问会让公众注意力发生偏移，让真正具有社会价值的信息被淹没。

当 X 平台上的一名用户问马斯克这场战斗的意义时，马斯克回答说，"这是一种文明的战争形式。男人热爱战争"。不管两位富豪将这场决斗包装得多么神圣，流量至上的铜臭都是绕不开的。同样值得警惕的是，这种看似荷尔蒙拉满的说辞，无形之中也加重着网络戾气。在时下的网络传播中，本就有情绪先行的趋势，部分网友发言更是屡屡陷入盲从、偏执和狂热之中。作为拥趸无数的名人，动辄喊打喊杀，刻意拿捏网友的情绪点，可想而知会形成怎样的示范效应。何况，流量下滑，不想着在产品与服务上下功夫，反而靠生造噱头引流，这难道不是治标不治本吗？

"八角笼对战"亦真亦假，互联网大潮起起落落。"顶配"炒作终将如何收场，不妨且行且看。

（2023 年 8 月 9 日　雨馨）

"美国百年最致命火灾"照见了什么

> 美国并不缺乏经验丰富的救援人员和先进的救援设备，但却每每迟缓低效至此，暴露出美国联邦制下州与联邦层面协调紊乱的现实，以及美式人权之苍白虚伪。

　　近日，美国夏威夷毛伊岛遭遇"史上最严重火灾"。从现场视频看，大火蔓延迅疾，火势异常猛烈，几乎一夜之间就将整个海滨小镇化为乌有。截至当地时间8月15日中午，这场"致命大火"已致110人遇难，上千人失踪，数万人被迫离岛。

　　山火，又称林火或森林燃烧，简言之就是发生在山林间难以控制的火情。从气象资料看，每年6—9月都是山火高发期，欧美几乎年年经历严峻"烤验"。今年，除了夏威夷野火肆虐，毁灭性的山火同样还在希腊、意大利、加拿大蔓延。如果拉长时间尺度，全球范围内的山火数量正肉眼可见增多，且趋向越烧越大。据统计，今年前7个月，加拿大已发生超过1万处火灾，与前6年同期检测到的水平相比增长了705%。野火激增，环球同"炙"，从具体原因来看不外乎强风、低湿环境与干旱植被的共同"致燃"，国际科学界普遍认为这是全球变暖加剧极端天气发生频率和强度的警示。

　　又该如何应对惨烈山火？对此，饱受山火困扰的国家一直在探索，"火情抑制政策"一度成为共识，即在源头严格管控，防患于未"燃"，出现火情立即扑灭。后来随着研究深入，"区别对待"的论点在学界开始传播——森林大火，既有人为的，也有自燃的，前者要防范，后者要看情况，没必要"有火皆扑"。持此论者认为，自燃是森林新陈代谢的表现，也是全球生态的有机组成部分。基于上述理念，一些国家也对火灾应对机制作出调整，即根据具体火情决定是否扑灭。比如由于地广人稀，加拿大平均每年有 60% 的森林火灾处于自生自灭状态。

诚然，看待森林火灾需要科学视角，应对起来需要权衡利弊，但无论如何都不能两手一摊，甚至将"没必要救"当成"躺平"的理由。要看到，所谓没必要"有火皆扑"的理念有基本应用前提：其一，火灾自燃；其二，远离人类聚集区。如果熊熊烈火已经烧到公众身边，滚滚浓烟夹杂有害气体已经威胁人类健康，岂能坐视不管？更何况，随着人类活动轨迹延伸，不仅山火成因趋于复杂，且人类聚集区与山林之间的分界线也在缩小，这也导致山火造成的人员伤亡与经济环境代价直线上升。即便不以"有火全扑"为目标的欧美，也在下大力气完善应急预警系统，比如在山火高发地的夏威夷，就建立了世界上最大的全灾害公共警报系统。

但诡异的是，本次惊天大火，上述警报系统竟然未发一声。同时，专业救援严重拉胯，政府救援身影迟迟未现，救灾物资被堵公路，居民打电话报警却被告知"没办法"，逃出生天全靠自己……"在拉海纳的灰烬中，愤怒正在蔓延"，毫无疑问，这是"一场比悲剧还要悲剧的悲剧"。

火情危急、人命关天，美国政府到底在忙什么？从报道来看，无外乎大搞对华投资限制、筹备美日韩戴维营峰会、为乌克兰提供天价新军援，难怪有美国网民讽刺，"他们的军舰可以到南海挑衅中国，可以到阿拉斯加盯梢中国，却到不了夏威夷救美国人"。对内救灾的迟钝与对外滋事的狂热对比强烈，但这又的确"很美国"。回想年初装有危险化学品的列车脱轨事故，2021 年造成 98 人遇难的佛州塌楼事故，以及导致 1836 人丧生的 2005 年"卡特里娜"飓风，美式援救之烂总让世界瞠目。

美国并不缺乏经验丰富的救援人员和先进的救援设备，但却每每迟缓低效至此，暴露出美国联邦制下州与联邦层面协调紊乱的现实，以及美式人权之苍白虚伪。许多人都注意到，在人民陷于水火之时，美国政客往往在"雷打不动"享受惬意假期。比如这次，夏威夷被烧惨了，拜登却照样潇洒度假，慢悠悠在海边骑自行车。政客如此不拿人命当回事，难怪民众屡屡遭遇"等不来的救援"。

一场大火，烧出了多重问题，也再次照出美式政治的混乱凉薄。哀之而不鉴之，类似灾难恐怕就真成"常态化危机"了。

（2023 年 8 月 18 日　雨馨）

技术之新

不管"天空"多远，我们踏实赶路吧

打逆风球、走上坡路、后发先至，是中国创新最为熟悉的
奋斗故事。

近段时间，OpenAI 发布了其首款人工智能视频生成模型 Sora。它以
日语中的"天空"一词命名，寓意着"无限的创造潜力"。

相较于市面上其他竞品仅能生成不足 10 秒，且镜头视角单一、内容往
往失真的视频，Sora 的视频生成长度不仅突破到了 1 分钟，且能实现单视
频的多角度镜头切换，最大限度还原现实世界的真实场景。

大幅跃进的视频生成能力，如同当年 ChatGPT 横空出世一般，再度向
世人展示了人工智能所蕴含的惊人潜力。

对此，有中国互联网巨头承认旗下视频大模型，"目前还无法作为完
善的产品落地"。也有知名互联网企业家直言，"中美人工智能差距在拉大"。

如何看待差距，如何缩小差距，如何面对新一轮全球科技竞争，值得我们思考。

一

对利用人工智能技术生成内容，大家并不陌生。

自 ChatGPT 出现后，AI 编程、AI 绘画、AI 音乐等产品如雨后春笋般出现。虽然很多方面仍不完美，但凭借极高的生产效率，AIGC（Artificial Intelligence Generated Content，人工智能生成内容）技术已经开始替代一些初级程序员、美工岗位，无比真切地向世人宣告"AI 革命"正式来临。

但无论是聊天对答如流的 ChatGPT，还是画画栩栩如生的 Midjourney，本质上都只能依靠数学公式和文字规则输入和输出二维信息，没有真正与三维世界建立联系。而在现实中，即便是动物也可以依靠运动真实地和物理世界进行互动。因此，虽然大模型技术足够惊艳，但业界普遍认为其距离通用型人工智能仍有 10 年以上的时间。

但 Sora 不一样了！

从具体演示看，Sora 已经拥有了叫作"三维一致性"的新能力。即其生成的视频，人物及场景元素可以随着视角的移动和旋转，在三维空间中保持一致的运动状态。这意味着，大模型所存在的"涌现"现象，可以帮助其通过观察和学习来了解物理规律，构建逼真的三维物理世界，也就可能拥有更进一步影响真实世界的能力。

从这个角度来说，Sora 并不是简单的"视频制作工具"，而更像是某种"世界模拟器"，证明了大模型具有"打破次元壁"的能力。

有人断言，"一旦人工智能接上摄像头，把所有电影都看一遍，把所有短视频都看一遍，那么就真的距离通用型人工智能不远了，一两年就能实现"。

二

现象级产品，再度让人看到了人工智能技术所拥有的无限可能。而这样的突破，也搅动着国内舆论场。

综合看来，虽然我国目前的人工智能产品中，尚难有堪当 Sora 竞品者，但将此归结为难以逾越的"创新鸿沟"恐怕也有些夸大其词。

要知道，早在 18 世纪初，莱布尼茨就在《神正论》中提出建立一种普遍语言的设想，"这种语言是一种用来代替自然语言的人工语言，它通过字母和符号进行逻辑分析与综合，把一般逻辑推理的规则改变为演算规则，以便更精确更敏捷地进行推理"。"莱布尼茨之梦"被视为是现代人工智能的雏形。

1956 年，达特茅斯会议正式召开，"人工智能（Artificial Intelligence）"一词获得与会者一致认可，相关学科由此正式启幕。然而，人工智能学科尽管群英荟萃，很多国家的科研机构也投入了大量金钱，也不断有重大研究成果问世，但受限于当时计算机技术的发展水平，人工智能的发展速度远远低于预期，直到 2006 年，使用 GPU 来训练的深度卷积网络出现，人工智能的第三波浪潮才奔涌至今。

透过人工智能的曲折发展史可以看到，一项技术的发展既需要深厚的知识积累，也需要其他相关科技发展达到一定水平。

而在信息产业方面，中国无疑是后来者、追赶者，指望在人工智能前沿领域中，一出手就直达世界最先进水平，显然很不现实。

但中国作为成长中的创新型国家，一直在奋力奔跑、努力赶超。尤其是作为工具，人工智能终究是要拿来用的，而正如高铁、手机、新能源汽车等产业的"后发先至"一般，在超大市场规模、完整工业门类和庞大用户基数的支持下，中国的 AI 会遇到无比丰富的应用场景，进而快速修正问题。在自动驾驶、智能制造等方面，中国已经证明了这种优势。

因此面对"中美 AI 差距是否在拉大"的担忧，也有业内人士指出，中美在 AI 上的差距主要在于"确定技术方向"上，一旦方向确定，中国学习能力快的优势就能马上激发出来。

三

总体来看，Sora 的出现，是人工智能大模型技术研究达到一定阶段的产物。

我们不必将单一产品过分"神化"，妄自菲薄嗟叹"为什么它没有诞生在中国"，但借鉴"大模型"技术的发展经验，确实能够为我国的自主创新之路提供助益。

就我国 AI 相关产业发展情况看，除了起步晚、人才少，重"盖房子"轻"打地基"的情况不同程度存在，另一值得警惕的现象是，许多创业者虽然有想法、有技术、有资金，但时间与效率焦虑过重，很容易在资本裹挟下变得短视。

比如，在机器视觉、语音识别等人工智能方向取得重大进展后，国内一些企业就开始追逐热点，将精力与金钱投入虚拟币、NFT（Non-Fungible Token，非同质化通证）、元宇宙等时髦概念，不再去深挖产品背后的技术逻辑，浪费了领先优势。

比如，在国外一些公司将产品开源后，就有人就将其"套壳"冒充自主研发，对芯片等掌握在别人手里的"硬科技"也不愿进行投入研发，看似创新成果不断，但本质上仍然是"造不如买、买不如租"的逻辑。

今天，新一轮科技革命和产业变革风起云涌，经贸科技领域政治化、工具化问题愈发严重，发达国家的创新步伐从未停歇，对别国的技术打压也愈发严苛，摆在追赶者面前的攻坚大环境并不友好。

在自己的地基上盖好房子，才不会有"倾覆之虞"。此时此刻，从"应用创新"大国，迈向"原始创新"强国，在众多技术路线的初始逻辑里刻入更多"中国人自己的东西"正变得十分紧迫。这容不得半点投机取巧、急功近利，必须心无旁骛、凝神静气。

四

"从 0 到 1"从来不易，攻坚之难与现实差距客观存在，技术攻关、产品磨合、生态重构，每一个步骤都需要投入巨大精力。

尤其是在人工智能技术空前发展的今天，科技创新生态在前所未有地革新，科学的深奥程度也远超想象。做好技术攻坚不仅需要科研人员焚膏继晷、埋头苦干，更需要社会舆论保持定力、稳住心态。

在 ChatGPT 和 Sora 出现之后，有一种论调甚嚣尘上，即认为这个东西"不能帮助美国发展工业、不能让美国重返月球、不能让美国重新工业化"，所以 ChatGPT 及 Sora 都"没用"。

这无疑是狭隘偏误的。

从蒸汽机与纺织业结合引发工业革命，到美国军用通信系统发展为全球互联网，再到让电子游戏画面更精美的 GPU 成为 AI 算力芯片的基础……历史一再证明，技术演进具有不可测性和爆发突然性，人类的科技发展不是"科技树式"的，而是"开盲盒式"的，我们并不知道一个看似不起眼的技术背后连着一个什么新技术，而其又是否会成为引爆下一场技术革命的关键。

有人说，面对未知的科技创新，舆论要做的就是少做自以为是、妄自尊大的判断，少做界定、多留空间。诚如斯言，不因点滴进步就盲目自大，不因一时挫折便心灰意冷，亦不因眼下"有没有用"去阻碍努力，更不搞恶意炒作、投机取巧，惟有如此，才能营造支持创新、鼓励试错的环境和氛围。

五

打逆风球、走上坡路、后发先至，是中国创新最为熟悉的奋斗故事。

面对新中国成立之初的一穷二白与敌对势力的孤立封锁，"两弹一星"横空出世，铸就保卫共和国的利剑；遭遇近乎垄断的市场形势与行业龙头的倾销打压，液晶面板、光伏组件逆境突围，后来居上取得市场话语权；面对成败难测的科技前沿和未曾走过的研发之路，特高压、量子通信引领全球之先，在世界奠定中国标准……

70 多年一路走来，中国一再用事实证明，我们在科技创新方面有着无穷潜力和强大行动力。今天，人工智能的历史车轮已经滚滚而来。据估计，2023 年全球生成式人工智能的市场规模将超过 400 亿美元，到 2026 年，这一数字将超过 1000 亿美元。无论是 Sora 还是其他人工智能工具，未来都可能给人类世界带来更多惊喜和颠覆性的变革。

当此之时，我们更须坚定不移地细化政策支持，做好人才培养，完善奖励机制，保护知识产权，为国产 AI 发展培育好土壤。与此同时，继续扛起全球化的大旗，在开放中交流，在互鉴中发展，用好全世界的智力资源一起做好 AI 技术。

说到底，科技不是玄学，只有坚持不懈地投入时间、耐心和毅力，困难才可能被克服。

六

"很快我们将不再讨论人工智能，因为人工智能已经融入生活中，无处不在。"

对人工智能的利用，将会在国家之间、机构之间，甚至包括人与人之间形成新的代差和数字鸿沟，并推动人类从农业文明、工业文明走向数字文明。

梦在前方，路在脚下，今日中国拥有比过去任何时候都好的创新基础、创新条件与创新资源，拿出坐冷板凳、啃硬骨头的静气，脚踏实地、一往无前，一定会继续创造属于中国的传奇。

（2024 年 3 月 2 日　鲍南）

55年，"争气系统"在路上

科技进步一日千里，但"落后就要挨打"的道理从未改变。

一次软件更新，竟让全球近850万台设备瘫痪，众多企业停摆、航班停飞。

2024年7月19日，由微软Windows操作系统"蓝屏"引发的全球"大宕机"事件，全方位暴露了信息产业单一公司垄断所带来的巨大风险，让更多人前所未有地意识到，操作系统的自主可控是多么重要的一件事。

一

对于操作系统的重要性，中国其实早有认识。

1969年12月，中国就开始了计算机和操作系统的研发工作，开展了试制国产计算机的150工程。面对"无资料、无经验、无人才"的三无窘境与设备昂贵、资源有限之困，科研人员化身"人列计算机"，模拟程序的运行过程。苦熬3年之后，硬件软件被逐一攻破，150机于1973年一个春天的早上，清晰嘹亮地唱出了《东方红》，宣告了中国第一个自主版权操作系统的诞生。

1974 年，日本富士通公司曾派代表团访华，进行计算机技术交流。一下飞机，日方就提出要和 150 机研制人员座谈。150 机系统的技术，特别是多道运行操作系统设计让日本友人感到震惊，让他们看到了 150 机系统的国际水平，长了中国人的志气。

然而，"争气系统"只是解决了"从无到有"的问题。

1979 年，当国门打开，"市场"这个因素开始深刻影响科技创新。我们猛然发现，国产计算机和操作系统已经远远落后于世界水平，而在追赶的道路上，还耸立着一座名为"微软"的高山。

二

1975 年，比尔·盖茨从美国哈佛大学退学，和他的高中校友保罗·艾伦一起创立微软公司。

比尔·盖茨很快洞察了操作系统从指令转向图形的趋势，进而开发 Windows 操作系统；在商业策略上，微软全方位采用开放、兼容和廉价战术，对广大电脑厂商、软件开发商合纵连横，确保操作系统的生态茁壮成长。与此同时，微软还直接在操作系统的功能设计上对苹果公司的操作系统进行"复制"。

在个人电脑产业迅猛发展的蛮荒年代，微软集众家之所长的路线很快收获了巨大成功。1990 年，Windows3.0 系统一炮而红，使得所有的软件开发商可以最大程度地利用硬件资源，同时大大刺激了硬件开发商进一步提高硬件性能，整个计算机工业的生态链从此定型，而控制整个生态链的"皇帝"便是微软。

三

取得垄断地位的微软并没有止步于此，而是想方设法地巩固自身的垄断地位。其中最知名的案例，便是与网景公司针对互联网入口——浏览器的一场恶战。

在这场战争中，微软采用了"拥抱、扩展再消灭（Embrace, extend, and extinguish）"的方法，简称"3E战略"。简单来说，就是微软首先接纳广泛使用的技术标准，将产品推入市场，然后在产品中加入自己的专利扩展，最终用这些非标准的专利在系统中打压竞争对手。

具体到浏览器上，微软为了阻击网景，不只在系统捆绑自己的浏览器产品，还故意在系统中给自家IE增加软件支持，以此破坏网景浏览器的兼容性，迫使用户"二选一"。

除了浏览器，依托操作系统的垄断地位，微软在JAVA软件、Office文件、即时通信程序等方面的竞争中，都大肆采用了"3E战略"。

在中国市场，微软更是霸道。

20世纪90年代初，由于Window系统牢不可破的优势，中国公司只能围绕Windows生态做应用软件，走一条"别人吃肉我们喝汤"的道路。

但这条"相伴巨人行"的路线，看似繁花似锦，实则险象环生。尤其是"巨人"一抬脚，就能把身边的小商小贩踢个干净——有中国公司前脚向微软授权了中文手写技术，微软转脸就在Windows2000里自己搞了一套。

"举目四顾心茫然"，可谓是当时所有中国IT从业者心态最真实的写照。

四

微软在操作系统行业的垄断，是那个时代美国掌控全球信息产业的缩影。而奉行霸权思维的美国政府，怎会轻易放弃这种"优势"？

1998年，法国《费加罗报》刊文指出，在美国和英国主导下，20世纪50年代末建立的情报网络"五眼联盟"一直在被美国用来窃取欧洲经济信息情报。一时间微软系统到底有没有后门，会不会是美国情报部门帮凶的问题甚嚣尘上。

第二年，科索沃战争爆发。中国人在强烈抗议北约轰炸中国驻南联盟大使馆时，也骤然警觉北约瘫痪了南联盟几乎所有通信系统。信息安全问题再一次血淋淋地摆在中国人面前。

时任科学技术部部长徐冠华主持召开了"发展中国自主操作系统座谈会"，会上留下了日后最有名的四个字："缺芯少魂"。

五

150 机虽然消失在了历史长河中，但那个年代培养出的人才为祖国的富强之路添砖加瓦，自力更生、艰苦奋斗的精神不会熄灭。

在"缺芯少魂"的刺激下，中国科学家再次扛起重任。中国科学院计算所的胡伟武负责龙芯 CPU，在校时曾目睹 150 机研发历程的软件所副所长孙玉芳接过研发操作系统的担子。

3 年研发苦功，"红旗"Linux 终于赶在 1999 年发布。孙玉芳更引用了一句毛主席诗词"红旗漫卷西风"，希望国产操作系统像遍插山河的革命红旗一样，遍布中国人的电脑。

然而，政策支持可以制造出一个操作系统，却带不来一个完整的应用生态。

国产操作系统上市后三四年，应用生态仍是一片无人区。那些买了预装国产系统电脑的用户，回家做的第一件事就是无奈卸载 Linux，安装盗版 Windows。一些单位也是上有政策、下有对策，"检查时用国产，检查完换微软"。

订单稀少、生态荒芜、用户抛弃，2013 年，中科红旗贴出清算公告，宣布团队解散，一代国产操作系统就此折戟沉沙。

六

"沉舟侧畔千帆过，病树前头万木春。"

虽然第一代操作系统未能成功，但至少证明中国人有能力走这条路，只是在方式方法上还需要进步。

随着中国经济的不断发展，中国 IT 产业也在茁壮成长。支付、聊天、搜索、邮箱、办公、杀毒……电脑所拥有的各种功能，中国公司都有了可以独当一面的产品，软件生态已经初具雏形，国产操作系统"万事俱备，只欠东风"。

2009 年，国家"核高基"重大专项启动，国防科技大学银河麒麟操作系统得以继续迭代。

这一次，与世纪之交的茫然摸索不同，研发者对操作系统的发展规律有了更加深刻的认识，产业界对国产替代的共识也更加统一，政策方面的支持也更加坚定。

开放代码、民间参与、政府采购……既有看得见的手支持，也有看不见的手合力，终于让国产操作系统有了一战之力。

2022 年 4 月 16 日，神舟十三号载人飞船返回舱在预定区域成功着陆，在过去的 6 个月里，翟志刚等 3 名航天员，成为我国在轨任务时间最长的航天员乘组。保障他们成功的操作系统，正是银河麒麟 V10。

七

在国产操作系统奋力追赶的同时，微软的"王座"也开始出现裂痕。

2007 年，iPhone 诞生，移动互联网时代蓄势待发。时任微软 CEO 的史蒂夫·鲍尔默却不屑一顾，讥笑苹果的产品"不会吸引商业客户，因为它没有键盘"。

过了 3 年，眼见苹果和安卓智能手机在全球风靡，微软终于开始大举进军手机操作系统。但这位 PC 霸主很快因傲慢遭遇了惨痛失败：系统收取高额的授权费，得罪手机商；同一款手机系统不能连续升级，得罪消费者；开发系统不友好，时刻都有自己要做应用的姿态，得罪开发者。

即便微软最后斥巨资收购诺基亚，仍然竹篮打水一场空，落得个"双输"。

在大数据、物联网的时代，操作系统已经不仅仅需要存在于电脑上、手机里，而是随着智能设备的增加变得无所不在，其中孕育着跨终端、全景式操作系统崛起的机会，正等待新的弄潮儿去把握。

这方面，以"鸿蒙"为代表的国产移动操作系统，已经有能力与群雄逐鹿，在终结"少魂"之困上迈出了一大步。

八

2002 年，为拿下中国政府的软件订单，当时的美国国家安全通信委员会委员、微软的三号人物克瑞格·蒙迪来到北京，与科学技术部进行谈判。

据在场记者回忆——蒙迪先是以软件界老大的口吻回顾了软件发展历史，随后又直言中国国产软件属于低能产品，最后更撂下一句"中国的知识产权保护得不好，是世界上最糟糕的国家之一"，语气之傲慢可见一斑。

科技进步一日千里，但"落后就要挨打"的道理从未改变。中国从微软的"蓝屏事件"中幸免于难，不是因为运气，而是一代代抱有赤子之心的人，想方设法为国产操作系统保留"火种"，坚定不移推动国产软件产业进步，守护住了虚拟世界的安宁。

摸索、抗争、逆转，愿有志者继续坚定信心、勇往直前，早日实现突破、掌握主动，以真正的创新力，锻造出我们这个大国"任凭风浪起，稳坐钓鱼台"的底气。

（2024 年 8 月 8 日　鲍南）

科技腾飞是"硬核想象"的强大底气

在日趋严峻的国际竞争中，向最高处仰望，往最深处扎根，应成为我们更加坚定的信条。

"你们尽管想象，我们负责实现。"春节假期已过，但科幻大片《流浪地球2》热度依然不减。继中核集团在微博喊话电影主创团队后，中国航天、中国建筑、中国石油等也来"团建式"报到——"我负责通信""我负责能源"，还纷纷展示了各自领域内高新技术成果。硬核联动让网友们惊喜不已，"这就是整整齐齐的国家队排面"！

一部电影缘何吸引诸多"行业巨头"力挺？说到底还是与现实产生了足够共鸣。从惊险刺激的空战对抗，到质感厚重的工程机械，电影里那些令人震撼的视觉画面，并非完全源于想象和特效。可行驶、可作业、可变形的UEG地球联合政府机械设备，是中国工程机械龙头企业徐工集团根据导演团队要求用实物改造的；穿上就能让人变身"大力士"的酷炫机甲，依托于在工业制造中已经投入应用的外骨骼机器人；刘德华扮演的图恒宇在研究数字世界时，观众马上能联想到量子保密通信和量子计算机……小到U盘、耳机，大到太空电梯和核弹引爆装置，很多超级装备、前沿设定，都能在现实场景中找到对应，甚至稍微"换脸"就成了拍摄素材。可以说，正是这些真实存在的中国制造，为创作者们插上了想象的翅膀。

用导演郭帆的话说，真实世界跟影像世界是有必然联系的，强盛的国家才能托举起强大科幻产业，这是已经被文艺史、电影史证明了的。中国科幻电影的崛起，背后正是科技实力与创新能力的跃升，体现出国家文化工业水平的进步。这些年，中国重大创新成果竞相涌现，一系列"国之重器"惊艳世界。"T"字构型空间站矗立苍穹，"天眼"引领人类遥望太空，"华龙一号"突破核电技术垄断，"北斗"成网布局全球精准导航……一次次被刷新的自主创新进度条，为服务民生、造福社会、促进经济发展提供了源源不断的驱动力，也让中国人的民族自信心一次次被点燃。"别人的科幻是科幻，我们的科幻是现实、是未来。"大国科技腾飞让电影情节不再遥不可及，更给了每一位创作者乃至普通观众"尽管想象"的底气。

"创新是一个民族进步的灵魂，是一个国家兴旺发达的不竭动力，也是中华民族最深沉的民族禀赋。"银幕上悲壮浪漫的科幻之旅，其实也足以带来深刻的现实启迪。今天的人类，当然并未如科幻片中那样逼近存亡边缘，却无时无刻不面临着如何生存的历史抉择。放眼当今世界，要解决气候变暖、环境恶化、重大自然灾害频发、能源资源短缺、粮食安全等一系列全球性挑战，科技力量是关键，开放合作是途径。如电影中一样，中国也始终在朝着这一方向努力。与之同时，随着新一轮科技革命和产业变革深度演进，全球产业链供应链面临重塑，关键领域的核心技术发展能否抢得先机，也直接影响着一个国家的竞争位势。特别是对于中国这样一个正在崛起的新兴大国来说，面对各种难以预料的风险挑战，科技创新能否持续突破不仅是发展问题，更是生存问题。

历经一代代人接续奋斗，中国在科学技术现代化的赛道上，正从量的积累迈向质的飞跃。但也要看到，我国科技创新体系仍有短板，重应用轻基础的软肋始终存在，特别是在高端芯片制造、科研测试仪器、工业设计软件、航空发动机等领域，面对的瓶颈还有很多。此外，愈发突出的贸易保护主义等逆全球化浪潮，更是需要时刻警惕的外部冲击。最近，美国这边考虑对华为全面"断供"，那边搞小圈子限制向中国出口先进芯片制造设备。不断扩充的实体清单，步步紧逼的打压封锁，令"卡脖子"危机进一步凸显。如果说，大片里的硬核科技让我们从另一视角见证了大国实力，那么现实中的种种挑战则提醒着进一步攻坚克难的战略必须。

"我们的人，一定可以完成任务。"影片里的这句台词，让无数观众为之动容。现实中，我们同样要保持定力、增强信心。制度和市场就是最大优势，中国人的智慧就是不竭的动力源泉。我们曾饱尝"挨打的滋味"，但绝地反击的传奇从未停止。就拿"芯片危机"来说，虽面对重重围墙，如今中国自主研发的光刻机已经取得重大突破，中国第一条量子芯片生产线也于近日亮相。自立自强，坚定不移走好自己的路、办好自己的事，永远是面对狂风暴雨、惊涛骇浪的最有效路径。在日趋严峻的国际竞争中，向最高处仰望，往最深处扎根，应成为我们更加坚定的信条。从政策布局、研究投入，再到具体领域里的每一位科研工作者，都从国家急迫需要和长远需求出发，都从我国经济社会发展、民生改善、国防建设要解决的现实问题入手，一点一点补短板、一步一步强筋骨，假以时日我们终会战胜挑战，把主动权牢牢握在自己手中。

《流浪地球2》中，拯救全人类、奔赴新家园的恢宏计划将持续2500年，历经一百代人。有人说，只有中国人才敢想象以这样的时间跨度去做一件事，也只有中华民族担得起这样的信念与坚韧。大国崛起，长路漫漫，以愚公移山的志气奔赴远征、用滴水穿石的毅力向上攀登，我们一定能让更多灿烂梦想照进现实。

（2023年2月3日　郑宇飞）

这一次，就选 "C"

用创新弥补不足，用实力回击质疑，是科技竞争的最好方式。

国产大飞机 C919 喜讯频传——累计安全飞行超 1 万小时，承运旅客突破 50 万人次；入列东航、国航、南航三大航司，开启多用户运营新阶段……一系列成绩，标志着国产大飞机综合运营能力得到全面检验，进入快速成长期。

事非经过不知难。从运 -10 遗憾折戟，到 C919 接力翱翔，穿过半个世纪的中国"大飞机梦"里，有遗憾与挫折，有不屈与奋起，有成功与自豪。凭着"核心技术要不来、买不来"的清醒，"哪怕磕掉牙齿也要啃下来"的意志，集中力量办大事的制度优势，一代代奋斗者完成一次次"从 0 到 1"的突破。如今，C919 跑出了"加速度"，开启了"从 1 到 N"的新阶段，令人倍感振奋。诚如网友们所说，"期待它飞遍祖国的大好河山，期待它飞向更远的世界"。

"好飞机是造出来的，也是飞出来的。"从成长路径上讲，一款商用大飞机的脱颖而出需要两步走，先取得工业生产的成功，再取得商业运营的成功。相比之下，后者的难度系数看似更低，但现实掣肘的复杂程度同样不容小觑。全球商业客机市场已被双寡头"A"（空客）和"B"（波音）垄断已久，后来者从试飞取证、量产到获得安全高效的飞行记录、赢得用户信任，都绝非易事。去年2月，酝酿10余年、耗费1万亿日元的日本大飞机项目宣告彻底"破产"，除了技术上的问题，无法从严密垄断市场突围是一大原因。这个意义上，初出茅庐的C919任重道远，我们仍须戒骄戒躁。

放眼未来，对中国大飞机"再下一城"，我们充满信心。一方面，中国坐拥潜力巨大的国内民航市场。《商业市场展望》预测，到2043年中国民航机队规模将扩大一倍以上，客运年增长率为5.9%，高于全球4.7%的平均增长率。客户航司真实的使用体验、详尽的运行数据、各环节的评价反馈，都将帮助C919进一步成长。另一方面，全球民用飞机市场的深度变革正在发生。新机交付延迟、飞机和发动机租金价格高企、关键零部件维修时间过长等，影响着行业业务增长。但随着环保要求的提高和客机更新周期的缩短，航空公司更换新型飞机的需求又不断增加。当此之时，行业迫切呼唤一个可靠的新选择。C919的到来，让许多人眼前一亮。不乏观点认为，只要用足资源禀赋，抓住战略机遇，"全球商业客机市场有望形成'A、B、C'新格局"。

作为"工业皇冠上的明珠"，大飞机是一个国家科技能力、工业水平的集中体现。如果说汽车制造所需的零部件是上万量级的工程，那么制造大飞机就是百万量级的工程，且所有零部件的工艺技术和装配质量都是高标准。有数据显示，通过C919的设计研制，仅飞机起落架这一零部件，就推动了超高强度钢的自主研发，带动形成了需求超千吨、产值过亿元的重要高端航空特殊钢产业。这个维度上，我们可以体会到"大国重器"更加丰厚的内涵：大飞机不仅将满足航空领域的发展需求，还能带动诸多基础学科的重大进展，助力新材料、现代制造、先进动力、电子信息、自动控制、计算机等领域关键技术的群体突破。可以说，在以新质生产力推动高质量发展的当下，大飞机是我们抢占发展主动权的关键支点之一。

靠着自力更生、自主创新，C919飞到了今天的高度；承载更多希望、飞得更高，仍离不开奋斗精神。应该看到，在航空发动机等关键技术、关键设备上，我们还存在一些短板，以至于有人无视供应链全球化趋势，污蔑中国大飞机"只是造了个壳"。用创新弥补不足，用实力回击质疑，是科技竞争的最好方式。回想起来，中国高铁也曾遭遇过类似诘问。可如今，靠着自主创新、开放创新"两条腿走路",中国高铁早已成为中国"智"造的金名片。坚定不移走好自己的路、办好自己的事,保持独立自主的精气神,持续向创新要动力、以开放增活力,必将收获一个更强健的自己。

曾几何时,常听到这样的感慨:天上飞的、海里游的"大家伙"怎么都是国外造的?时移世易,今天,中国制造上天下海已成常态。当自主创新的进度条持续刷新,亿万国人的创新自信也被点燃。C919 的"C"是飞机制造商中国商飞公司英文名 COMAC 的首字母,也是 CHINA 的首字母,全力以赴、稳扎稳打,还会有更多中国梦想振翅高飞、鹏程万里。

（2024 年 9 月 4 日　晁星）

中国互联网，三十而立

> 中国互联网能够蓬勃发展的一条重要逻辑，就是致力于
> 为有创新能力的企业和人才卸下不必要的枷锁，最大限度释
> 放创新创造的活力。

1994 年 4 月 20 日，随着一条 64K 国际专线的开通，中国实现全功能接入国际互联网，成为国际互联网第 77 个成员。时光荏苒，"三十而立"，在这特殊的节点回望，无人不感慨互联网给中国发展与我们的生活带来的改变远超想象。

"越过长城，走向世界。"这是 20 世纪 80 年代末，中国人第一次"触网"时发出的宣言。彼时，全世界已有许多国家和地区与国际互联网进行了连接，中国却因非技术性障碍长期被拒之门外。从建成国内第一个 X.25 分组交换网——CNPAC，与欧洲和北美地区实现电子邮件通信；到经过反复谈判和沟通，中国"部分连入 Internet"通道换成全功能连接 Internet 专线，可以说，"中国是从羊肠小道走进的互联网"。面对发达国家的戒备与阻挠，面对基本空白的国内信息基础设施，不甘落后的中国人，从未放弃追赶潮流、逐浪时代。一心拥抱新事物的渴望，于艰困中奋进的激情，支撑着踏实向前的脚步，亦成就了如今中国互联网的气象万千。

一根在如今看来慢如蜗牛的专线，打开的是一个崭新时代的大门。30

年来，中国已发展成为全球最大的互联网市场，拥有全球最多的网民和移动互联网用户，建成全球规模最大、技术领先的网络基础设施；30 年来，从门户网站、贴吧论坛、即时通信、电子商务，到移动支付、社交媒体、算法推荐、万物互联，中国互联网从学习模仿迈入自主创新。"从 0 到 1"，再"从 1 到 N"，在很多行业和应用场景中，互联网重塑了国人的生活形态，颠覆着原有的行为与想象边界。与之同时，基于技术创新与应用创新，互联网推动了中国社会的商业创新、社会治理创新和文化创新，将创新精神深刻烙印在国家发展与社会进步的肌理之中。

"互联网是我们这个时代最具发展活力的领域，也是我们面临的最大变量。"这些年，互联网世界展现出色彩斑斓的生态，总不由让人心生"最好"与"最坏"交杂的"狄更斯之叹"。越来越多的声音在反思互联网的"中年烦恼"——垃圾信息、网络谣言漫天飞舞，真实与虚假的边界在哪？信息泄露、大数据杀熟黑影闪现，便利为何总要用安全换取？移动支付、线上打车渐成主流，技术进步如何避免少数群体掉队？早在 1994 年，我国第一部涉及互联网管理的行政法规发布，如今，经历重重洗礼，见惯速兴速衰，全社会对网络发展的一般规律渐渐熟悉，更凝聚起互联网发展不能信马由缰的共识。信息安全、数据安全等一系列政策逐步填补监管盲区，行业企业纷纷重新校准业务内容，各方都朝着规范化、精细化努力，互联网发展才能最大限度避免"负外部性"。

中国的互联网发展从来不是孤立的，而是世界互联网浪潮中的重要一极。回望 30 年前，全球化方兴未艾、新技术不断涌现，那时的人们笃信，代表着开放、平等、协作的互联网会成为全人类的精神家园。30 年后的今天，尽管这个世界迎来"百年未有之大变局"，"逆全球化"沉渣泛起，但以人工智能为代表的新一轮科技革命和产业变革也在孕育兴起，带来了机遇满满的未来展望。如同 30 年前，我们又来到了新技术红利大爆炸的前夜，当下最关键的问题，是如何抓住机会再次实现创新创造的跃进。

"中国人距离信息高速公路有多远？" 1996 年，中关村街头，中国互联网人向世界发出深刻一问。如今，我们早已疾驰向前，但在不少前沿领域，依然瓶颈不少、差距不小。时代仍然呼唤"向北 1500 米"的豪情壮志，呼唤更多站在技术浪潮之巅，矢志创新、敢想敢拼的弄潮儿。回望来路，中国互联网能够蓬勃发展的一条重要逻辑，就是致力于为有创新能力的企业和人才卸下不必要的枷锁，最大限度释放创新创造的活力。继续提升和优化鼓励创新的环境和生态，给予那些具有技术创新能力的企业更开放的空间和更宽容的生长环境，我国互联网发展就能保持旺盛活力与强劲动能。

1994 年，美国《连线》杂志创始主编凯文·凯利的一本《失控》横空出世，其中预言的云计算、物联网、虚拟现实、共享经济、虚拟货币等技术在近 30 年间逐一应验。下一个 30 年，互联网会去往何方？可能会更难预言。但最扎实的行动，无疑仍是把握机遇、开拓进取，将未来牢牢掌握在自己手中。

（2024 年 4 月 24 日　晁星）

网络时代如何"保你平安"?

如果说技术决定了一家互联网企业的起跑速度,那么价值观则决定了它最终能跑多远。企业在很大程度上和人一样,有了价值追求,才算拥有了灵魂。

毁掉一个人的声誉需要什么?或许只要一条评论,或许只要 9.9 元。

在电影《保你平安》讲述的荒诞故事中,热门新闻下一条造谣评论,让一个一掷千金、帮助孤儿、网友口中人美心善的裸捐女孩,瞬间沦为以色事人、财路肮脏,网上人人喊打的"坐台小姐"。而始作俑者的造谣动机让人哭笑不得——通过发布热评获得平台积分,以免费阅读价值 9.9 元的小说新章节。

从"造神"到"毁神",从"捧人"到"杀人"。类似的网暴情节其实每天都在现实上演,亦有大量悲剧案例引发公共讨论。

但当人散声息,悲剧每每反复。这不禁让人深思:在网络化生存的今天,究竟如何"保你平安"?

一

匕首伤人,键盘诛心。我们与恶的距离,有时只隔着一块屏幕。

杨女士，突遭丧子之痛，但网络上等待她的，不只有同情，还有质疑。"说吧，想讹多少钱？""我觉得她马上要出来直播带货了。"锥心之辞最终摧毁了这位母亲活下去的勇气，而引发那些看客恶意品头论足的不过是杨女士体面的妆容。

郑灵华，手握研究生录取通知书向病榻上的爷爷报喜，但网络上等待她的，不只有祝贺，还有诋毁。"妖精""老人带病娶小娇妻"。污言秽语最终让这位花季少女黯然凋零，而那些"喷子"看不惯的不过是其染了粉发。

刘学州，寻亲成功又发生分歧，但网络上等待他的，不只有安慰，还有谩骂。"贪婪""自私""满嘴谎言"。冷言冷语成为压垮这个苦命孩子的最后一根稻草，而那些伤人者的所谓依据不过是一张来源不明的截图。

情绪先行，理性后置，"信口开河""暗键伤人"，网暴成为蚕食公序良俗的猛兽，导致网络成为一个乌烟瘴气、暴戾恣睢的空间。

然而，没有一个网暴参与者承认自己在宣泄恶意，甚至认为自己是在为建设"正义世界"添砖加瓦。但这种自以为是、毫无逻辑的"正义"，脱口而出、毫不负责的"结论"，经由网络的传递与聚合，滚雪球般形成了惊人的负能量，最终成为当事人不可承受之重。

二

"在互联网上，没人知道你是一条狗。"虚拟性和匿名性曾是互联网的魅力所在，却也构成了对人性的一大考验。匿名隐去的绝非一个代号，而是一个身份及其对应的社会关系，有时甚至包括随社会身份、社会关系而来的责任感和自律心。

在中国，一根网线串联起 1994 年到 2023 年，从几 KB 到几百 MB，从 PC 端到移动端，从"伊妹儿"到 AI，谁也不曾想到，互联网会以如此爆炸性的速度席卷中国。今天，"人人都有麦克风""人人都是评论员"，虚拟性与匿名性的负面效应正在急速释放。我们听到了更多元的表达、更丰富的声音，却也不得不承受泥沙俱下的混乱。

无序的情绪宣泄加重了舆论戾气，也默默改变着网络生态、网友心态。很多人纵然心有真知灼见，却不愿在评论区留下半字。"沉默的大多数"越来越多，让出的空间反而堆满了文字垃圾、引战檄文、不良情绪，陷入了一个劣币驱逐良币的负面循环。

三

当你在厨房里发现一只蟑螂的时候，意味着在你看不见的地方有更多的蟑螂。在一个失序的网络世界，网暴不过是最显眼的那只"蟑螂"，至于其他的倒也不难寻。

歪曲解读，臆测传谣。一些账号开局一张图、内容全靠编，炮制涉社会事件、国际时政等热点议题的虚假新闻，甚至伪造新闻演播室场景、模仿专业主持人播报。

以丑为美，审丑异化。一些博主通过扮丑吸人眼球，网民在围观转发的同时进行模仿、二创，形成了短视频平台特有的"审丑流量""审丑经济"。

比拼下限，赌命直播。一些主播为博出位，不惜自虐自残。内卷之下，吃生鸡蛋、喝芥末水已稀松平常，更有"大胃王"透支健康、女主播公然自残、男主播与人拼酒致死。

从图文到视频，再到直播，迭代的网络产品为用户带来更强烈的感官体验。这一方面导致网友的猎奇心与窥私欲愈发膨胀，另一方面则为自我展示、自我"贩卖"提供了更大空间。于是，不怕丑的表演者与不嫌丑的围观者在互联网世界里高调唱和，形成了膨胀的"负文化景观"。

四

传播学者认为，每一种媒介都为人们提供了一种思考方式，每一种新媒介"用一种隐蔽但有力的暗示来定义现实世界"。从纸媒的深读静思，到影音的视听冲击，再到网络的沉浸式快感，受众确实随着媒介的变化而渐渐放弃理性的思考，不断滑入感性的温床。

感性本无原罪，但我们必须警惕一味迎合受众低级趣味和惰性心理所带来的无意识麻木和非理性态度。

也正是因此，完善和丰富规则，把握好互联网这个"最大变量"，愈发成为社会共识。各大媒体的建言献策，相关部门的整治行动，网络平台的自查自纠，不一而足。成绩不能说没有，但与期待差距之大也是显而易见的。种种乱象背后的普遍症结是什么？究竟有没有跳出头痛医头、脚痛医脚怪圈的治本之策？

五

无利不起早。造谣传谣、网暴辱骂、玩命直播，种种乱象是"标"，其背后的诱导机制才是"本"。让魑魅魍魉彻底下线，关键是消解其行为动力。

在整个传播链条中，平台不仅提供了"表演"场所，也通过推荐机制和盈利模式树立了一种导向——吸睛至上，流量至上。而简单直接实现流量最大化的办法，就是完全迎合甚至苦心钻营用户偏好，你在什么内容上停留，算法就判定你喜欢看什么内容；你喜欢看什么内容，算法就不断给你推送同类内容，由着用户的性子来决定内容的生产与分发，同时用流量来决定内容生产者的收益，只要能吸引眼球，招来最大流量，只要能混成"大V"，就有钱赚。把关动机的弱化，"守土"角色的消解，必然导致低级趣味占据上风，内容生产上注定掀起一场比拼下限的内卷。

利用用户的低级趣味赚钱肯定会摔跟头。面对舆论的高压与监管的震慑，平台采取了加强审核、关停账号、"一键保护"等一系列举措。但这些小修小补更像是公关之策，从未在根本上动摇"流量为王"的商业法则。只要真金白银的诱饵还在，势必有人敢于铤而走险，乱象就不会轻易止息。

六

有人将网络平台的崛起形容为"电线杆式的低俗生意，裹上了算法的外衣"。话虽刺耳，点出了症结所在。

在一些运营商的初始逻辑里，打造一个平台，无非支撑靠技术，互动靠算法，营利靠流量，正是基于这种纯物理性的视角，让利益先行替换价值判断，催生"天平"两端，经济效益和社会效益的失衡。

事实最能教育人。野蛮生长或能快速崛起，但很快就会遭遇成长瓶颈。如今已经有越来越多的平台品尝到了美誉度下降、公信力不足的滋味。市场的反馈与舆论的抨击让人相信，一味追逐"恶趣味"有害于世道人心，必不能长久，唯利是图、不辨妍媸的企业终究要凉凉。

说到底，企业逐利无可非议，但市场环境中任何一个主体，都不可能是纯粹的经济动物，而是有品行、有人格的"企业公民"。特别是平台，进行着"一对多"的传播，就天然地具备了公共属性，就必须扛起引领价值的社会责任。

对于一路狂飙的平台企业来说，打击乱象，就是履行社会责任的最好体现。而治本之策无他，惟有打破流量至上、不问价值的算法逻辑。利益杠杆得以扭转，大量自媒体的内容生产导向自然改变，当哗众取宠无利可图，谁又甘当跳梁小丑？

七

如果说技术决定了一家互联网企业的起跑速度，那么价值观则决定了它最终能跑多远。企业在很大程度上和人一样，有了价值追求，才算拥有了灵魂。

当前，中国网民人数已达 10.67 亿，形成全球规模最大的网络社会。短视频接过信息平台的接力棒，成为吸引当代网民"触网"的首要应用。新场景、新业态不断涌现，为产业的繁荣与消费的创新带来无尽想象。

互联网的征途是星辰大海，贪图蝇头小利无异于饮鸩止渴、自毁前程。爱之深，责之切。期盼更多网络平台能够跳出舒适区，以价值观引领算法，让流量服务正能量，在这个风云际会的新时代有更多担当、有更多追求、有更多作为。

（2023 年 6 月 13 日　崔文佳）

算法取悦我们，也在"驯化"我们

> 流量本身没有原罪，然而当它与利益机制绑定，追逐流量的手段就变成不择手段。

一

一位同事吐槽，最近被自家老父亲折腾得有些苦恼。

老爷子 80 多了，天天沉迷于刷某平台的自媒体短视频，还时不时给子女转发，至于内容，不是离谱的养生秘诀，就是劲爆的小道消息。明明"一眼假"的内容，老人却深信不疑，再怎么跟他讲这些玩意儿信不得，一概听不进去。

用同事的话说："父亲好歹也是个退休老党员老干部，不是没有文化，怎么突然就变得这么既轻信又偏执？"

同样的困惑，恐怕许多人家都有。

"表面上的信息爆炸，实际可能是信息窄化。"自互联网兴起以来，许多传播学者就对此不无忧虑。

在《信息乌托邦》一书中，哈佛大学教授凯斯·桑斯坦以"茧房"作喻，形象阐释了互联网传播的这种隐忧。

"在信息传播中人们自身的信息需求并非全方位的，只会注意选择想要的或能使自己愉悦的信息，久而久之接触的信息就越来越局限，越来越窄，就像蚕吐出来的丝一样，细细密密地把自己包裹起来，最终像蚕宝宝一样被束缚在信息茧房内，失去对其他不同事物的了解能力和接触机会。"

"茧房"的存在，让人们只接触自己想接触的人，只去听自己喜欢听的话，只采纳符合自己预期的观点。

如此持续"正反馈"之下，固有的价值判断会不断强化，久而久之，犹如把自己封闭在某种观念的"回音室"中，成为认知上的"井底之蛙"。

二

信息茧房，古已有之。

喜同恶异，信息偏食，人之天性，是为内因。

从本质上看，人是群居动物，需要"群体的力量"来自我支撑。但这种支撑往往包含选择，即喜欢和那些跟自己态度、观点、立场相同相近的人接触交往，以求得群体认同感。

在传播学中，这被称为"选择性接触"。该假说提出者拉扎斯菲尔德，在大量社会调查采样后进一步提出：作为选择之依据的，除了兴趣或爱好等个人因素，群体价值和群体规范也起着重要的作用。

换言之，个人因某种价值观的趋同"入群"，而"群规"又进一步强化着既有的价值判断，导致群体选择的视野越来越窄。

信息茧房，于今为烈。

筛选信息，设置议题，强大算法，是为外因。

信息海量，决定了分发者必然基于自身立场、价值观等进行有选择地传播。而在当下这个新媒体时代，智能算法的兴盛重构了信息传播业态。

由此衍生的个性化、分众化推荐已然成为搭建信息茧房的新型力量、关键力量。

随手打开购物网站，你"想买"的东西都已在首页呈现；进入短视频平台，一条接一条都是你"喜欢"的内容……网络生活的每一场景都被算法包围，处处都是所谓"私人定制"。仅凭你在浏览内容上停留时间的长短，算法就能实现对你偏好的"精准"画像。据不完全统计，当前基于算法的个性化内容推送，已占整个互联网信息内容分发的 70% 左右。

"算法推荐"和"个性化定制"，就提供个性化服务而言当然是好的，但也不可否认，在它背后，隐蔽而高效的"议程设置"，无节制地投其所好，一步步强化着人们信息偏食的程度。

三

"它们取悦我们，也在驯化我们。"

从纸质媒介的静观深思，到电视媒介的视听享受，再到今天新媒体的沉浸式感官快感，尼尔·波兹曼关于媒介"用一种隐蔽但有力的暗示来定义现实世界"的判断依然没有失效。

随着流量经济成为各大平台的无限商机，想方设法利用人性弱点推送碎片化、娱乐化乃至低级趣味的东西，专往用户的痛点、痒点、爽点上戳，便成为算法的底层逻辑。

流量本身没有原罪，然而当它与利益机制绑定，追逐流量的手段就变成不择手段。

"新黄色新闻"泛滥、"标题党"横行、谣言流布以及无底线骂战轮番上演，劣币驱逐良币，无比真实地反映着博眼球、争热度、赚流量的冲动。

甚至有时，算法会想当然地把你偶然的行为，当作是你深层的兴趣需求。想必很多人都有过这样的经历，在一次不经意的点击行为后，相关内容推送突然增加了，若要更改，需要持久反馈对此类内容的反感。

"技术中性"的背后，潜藏着"流量至上"的导向。算法在后台窥探着你的网络行为，分析着你的使用习惯，揣摩着你的口味偏好。"用户画像"就这样拼凑起来了。然后就是根据你的习惯口味"投喂"，取悦你，迎合你，在你不知不觉中进一步塑造你。

祝贺你，现在你住进自己的"茧房"了。

四

兼听则明，偏听则暗。

"茧房"效应的危害是不言而喻的。个体层面，导致理性缺位，固执偏狭。当一个人长期处于"回音室"中，接受不到异质化的信息和不同的观点，便会愈发排斥不同观点、意见。久而久之，就可能走向认知窄化、思想固化、智识退化、情绪极化，判断事物非此即彼、非黑即白。

群体层面，导致圈层对立、"群氓"横行。在群体趋同的内生驱动下，秉持相同或类似价值观念的个体持续集聚，一旦遇到争议事件，观点看法不同的群体就可能成为党同伐异的"群氓"，两极对立、互怼互讦、谩骂互撕、"人肉"、网暴，在网络上掀起一场又一场"无妄之灾"。

大众传播学认为，我们所了解的社会环境并不是真实的社会环境，而是新闻媒体通过对新闻和信息的选择、加工和报道而构建起来的"拟态环境"。

由算法推送编织起来的"茧房"，是更为窄化的"拟态环境"。在这里，迎合受众固有观念和偏好的内容供给，构筑了一个个相互排斥的"茧房"，不断强化着人群的观念分歧，增加着凝聚社会共识的难度。

而社会共识，恰恰是当今中国最弥足珍贵的东西。

改革深化、社会转型、利益多元、思潮多样，让我们脚下的这块土地激荡着空前的活力，也面临种种现实挑战。共识如同社会这座大厦的思想支柱，依托于此，价值共同体才能真正构筑起来。面对发展前路上潜在和显在的沟沟坎坎、风险挑战，惟有凝聚共识，才能聚合起攻坚克难的精神力量，避免因"原子化生存""一盘散沙"带来的矛盾内耗。

我们靠着 14 亿人团结一致同心苦干，才克服重重困难走到今天，在我们前面是更加辉煌同时更加艰巨的新征程，绝不能让这份宝贵的精神力量随着社会共识被蚕食而瓦解。

五

《楚门的世界》中，主角楚门 30 多年都生活在围绕他而人为搭建的"世界"中。最终他意识到了这一点，毅然决然地走出了那个虚假的世界。

让我们像他那样走出"茧房"！真实的世界丰富多元，参差多态，虽不能处处符合我们的心意、逢迎我们的偏好，却更有益于开放我们的心智，增益我们的理性。

良药苦口利于病，忠言逆耳利于行。对每一个体而言，不偏嗜一味，不偏执一隅，多听不同声音，多接触异质信息和观点，只有好处，没有坏处。广征博采的基础上，比较、分析、辨别，遂能深思熟虑、明辨是非，不成为信息的奴隶，不为算法所蒙蔽和绑架。围绕你的"茧房"，自然土崩瓦解。

对平台而言，算法固然是逐利的工具，逐利却不能是唯一的追求。以当前各大互联网平台聚集的用户量和传播的信息量，它们毫无疑问已具有明显的公共传媒属性。传媒的使命从来都包括教化引导大众，而不是一味迎合；促进人群沟通，而不是制造对立；谋求社会共识，而不是扩大分歧。有传播就有责任，用户量越大责任也越大，如何为算法注入价值观，将社会责任置于流量逻辑之上，已是决定平台能否行稳致远的"生死一问"。这是对社会负责，也是对平台自身负责。

"每一种技术，既是恩赐，又是包袱。"可以预见，互联网的技术包括算法设计仍将持续精进，希望各大互联网平台企业也能以对待技术和算法同等的热情与投入，来对待自身肩上负有的社会责任。

六

"互联互通，让我们的生活更美好。"

回想互联网兴起之初，许多人预言：空前开放的时代到来了。经过这么多年的发展，网络深刻地改变了我们的生活，海量的信息流动重塑了各行各业，丰富的生活应用便利了衣食住行，浩瀚的数据资源革新着社会治理……

但与之同时，网络也呈现了它不那么美好和让人忧虑的另一面。

互联网技术还在不断发展，我们要认清利弊，尽其用而抑其害。

"茧房"，这种网络空间里的观念桎梏，让人想到"巴别塔"的传说：为阻止人类建造通天宝塔，上帝让人类说不同的语言，相互之间不能沟通，最终大家由于误解而各散东西、争斗不止，致使造塔计划破产。

对今天的我们，这又何尝不是一种深刻的警示。

（2023 年 6 月 27 日　晁星）

让孩子们还能相信 "眼见为实"

> 勇敢走出网络覆盖区, 与技术保持一定的安全距离, 这或许是身处数字空间里, 最有尊严的活法。

按照 2024 年 "清朗" 系列专项行动计划安排, 中央网信办自即日起, 在全国范围内开展为期两个月的 "清朗·整治'自媒体'无底线博流量" 专项行动。

这一安排部署可谓正当其时, 针对性极强。在 "媒介化生存" 的当下, 社交媒体成为人们日常生活运转高度依赖的中介, 大大小小的热搜榜单成为许多人了解世界的指引, 而看个 "清清楚楚、明明白白、真真切切" 似乎更不易了。

此起彼伏的热点事件在频频让人 "上头" 的同时, 最终被证伪的不在少数。假作真时真亦假, 无为有处有还无。置身一个 "旋转的舆论场", 很多人不禁嗟叹: 今天, 我们该如何跟孩子解释 "眼见为实"?

一

一边是图片、音频、视频等 "留痕方式" 的极大丰富, 一边是虚假信息的滋生蔓延，如此吊诡的一幕是怎样发生的？

事实上，虚假信息与人类社会相伴而生，表现方式随着时代进步而持续迭代。纵观眼下这波案例，又表现出了一些新特征：

创作上，以剧本调动受众情绪。为了提升信息的关注度和可信度，一些人以社会的普遍心理为基础，创作剧本编造信息。比如，前段时间被打假的"秦朗巴黎丢寒假作业事件"，策划者就套用了开学前夕小学生故意弄丢作业的经典桥段。也恰因许多人早已熟悉这一故事框架，所以倾向于相信这一次是段子成真。如今，"编剧"赛道竞争激烈，一些博主连同背后的MCN，什么社会话题热就创作什么，婆媳矛盾、性别对立、贫富差距等内容尤为受到青睐。

制作上，以原生态增强可信度。在大众的朴素认知里，视频比图文更具可信度。短视频时代，受众也更加习惯于看视频。一些人深谙这一心理，故意利用技术手段摆拍或者合成视频内容。从"211毕业男子被裁瞒着妻子送外卖"，到"商场保安徒手接住坠楼婴儿"，不仅内容抓人，且视频以监控录像、路人随手拍等造型示人，虽然粗糙，但观感颇真，迷惑性更强。

传播上，以片段诱人接力脑补。为了体现真实性，信息传播者本该写清时间、地点、人物、事件等核心要素。但一些造假者或出于心虚，或出于炒作，一方面有意隐去关键信息，一方面突出吸睛细节，有意无意地引导评论区脑洞大开"接力续写"，最终导致事实面目全非。比如，一场十余只羊因灯光惊吓而发生的意外，就曾被人拎出"山羊跳崖"的单一情节而大肆传播，在"接力续写"中变成了近百只羊在"神秘力量"主导下"集体自杀"。

结论上，以片面言辞博取关注。一个结论的提出，应当基于相应规模的样本与科学系统的分析。但打开手机推送，你会发现"这届年轻人开始整顿份子钱了""这届年轻人断亲已成常态""这届年轻人下班后扎堆搞副业"等结论式文章铺天盖地。而细究其内容，套路基本雷同，即"一个网络话题＋几个化名案例＋一个吸睛结论"。稍微想想，这些故事真实吗？样本量撑得住结论吗？显而易见，噱头大于实质，不过是碰瓷年轻人的标题党罢了。

二

上述种种，看起来不过是小套路，但当其常态化、海量化地出现，则让人无法一笑而过。

现实世界的复杂性与人类感官的有限性，决定了我们必须依靠媒介认识世界。媒介通过对现实的描述、说明和解释，帮助人们构建了一个看不见的远方。媒介这座桥梁越中性越客观，越能引渡人们走向客观真实的彼岸。

当然，绝对的真实与客观并不存在。媒介传播什么、怎么传播，必然受到立场、观点、态度的影响。为了将媒介建构的拟态环境与现实世界的差别控制在合理范围，主流媒体衍生出了一套行为规范。从信源的交叉印证，到稿件的写作规范，再到编发的检校流程，目的都是确保传递的信息能反映社会状况的总体真实。

今天，社交媒体的崛起打破了传统的传播格局，并成为许多人获取信息、认知世界的重要来源。但这里头的信息大多源自用户的自发生产，且不说很多内容是有意作假，即便是基于现实，也可能因仅抓住一枝一叶大做文章，以局部真实歪曲了总体真实。

倘若受众不具备鉴别拟态环境的能力，往往只会将推送到眼前的信息视作真实世界的一部分，不加甄别地加以吸收。受众被传者框架蒙蔽与左右，从而导致偏见和刻板印象的形成。与此同时，社交媒体将兴趣相似、价值观趋同的群体联系起来，使相同的观点得到进一步强化。在这种情感高于理性的后真相场景下，拟态环境极易出现与客观事实相背离的局面。

认知失真的危害不一而足，明显一点就是蚂蚁搬家式地蚕食社会共识和主流价值。诸如编造"渣男语录""丧偶育儿""拜金女""扶弟魔"之类故事，大肆渲染两性对立、婚姻焦虑，让一些青年对结婚生子的预期大打折扣；炒作"厌老""厌童"的极端个案，扭曲社会关系、人文传统，默默增加"互恨社会"的心理暗示……如果说"丢作业"式虚假信息还仅是浪费了大量传播资源和社会精力，那么这些绵里藏针的内容，更是在放大矛盾冲突，刺激大众痛点，挑战公序良俗。

三

"求木之长者，必固其根本；欲流之远者，必浚其泉源。"破解"眼见不为实"，还是要找到其产生的根与源。

一方面，不同于机构媒体，自媒体基本上没有准入门槛。从业者不问素质几何、经验怎样，都能注册个账号。之后，各种信息、观点一点即发。草根性固然是自媒体的最大魅力，但也从根本上决定了其具有把关动机弱化，"守土"角色消解，专业素养不强的短板。

另一方面，在"流量即收益"的互联网盈利模式下，一些自媒体账号将吸引关注、获取流量视为"头等大事"。当流量完全沦为生意，甚至成为内容创作的唯一驱动，失控难以避免。

找到了两大病根，治本之策也就不言自明。自媒体虽区别于真正意义的机构媒体，但如今不少产业化大号拥有的粉丝动辄以万计，步入了组织化、商业化的发展之路，其影响力已丝毫不亚于传统机构媒体。倘若在管理上宽一尺、松一寸，留给乱象的空子势必越来越大。

但就目前情况来看，"管"的举措多限于删帖、封号等。管理介入的滞后，往往超过了网络传播的"黄金48小时"，"对号不对人"的处罚远谈不上彻底，让信息病毒随时可以另起炉灶。

只要真金白银的诱饵在，势必就有人敢于铤而走险。这个意义上，更为根本的治理在于，打破流量至上、不问价值的算法逻辑。扭转利益杠杆，大量自媒体的内容生产导向自然改变，当哗众取宠无利可图，谁又甘当跳梁小丑？

四

传播学者霍华德·莱茵戈德认为，数字时代需要专注力、对信息批判性接收的能力等五种素养，否则我们就会被"不良信息的汪洋大海淹没"。

诚如斯言，我们不可能退回"原始社会"，真正要做的是学会与过载的、芜杂的信息共处。面对海量的信息，既要有甄别能力，也要有价值排序，以思辨性和专注力有意识地对冲网络的真真假假。

当然，最重要也是最简单的，就是适当离线、体悟生活。毕竟"别人的镜头"再有趣，也无法代替自己的脚步。时常从跳跃、零碎和浮光掠影的数字世界探出头，去静观一个角落，去深读一部好书，去书写一篇文章，去赏析一部电影，都可能遇见更多的可能，看见更大的世界。

未雨绸缪，勇敢走出网络覆盖区，与技术保持一定的安全距离，这或许是身处数字空间里，最有尊严的活法。

（2024 年 4 月 24 日　崔文佳）

他们为何放不下"伤人的键盘"?

> 当务之急还是进一步明确平台在治理网暴中的权责边界，充分用好技术手段实现"守土尽责"，更高效地扑灭那些网暴的苗头。

近日，浦东海滩失踪女童遗体被找到，经警方勘查检验，排除刑事案件。悲剧令人痛心，儿童监护问题引发全社会关注。但与此同时，一些人扎堆网暴女童父亲，污言秽语、阴谋论调铺天盖地，无异于伤口撒盐。

面对失踪事件，大家关注、同情、悲悯，种种情绪出于本能。但这并不意味着，网暴女童父亲就占据了正义的制高点。

暴力为现实世界不允，网络空间亦然。可无数殷鉴在前，为何很多人还是置若罔闻？如何才能让网暴者重拾敬畏，放下"伤人的键盘"？

一

作为一个与互联网相伴而生的名词，网络暴力的内涵与外延也在持续迭代。如今，网暴已涵盖语言攻击、隐私侵犯、造谣诽谤、网络骚扰甚至报复性色情攻击等多种形态，并体现出一些新态势：

对象扩大化。不同于早期被网暴的多为公众人物，今天的受害者已经愈发"平民化"。触发网暴的缘由，也从过去的道德瑕疵、作风问题等，演变为"不合我意者"。从粉色头发到精致妆容，都可能招致"乌合之众"的攻击。

病毒扩散化。网暴事件往往由情绪主导，施暴者一旦在评论区找到相同观点，就会"备受鼓舞"，极化情绪如病毒般在"同道者"之间传递。同时，几大社交媒体平台会形成串联，图、文、视频、讨论等多种方式的组合，持续加大网暴的声量。

施暴组织化。带有人为操纵迹象的网暴事件越来越多，一些头部账号深谙流量之道，通过带节奏等手段挑动网友情绪，甚至滋生了一条"定制网暴"的产业链，转发、点赞、代骂等均被明码标价。任性敲击键盘的手指累加起来，转瞬即可令一个人"社会性死亡"。

施暴者眼里的轻飘一句，对于被网暴者来说，却可能成为致命一击。莫测又可怖的网暴，加重了舆论戾气，也潜移默化地改变着舆论生态、网友心态。由于担心"因言获罪"，很多人纵然有理性见解，也不愿在评论区留下半字。"沉默的大多数"越来越多，让出的空间反而堆满了文字垃圾、情绪垃圾。至于一些公众人物，或"惜字如金"，或沦为"端水大师"。到头来，网络空间众声喧哗却鲜有高质量讨论。

二

网暴须治，这是社会共识，但长期以来效果不彰，很大程度上受制于自诉案件当事人取证难、举证难、法不责众等。

着眼于此，国家层面密集出手，一系列法律法规的出台及指导性案例的发布，让司法工作更加有的放矢。特别是"两高一部"新近出台的《关于依法惩治网络暴力违法犯罪的指导意见》（以下简称《意见》），展现了更强的治理力度，以及坚决维护公民人格权益和网络秩序的决心：

明确网暴罪名适用规则，降低刑法"启用门槛"。网络暴力并非一个独立的违法犯罪类型，而是包括多种性质不同的违法犯罪。《意见》给出详细指引，明确了公然侮辱他人、组织人肉搜索、恶意营销炒作等行径对应的罪名，无疑将大大提升司法效率。

扩大侮辱、罪诽谤罪公诉范围，明确从重情形。侮辱罪、诽谤罪属于自诉案件，只有严重危害社会秩序和国家利益才能依法提起公诉。《意见》扩大了公诉范围，明确可提起公诉的5种情形，将有力震慑相关违法犯罪人员。

积极为被害人提供帮助，落实"小案不小办"。在针对网暴的司法实践中，公诉案件终归是少数，大量的是刑事自诉、民事侵权等"小案"，较高的司法启动成本常常让受害者望而却步。《意见》明确，被害人提供证据确有困难的，公安机关与网络服务提供者都应当提供协助。

重点打击"带头人"，矫正法不责众倾向。网络暴力事件往往参与者众，责任认定和区分较为困难，浑水摸鱼的现象比较普遍。《意见》特别强调，恶意发起者、组织者、恶意推波助澜者以及屡教不改者将被重点打击，可谓抓住了"七寸"。

三

网暴治理并不完全是法律问题。部分网暴行为并不涉及侮辱或诽谤性言论，而是以恶意揣测、道德绑架等方式为主，其行为难以入罪。

这一背景下，"多元主体共治论"愈发成为必要且必行的解题思路。换言之，国家在法治层面已经向前一步，那么，作为网暴发生地的平台，当有何作为？

对此，一些平台常常表示"委屈"，认为这是外界予以其过高的责任要求，自己管不了，更管不过来。但事实果真如此吗？

从表面看，网暴发生于施暴者与受害人之间，平台只是一个发生场所。但要知道，恰恰是平台提供的发声场所和传播渠道使得攻击性言论呈现与集聚，才让雪花滚成了雪球。内容表达、内容连接、舆论生成都依赖于平台，因此平台毫无疑问是负有管理责任的。

更值得注意的是平台算法和流量机制的杠杆引导作用。审视各大平台奉为圭臬的流量机制，遵循的是"大流量＝高收益"的底层逻辑。放纵情绪宣泄，吸引网友关注，暗暗促成一些鸡飞狗跳的骂战，甚至成了某些平台的生财之道。

正视和清理低俗网暴言论，势必要求平台认真审视自身作为公共言论场域的管理者所负有的社会责任，调整算法和流量机制，剔除那些"歪算法"和"毒流量"。

<h1 style="text-align:center">四</h1>

"明者因时而变，知者随世而制。"

2020 年，《民法典》在网络侵权部分相对于《侵权责任法》有了重大改进——如果网络用户发布了针对特定民事主体（权利人）的批评言论，后者可以侵权为由向平台投诉并提交初步证据，平台可将投诉通知和证据转送给网络用户，并根据权利人所提交的初步证据采取必要措施。

2022 年，中央网信办发布《关于切实加强网络暴力治理的通知》，首次提出"建立健全网暴预警预防机制"。今年 8 月，《网络暴力信息治理规定（征求意见稿）》结束公开征求意见，其中再次明确，网络信息服务提供者应当建立健全网络暴力信息预警模型。

至此，平台治理网暴的责任变得更为明晰：一方面，有事前预防网暴的义务，需要在法治框架内前置性识别网暴信息并限制其流通；另一方面，有事后协助追责的义务，要为用户提供证据，并增加用户固定、收集证据的便捷性。

顶层设计趋于明晰，但从具体落实看，仍有不少待解的梗阻。比如，没有显著侮辱性词汇的情况如何识别？平台挖掘个人信息的边界在哪儿？平台上线"一键取证"渠道后，申诉人能够取得哪些证据、取证流程是什么？

反观他山之石，其实都在这一思路下进行了规则细化。比如，日本警视厅专门委托软件公司开发了能自动收集"网络犯罪预告"言论的软件；新加坡政府大力支持过滤软件的开发，对涉嫌网络暴力的信息进行屏蔽，并将过滤工具向社会推广和普及。

对于我国来说，当务之急还是进一步明确平台在治理网暴中的权责边界，充分用好技术手段实现"守土尽责"，更高效地扑灭那些网暴的苗头。

五

如果说，网暴是一群人对一个人的攻击，那么治理网暴决不能成为一个人对一群人的战斗。

表达有边界，流量有底线。企业做得越大、平台越活跃，相应的社会责任和道德责任就越大。

人们寄望于大平台扛起责任义务，放下流量偏执，立起"防火墙"，架起"高压线"，以价值观引领算法，让流量服务正能量。这是社会责任的体现，也是平台长远可持续发展之道。

（2023 年 10 月 25 日　崔文佳）

AI 越来越聪明，人类越来越"低智"？

人类以"驯化"智能设备为傲，但事实证明，技术也在"反向驯化"人类。

近段时间，微短剧成为影视市场的一匹黑马。

引人惊诧的，不仅是"8 天收入过亿"之类真真假假的商业传说，更在于此类微短剧主打的无外乎"重生复仇""豪门恩怨""霸道甜宠""先婚后爱"之类老掉牙的狗血故事。

内容之粗劣，收视之热烈，对比何其鲜明，似乎再度印证了：当代人的碎片化娱乐需求旺盛，偏爱以简单直接的方式获得感官上的爽感、心理上的快感。

然而，沉溺于这些"工业糖精""数字咸菜"将带来什么影响？审慎思之，恐怕让人无法一笑而过。

一

今天是一个"快时代"，人们读快讯、乘快车、收快递，即便在愉悦身心上也不例外，追求那些触手可及、立等可取的快乐方式。"善解人意"的手机全力迎合着用户需求，源源不断地投喂着"快乐快餐"。

读书，不必逐字逐句，有人帮你"1 分钟 get 一个知识点""5 分钟看完一本书"；看剧，不必一集不落，有人帮你混剪高亮台词和高光时刻；上网，不断跳转的超链接好似开启了万花筒，明星花边、家长里短、低幼游戏任君挑选。

微短剧的出现与风靡，恰是这一趋势的产物。"3 分钟离好婚，4 分钟搞定霸道总裁，5 分钟举行婚礼"，倍速的剧情实现了开局即高潮，从头爽到尾。

心理学上有个"嗑瓜子效应"：当你拿起第一颗瓜子，就会不自觉地拿起第二颗、第三颗，等回过神来，已经是满满一堆瓜子壳。即时的满足感可以让人迅速产生多巴胺，带来"上头"的愉悦感，而为了延续这种快乐，密集的刺激不能停。

上述种种，本质上都是"快乐瓜子"，让人即刻满足又欲罢不能。将其集于一体的手机，就成了这样一块强力的磁铁，引得大家都低下"高贵的头颅"，在持续的手指滑动中变身"屏奴"。

二

王小波在《思维的乐趣》中说，"知识虽然可以带来幸福，但假如把它压缩成药丸子灌下去，就丧失了乐趣。"

强刺激带来的快乐直接又猛烈，却也因省去了探索的过程，让人再难体会那种剥开坚硬外壳而收获思想内核的悠长愉悦。这样的"快餐"吃多了，难免让人患上某种"时代病"：

忍耐力下降。习惯了"黄金三秒"的开屏暴击，娓娓道来变得索然无味，思忖回味变得劳心费神，许多人再也没有耐心看完草蛇灰线的伏笔和环环相扣的逻辑。即便是在一些复杂性争议性事件上，也不想全面了解、审慎求证，而是一目十行、一知半解。

专注力不足。一份《2022国民专注力洞察报告》显示，当代人的连续专注时长，已经从2000年的12秒，下降到了8秒。一个人每天面对屏幕至少150次，平均每6.5分钟看一次手机。当时间被不断切割，许多人的专注力"连金鱼都不如"。

表达力匮乏。日常交流表情包、流行梗信手拈来，可到了需要逻辑严谨、词句优美表达的时刻，就有口难言了。更可怕的是，大量"文字失语症患者"曾经"说得了英语，背得了古诗，解得了方程"。肚中墨水的普遍消失，让"会写已经成为少数媒体和作家掌握的特权"。

"守少则固，力专则强。"上述种种病症的交织作用下，许多人陷入了一种"盲"碌的奔波——脑中往往尚未建构起真正重要的目标，手指已经不自觉地滑动，目光匆匆赶往下一个目的地。到头来，似乎看了很多，却鲜有感悟，更少有沉淀下来思想的成长。

三

人类以"驯化"智能设备为傲，但事实证明，技术也在"反向驯化"人类。

纵观传播发展历史，从"铅与火"，到"光与电"，再到"数与网"，每一种媒介技术的成长成熟，都会在一定程度上对所处历史时期的文化传统、社会观念、行为习惯产生冲击，进而引发人类生活方式的变迁。

以手机为代表的智能设备遵循了其中的普遍性，却也表现出一种特殊性——前所未有地满足人之所需，又无孔不入地渗入人们生活。这极大助长了人的惰性，让人不愿轻易发挥自身的能动性，而更倾向于转用技术的方式代替。久而久之，一些原始本能渐渐隐抑。

曾有一项研究显示，伦敦出租车司机拥有比常人更大的海马体，因为他们花了4年时间来记住城市里的每一条街道，需要记忆的路线远远超过一般人。可一旦驾驶员们习惯盲目地按照卫星导航系统的指示来行驶，大脑在此过程中很少受到锻炼和刺激。

这一案例与科学家们在"神经塑性"课题研究中得出的结论吻合：人的

神经是可塑的。当我们重度使用一种媒介，沉溺于一种文化现象，就会被其"反向驯化"。一旦脱离了这种媒介技术的支持，本能隐抑后的人就会觉得无所适从。与此同时，这种人已经拥有了一个完全不同的大脑，媒介特性成为其思想模板。

以此反观，人们在碎片的信息中狂欢，在肤浅的快乐中放纵，这种消费偏好不断加剧着内容产业劣币驱逐良币，一味迎合用户喜好的碎片化内容，挤压了优质内容的生产空间，使媒介传播的内容都成了"娱乐的附庸"；这种思维方式持续制造着丧失自主思考能力的乌合之众，遇事只跟风情绪、不探究真相，把舆论场搅得乌烟瘴气后赶着去下一场派对狂欢，寻找下一个目标。

四

"正如第一次工业革命在城市中孕育出无产阶级，人工智能的出现会造就一个新的阶层，那就是'无用阶层'。"《未来简史》的作者尤瓦尔·赫拉利在一场演讲中直言不讳。

无独有偶，大前研一在《低智商社会》中提到，日本的新一代正在逐渐步入"低智商社会"。他们读的书越来越幼稚，对各种谣言丝毫不会思考，得过且过、毫无斗志……

过去几千年里，人类的技术进步和生理进步基本是同步的，但这种规律在今天似乎正在失灵。在流量建构的世界里，人类智能在自我抛弃系统化思维，转而沉溺于、满足于碎片化，依托于独立、理性、深度思考而建立的社会文化，正遭遇衰落的危机；人工智能却在强大算力的支撑下，以海量碎片化语料训练复杂的深度思维，构建仿人类的人工神经网络。

从击败围棋世界冠军的"阿尔法狗"（AlphaGo），到现在的聊天机器人 ChatGPT，人工智能每隔几年就会给世界带来惊喜。更关键的是，ChatGPT 自主成长的能力充分证明，一个具有高水平结构复杂性和大量参数的大模型，可以实现深度学习。

有的科学家甚至已经开始研制情感机器人,它能够像人类一样思考问题,增进信任关系,甚至已经给出了确切的时间表——预计到 2049 年,会出现真正具备情感意识的机器人。

诚如有观察者所言,"人造物与自然生命之间有两种趋势正在发生:人造物表现得越来越像生命体,生命体变得越来越工程化"。人类智能与人工智能正走在反向的道路上,这难道不值得忧虑和警惕吗?

五

帕斯卡指出,人不过是一根芦苇,是自然界最脆弱的东西,但他是一根会思考的芦苇。我们所有的尊严就在于思想。

人类群星闪耀时绽放出的灵感、热情与想象力,正是独属于人类的思想特质,也是人工智能最难获得的思想能力。人工智能作为人类思想的产物,证明了人类的伟大,而我们不能聪明反被聪明误。

有科幻作家表示,"没有任何物种能毁灭我们的精神世界,除非我们自己放弃"。这句话,或许可以作为人类在科技世界中不断自省自励的警言。守护人类难能可贵的学习力、思考力和创新力,就是在拯救人类自己。

当代人固然无法退回到"从前慢"的无网时代,但完全可以有意识地对冲网络的负面影响。这份战胜思维惰性、抵御外界诱惑的能力,正是人类的强大之处。

时常从跳跃、零碎和浮光掠影的数字世界探出头,去深读一部好书,去书写一篇文章,去赏析一部电影,进而复健日渐退化的思维能力。这或许才是身处数字空间里,最有尊严的活法。

(2023 年 12 月 12 日　崔文佳)

不必为 AI 的 "胜利" 无谓焦虑

> 人工智能不管如何进化，其背后依然是人，相较于莫名的恐慌，恐怕更值得警惕的是其被滥用。

一幅由 AI 绘画软件生成的数字油画，居然夺得美国科罗拉多州博览会艺术比赛第一名？最近，这一消息震惊了不少人。原来，当下人工智能十几秒内完成的作品，早已不是 "抽象派" "野兽派"，更不止于 "以假乱真"，而是已经在一定程度上能够代替人类画师的美术创作。

每隔一段时间，人工智能的进步就会掀起一波舆论热潮。从 "阿尔法狗"称霸围棋，到 OpenAI 击败电竞职业选手；从机器人 "小冰" 出版诗集，到作家借助 AI 创作小说段落，人工智能不仅在智力领域 "击败" 人类的速度越来越快，更突破性地进入人类引以为傲的想象力、创造力领域。不少悲观主义者忧心忡忡，认为人工智能终将学会写代码，实现自我迭代，并在未来的某一天超越人类的智慧。犹如汽车取代马车，机器替代工人，当我们在各种领域面对 AI "落荒而逃" 之时，该如何保持对世界的主导权？

然而，这种焦虑乃至恐慌实在是多虑了。今天的人工智能本质上是 "机器学习"，即通过统计学、信息论、控制论等数学方法，不断对人类解决一类问题的经验进行归纳分析、策略优化，进而在遇到类似问题时，可以找到 "最优解"。理解了这个逻辑，再反观那些"高光时刻"——"阿尔法狗"所向披靡的背后，是基于对 15 万盘人类高手棋谱的深度学习，以及 3000 万盘的自我对弈；写诗机器人"小冰"的出口成章，则源于纵览了 1920 年以来 519 位诗人的全部现代诗作品，掌握了现代诗所有的格式韵律，通晓了这场"文字游戏"里所有的规则技巧……可见，人工智能的每一次胜利，本质都是人类在某一领域所积累的全部知识，对个体智慧的"碾压"，依然是人类作为一个整体的胜利。而且人类除了从经验中学习，还会有"灵感""顿悟"。断言人工智能有了创造力为时尚早。

人工智能不管如何进化，其背后依然是人，相较于莫名的恐慌，恐怕更值得警惕的是其被滥用。比如，人工智能模拟人类语音，方便不法分子提高诈骗水平；基于"深度伪造"的"智能换脸"，让不少名人遭遇名誉权侵犯；自动驾驶技术大规模普及，却难以回答伦理学中的"电车难题"……着眼于此，我们需要尽快建章立制，最大程度激发其红利、抑制其弊端。目前，我国对于人工智能的伦理道德建设正在积极推进，《新一代人工智能发展规划》《人工智能创新发展道德伦理宣言》等一系列制度设计密集出台。不断为人工智能的研发与应用制定完善的、合乎人类利益与道德标准的伦理规范与法律制度，方能确保其可持续发展，确保人类的生存权利与安全。

过去几千年里，人类的技术进步和生理进步基本是同步的。就像人类对火车轮船出现的恐慌最终随着工业社会的发展而消失，今天因 AI"胜利"而生的恐慌也会随着认知的深入、规范的建立而平息。有科幻作家表示，"没有任何物种能毁灭我们的精神世界，除非我们自己放弃"。这句话，或许可以作为人类在科技世界中不断自省自励的座右铭。

（2022 年 10 月 26 日　鲍南）

互联网下一站不能再以方便牺牲安全

　　既然治理上的"时差"难以避免，就更需要见事早，把
问题想在前面，把规矩定在前面。

　　国家网信办近日发布关于《网络数据安全管理条例》公开征求意见的通
知。其中特别提到，数据处理者利用生物特征进行个人身份认证的，应对必
要性、安全性进行风险评估，不得将人脸、步态、指纹、虹膜、声纹等生物
特征作为唯一的个人身份认证方式。

　　随着技术迭代升级，具有生物特征的网络认证方式成为新潮流，其中蕴
藏的风险却令人担忧。从指纹到人脸、从步态到声纹，生物特征对每个人来
说具有唯一性、基础性，一旦滥用或泄露，负面效应难以估量。以人脸为例，
轻则被商家用来精准营销，重则可能落入诈骗犯罪者手中。此前，"谁偷了
我的脸"已引发不少纠纷，还曾冒出消费者戴着头盔看房、业主戴帽子口罩
全身武装回家的尴尬。从这个意义上说，明确登录认证不能"唯"生物特征，
是对个人隐私的切实保护，也是对当下焦点问题的及时回应。

　　互联网诞生已 52 年，接入中国也已 27 年。一直以来，其最大的标签
就是"方便"。方便交流，从 E-mail 到微博微信，万里之遥亦可轻松对话；
方便购物，各大平台全球扫货，足不出户即可轻松下单；方便生活，在线问

诊、共享课程，一根网线对接现实需求。然而，透过网络世界的"繁华"，我们也看到了技术几乎不受限制地开发应用，以及对个人信息的无度索取。如果说在人们刚触网时，或不明就里或为了"方便"让渡了一些权利，那么现在，当"你刚夹一筷子，就被送了一桌子"，当个体的姓名电话、指纹人脸都被明码标价，"方便"的外溢负面效应就到了必须警惕的时候。

今天的中国互联网拥有世界上体量庞大的网民群体，走过跑马圈地的上半程，互联网靠什么走向提质增效的下一站？其中很重要的一点就是守住个人隐私保护红线，不再以方便牺牲安全。这些年，随着《民法典》《个人信息保护法》《网络安全法》《数据安全法》等不同层级、不同门类的法律法规陆续出台，我国数据治理规则的体系逐步建立并完善，但相比技术应用的飞奔，制度更新总有某种滞后性。共享单车无序投放带来的治理"后遗症"，算法推荐大行其道造成的信息茧房等都提醒我们，既然治理上的"时差"难以避免，就更需要见事早，把问题想在前面，把规矩定在前面。

用户数据，如何存储、怎么传输，谁有权限接触、接触到什么层次，应获得怎样的授权，违反会受到何种惩处……这些问题，不光要写在纸面上，更要落到实践中。整体来看，目前我国这方面的法治震慑力还不足，还需要以普遍问题作为突破点，以具体案例作为抓手，真正让法律长出"牙齿"。对"数据小偷"的严肃惩处，对更多新技术、新应用的开发也是一种必要提醒，确保信息安全意识融入代码的第一行间。

互联网生活早已成为公共生活的重要子集，谁都不希望关门闭户，也不希望自身信息处于"裸奔"状态。我们能做的，是让技术运行在规范轨道以造福社会，而不是侵扰生活。

（2021 年 11 月 17 日　汤华臻）

全球"宕机"不仅是个技术问题

> 我们只有持续加强国产化和自主可控的网络安全产品的研发应用，将核心技术牢牢掌握在自己手里，才有更多应对风险挑战的底气。

网络会议故障、酒店服务瘫痪、自助贩卖机卡壳……近日，因微软公司旗下部分应用和服务出现访问延迟、功能不全或无法访问问题，大批用户遭遇电脑"蓝屏"。目前，微软和软件供应商、美国电脑安全技术公司"众击"已经向用户提供修复指南，但由于所涉企业太多，"蓝屏"电脑全部恢复正常仍需时日。

作为目前世界上应用最为广泛的计算机桌面操作系统之一，微软视窗操作系统的稳定性直接影响到了包括国家重要机构、关键设施在内的大量用户的日常工作生活。据悉，除受波及最广的澳大利亚外，英国伦敦证券交易所旗下 Workspace 新闻和数据平台遭遇故障，西日本旅客铁道公司列车行驶位置信息无法获取，美国多家航空公司不得不对相关航班实施全球停飞……虽说网友都在调侃"提前下班"，但这场风波给全球用户造成的损失或超10 亿美元。

微软崩溃，全球"宕机"，这不仅是个技术问题，也是严峻的现实警示。今天，科技发展让人们习惯了生活的便捷与高效，从漫步云端的交通，到轻点指尖的交易，每项技术的更迭都深刻改变着世界。但另一方面，当一切皆可编程，万物均要互联，小到普通人的衣食住行、工作休闲，大到整个社会的运转、生产，可以说，一切人类基本生存生活要素都架构并依托于网络。而一旦技术本身出现问题，其影响之广、之深，往往超乎我们的想象。这不是微软第一次拉胯，也并非网络系统第一次"Bug"，正所谓牵一发而动全身，服务器过载、网络连接中断、存储设备损坏，任何一个环节出现纰漏，都可能导致服务突然终止、生活陷入混乱。

《技术与文明》一书中提到，不做机器的奴仆和不过分迷信技术。相比于建构城市的钢筋水泥，虚拟空间的数字某种程度显得更为脆弱。诚然，我们没有必要对技术应用因噎废食，但还是要时刻保持"晴天修房顶"的危机感。相关企业作为数字经济的重要参与者，在维护数据安全方面发挥着不可替代的作用，特别是在追求创新的同时，不能忽视对既有系统的持续优化和升级。合理利用技术，而非全盘依赖技术。在城市规划、建设、运行和管理等各个环节，更要对可能发生的风险进行通盘考虑，建立起多层次的立体风险防护网络，留出必要的安全冗余。

值得关注的是，在这场波及全球的事件中，相较于很多国家的"措手不及"，我国总体受到的影响较小。分析认为，其中一个重要原因在于，中国公共服务系统多数没有使用本次涉事的软件，而是使用了国产操作系统。这种技术上的独立自主，很大程度保证了在"宕机风波"中系统整体的安全可靠，也给我们必要的提醒：自主可控是应对不确定性的最大确定性。当前，国际网络体系中获益最大的仍是少数网络发达国家，比如，全球只有 13 台根服务器，而美国独占了其中 10 台。随着网络空间被某些人视为大国战略博弈的新战场，技术上搞"脱钩断链"、安全上筑"小院高墙"，意味着我们只有持续加强国产化和自主可控的网络安全产品的研发应用，将核心技术牢牢掌握在自己手里，才有更多应对风险挑战的底气。

没有信息化就没有现代化，没有网络安全就没有国家安全。核心技术自主创新，关键系统安全可控，这将是一段很长的路，却也是必须走的一条路。

（2024 年 7 月 24 日　郑宇飞）

不是翻车，就在翻车的路上？

时代的风，机遇的风，最终会更多吹向那些普普通通的人、踏实肯干的人、积极向上的人。

一段时间以来，关于头部网红的负面消息层出不穷。

"香港月饼香港买不到""红薯粉里没红薯"，虚假宣传、坑蒙诈骗等等丑闻，让一众网红或封号禁言或瞬间凉透。

"网红不是翻车，就在翻车的路上"——这种现象的出现，显然不是一句"人红是非多"那么简单。

一

网红一词伴互联网而生，指借助互联网走红的人，本无所谓褒贬。

从论坛时代到微博时代再到直播时代，越来越多的普通人一下成了网红。当然，其间，网红一词也逐渐多了扮丑、恶搞、作妖等标签。

更关键的，"围观者"剧增后，网红逐渐消融了独立的"个体"身份以及"副业"属性，在"批量化"生产后形成了完整的产业链：上游，是专门的网红孵化机构；下游，是专业的内容分发平台；中间，是"想成为网红"或者"突然被网红"的无数草根。

不再是单纯的抒怀、娱乐，而是一种牟利手段。经济利益的介入，让网红开始发生质变。

二

客观来说，网红天然与流量联系在一起。只是，当注意力愈发成为稀缺资源，大号小号想获得关注、保持热度，越来越难。尤其随着"全民直播"风起云涌，各色主播粉墨登场，各有各的"绝活"，行业内卷白热化。

这其中，有相当一部分网红是在传播积极内容，比如非遗传承、知识科普等等。而另一部分则越来越剑走偏锋，盘点这些网红，有的低俗媚丑，拿色情擦边、炫富拜金、恶俗恶搞等当流量密码，一个号被封了，就换个马甲继续博出位；

有的摆拍造假，引发全网关注的事件屡屡"反转"，贡献了点击乃至眼泪的网友猛然发现，人设是假的、故事是假的、情怀是假的，唯有流量和利益是真的；

有的铤而走险，胡吃海喝搞 PK、直播"飙车"玩心跳、挑战"极限"爱冒险，仿佛只要能够带来流量，健康安全都可以抛诸脑后……

急功近利、喧哗浮躁，在丑、假、险中来回横跳，网红一词大有臭大街的架势。以至于有行业"顶流"被称为网红时，忙不迭否定三连——"不喜欢""不愿意""不接受"，生怕自己人设降级。

三

梳理一众网红的成名之路，不难发现，其坍塌的命运早有伏笔。

假的真不了。直播间里"假装吵架"，直播间外"假装生活"，这样的网红，怎么可能对带货产品"保真"？知假售假、以次充好，生意越是红火，反噬来得越快。

"丑"的美不了。网红大小也算是公众人物,"富贵"之外,更有责任。以"丑"博出位,价值观越跑越偏,踩踏公序良俗乃至法律红线,翻车是迟早的事。

膨胀令人迷失。万千粉丝的追捧、突然放大的声量、泼天而至的富贵,让一些网红自觉"腕儿大了",心态飘了,随之"口无遮拦""店大欺客"。

欲壑终究难填。很多网红团队人员不够专业、管理不够规范,却一心想着快速变现,不停地铺摊子、增业务,在内容、品控等方面自然容易出问题。本就是"草台班子",支了口不结实的锅,还不停地浇油添柴,怎会不被烧爆?

当然,主观之外,也有一些客观原因。比如,作为互联网公众人物,很多网红的一言一行都可能被人拿着放大镜观察,可谁又经得起逐帧审视?

所以,所谓的"泼天富贵",并不那么好驾驭。网红本不过是一个形容词,当它成为一个名词,叠加其上的身份与期待越来越多,很容易成为"不可承受之重"。不然,也不会有一些人在爆红之后,或停播避风头,或直言"不想红了"。

四

网红具备一定的公众人物属性,种种行为也有着一定的示范效应。

如今,网红是非不断,不只把网络空间搞得乌烟瘴气,对现实社会的影响也不容小觑。

此前某平台发布过一项问卷数据:近万名受访应届毕业生中,61.6% 的人就业时会考虑网红直播等新兴行业。

一些年轻人渴望一夜成名,却看不到背后的风险。越来越多人特别是年轻人争当网红、梦想暴富,急功近利的浮躁之气不断蔓延,对于社会价值的消解乃至扭曲,当要高度警惕。

五

有人说，新媒体时代，得渠道者得天下。主播想要做大，总要依附于掌握传播渠道的平台。因此，各大传播平台的规则，直接影响着主播的行为倾向。

流量本无原罪，但随着流量经济成为最大商机，利用人性弱点推送碎片化、娱乐化乃至低级趣味的东西，成为某种算法逻辑，裹挟着无数主播疯狂乃至无底线"卷活"，追逐流量的手段就很可能变成不择手段。

且看一些网红主播，无须有过人才艺，也不用深耕专业，只要肯"豁出脸皮"，哪怕被痛骂、被讨伐，都是"求之不得"的热度。

网红频频翻车，平台不能置身事外。除了考虑流量池子，更要对标业已明确的法律规范，真正向算法要价值观，断了剑走偏锋以牟利的念想。

六

一个有意思的现象是，当大家谈起网红教师、网红医生时大多不那么反感。

这也引人思考：网红的立身之本到底是什么？

有一点可以明确，装疯卖傻不可能永远讨喜，真才实学才是长红的关键。

这或许也能给我们带来一些启示：不是只有"耍宝""卖丑"才能成为网红，成为网红也未必就一定守不住本心。

时代的风，机遇的风，最终会更多吹向那些普普通通的人、踏实肯干的人、积极向上的人。

（2024 年 10 月 30 日　晁星）

元宇宙别又沦为炒作的"新衣"

　　锚定自主创新、原始创新的方向，踏踏实实攻坚克难，这个风口才能真正成气候，甚至帮助更多产业转型升级。

　　元宇宙里"炒房团"尚在聒噪，"炒鞋团"又蜂拥而入。近日，美国某公司以非同质化代币（NFT）的形式推出了多款虚拟运动鞋，卖出了上千万美元，惊人的业绩迅速吸引了耐克公司将其收购。几乎同一时间，阿迪达斯也宣布进军元宇宙，推出了一系列虚拟运动用品。两大巨头的大手笔再度刷新了人们对元宇宙的认知。

　　宛若"皇帝新衣"的虚拟运动鞋，何以让人为之疯狂还不惜真金白银？这还是巨大的投机炒作空间使然。有网络艺术家的潮流图案，有NFT技术加持的数字版权，有拍卖平台进行实时报价，稀缺性、流动性、交易所齐备，再加上互联网行业资本过剩，虚拟鞋的价格很可能一次转手就是百倍收益。但明眼人都看得出来，这只是"击鼓传花"，炒来炒去并未实现价值的增加。换句话说，尽管打着新潮的元宇宙旗号，但虚拟世界里的炒鞋与现实空间里的炒鞋没有本质不同，都是一些怀揣一夜暴富美梦的人在制造噱头。经济规律早已证明，价格总是围绕价值上下波动，会有涨跌，不会只涨不跌，投机炒作、泡沫必破，没有信息、资本优势的个人投资者最终一定是血本无归的

"接盘侠"。

近几年，石墨烯、量子、互联网金融、数字货币、区块链……各种新兴科技你方唱罢我登场。客观上讲，这些名词都在一定程度上代表了某一领域的最新成果，但也屡屡被别有用心者当作工具，搞些挂羊头卖狗肉的买卖。在这方面，我们的教训已经够多了，不能再让各种早已被证伪的东西披着元宇宙的新衣卷土重来。如今，市场上大有"万物皆可元宇宙"之势，甚至还夹杂着炒币、P2P、传销等非法活动。相关部门应警觉起来，加大整治力度，让那些恶意炒作者付出必要代价。与此同时，也应加大科普力度，向社会讲清楚不论是"资金空转"苗头，还是"去中心化"所隐含的极端自由主义倾向，抑或是把线下生活整体复制到线上的"模式创新"，都不是真正的科技创新，跟风者交的像一种"智商税"。

有业内人士指出，元宇宙产业还远远达不到全产业覆盖和生态开放、经济自洽、虚实互通的理想状态，还有很长一段路要走。就眼下来说，至少可以明确，元宇宙数据传输需要下一代通信技术，元宇宙画面计算离不开视觉芯片革新，元宇宙建设必须具备更高级的人工智能……说到底，当务之急是突破更多"硬科技"，而非炒作各种伪概念。锚定自主创新、原始创新的方向，踏踏实实攻坚克难，这个风口才能真正成气候，甚至帮助更多产业转型升级。展望未来，一定还会有各式各样的科技概念诞生。是概念创造，还是科技创新，人们应当理性判断，而不能第一反应"炒点什么"。

（2021 年 12 月 24 日　鲍南）

微短剧，正"杀死"你的时间？

冲突强烈的剧情中，形象化演绎的正是"以前对我爱搭不理，现在让你高攀不起"的心理期待，堪称为观众集体造梦。

"没想到我妈节约了一辈子，却为各种短剧花了 1 万多元。""父亲就连洗菜、吃饭、洗碗都把手机放在一边，经常开着扬声器看到半夜。"

有不少网友反映，自家父母悄然间迷上了微短剧，花钱充值不说，甚至连"眼睛直淌泪"也不止不休。这究竟是怎样的魔力？

一

短剧爆火、热度"狂飙"。

这些单集时长从几十秒到 15 分钟左右的剧集，题材五花八门，以快节奏、高密度、强冲突、多反转著称。霸总娇妻、穿越复仇、赘婿逆袭、豪门恩怨、甜宠虐恋、战神巨富等爽点爆棚、嗨点不断，俘获了大批用户。

不只有闲的老年人，忙碌的中青年群体同样是"被收割对象"。尽管很少有人愿意承认自己沉迷于此，但只要分享出来，往往可以找到"同好者"。安静的午夜，闪烁的屏幕，又土又上头的微短剧"榨干"了不少中青年人的睡眠时间。

此外，借西方面孔演绎出来的微短剧，还让一位位"霸道总裁"和"玛丽苏"成功走出国门，展现出超强的吸睛与吸金能力。"都是老套路了，但我真的太投入了。"似曾相识的评论让人感叹，"原来全世界都吃霸总这一套"。

《2023—2024 年中国微短剧市场研究报告》显示，2023 年微短剧市场规模已达 373.9 亿元，约是两年前的 10 倍。据预测，今年市场规模有望突破 500 亿元。

一些爆款微短剧，制作成本不过几十万或百来万元，拉动的营收却达到千万元级别。如此"泼天富贵"之下，资本纷纷入局，火是越烧越旺。

二

"智商－100，快乐＋10000。"形象的观后感，道出了眼下微短剧爆火的秘密。

碎片化的"杀时神器"。微短剧时长短小、随时可刷，一部短剧一两个小时即可刷完。诚如"嗑瓜子效应"指出的，人们在做某些简单重复且能立即获得满足感的事情时，难以自控、容易上瘾，微短剧就是便携瓜子。

强刺激的"情绪价值"。半分钟一个冲突、两集即可完成复仇、五集便能走向人生巅峰、十集已数不清反转次数……冲突强烈的剧情中，形象化演绎的正是"以前对我爱搭不理，现在让你高攀不起"的心理期待，堪称为观众集体造梦。

定制化的"精准投放"。通过用户的观看习惯，借助于强大的算法，平台总能精准刻画出屏幕前的"你"，再投其所好进行推送。与信息茧房效应类似的短剧茧房由此而生，其更易满足用户潜意识中的"期望舒适"，更难戒断。

三

欲罢不能、难以抽身，等到恍然反应过来，多少都有"中毒"症状。

显而易见的是金钱投入。一个个 19.9 元、39.9 元的充值页面，看似不多却架不住积少成多。更何况，某些短剧早就为充值步步为营。声称 VIP 全平台畅游，却以小字号备注"特定剧集除外"；刚在此平台完成付费，便又被引流到彼平台上，"割韭菜"套路层出不穷。

花钱看剧，也要搭上时间精力。一天不过 24 小时，人的精力都是有限的，极为"懂你"的微短剧，往往在快速反转的关键时刻留下"钩子"，"刷到不能停"，你的时间也被其狠狠占据。

媒介既是信息的载体，也是思维方式的载体。微短剧的有限时长，决定了它必然极尽压缩，摒弃一切需要深入思考的内容，专攻人的爽点。非黑即白、非对即错、非此即彼，这种"二极管"式的思维方式，也在助推着极端浅薄。

同时，为了让爽感更爽，前期矛盾冲突必须制造得尤其激烈。两性、地域、贫富……都可拿来大做文章。某些冲突与剧情以及现实毫不吻合，"无名之火"让演员都深感浮夸，但并不妨碍其收割流量。某种程度上，微短剧是另一种"毒鸡汤"，看似喝得酣畅淋漓，实则是在塑造某种粗陋的拟态环境。

"所谓的爽点，就是我富你穷；或者我出身高贵，碾压别人。对成功的理解非常苍白单一，剧情也直白到无所顾忌的程度。"

现实生活中的稀缺情境，长篇剧作不好直给的情节，微短剧输出得毫无心理负担。观众在偏好茧房里爽了又爽，固有印象随之加深。难怪有论者愤愤然，这哪是简单的"电子榨菜""火锅短剧"，叫"赛博毒品"也不为过。

四

媒介是人的延伸，同样也反作用于人。回望历次媒介形态的改变，带给人类的变革影响远比最初以为的深刻。

犹记电视普及之时，这种比广播更全方位、高强度的感观刺激，被认为制造了一批"沙发土豆"，同时容易诱发恐惧人际交往、缺乏沟通能力的"电视孤独症"。

20 世纪 80 年代，面对电视这样的强势媒介，尼尔·波兹曼在《童年的消逝》一书中认为，因为电视无论对头脑还是行为都没有复杂要求，所以其不能分离观众，由此摧毁了成人与儿童之间的边界，导致儿童思维的成人化，童年也就消失了。波兹曼本来还寄希望于电脑时代可以重新塑造成年人与儿童的防火墙。

但很显然，互联网时代，媒介形态在高强度、高刺激的道路上越走越远。从微信文字的碎片化阅读，到情节低劣的有声小说，从五花八门的短视频，再到异军突起的微短剧……时间越切越碎，门槛越来越低，刺激越来越强，浅层次的媒介流行开来，也让"大力出奇迹"成为屡试不爽的流量密码。

"他们取悦我们，也在驯化我们。"当"投喂"越来越低智，深度思考能力"长期赋闲"，大脑则"用进废退"。

美国作家尼古拉斯·卡尔在《浅薄》一书中，历数人的大脑在语音时代、文字时代，以及大批量书籍报刊传播时代的差异，并引证了大量神经生理学、文化发展史的文献，得出这样一个结论：人的大脑是高度可塑的。在互联网时代，我们的思维方式变得"浅薄"了——较之历史上所有可以与之相提并论的技术，互联网给我们带来的让人分神的内容实在是太多了。

文字失语、书写失能、思考力弱，恐怕皆是这种"分神"带来的副作用。

五

从野蛮生长到走向规范，是许多新兴业态的必由之路，微短剧也不例外。

立足行业内部，题材高度同质化，情节脉络千篇一律，角色形象千人一面，迟早会让人产生审美疲劳，沦为刺激感官的"流量垃圾"。

诚然看时很爽，但受众本身乃至整个社会终究会冷静下来思考，比如对被短剧抢走的时间的惋惜，对自身被短剧征服后产生的遗憾等。如果不能找到新的真正能触动人心的秘诀，很难说用户会停驻多久。

从外部监管来看，有关部门已将"网络微短剧"纳入备案管理，并通过持续的专项治理，对"含有色情低俗、血腥暴力、格调低下、审美恶俗等内容"的微短剧进行清除，从优化算法推荐、完善推流审核机制，到加强规划引导、打造精品力作，传递出的信号再清晰不过。各平台也应声而动，对于违法短剧及账号进行了严厉打击。

内外部约束都在收紧，"微"而不弱、"短"而不浅、"剧"有品质，已成为行业内部的发展共识。如今的微短剧行业，专业团队纷纷入局，科班演员加盟出演，品质也在持续提升。

六

微短剧还能火多久？不管答案是多久，可以肯定的是，对注意力的争夺不会停止，一种种形态将继续"你方唱罢我登场"。

但习惯了碎片化、强刺激的用户，是否能够接受严肃内容、进行深度赏析，甚至是否仍然能拥有对生活本身的客观、理性、平和的判断力呢？这是我们不得不思考的问题。

所有人，理当习得一份当下媒介环境的生存指南。毕竟，在注意力市场上，每个人都应当是主动的消费者，而不是被动被收割的韭菜。

（2024 年 3 月 28 日　胡宇齐）

"已读乱回"的，只是儿童手表吗？

> 像对待"入口之物"一样，慎重对待我们的"所读之物"，拒绝重复投喂与无脑内容，自主决定让什么样的内容影响自己，是所有网民的必修课，也是我们应当教会孩子的一课。

近段时间，儿童电话手表"胡说八道"问题引发广泛关注，雷人的"智能回答"，让人"细思极恐"。

尽管涉事品牌皆迅速回应，也下架了一些第三方软件，但围绕于此的讨论并未终止。"胡说八道""已读乱回"，到底是"智能过头"，还是"无拘无智"？如此雷人的只有儿童手表吗？

一

相关数据显示，目前中国 5 岁至 12 岁的儿童数量约为 1.7 亿人，儿童智能手表的市场普及率约为 30%。

这块手表，为定位和通信而生，又逐渐叠加了聊天、游戏、拍照、搜题、支付、问答等功能，俨然一部微缩版手机。如果说，此前引发争议的还是沉溺游戏、诱导支付等，那么本次风波则让人认清了一个事实——儿童手表，同样是内容平台。

互联网不断冲击重塑着媒体形态，但媒介的核心要素并未改变：依赖平台进行信息和观点的公共传播。近些年，自媒体账号、社交平台、视频平台等均已媒介化，相应的管理机制也在跟进，而内容平台的外延还在不断扩展，审视我们的生活，除了儿童手表，功能多元却被忽略的内容平台还有不少。比如，智能音箱，在听歌娱乐之余，也能与用户进行互动问答；比如，车载系统，在导航指路之外，还能提供播客、有声书等；再如，某些事项提醒、亲子记录等应用，其实也有丰富的"内容池"。

信息技术持续升级，各色 App 铺天盖地，在功能的持续加载中，内容供给无限融入。这一切都指向着，内容平台的"泛在化"。

二

纵观无所不在的内容平台，最常使用的技术便是算法推荐和人工智能。但就目前来看，隐患也相当集中。

先看人工智能。虽然大模型发展迅猛，但仍未摆脱"AI 幻觉"。通俗来说，AI 生成的内容看似有模有样，但很可能是"一本正经地胡说八道"。有时乱答一通，还能编造信源网址；有时东拼西凑，着实难以分辨真伪。从技术原理上看，"AI 幻觉"多由 AI 对知识的记忆不足、理解能力不足、训练方式有限等固有弊端，以及模型本身技术的局限性导致。没装好刹车就上路，频频产生内容误导是难以避免的。

再说算法分发。技术不能成为脱缰之马，而要有价值观的引领，这已是社会共识。但某些平台的流量逻辑并未改变。为了争夺眼球，大量私人定制迎合着刻板成见，加深着极端思维，逐渐编织起厚重茧房，让人们的所见所闻、所观所想与多元立体的真实世界，甚至包括理性客观都渐行渐远。

重技术、轻内容，很容易制造绣花枕头。此番引发争议的是儿童手表，可还有多少平台输出的内容也经不起推敲？

三

既然做着一对多的公共传播,内容输出就不能信口开河。技术尚未成熟,人为干预不可或缺。

作为内容提供商的企业,必须守土尽责。在技术上提升数据安全性,持续修正模型,开发审核软件,建立高质量的输出规则。在机制上引入更多人力,进行内容的审核与把关。

这些思路,不少平台也曾提出或承诺过,但执行情况参差不齐。背后原因不难推知——每一项优化皆意味着成本投入,每一条价值底线的强化都可能意味着流量的削减。

更何况,技术本身就无法提供"一劳永逸"的答案。比如,多位从业者表示,"AI 幻觉"可以缓解,但难以完全消除;而内容分发,也面临违规内容更加隐蔽狡猾的挑战。这似乎为解决不了提供了"说辞"。

无数事实已经说明,仅靠平台自律,并不能够改变眼下的内容生态。

四

内容平台,直接作用于人的价值观,其品质与导向尤其重要。

在传统媒体,皆有一套严格系统的管理机制。从业人员的资质,采访编辑的伦理,报道资讯的真实性,内容评论的导向性,包括细致到语言文字差错,全都层层把关,以确保"精神食粮"的健康。一旦出现违规越线,也自有一套惩罚追责机制。

再看花式平台,人人皆可生产内容,甚至直接是机器输出,良莠不齐的语料库自然产出了大量文字垃圾。没人察觉那便"闷声"赚钱;一旦爆雷就危机公关、道歉整改,静等"扛过风波"。从内容生产到传播分发再到审核追责,缺乏长效统一的把关机制,必然极大拉低输出内容的底线。

2024 年 7 月,中央网信办启动为期两个月的"清朗·2024 年暑期未成年人网络环境整治"专项行动，其中特别提到"设备自带 App 包含可能影响未成年人身心健康的内容，对第三方 App 提供的信息内容审核把关不严，存在不良导向内容"等问题。

信号非常鲜明，对于做着内容传播的新兴平台，尤其是那些"一老一小"用户相对集中的内容平台，也要建立系统性管理方案，守护网络公共空间。

五

心有所戒，行有所止。随着互联网完全融入生活，提高"网商"、建立起必要的警惕性至关重要。

像对待"入口之物"一样，慎重对待我们的"所读之物"，拒绝重复投喂与无脑内容，自主决定让什么样的内容影响自己，是所有网民的必修课，也是我们应当教会孩子的一课。

（2024 年 9 月 5 日　杜梨）

世象之镜

"历史的垃圾时间"？真耶假耶？

> 无论在历史中的哪段时间里，都是无数个体通过自己的
> 行动和决策，才推动了整个社会的发展和进步。

近段时间，"历史的垃圾时间"俨然成了时髦词，有关讨论甚是热烈。

以此为话题的各种鸡汤文、短视频泛滥于网络，似乎谁都能来说上一嘴，套用时下另一个流行词，那就是拉满"情绪价值"。

一

所谓"垃圾时间"，此前多在球赛中出现。说的是两队比分实在悬殊，双方换下主力队员再无斗志，糊弄了事只等终场哨响。

不知何时起，其摇身一变成了个经济学术语，还蹭上了奥地利学派经济学家米赛斯的名头，说这是指"当某个时代严重违背了经济发展的自然规律，且个体难以改变局面，整体趋势看似注定失败的时刻"。某些人在一番意有所指、生搬硬套后，便言之凿凿，"我们已经进入了历史的垃圾时间"。

暂且不论米赛斯个人经历及观点能否令人信服，已有"较真"学者发现，在其《经济学的认识论问题》《人的行动》《社会主义：经济与社会学的分

析》等多本代表著作里，米赛斯压根儿就没提过这个词。此外，在各大学术网站上搜索，也没有找到任何一位学者写过关于该词的学术论文。

二

伪学术也好，炒概念也罢，"历史的垃圾时间"就这么包装出道且站上网络"C 位"了。

热度背后，舆论场中似乎并没有多少人愿意追根辨析，一探"历史的垃圾时间"的真假究竟，反而更喜欢蹭上热点、输出观点，一时间这帖那帖都带着"垃圾"标签。

有企业出现经营问题，财经"大 V"唾沫横飞言之凿凿"千万别在垃圾时间里投资"；一说就业选择，就有自媒体拿"垃圾时间"劝人"工作太卷没有意义"；日常生活中遇到冲突意外，便有人将极端出格行为解读为"世风日下"的结果；连情感博主都开始套着模板伤春悲秋，大有一副把牢骚当哲学、把情绪当智慧的"垃圾流"架势。

若是纯蹭热度、赚点流量也就罢了，但当这一词语经过反复搬弄发酵，逐渐有了变味之势。

某些人借题发挥，对国家发展长吁短叹、阴阳怪气，其逻辑也十分粗浅，即"大环境太差，个人没得选"。既然"一切皆丧"，那么普通人"躺平才是出路"，这一句赶一句，无非在影射"无奈无望"，否定和看衰今日中国的一切。

三

仔细回想，这些年，从"经济回退"到"发展见顶"，从"中国崩溃"到"产能过剩"，类似"丧里丧气"的判断和预测太多了。永远有新瓶来装旧酒，唯一不变的是最后都被事实打脸。

而全新上位的这个所谓"历史的垃圾时间"，通过不明所以的所谓学术概念，将普通人放到了宏大的叙事陷阱之中，再配合互联网惯用的情绪输出，煽动效果确实玄乎其玄。

但若按上述"垃圾时间"的思路看，什么时段、什么人生才是不"垃圾"的呢？国家崛起一路绿灯直线飞升，无螺旋曲折、无打压围堵。人生出生即罗马，起跑即终点，工作钱多活少，岗位不卷不拼。没有日夜兼程、没有艰难险阻、没有失败风险、没有不确定性……古今中外，哪有这样的好事？中国也好，中国人也好，什么时候拿过这样的剧本？将真真假假的个案无限放大总结为历史规律，再反过来以此给所有个体下定义，本身就是先射箭后画靶的逻辑骗局。

四

中国经济发展连续几十年保持高速增长，创造了世所罕见的经济快速发展和社会长期稳定"两大奇迹"。回顾这段发展历程，确实充满高光篇章，但对于其中的每一页，对于置身其中的每个人来说，并没有哪一页是顺风顺水、唾手可得的，更没有哪个时刻是没有风险、笃定结果的。

建设的筚路蓝缕、改革的举步维艰、被"开除球籍"的现实威胁、被"围追堵截"的重重压力，这些跋涉历程离我们并不遥远。而"发展起来的问题一点不比不发展时少"，亚洲金融风暴、国际金融危机等接踵而至，外部环境变化波谲云诡，内部改革压力与日俱增……每个阶段有每个阶段的难题，每个时期有每个时期的挑战，每个故事里的人都没有上帝视角，都竭尽全力在时间的洪流里穿行。

不过 75 年前，中国人才终于结束百年屈辱，宣告"中国人从此站立起来了"；直到 1993 年，粮油才实现敞开供应，"粮票"制度才正式取消；直到本世纪起，商品供应才逐渐丰富，中国人才开始享受到丰富多彩的物质生活。

今天的我们，可以轻松说着"月球挖土""太空养鱼"的故事，可以说走就走搭着高铁"特种兵式旅行"，可以一扫即得享受"天下我有"的丝滑畅快，而这一切的一切，皆是祖辈父辈想都不敢想的。对于那些默默无闻、兢兢业业的建设者、奋斗者来说，面对的是起跑时"看不见人家车尾灯"的后发局面，是拿算盘比拼计算机的工作条件，是处处封锁不断"归零"的挫折，是水深水浅也要拼一拼闯一闯的试错——站在彼时彼刻，谁也不知道胜利的曙光还要多久，谁也不知道自己处于历史的哪段进程，但，有谁停下来了吗？如果他们都躺下来、停下来，说"不可为、没得选"，还有今天的中国吗？

有人说，你看广场上跳舞的大妈、桥边跳水的大爷，他们很多人身后都有着曲折颠沛却又波澜壮阔的一生。如此看来，究竟什么是"垃圾时间"？而所谓"黄金时代"，究竟是"赶上的"，还是一个时代的无数参与者一腔孤勇创造的呢？

五

今天，身处百年未有之大变局，我们正面临着前所未有的变动，承受着前所未有的压力。经济结构调整的"换挡期"、转型升级的"阵痛期"，也注定影响着个人感受与选择。

有人说再也不愁温饱了，却因格子间里工作少了社交自由；有人说读书不再是梦了，可学历又变成年轻人"脱不下的长衫"；也有人说赶上了新风口、新业态，但还是会担心"35岁危机"……种种现实矛盾恰恰证明，我们正在走着独属这一代人的新路，且没有现成经验可套可循。

比如，"知识改变命运"，到今天依然是真理，但所谓"知识"的容量和保鲜期早已不可同日而语，学好数理化是否真能"走遍天下都不怕"，恐怕也要打个问号。

更何况，我们所设定的目标和评价成功的参照系也在不断变化。从20世纪70年代的手表、缝纫机、自行车，到80年代的电冰箱、电视机、洗衣机，"三大件"曾用以定义各时代的富足生活，但如今人们对生活品质有了更高期望，既要眼前的"小目标"，也期待更多"诗和远方"。

互联网时代，各种声音冗杂繁复，除了努力过好现实生活，还不得不面对各种强行炮制出来的焦虑。铺天盖地教人"如何度过历史的垃圾时间"，不就正是其中之一吗？

六

牢骚太盛防肠断，风物长宜放眼量。

我们的历史究竟有没有"垃圾时间"？这本身是个不值一驳的伪命题；而到底该如何度过我们所身处的历史时间？答案当然要听自己说。

最近，北京大学考古专业毕业生钟芳蓉再次走进了公众视野。犹记 4 年前，她"高分读考古"的选择，也遭遇过不少指手画脚，有人嘲讽冷门专业没有"钱途"，有人嗟叹徒有热血不切实际。但如今，她凭着一句"我喜欢"一步步从未名湖走向了莫高窟。小姑娘的从容令人感佩，而聚光灯之外，这样的"人间清醒"又何尝不是社会的主流？

虽常自我调侃为"躺平青年"，却是现实里的"拼命三郎"。无论是努力考研深造的，还是工作之余忙着夜校"抢课"的；无论是在大城市闯出一片天的，还是回到故乡拓宽一片地的……努力拼搏、积极向上一直是这代年轻人最鲜明的底色。

历史是人民书写的，人民群众是历史的主角和主体。

无论在历史中的哪段时间里，都是无数个体通过自己的行动和决策，才推动了整个社会的发展和进步。今天，"万类霜天竞自由"的舞台和机遇依然存在。不因他人"捧杀"，就上头自嗨；也不必为几句别有用心的鼓吹煽动，就陷入自怨自艾。

摆脱冷气，与时代同行，我们一定能创造更多不一样的高光时刻。

（2024 年 7 月 11 日　郑宇飞）

百城争"流"，谁是下一个"尔滨"

> 机遇的"繁花"四处盛开，摘得桂冠者需要好运，却不能只有运气。

这个冬天，是哈尔滨的春天。

从一座城市的爆红出圈，到南来北往的热络互动，日渐娴熟的花样玩法，折射出地方对城市形象的经营，对发展机遇的珍视。

哈尔滨并非第一座网红城市，自然也不会是最后一座。赶"烤"的淄博，"有风"的大理，办"村超"的榕江……

有人说，2023 年是城市 IP 出圈元年。这股风头，正越吹越劲。堪称"教科书级"的营销范本里，承载着多少出圈的秘密？

一

哈尔滨，地处祖国东北，具有顶级冰雪资源；但在过往，动辄三四十小时的旅途着实劝退南方人。如今，广西"小砂糖橘"、云南"小野生菌"、湖南"小辣椒"纷纷勇闯"尔滨"……奔赴何以成为可能？

从收入看，按发展规律，人均 GDP 达到 1 万美元之后，公众休闲需求将全面爆发。随着我国人均 GDP 达标，尤其是中等收入群体规模扩大，大众旅游的"黄金时代"悄然开启。

从交通看，四通八达的路网，便捷舒适的高铁，密集如织的航班，极大扩展了人们的出行半径并提升了出行效率。基于此，"特种兵式旅行"才可能存在，偏僻山寨的"村超"才能迎来八方来客。

从生活便利度看，包罗万象的网络平台搭载了足以覆盖旅行所需的应用与资讯。无论购票查路线，或是订房做攻略，都可在一部手机上轻松搞定，便利操作极大降低了出行的现实门槛。

从安全环境来看，凌晨两点街边撸串，一大清早公园溜达，街边店铺无人售卖，这些屡屡让外国博主惊叹的场景，都是我们生活的日常。良好的安全环境就是最好的消费环境。

国人习焉不察的便利、安全与舒适，折射着国家的发展、技术的进步、各方面基础设施和服务条件的提升，也是成就一场场烟火盛宴的必要条件。

二

机遇的"繁花"四处盛开，摘得桂冠者需要好运，却不能只有运气。

城市破圈，首要以"诚"。

看似突然的华丽出圈，往往筹谋已久。以"老铁"哈尔滨为例，从设计精品游路线，到优化旅游市场环境，从打造网红打卡地，到社交媒体铺开宣传，"已经准备了一年"。

"讨好型市格"的标签，背面是深刻的用户思维。"游客需要什么，我们就上什么。"人造月亮、浪漫热气球、"逃学企鹅"加班巡游、东北虎秒变"夹子音"……真诚永远是必杀技，有求必应的"宠客"，掏心掏肺的诚意，重新刷新了城市形象。长期准备与迅速应变相得益彰，为全民贡献了浓墨重彩的浪漫冬雪季。

从善如登，从恶如崩。游客集中涌入，对于城市运行是一项巨大考验，遭遇难题在所难免。任何一个负面案例，哪怕仅仅是表达不到位、处理慢半分，都可能被网络放大成难洗清的黑料。某些传统旅游城市，正因此伤了美誉度。

"梅花香自苦寒来"。城市的出圈营销，决不能是一场无准备之仗。否则，瞬时的流量，片刻的走红，分分钟都会被恶评反噬。

三

城市破圈，关键靠"人"。

城市因人而生，因人而活。游客对一座城市的印象，取决于建筑特色、历史底蕴等，同样来自各行各业的市民风貌，街头巷尾的人间烟火。

出圈为城市带来流量，也带来一场全面大考，高分通过才能折算成发展红利。面对千载难逢的机遇与挑战，生活于斯、奋斗于斯的万千市民，岂能让城市单独应战？

在哈尔滨流传着一份"最惨本地人"的让景承诺——"不下馆子不洗澡，不开破车满街跑，要有游客来问好，还给免费当向导"。服务人员使出浑身解数，在大冬天忙到飞起。有市民组成爱心车队，免费接送"小土豆"；有市民在街头当起了"网络导游"，耐心回答远方朋友的一切问题；还有市民在景点门口免费发放"暖宝宝"，用实际行动暖心御寒……

情真意切的自发行动，全力以赴的"泼天"情谊，汇聚成哈尔滨的生动名片，也成为这个冬天的别样风景。

"每一个城市热度的背后，离不开年轻人一颗颗火热的心。"这场无须号令的双向奔赴，每一份都来自对这座城市的深深热爱。或许平常时候，大家不会去下意识地唤起自己的"市民身份"，但在面对五湖四海游客宾朋之时，这份集体意识，就会迸发出凝聚力、号召力，成为托举城市向上的强大底气。

四

城市破圈，重在借"媒"。

20 世纪，艺术家安迪·沃霍尔曾作出两个预言："每个人都可能在 15 分钟内出名""每个人都能出名 15 分钟"。全民社交的时代，网红城市的出名之路，同样离不开对社交媒体的有效利用。

回顾网红城市的出圈之路，大致可分为三个阶段。其一，入圈。利用头部博主，以特色细节元素主动设置议题，表达城市"有趣且值得"。其二，引爆。以本地人与游客两个维度推动话题发酵，等用户自行生成内容、形成热点，就成功了大半。最后，官方升华。待全网玩梗媒体跟进之时，官方发布游玩攻略，表达欢迎。

相较于官方话语，社交媒体上短视频的传播、话题的讨论，属于民间话语体系。从离网民更亲近的角度切入，这份"看不见的宣传"更有"随风入夜，润物无声"之效。

有调研报告指出，从目的地选择，到旅行中的住宿、购物、餐饮，处处渗透着社交媒体的影响力。一个短视频、一条评论、一个昵称，都有可能打开流量的"阀门"。现如今，已有越来越多城市主动"蹭热度"，玩梗接梗，让自家市民欣喜不已；而那些"岿然不动"者则无不面对市民催更，"快支棱起来""学学人家"。

百舸争"流"，不进则退。若仍满足于旧有路径，只会被机遇甩开。直面期待，增强网感，敢玩会玩，是城市决胜引流大战的必修课。

五

花无百日"红"，流量有涨跌。网红难"长红"，但争"流"与躺平大不一样，红没红过也大不一样，流量热度与城市发展完全可以彼此成就。

出圈，是政府优化治理能力的强劲推力。为满足多元化需求，城市必须"软硬兼顾"，加强基础设施建设，做好优质公共服务，推出特色文旅品牌，尤其是充分学习用户思维。比如，会做不会说，一度是许多地方政府头疼的事，但在流量的"聚光灯"下，城市治理者的一言一行都会产生重大影响，这倒逼治理者们提升共情能力。

有专家指出，城市 IP 不仅仅是一个营销概念，更是生活方式、消费场景、情感链接的多维融合，是能够突出个性、唤起同源情感的承载。某种程度上，城市 IP 有多少维度，治理者们就要在多少方面着眼用力。

有流量是昙花一现，过日子是细水长流。如若按照倒逼自身成长、争取游客的发展逻辑，把功夫下在日常，推动城市更加"人性化"，找到稳定的、健康的、可持续的发展模式，受益者会是城市自身。

每一次城市出圈的努力都不会白费。身在高峰，抓住机遇、借势而起；处于低谷，则勤修"内功"、厚积薄发，总会等到花开之日。

六

城市如人，都需要一颗"有趣的灵魂"。

以传统旅游资源决胜负的时代已经结束，综合体验与独特情怀甚至情绪价值都可以成为关键分。当远方不再只是一种诗意的向往，旅游也不再只有"看世界"的意义，所有城市、大小村落，也都享有了出圈机遇。

卷起来，玩起来，愿更多城市"拔节生长""惊艳亮相"，随之提亮的，将是人们的美好生活。

（2024 年 1 月 18 日　杜梨）

城市争"出圈"，
文旅局长之后"拼"什么？

> 一座城市能令千里之外的人奔赴，离不开营销，但不能
> 只靠营销。

2024 年，文旅局长们很忙。

随着"尔滨"火出圈，各地文旅局长们皆主动或被动地"卷"了起来。

从"听劝"连夜官号改名方便搜索，到一口气更新数十条视频被调侃电脑"冒烟"，再到请明星为家乡代言吸引流量，政府部门为振兴旅游产业亮出"十八般武艺"，不少地方确实因此获得了更多被看见、被关注、被打卡的机会。

而炙手的热度之下，一些隐忧也在浮现，土味喊话极尽夸张、宣传画面疑似"擦边"、送黄金送钻石之类噱头乍眼……凡此种种是否"用力过猛"，舆论场中争议很多。

是"玩起来"，还是"瞎折腾"……纷扰之下，我们又该如何看待这波文旅营销热？

一

消费是经济发展的稳定器和压舱石，既是经济增长的重要依托，也是促

进高质量发展的主要动力。而旅游消费是最终消费，具有较强的综合性和带动性。

新冠疫情防控转段后，国家多次出台政策促进文化旅游消费，地方也积极响应，争相以旅游消费为抓手，牵动餐饮、购物、体育、文化等服务消费稳步增长。

然而，搞文旅并不是件易事。

过去，由于传媒不发达、信息渠道少，消费者进行旅游决策时，热门城市占据天然优势。在有限的假期里，消费者的选择也具有排他性，旅游行业的竞争往往成为零和博弈，产生了"强者恒强"的惯性。

而如今，我国网民规模已突破 10 亿，互联网渗入生活的深度与广度前所未有，文旅行业的潜在客户就在网上，网络平台上的热门事件，可以直接影响消费者的旅游决策。

同时，伴随着中国经济的发展与人民文化需求的增长，旅游正从"开眼"向"休闲"转变。旅游并不是景点的展示参观，而是另一种生活方式的体验，任何城市、任何地点都可能圈粉。

"时"与"势"的变化，令地方旅游产业的发展某种程度上不再单纯依靠"天赋"，后天的努力变得更加重要。随之而来的变化，就是地方文旅部门工作方式和工作作风的转变。

二

从红衣策马到仗剑天涯，我们看到，上一轮流量争夺战，常常由地方文旅局长亲自出镜拍摄的短视频引爆。之后，淄博的出圈再为文旅推介与流量结合的打法添了一把火。

淄博烧烤在全国本名气有限，纪录片《人生一串3》开播为当地带来第一波关注。随后"大学生特种兵式周末旅游"的话题爆火，淄博以低物价、人情味等特点刷榜热搜。随着撸串走红，当地"乘胜追击"，从筹办烧烤大会，到增设定制专线，再到发布烧烤地图，一系列举措持续助燃话题，最终成就了现象级旅游热潮。

几个月后，冻梨切片摆盘、鄂伦春族带鹿巡游、松花江冰面升起热气球、索菲亚大教堂前的人造月亮和飞马踏冰……哈尔滨摸着"淄博的石头"过河，元旦假期 3 天获得 59 亿元旅游收入。

从文旅局长亲自下场，到淄博烧烤扬名，再到如今哈尔滨的"泼天富贵"，这些将网络流量转化为实实在在发展红利的案例充分说明，流量经济所蕴含的发展效能，是能通过有效发掘，帮助一些地区旅游产业借势起飞的。

正基于此，各地文旅纷纷有样学样，在短视频平台上"争奇斗艳"，意图通过网络化表达引流集赞，最终赢得游客。

三

一座城市能令千里之外的人奔赴，离不开营销，但不能只靠营销。

说到底，旅游业是服务业的一种，营销噱头只能带来一时热度，长期留客还得靠过硬口碑。其中，能否做好基础服务工作，为游客创造舒适的出行体验、带来"不虚此行"的积极感受，直接决定了网红能否"长红"。而这不是靠文旅部门一家能完成的。

事实上，无论是夏天的淄博还是冬天的哈尔滨，在流量爆表后，当地交通部门、市场管理部门、公安部门乃至普通市民，全城上阵投入到营造"体验经济"的大潮中。这种"讨好型市格"的形成，文旅服务、设施配备长期建设乃至当地政府对自身角色认识的转变，是久久为功的"绣花功夫"。

而眼下，许多地方的文旅部门只是在线上账号里"卷疯了"，线下服务却变化不大。不面对实际问题，不解决实际问题，只想着靠造一波互联网流量实现"一俊遮百丑"，这实质是机会主义营销路线，只会患上严重的"网红焦虑症"。

由此审视当前一些文旅宣传，确实出现了比谁更"癫"更"敢"的倾向。

大众的关注点也常常脱离文旅，集中于围观玩梗爆笑。最终有多少游客前来？"卷"低俗粗俗最后只能"卷"了个寂寞。

四

"宣传是为了引流，引流是为了推动投资，投资是为了丰富业态，丰富业态是为了推动经济发展。"一名地方干部的话，道出了不少地方争当网红的良苦用心。

任何时候，发展都是硬道理。当前外部环境依然复杂严峻，国内有效需求不足、部分行业产能过剩、社会预期偏弱、风险隐患依然较多，更需要各级政府作出大量努力让亿万经营主体质量进一步提升、数量进一步增加，把市场经济的活力激发出来，推动我国经济进一步回升向好。

从这个角度来说，旅游餐饮等服务业也好，芯片汽车等高精尖也罢，市场经济条件下各种产业的发展，都需要地方政府不断推进营商环境建设，让相关经营主体慕名前来、安心扎根、茁壮成长。

如何优化营商环境？"卷"文旅所折射的作风之变是重要方面——履职尽责、高回应性，当"店小二"服好务，不当"千手观音"乱插手。文旅推介中，除了网络上政府部门在短视频里"亲自下场"，线下更应当发挥政府的引导作用，把平台搭建、业态培育等政府"应为之事"做精做好做成标杆样板，激发出行业主体在产品设计、服务供给、模式创新上的主动性和积极性，做到"有为政府"与"有效市场"并重。

五

毋庸讳言，文旅营销过猛、走偏走歪是需要正视，但如果就此对各地政府在宣传上的努力都一棍子打死，也不公平不厚道。

事实上，由于身份特殊，地方文旅账号的内容选择、剪辑方式都可能面对各种维度的解读，收获的既可能是好评，更可能是舆情。但即便如此，仍有越来越多的文旅局敢于走出舒适区，主动用"网言网语"去宣传，这是需要胆量和担当的。

这个创新过程，也是试错过程，难免露怯翻车，如果不能给予必要的包容，很可能会抑制干部干事创业的活力。反之，只要不触碰底线，就允许放手去干、自我纠偏，这样的容错机制和舆论氛围，对于所有的干部都是激励：想干事、真作为，就无惧站在风口。

更何况，目前一些流传甚广的低俗内容实属乌龙。比如，所谓"文旅局长为卖橘子扮丑"，其实主角只是当地的一个果农；再如，某景区"男妲己"备受非议，该活动也并非当地文旅的官方策划……

当前的文旅营销过热，这里头有多少是不熟悉流量生态的无心之失，有多少是地域文化差异带来的视角之别，有多少是为了"博眼球"的出格之举，需要冷静思考、仔细甄别。倘若动辄乱扣"瞎折腾"的帽子，恐怕也是给地方经济发展泼冷水。

六

"淄博烧烤"火遍全网后，当地主政者将合肥、柳州两座工业城市作为外出调研的目的地，围绕城市柔性管理、文旅融合、人才引进、产业布局等话题进行了交流；哈尔滨成为2024开年"流量之王"后，当地越来越多的人也在思考冰雪经济是否可以成为新时代"东北振兴"的切入口和加速器。

这些主动跳出网红光环的"冷思考"，折射出了官方的"人间清醒"。

产业是城市的骨骼体系，也是支撑城市发展的支柱。城市要实现"长红"，以流量带动地方收入实现稳定增长，就要用产业思维，不断探索城市产业转型升级的道路。

流量所带来的知名度，给了人才吸引、招商引资很好的前提。但资源来了之后，是落地扎根还是拔腿就走，是共生共荣还是难以为继，这场有关城市硬件与软件的大比拼才刚刚开始。

（2024年1月24日　鲍南）

要追的，不是一夜富贵

线上流量≠现实增量。即便拿了相似剧本，一夜逆袭的"爽文"，其实也远没有那么容易照进现实。

"发型师听得懂话"，短短7天，超20万游客涌入小城怀化；《黑神话：悟空》上线，天南海北的"天命人"集结，山西隰县人山人海；再往前，从"进淄赶烤""尔滨宠客"，再到"天水麻辣烫沸腾""奔赴阿勒泰"……

一款游戏带火一座城、一个人成为"打卡点"、一部剧催热一地游……文旅的"新秀""旧宠"，轮番登上热搜榜。然而，所谓泼天富贵好不好接，井喷式流量之下又如何"留量"？

一

一地有一地的风光，一城有一城的风情。

从春花秋月夏雨冬雪，到雕梁画栋飞檐斗拱，从闻名遐迩的风景名胜，到小众独美的山间小径，神州大地美景处处。这些年，借助于差异化资源禀赋，大家各美其美，"县域+"更开发出诸多增长点。

如今，人们愈发习惯网络化生存，线上信息、互动攻略等是重要的出游参考，提升曝光度被视为宣传推广的捷径。"无心插柳"的成功，也催生出大量"有心栽花"的追随。你有侠客变装，我有沙漠起舞；你有"鬼畜视频"，我有"喊麦连麦"。一时间，"抄作业"当网红，俨然成了文旅行业"求上进"的主要打开方式。

从"深巷酒香"到"热搜刷屏"，被更多看见，并转化为经济收益，推动当地发展，当然是件好事。但打造网红能否成为灵丹妙药，泼天流量是否意味着一夜逆袭富贵？细看答案并没有那么简单。

翻开文旅"营收单"，如淄博、天水等地，爆红期间的经济收益与其热度其实不相匹配。张家界旅游集团股份有限公司发布的 2024 年半年报，也因大火程度、游客增量与营收、利润下滑形成的反差引发热议。而山东菏泽南站因网红郭有才出圈，未迎来泼天富贵，倒先遇"牛鬼蛇神"，天水麻辣烫"馋哭全网"，但一边是开店潮汹涌，一边"扎堆倒闭"成为热词，也让人直观认识到，"赔本赚吆喝"的尴尬。

二

线上流量≠现实增量。即便拿了相似剧本，一夜逆袭的"爽文"，其实也远没有那么容易照进现实。

其一，瞬时巨大流量，是机遇，更是压力。

一个地方的资源开发程度、基础硬件设施、接待服务容量等，在一定时期内是相对稳定的，必然会有"天花板"。尤其那些名不见经传的小城，一旦遭遇远超常规的客流，即便拿出紧急预案，受限于客观条件，也难免捉襟见肘。如山西隰县，因《黑神话：悟空》爆红，高峰期每天接待游客超万名，而其核心景点小西天的"大雄宝殿"，面积仅 169 平方米，参观立足面积承载仅 40 人左右，承压之重可想而知。

流量涌来如涨潮，问题显露则如退潮。城市治理成效、市容市貌，方方面面都被置于"显微镜"下，任何的缺位、失位都会被急剧放大。更现实的是，一些常规状态下不是问题的问题，由于超大客流的涌入，呈现出公共服务供给和消费环节的不相匹配，极易形成负面舆情，对城市形象造成"反噬"，导致"好感"变"差评"、"引客"成"劝客"。

其二，沉迷网红效应，大起后常有大落。

"你永远无法预测下一个爆火的城市是哪里"。这是一种积极的希冀，也说明流量的不确定性。这些年，我们看到过某座城市同时喜提几个热搜，但从来没有谁可以持续几周乃至几个月居于热搜。更多的是，你方唱罢我登场，有的甚至还没等到客流，就已归于沉寂。

如《乌合之众》一书所分析的，群体行为具有盲目性、情绪性和极端性特点。移动互联社会，海量信息轰炸，群体行为更具随机性。一项研究还表明，当下网民群体的注意力大多只能集中持续 3 秒钟左右，之后便会迅速转移。而平台盈利，素以活跃用户为第一要务，为了吸引网友停留观看，什么劲爆喂什么、什么新奇推什么，常常是"扔了玉米摘桃子、扔了桃子摘西瓜、扔了西瓜追兔子"，热点永远在变，热搜时刻更迭。

从寂寂无名到火遍全网只需几分钟，从"热搜榜单"到"查无此名"也不过一夕之间。网红逻辑与现实逻辑各行其道，决定着很多"热闹"只是数据很美，止于互联网的狂欢。

三

品牌传播力是一座城市竞争力的一部分，理应得到重视。不过，若因此简单诉诸于吸引流量、打造网红，就把路走"窄"了。

值得注意的是，当下社会似乎正陷入一场场"流量竞赛"。各行各业、各个地方，都在想方设法"出圈"。"流量依赖症"与"流量焦虑症"交相发作，持续蔓延。有的担心自己"一步慢、步步慢"，就怕抢占不了市场，盲目跟风；有的自以为掌握了"绝招"，凡事总想"博眼球"，刷出存在感；有的放不下对"流量退去"的恐惧，无时无刻不在"造噱头"。

殊不知，文旅行业发展自有其规律。它并非如网页浏览、刷视频般，点个赞、留个言、停留几秒就算完成。其关联链条很长，尤其今天，文旅正在从"衣、食、住、行、游、购、娱"走向"文、商、养、学、闲、情、奇"。人们选择一处旅游,看的是"历史"也是"当下",是"风景"也是"生活",是"营销"更是"底色"。吸引八方来客踏入这座城市,做大文旅"流量",是且仅是第一步。

换言之,泼天流量可以是触发器,决不能成为指挥棒。一则,一股脑儿投入流量争夺,势必会对其他环节的人力物力财力安排形成挤压;二则,当公共资源调配被流量牵着鼻子走,沉迷于一时的"花团锦簇",沉浸在虚拟世界刷存在感,还可能影响一地一城的长期规划和长线部署。

文旅发展的比拼,一时之盛或在网红流量,长久之胜必在屏幕背后。沉下心来,把视野放长远,才能打造出经得起审视的城市名片。

四

今天,人、数据与技术深度交互,网络空间已是数字化生存的必选项,线上平台成为获取信息的重要渠道。

"短视频+""网红+",让越来越多的"诗与远方"呈现在眼前。网络平台方面特别是一些大平台,掌握着流量分发的规则和权限,通过一系列的内容策划、算法推荐、话题设置,在文旅推广方面持续焕发巨大能量,让人看到了无限可能。尤其是曾经获取传播资源能力较弱的小众景点、冷门景区,借由网络互联四两拨千斤,更加轻松地走向了大众。

然而在这方面,正面效应良多,烂尾案例亦不少。以文旅推介来说,平台算法的推送机制,是否有过度"投其所好"之嫌,是否有只追爆款不及其余的倾向?不少网民就曾吐槽,越刷越相似,越看越乏味。流量的池子是一定的,此类内容重复充斥,必会对彼类优质内容形成对冲。而一旦这波注意力消耗殆尽,又可能被弃之如敝屣。抽身离去毫不眷恋,立马追捧下一个爆点,如此循环往复。

流量,是浏览量,是注意力,实质正是个体的时间分配。其不仅与每个人的生活高度融合,事实上还重塑着社会生产和交往的逻辑,衍生出影响个体行动、重构社会秩序的支配力量。有专家总结道，平台展现出一种微观控制权力。对于它，我们肯定其积极意义，也应保持一定的警惕，需要的是理性驾驭而非盲目跟随。如此，才能让互联网这一最大变量成为事业发展的最大增量。

五

"物暴长者必夭折，功卒成者必亟坏。"万事万物发展，都有一个循序渐进的过程。打造网红、火上热搜，开了一个好头，但不能止于"上头"。

文旅产业，终归有赖长期主义。深入挖掘城市历史人文底蕴，一步步提升服务意识，相互配合打出"组合拳"，才能不断改善城市治理效能，提升游客体验。实实在在练好"慢功夫"，不急不躁讲好城市故事，游客宾至如归，才会流连忘返。

网络平台，也应拿出长远眼光。须知，注意力固然是稀缺资源，但流量并非互联网发展的唯一要素。要想永葆活力，技术创新、社会责任同样不可或缺。且越往后走，后两者的决定意义越重。只有坚持经济效益和社会效益相统一，始终与公共利益同行，才能抵达真正的远方。

作为游客，我们是围观者，也是参与者。如《旅行之道》所形容，大家想要旅游，可能是"想在遥远的地方找到新的自我"。而这些，人云亦云找不到，随波逐流看不到。唯有走出流量，才能看到别样的风景，遇见真正的自我。

六

1200天，可以发生什么？可能是乡村短视频赛道的风云四起，是网红"爆火—塌房—茶凉"的全周期；也可能是辗转20多个省份，拜访100多位非遗传承人，是远离尘嚣、沉淀岁月的涅槃重生。

阔别三年的李子柒，日前强势归来。首发几款作品，旋即火遍全网，播放量和评论量一骑绝尘。海内外的人们，用各种语言，热烈拥抱这位"流量叛逆者"的回归。

"慢生活"与"大爆款"相互成就，又一次证明：总有人愿意记录一朵花开，徐徐图之打磨精品，也总有人愿意等待那颗匠心，去感受温和且持久的力量。

（2024 年 11 月 21 日　田闻之）

过年，您掼蛋了吗？

变异的是，钱和权的介入。

　　手机不许看，只准打掼蛋。龙年春节期间，掼蛋成为很多人亲朋相聚必不可少的项目，乃至在掼蛋声中守夜。有人调侃说，自从智能手机出现后，如此热火朝天的场面，已经多年不见了。

　　"饭前不掼蛋，等于没吃饭；饭后不掼蛋，等于白吃饭。""六必治、四不治、枪打第一顺"……上面这几句顺口溜，几乎是风靡全国的口诀。自2023年起，掼蛋以一种超乎寻常的方式，让一个地方的扑克牌游戏席卷了大江南北，成为社交宠儿，大有取代麻将王者地位的趋势，也有与网游分庭抗礼的节奏。有人说，现在饭桌上喝酒都少了，匆匆吃完饭，就"掼"起来。

　　体育主管部门也将其纳入正式比赛，各地掼蛋协会雨后春笋般成立，一些商家在包间增设棋牌桌，不少公众人物为其站台代言，更不用说正以指数量级增加的掼蛋玩家。

　　在这个史上最长的春节假期里，多少人相约掼蛋，一掼到底，不掼不散。

　　掼蛋为什么具有如此的魔力？经历几十年默默无闻后，为何在当下迎来井喷式的爆发？又为何引发一些论者的担心与忧虑？

一

民间棋牌游戏众多，常见有一副牌的斗地主、桥牌、德州扑克，两副牌的升级，四副牌的保皇、够级。这些游戏的具体规则虽各地稍有不同，但整体上都相对成熟，而且各自有相对稳定的玩家群体。

掼蛋从一众老牌游戏中崛起，成为新晋"贵族"，大有网红一夜爆火的感觉。有报道说，据不完全统计，全国掼蛋玩家已达 1.4 亿人，在江苏和安徽就有超过 2000 万人经常参与掼蛋。

为什么掼蛋能火？除了具有其他牌类游戏一些共性的优点，掼蛋自身另有显著优势。

进入门槛低。掼蛋集合了多种扑克牌游戏的规则，联对、三带、顺子、同花顺……多种出牌方法，让绝大多数玩家能无缝转场，也让对牌类游戏只有粗浅了解的人能迅速进入。不少人在三缺一的情况下被拉上凑数，很快就打得有模有样。

自由组合多。心灵鸡汤中有一句流传很广的话：人生如牌局，既要看你的起手牌，也要看你怎么打。掼蛋多种规则的糅合，给了玩家以最大的组合自由，可以根据场上形势，作出最有利的组合。这种近乎随心所欲而又变化多端的操控感，即便是在牌场上实现，也是一种莫大的快乐。

比拼过程爽。掼蛋游戏中，玩家手里炸弹的多少和大小，很大程度上决定了一局的胜负。无论自己抢发牌权还是阻击对手，炸弹的作用显而易见，几乎每个玩家都喜欢一言不合就开炸的感觉。所谓"起手四把炸，还能赢不了"。此外，绝大多数选手都选择保底策略，即将最大的炸弹留在最后使用，因此收官阶段，除了算计对手的组合，炸弹的比拼更是火爆。

掼蛋当然还有其他的优势，比如一局打完后复盘时的小遗憾、能上能下的设置。不必一一列出，已经可以窥见它的魔力。

二

据喜欢考据的人说，掼蛋的历史可以追溯到20世纪70年代。这样一算，掼蛋足有半个世纪的历史了。那为什么在大多数时间里，掼蛋只是一个地方性的、小众的游戏，而在最近短短几年风靡全国呢？

这一方面是因为，早期的掼蛋还在试验阶段，规则并不明确。而要想走出地方，成为全国性的游戏，就要像各种地方性特色闯全国市场一样，要具有稳定的、符合国家标准、能为大众认可和接受的"游戏规则"。经过几十年的发展，掼蛋的规则已经相对成熟。

另一方面，掼蛋爆红赶上了"风口"。这"风口"是多因素叠加而成的。

一是参与掼蛋的人越来越多，分布的范围越来越广，数量上已经积累到将要发生质变的临界点。

二是传统游戏和娱乐方式的衰落，比如人们对其他纸牌类游戏已经失去新鲜感，在这个高速流动的时代，像够级这样四副牌六个人参与的游戏，即便过年期间也较难凑够人手。再比如KTV产业辉煌不再，老百姓去KTV一展歌喉的意愿在降低，公职人员更是不愿轻易踏入。

三是网游经历突飞猛进但又相对粗放的发展阶段之后，全社会包括游戏一代对网游的认识更为理性，逐渐认识到网络游戏虽然好玩上瘾，但与现实中面对面的游戏相比，缺乏社交属性，而这恰恰是职场人士最需要的。

三

1月27日，上海市掼蛋运动协会第一届会员大会第一次会议在上海市棋牌运动管理中心召开，"身家400亿富豪任上海掼蛋协会会长"的话题更是冲上热搜。

商人出任大大小小商会会长的多，因为在商会里可以结交各方人士，寻找更多的商机。如此高调地任棋牌类协会会长，即便是出于个人爱好，也具有相当的示范意义，即不必聚会吃饭、喝酒品茶，一样能在掼蛋过程中彼此了解，共话合作。

事实上，很多在当地有相当影响力的商人，也都是掼蛋的拥趸。打着名牌商学院、知名教授旗号的掼蛋操作指南、制胜法宝，在朋友圈经常可见。还有一些人，乘着掼蛋大火的势头，搞讲座、出书，宣称掼蛋游戏中有做人做事的哲理，有赢得官员或投资人赏识的密码，有在商场上屹立不倒的逻辑。

从游戏中总结一些道理，未尝不可。但非要说掼蛋中有人生成功的不二法门，将掼蛋抬高到哲学思想层面，不是生拉硬拽的卖弄，就是卖书搞讲座的噱头。

确实有越来越多的职场人加入掼蛋行列，而且通过学习各种秘籍、与高手进行对战，以提高自己的掼蛋水平，不至于被圈子边缘化。但说到底，掼蛋就是个游戏而已，是让大家消遣的，给人带来快乐的。给掼蛋附加那么多的涵义，就不怕把这枚"蛋"压破了？

四

与其他游戏类似，一旦风行起来，就必然会有一部分人沉溺其中。沉迷掼蛋的确实不少，有的一坐下几个小时不起身，消遣不成反倒腰酸背痛；也有的对家合作不成，互相埋怨，反而心生嫌隙。但这些都是寻常事，并不比其他游戏更值得关注。

变异的是，钱和权的介入。

有些喜欢"刺激"的人，觉得只是升级没什么意思，于是在掼蛋中设置彩头，比如升一级赢对方多少钱。即便一级十块八块，几个小时下来，也不是个小数。每年春节期间，都会有带彩头打牌而涉嫌赌博引发的争议，不可不慎。当然，是否涉嫌违法，需要公安部门认定，但借掼蛋赌博的苗头，必须警惕。

至于权的介入，就不总是那么直接了。有的单位领导喜欢掼蛋，下属们不用领导授意，也会积极主动地学习。平时见领导一面不容易，深度交流更加难得，能在牌场上与领导共度几个小时的时间，谁不愿意抓机会呢？至于官员和老板一起掼蛋，谁输谁赢，怎么输怎么赢，牌桌上如何、牌桌下如何，就更值得注意了。

前不久，某地有小学把学会掼蛋布置为寒假作业，引起不少议论。也许，问题不仅仅在于小学生该不该学掼蛋，学掼蛋对开拓思维有没有帮助，会不会导致沉溺游戏，还在于学校为什么推荐的是掼蛋而不是其他游戏，又是谁提出的这种要求？

掼蛋是个好游戏。过年了，放假了，只要有时间，只要够人手，不妨痛快地掼一把。别背上社交包袱，别揪着输赢不放，别掺杂太多的功利，这样比较好。有力争头游的心气，也要有当末游的准备。在与家人朋友的切磋中加深感情，在快快乐乐中开始新的一年。

谁能把把都是头游呢，是吧？

（2024 年 2 月 12 日　贾亮）

忧心年轻人上香，
不如关心他们在"求"什么

> 有时候不经意的问候，雪中送炭的援手，就是年轻人顶过压力、跨过坎坷的重要支点。

"不上课不上进只上香？"据报道，烧香拜佛近来在年轻群体中颇为流行。还有数据称，今年2月以来，预订寺庙景区门票的人群中，"90后""00后"占比近50%。连带着社交媒体，每到祈福旺季，都会被电子祷告刷屏。

对广大年轻人的"突然佛系"，不少人十分忧心，认为这纯属年纪轻轻消极避世。其实，大可不必上纲上线。正如有网友所言，进庙上香未见得就是要"求菩萨显灵"，有时不过是一种心灵减压。对很多人来说，可能就是喜欢那种清幽禅静的环境，或将其当作旅行途中的一个站点，购买手串佛珠之类，希冀的也无非一个"好兆头"。就像风靡一时的"树洞"，把自己难以对他人言说的心事吐露，也像不断普及的"心理辅导"，让大家得以歇歇脚步、舒缓情绪，为下一次出发蓄力罢了。

事实上，与其忧心年轻人上香，不如关心他们在"求"什么。当下社会生活节奏太快，不确定性极大提高，初入社会的年轻人，面临的烦恼和挑战比以往更多。工作选择、谈婚论嫁、适应社会等各种压力接踵而至，生育子女、赡养老人、自我提升等操心事分外集中，而就所处人生阶段而言，他们刚刚接触社会，生活经验不足，也难免对现实的复杂程度预估不够，这些都可能给他们造成一定的迷茫与无措。在这个时候，祈福许愿、期待美好实属人之常情，大可不必渲染什么遁世逃离，似乎是不得了的大事。

青春如白驹过隙，怎么才能过得丰富而有意义，几乎是每一代年轻人的困惑。闯过眼前的迷茫，开启广阔的人生，既需要个体自身的努力，也离不开社会支持的援手。关注年轻人的所思、所忧、所盼，努力为他们提供更加丰富的舞台，给予他们才能施展的空间，方方面面都需要行动起来。也许，有时候不经意的问候，雪中送炭的援手，就是年轻人顶过压力、跨过坎坷的重要支点。

"早起上完香不耽误坐地铁搬砖"，谁还不是一边祈福一边奋斗？其实，年轻人从来都是最富朝气、最有进取心的可爱群体。正如路遥在《平凡的世界》中的那句感慨——"要知道，春天的道路依然充满泥泞"。人生漫漫，尽管此刻跌跌撞撞，但只要坚持走下去，必能迎来一树一树的花开。

（2023 年 3 月 21 日　田闻之）

受教育没有"浪费"之说

> 无论是物质生活的改善还是心灵世界的丰富，只要心之
> 所至、学有所得，就算不得"浪费"。

　　小伙儿专科逆袭读研后送外卖，被嘲"上了白上"；五旬大叔退休自学考上大专，被批"白上也上"。连日来，两桩关于教育的新闻备受关注，有叹息的，有嘲讽的，一时莫衷一是。

　　种种争议，其实围绕的无非是值得与否、"浪费"与否。一些人认为，念了几年硕士，到头来送个外卖，浪费知识；退休了还上大学，耗时耗力也"没什么未来"，极不划算。话里话外都是"算式"，说来说去都是"成本"。本质上，这就是一种经济思维、物化思维。但他们恰恰忽略了最关键的一点，教育跟其他经济活动有本质上的不同。它关乎人的全面发展，其目标既包括学习社会生产生活中所需的实践技能，也包括习得丰盈精神世界的方法与路径，而这些都是无法用所谓"成本核算表"来衡量的。

　　学有所成，既是某种状态，更是某种心态。无论是物质生活的改善还是心灵世界的丰富，只要心之所至、学有所得，就算不得"浪费"。更何况，当下高考报名已无年龄限制，就业择业也已高度市场化，一个人什么年纪上学，从事什么职业，纯属个人自由，只要合法合规，任何选择都应当得到尊

重和祝福。作为旁观者,有什么资格整天凭"自己的标准"横加指责,拿"自己的算盘"品头论足?

更要看到,习惯性地拿浪不浪费看教育,恰恰是对教育价值的消解。以"钱景"评判专业,说什么"生化环材四大坑,最惨当属地海农",以就业光鲜度观察名校生,去街道办"大材小用"、回乡种地养猪更是"有辱师门",种种奇谈怪论,既刻板狭隘,更流于功利。这样的逻辑,多少也影响着社会对教育的看法,这不仅表现在,一些人学习时患得患失、焦躁浮躁,也使教育被当成追名逐利的工具,其他审美功能、社会功能被极大忽视。"捡了芝麻丢了西瓜",这才是最大的得不偿失。

教育是一种方法,亦是一种生活。它有知识的传承与积累,有情感和价值的认同与激发,更有心灵的对话与提升。让受教育者在实践中自我成长,让每个人都能找到自己的位置、拥有自己的舞台、成为最好的自己,这就是教育的意义。

(2022 年 9 月 21 日 汤华臻)

"满屏高分"也是一种错觉和误导

不光以成绩论英雄，为高分鼓掌也看得见"沉默的大多数"。

又到高考"放榜"时，各种查分短视频再度刷屏，而冲上热搜的可谓个个高分：700多分考生家长半夜接到清华电话，男生高考681分满脸淡定父亲激动抹泪……有人不禁感慨，这网上"遍地都是学霸"呀。

金榜题名是人生喜事。"春风得意马蹄疾，一日看尽长安花"，当然值得畅快抒怀，当然会收获各方点赞。莘莘学子传佳讯，天道酬勤功不负，背后有对教育的尊崇、对公平的期待，更有对知识改变命运、奋斗成就人生的笃信。

但为学霸喝彩的同时，我们更要看到，高分考生是有限的，"遍地是学霸"更是一种假象。而造成这一现象的原因也不难想见，一来，考试成绩不太高甚至考砸的同学一般也不会晒视频分享，偶有因分数不理想而痛哭的视频也难有什么热度。二来，媒体也好，平台也罢，深知高分考生自带流量，闻讯一拥而上，推高了高分考生的关注度。此外，更不乏一些营销号刻意渲染高分、制造焦虑以变相卖课。一来二去，大家视野里自然就都是"高分""学霸"了。

此前，社会上大肆炒作"高考状元""高考升学率""高分考生"，极大增加了社会焦虑心态，让一些学生和家长背负了沉重的心理负担。为此，从国家到地方都出台了不少办法遏制这种风气。而眼下"满屏高分"，是否也多少有种另起炉灶、再造焦虑的意味？

分数总有高低。有人考场得意，就会有人考场失意。我们自己身边，想必也有没发挥好的考生，他们除了郁闷、失落之外，也有不少在为前路发愁。对学校、家长乃至相关方面而言，多多关心他们有什么计划，有什么出路，有什么需要帮一把的地方，帮他们也走上成长成才的"立交桥"，同样十分重要。

高考只是一个短暂停留的驿站。于考生而言，不因一次优秀而"骄傲自满"，也不因一时失意而"自我怀疑"，才是应有心态。于社会来说，不光以成绩论英雄，为高分鼓掌也看得见"沉默的大多数"，如此才有助于形成理性的教育观念，引导孩子们走上广阔的成才之路。

（2023 年 6 月 28 日　晁星）

438 分，同样值得被看见

平凡的大多数人，才是整个社会最大的"基本盘"。

　　"这是她从来没考过的分数，之前模考基本在 380—400 分。"近日，一位山西妈妈晒出了女儿的高考成绩——文科 438 分，她说女儿把最好的一次成绩给了高考。评论区里不乏有人对分数长吁短叹，但更多网友对女孩送上了祝福，并为妈妈的好心态点赞。

　　各地高考陆续放榜，各种"查分名场面"也如约上演。在一众高分话题中，438 这个分数似乎显得有些特别。而其之所以引发热议，一方面，在于温暖又健康的教育理念。无须与"别人家的孩子"攀比，只要努力突破自我、不留遗憾，同样是家人的骄傲。

　　另一方面，也正如有人说，在 438 分中看到了曾经的自己。高考叙事不是只有一种脚本，无论满屏喜报多么热闹，现实生活中我们大多数人都是那个"普通小孩"。在某一个夏日里，紧张地查分，平静地接受，随即又投入报考事宜，根本没什么沸腾欢呼的"高燃瞬间"。"学霸"的精彩故事固然令人兴奋，可无数这样平凡的场景，才构成了我们关于高考最真实的记忆。

　　"第一个满分出现了""分数高到被屏蔽""淡定表示想去清北"……

类似话题几乎年年在此刻刷屏。中国人向来重视教育，高考又是全民参与的话题，高分学子确实天然带有关注度。但不可否认，正是媒体的聚焦、平台的热炒，"遍地学霸"才愈发成为某种流量密码。"不考700分都不好意思晒成绩"，这不仅让一些学生和家长背负了沉重的心理负担，更极大增加了"一考定终生"的焦虑。

高考分数是衡量学习成果的直接指标，却绝不是判定人生成败的唯一标准。漫长的求学过程中，那些朗诵的清晨、挑灯的夜晚，不仅是为了卷面上那几道题，更磨砺着面对挫折的心性、解决问题的态度。每个人都有自己的人生，哪怕今天分数"平平无奇"，未来的原野上还有无限机遇与可能。以更大视野看，更多"438分"的故事应当被看见，也值得被看见。因为平凡的大多数人，才是整个社会最大的"基本盘"。

这些年，我们一直在倡导破除"唯分数论"，鼓励多元发展。不妨就从以平常心看待高考分数开始，多关注普通人背后的努力，想方设法提供后续成长成才的空间。某种程度上，作为一次文化事件，高考反映社会价值观，更影响社会价值观。不过分神化高分，为所有拼搏喝彩，这才是教育的初衷。

（2024年6月28日　郑宇飞）

习惯了"海马体"加持，
我们还能不能接受真实的自己？

在社交媒体的传播规律下，"图像"越多，"真实"反而越少。

近日，某地"考研网上报名明确禁用海马体照片"一事引发热议。媒体调查显示，其实报考环节大都有"不得使用 PS，不得过分美化照片"的要求。

对此，网红摄影机构海马体回应称，自 2021 年起，其拍摄的教育报考、签证回执类证件照就推出了"原生"与"精致"两种版本。

爱美之心人皆有之，"证件照焦虑"也是老话题。但是，习惯了美颜滤镜"海马体"加持后"精致"版的人们，真的还能接受自己"原生"版的形象吗？

某种意义上，"海马体式审美"大行其道，更像是一种虚拟世界的生活习惯入侵了现实世界。

一

1839 年 8 月 19 日，法国艺术院和科学院一场联席会议上，达盖尔院士向全社会宣布自己发明了摄影术，照片正式登上历史舞台。

然而，这项划时代的技术在当时被整个社会公众，尤其是高端的艺术家们不齿。以《恶之花》闻名于世的波德莱尔就直言，摄影是一种不能洞穿"表面现实"的媒介，是"艺术和科学的谦卑的奴隶，就像印刷术和速记法一样"。

但"波德莱尔们"没有想到的是，不仅摄影很快风靡，底片修改技术也随即被发明出来，照片从那时起就可以不再是真实场景的"镜像"，而成为一种成本更低廉、效果更好的"绘画"。当时，巴黎老百姓蜂拥前往照相馆，争相为自己留下一张"美丽"肖像照。

1888 年，柯达公司推出仅售 25 美元的"柯达 1 号相机"，摄影技术开始加速推广；1975 年，柯达公司发明数码相机，摄影技术成本进一步下降；2000 年，夏普公司推出史上第一台可以拍照的手机，摄影技术开始进入每个人的生活，人类也真正进入了图像爆炸的时代。

今天，在社交媒体上，我们刷到的是短视频，习惯阅读的是图文消息……我们处于"读图时代""短视频时代"，网络世界已经是一个被图像充斥的世界。

二

图像充斥世界，但研究者发现，在社交媒体的传播规律下，"图像"越多，"真实"反而越少。

这种悖论是怎么形成的？

从本质上说，社交媒体是一个被物理空间区隔的人们，凭借数字编码的图像和文字建立对彼此的认知，通过关注、分享、评论、点赞等互动方式搭建的人际关系网络。

在这样的互动环境下，每一个参与者的图文信息唯有被人关注和评论，才具有互动意义，否则就是自言自语。因此，在社交媒体上，人们更愿意展现出自己良好的一面，方便带来积极的回馈。

很多时候，这种倾向甚至呈现出一种"表演"的状态。人们常常从他人的视角出发，精心地对图像拍摄的场地、表情与姿态设计、发布时间等进行选择，以期刷出存在感。

而社交网络背后的拥有者，则进一步通过流量算法来强化这种"社交表演"。为了最大化增加用户活跃度与信息传播速度，市面上各种社交软件从功能设计到算法倾向，从分成机制到审核标准，全面向图像倾斜。

不知道发什么？平台的"发布"按钮后面是图片的"九宫格"；不会拍短视频？平台提供模板乃至 AI 生成；拍出的照片不好看？相机自带滤镜进行修饰……

可以说，个人要想在社交媒体上拥有"被看见"的权力，就必持续不断生产图像信息，且努力达到程式化的"美丽"标准。久而久之，社交媒体主导的网络空间变得愈发失真。

三

法国哲学家鲍德里亚曾在《消费社会》中分析道："在消费的全套装备中，有一种比其他一切都更美丽、更珍贵、更光彩夺目的物品——身体。"

在网络世界中，对于陌生人之间能够了解的信息更加稀少，身体作为个人"商标"的作用更加突出。而容貌，正是最具代表性的身体符号之一。自然，"数字化颜值"在社交媒体中扮演了极为重要的角色，对数字化颜值的美化也就变得格外重要。

美图软件由此成为网络"刚需"。一键式、傻瓜式"磨皮""美肤""化妆"，一般人都能掌握。拥有了强大的美图能力，也就在社交平台上拥有了更多的表达动力与资本，也有可能赢来更多曝光和粉丝。

带有美图功能的拍照软件和直播软件的流行，也带来了一批靠颜值走红的网红。可以说，美图虽然带有修饰甚至虚假的成分，但对很多人来说，它带来的存在感是实在的，甚至可能是他们用其他方式难以获得的。

每一次晒图都是一次"表演"，滤镜成为数字时代社交的"刚需"，发表生活状态前先修图成为心照不宣的网络社交定则，自拍照片要进行美化成为日常仪式。在自身需求与技术进步的合谋下，今天的网络化的生活，亦可以称为"滤镜化生活"，遵循着"颜值即正义"的荒谬逻辑。

四

20世纪90年代，日本精神医生突然发现，一些日本游客在抵达巴黎后，竟然会出现焦虑、幻觉甚至崩溃的症状，原因竟然是这些游客发现真实的巴黎和他们想象的差异巨大。

当代哲学家韩炳哲在研究"巴黎综合征"之后提出，"日本游客那种强迫性的拍照热情是一种下意识的防御机制，其目的在于通过拍照图像来驱赶真正的现实。作为理想化图像的美好照片会将他们屏蔽在肮脏的现实之外"。

美颜照片当然有积极的方面。比如，自己晒出的照片能带来美感，并因此获得人们的赞美，主观上就是可以让自己感到更加幸福。然而，一旦将虚拟世界里形成的这种自我认知偏差带到现实中，就会带来很多困扰。以身份识别为核心功能的证件照都变得"认不出"，足以说明已经有越来越多的人不愿意接受真实的自己。在人际的相互传染、群体的审视以及马太效应作用下，"海马体式审美"正在现实生活中攻城略地。当越来越多的个体审美被技术驯化，美图究竟是让人们更自由地表达了自我，还是相反？

从来没有哪种审美标准被称为绝对正确、理所应当，自然界尚且推崇"百花齐放才是春"，现代社会又怎么能苛求丰富的个体展现出统一的面貌？单一审美观的横行，只会绑架生活方式、放大社会焦虑。

五

加拿大思想家马歇尔·麦克卢汉曾告诫人们，"一旦拱手将自己的感官和神经系统交给别人，让人家操纵了——而这些人又想靠租用我们的眼睛、耳朵和神经从中渔利，我们实际上就没有留下任何权利了"。

　　"原生"版照片可能是不够完美，恰恰是这份不完美才是独一无二的，是证明我们"存在"，且与其他个体区别开来的点。多从滤镜中走出来，遏制 PS 的执念，或许才能够更好地接受自己、真正地欣赏自己。

（2024 年 11 月 12 日　鲍南）

公共平台别给明星"捧臭脚"了

娱乐八卦纷纷扰扰，舆论环境一地鸡毛，根源就在于背后一整套流量兑现机制。

封杀劣迹艺人，关停违规账号，严打粉圈乱象……近段时间，文娱行业迎来重拳整治，网络空间随之清朗起来。不过就现实来看，娱乐至上的风气并未完全"翻篇"，有网友吐槽，"平台门户上，依然充斥着明星鸡毛蒜皮的动态"。

谁变了个发型、谁换了身时装、谁拍了组"大片"、谁谁又有了婚恋绯闻……毫无营养的八卦消耗大量注意力，显然是对公共资源的巨大浪费。而今，网络愈发成为人们获取信息的首要渠道，平台发什么、推什么潜移默化影响着人们的判断。可放眼很多平台，格外感兴趣的就是明星身上这点鸡零狗碎，不厌其烦、不厌其细地为一众流量明星"捧臭脚"。网站首页、App 首屏，娱乐信息占据半壁江山，且内容极尽琐碎，表面看是信息传播的偏误，往深里挖则是社会责任的缺失。凡此种种让人不由追问，网络平台到底是公共信息的集散地，还是流量明星的"朋友圈"？

娱乐八卦纷纷扰扰，舆论环境一地鸡毛，根源就在于背后一整套流量兑现机制。为了捧红人、赚快钱，很多明星的经纪公司将制造话题当成主业。

正面营销缺少爆点，就炒作负面新闻；单打独斗热度不够，就引导粉丝吵架互撕。在这个过程中，本应肩负把关责任的平台，反而提供了劣质内容和过激情绪的出口，进而通过明星带来的流量提高自身活跃度。在这种不择手段、沆瀣一气的流量制造下，平台、资本、明星形成了利益共谋，整条产业链也日益坚固。在一场又一场娱乐狂欢中，"高流量低水平"的明星来来去去，资本与平台持续跑马圈地，"贵圈真乱"的病根则越来越深。

事实说明，所谓流量明星，不过是流水线上的"产品"，清理整顿"贵圈"乱象，就必须对背后的造星方式和运作逻辑开刀。谁在给"水星""捧臭脚"，谁在宣扬"唯流量论"，要拿出一套判定标准和约束手段，尤其是要让那些恶意炒作者付出代价。对平台方而言，绝不能仗着手握渠道资源，睁一只眼闭一只眼挣快钱。在这一轮集中整治中，很多社交媒体关闭明星排行榜，部分论坛也在进行功能整改，取得了不小成效。期待类似行动不只是一时敷衍，而要成为一种常态化纠偏。

从根源上杜绝八卦横行、流量至上，是给敬业、守道者的一个交代，也是对全社会负责。遏制流量冲动，守住价值底线，行业才能长久健康发展，舆论场才能风清气正。

（2021 年 9 月 10 日　郑宇飞）

别让"厌童"话题淹没"助童"现实

呈现现实中明明是主流的美好互助，而非放大现实中明明是少数的口角纷争，才是理性、客观的态度，也是对各个群体负责。

近日，两名大学生帮火车上的站票妈妈抱娃一整夜的视频走红网络。当被问及感受如何，大男孩们乐呵呵地说，"痛并快乐着""年轻人有力气就要花在有用的地方"。这位妈妈也深情致谢，"将让孩子以你们为榜样，做一个合格的新青年"。双向奔赴的暖心一幕，引来一片点赞。

带儿童尤其婴幼儿出行之难，为人父母者皆有感触。而在过去一段时间，除种种现实难度之外，好像又平添了几分来自舆论场的压力。透过电子屏幕看，公共空间里的孩子们似乎常常不那么可爱。翻开帖子，经常可见"厌童症"；刷刷短视频，不时出现"熊孩子"。加上一些博主将之当成流量密码，炒作话题、渲染矛盾，以博眼球上热搜，更加剧着某种刻板印象，搞得一些家长每每带娃出行，都会"战战兢兢"。然而，上述大学生主动帮忙、彻夜抱娃的案例最真实地展示着，公共空间里，人们对"人类幼崽"的关爱与理解，从来都在。

对于带娃出行的种种，线上线下何以出现如此撕裂？传播学有一概念叫"拟态环境"，意即传播媒介通过对信息的选择、加工和报道，重新加以结构化后所提供的环境。它看似真实，实则仿真，甚至可能与真实相去颇远。某种程度上，"厌童"话题恐怕便是如此。一些流量博主拎出一两个极端个案，再找到情绪"爆点"，包装出一种"孩子都熊""家长更熊"、周围人不堪其扰且十分厌烦的刻板印象。当这种话题被反复高倍聚焦，很容易让大家心中都有不良预期，压倒和淹没现实中的温情互助、体谅理解，导致一些本来不大的矛盾摩擦升级，最终结成了不同群体之间的死结。

跳出"刻板印象"，让镜头展示更丰富、更宽广的角度，才能呈现多元立体的"人间真实"。仍以"厌童"话题为例，有学者形象描述，我们生活的环境其实天然就是混龄的。作为群体性动物，人类早就习得如何与不同群体共处。迈入文明时代的我们，更有足够空间容纳"男女老少"等参差多样的生命样态，其中必然包括呵护"未来公民"的成长。揆诸现实，"1 米高度"视角看世界，正在融入许多城市的规划设计之中，"人类幼崽"受到的现实关爱并不少。就像一位带娃妈妈感慨，当看到同车人的友善微笑、友好互动，才发现自己此前的"严阵以待"是虚惊一场。

换位思考、相互理解，始终是社会交往的底色。置身公共空间，儿童可能的哭闹，与某些人想要静静，与其说是一道绝对的是非判断题，倒不如理解为开放的文明考题。所谓文明，意味的是对双方皆有的行为约束。比如，当孩子吵闹不止，家长不能"摆烂""躺平"，要意识到对他人的"打扰"，及时表达歉意，并尽快安抚或者带离孩子，尽己所能还公共空间以安静。同时，其他人也要看到孩童的身体心理成长特点和带娃家长的现实困难，对非主观故意的打扰多些理解包容，在力所能及的情况下加以帮助。呈现现实中明明是主流的美好互助，而非放大现实中明明是少数的口角纷争，才是理性、客观的态度，也是对各个群体负责。

一个人人相善其群的社会，一定是温暖的，一个乐意"拥抱童趣"的社会，一定是可爱的。相向而行、双向奔赴，必将遇见更多温馨与美好。

（2024 年 10 月 18 日　田闻之）

形式主义"正能量"还要伤及多少人

> 我们的社会上特别是网络空间里，有一股不好的风气，有时候过于敏感、爱搞极化，以"正能量"之名行"高级黑"之实。

连日来，郑智化与张学友两位老牌歌手突然被推上了舆论风口浪尖，前者为自己的歌词被修改而气愤不已，后者为自己的发言被曲解而颇感无奈。透过两档风波，我们又一次感受到了如今网络氛围中的某种怪诞。

郑智化的代表作《星星点灯》创作于李登辉时期，对歌词的解读虽仁者见仁、智者见智，但普遍认为其中"肮脏的一片天"指的是台湾当局，"星星"代表着心中希望。而在最近的综艺表演中，天空从"肮脏"变成了"晴朗"，不见的星星也"总是看得见"。

究竟为何如此改写，节目组没有回应，但联系过往的表演，把歌词中的"一支烟"改成"一只眼"、"变有钱"改成"变悠闲"等等，这次改编的最大可能恐怕还是为了表现某种"正能量"。但问题在于，我们对于"积极向上"的理解何至于如此狭隘？一首老歌难道不应该基于其特定背景？修改后的歌词消解了作品本身的深沉力量，反倒显露出一种苍白。

再看张学友，他在庆祝香港回归祖国 25 周年的一个视频中说"香港加油"，结果被个别人关联到"修例"风波中黑暴分子所喊的"香港加油"。

迫不得已之下，张学友专门发布声明，表示自己"是一个爱国家、爱香港的中国人"，并解释自己说"香港加油"与"北京加油""武汉加油""上海加油"是一样的。

其实，个中道理很好理解，多年言行在前，大家也知道张学友的爱国爱港情怀是真挚的。但匪夷所思的是，如今网络上确有一批人，喜欢拿着放大镜对别人的只言片语进行"道德审核"。强行关联、乱扣帽子，凭空制造事端、加剧戾气。

从郑智化到张学友，两档风波本不相干，却暴露出一个共同的问题：我们的社会上特别是网络空间里，有一股不好的风气，有时候过于敏感、爱搞极化，以"正能量"之名行"高级黑"之实。

必须指出，对那些吃里扒外、数典忘祖之人，我们当然要旗帜鲜明地抨击；对那些歪曲抹黑、颠倒是非之论，我们也必然要针锋相对地揭露。但这种素朴的正义感，不是形式主义的东西。

倘若照这个"洗白"改法，那就像有人调侃的，是不是"小小鸟想要飞就唰的一下飞挺高""暖暖的冰雨在脸上柔柔地拍"？倘若守不住边界，四处"出警"挑刺，那这种简单粗暴的自以为"正确"，就会泛化成恶意攻击肆意而为，反而搅起了浑水，给主流价值、主流意识添堵抹黑。

网络众声喧哗，面对一些极端的敏感与极端的表达，全社会应当多加警惕。真正的正能量，没有这么狭隘，也没有那么虚弱。坚持基本的逻辑和理性，秉持法治精神和包容态度，大国国民应当有这样的自信和修养。

（2022 年 7 月 5 日　崔文佳）

文化之韵

燕山脚下，斯文在兹

> 为版本库提供更多的时代版本，丰富中华民族的文化基
> 因库，是我们矢志不渝的使命。

"盛世修文，我们这个时代，国家繁荣、社会平安稳定，有传承民族文化的意愿和能力，要把这件大事办好。"6月1日下午，习近平总书记来到中国国家版本馆中央总馆考察。中国国家版本馆是习近平总书记非常关注、亲自批准的项目；习近平总书记殷殷叮嘱的大事，就是"在我们这个历史阶段，把自古以来能收集到的典籍资料收集全、保护好，把世界上唯一没有中断的文明继续传承下去"。

国家版本馆中央总馆，选址在北京城中轴线北延长线上、燕山脚下的青山绿水间。

"藏之名山，传之后世"，本是中华文化传承的优秀传统。自古以来，中华民族就有努力保存各种版本典籍的自觉，无论是各朝各代的有识统治者，还是士大夫文人，都以收集保存为己任。明成祖永乐年间，由解缙、姚广孝等主持编纂的《永乐大典》，全书 22877 卷，11095 册，约 3.7 亿字，是一部集中国古代典籍于大成的类书；清乾隆时期由纪昀等编撰，3800 多人抄写，耗时 13 年编成的《四库全书》，共收录 3462 种图书，共计 79338 卷，

36000 余册，约 8 亿字，是中国历史上规模最大的丛书；民间大小藏书楼更是不计其数，多少藏书家不惜倾家荡产，同样是中华民族珍惜保护版本的生动例证。

为了保存中华文脉，发生过无数可歌可泣的故事。焚书坑儒之际，为了保护《论语》《尚书》等，有过鲁壁藏书的佳话；每到民族危亡的时刻，总有舍命护书的壮举。郑振铎为抢救日寇炮火下的图书，就曾经大声呼喊："民族文献，国家典籍，为子子孙孙后代元气之所系。不可能为水、为火、为兵所毁灭。"

无论是刻在甲骨还是青铜器上，无论是刻在竹简或者写在丝帛上，无论是在造纸术发明之前还是印刷术出现之后，种种流传至今的版本，无不凝聚中华民族在发展中积累起的智慧，成为中华民族五千年文明亘古不断的种子。一本本典籍，不只影响一门学问的发展方向，更影响一个民族的精神气质，影响一个文明的赓续传承。

令人痛心的是，因为天灾人祸，因为战火频仍，特别是清末以来的内忧外患，不少珍贵版本或在兵燹中损毁，或在转移途中丢失，后人再也无缘得见。老祖宗给我们留下的每一本典籍都弥足珍贵，对典籍最大的尊重，就是以最大的力气、最好的方式来保护。

把历朝历代的珍贵版本保护起来，是我们这代人义不容辞的责任；为版本库提供更多的时代版本，丰富中华民族的文化基因库，是我们矢志不渝的使命。

斯文在兹，盛世修文！

建设中国国家版本馆可谓恰逢其时。揆之五千年历史，从来没有哪一个朝代，对文化赓续有今天这样庄严的使命感，对版本保护有今天这样强烈的责任感。

"如果没有中华五千年文明，哪里有什么中国特色""文化兴国运兴，文化强民族强"，这是我们的文化自觉所系，也是我们的文化自信所在。"驱万涂于同归，贞百虑于一致"，打造新时代的国家文化殿堂，我们有足够的底气，更有足够的能力。

中国国家版本馆建设围绕"传世工程"定位，由中央总馆（文瀚阁）、西安分馆（文济阁）、杭州分馆（文润阁）、广州分馆（文沁阁）组成。从命名来看，就饱含向历代先贤致敬之意，是一座当之无愧的赓续中华文明的"基因库"；同时，又堪称文明大国建设的基础工程，是史上最大的规模，有史上最先进的技术，提供了史上最强的版本保藏条件，可以确保中华版本免遭各类灾害损毁。截至 2023 年 5 月，入藏版本总量已有 2500 万余册 / 件，远非《永乐大典》《四库全书》可以比拟了。

令人动容的是，见证了中华民族由乱到治、由贫到富、由弱到强的《四库全书》，在穿越历史的沧桑，躲过炮火的浩劫之后，留存至今的有文渊阁、文溯阁、文津阁和文澜阁的一部分真本和仿真本，首次相聚在文瀚阁，相聚在新时代。足以告慰前人，足以启迪后世。

值得称道的还有，在国家版本馆，体现中华优秀传统文化、革命文化和社会主义先进文化的版本，共济一堂，相得益彰。马克思主义和中华优秀传统文化来源不同，但彼此存在高度的契合性。"结合"造就了有机统一的新的文化生命体，让马克思主义成为中国的，让中华优秀传统文化成为现代的，让经由"结合"而形成的新文化成为中国式现代化的文化形态。来自全球各语种共计 300 多个版本的《共产党宣言》，《论持久战》《解放思想，实事求是，团结一致向前看》讲话提纲、《论"三个代表"》《论构建社会主义和谐社会》、不同语种上百个版本的《习近平谈治国理政》等，呈现出在一代代中国共产党人领导下的中华文明的创新和发展，为中华文明的赓续注入了新鲜血液，毫无疑问都是"传之后世"的精神瑰宝。

如果不从源远流长的历史连续性来认识中国，就不可能理解古代中国，也不可能理解现代中国，更不可能理解未来中国。中国国家版本馆里，一册册珍贵的版本，让我们感怀宅兹中国、斯文在兹的深邃，领悟文化自信、何以中国的密码；也为我们建设文化强国、为全人类贡献更多中国智慧奠定了深厚的基础。

宝藏存薪火，万古在燕山。

（2023 年 6 月 12 日　贾亮）

这条线，担得起"全世界最伟大"

日新月异的发展之轴、未来之轴上，不仅有速度与激情，还承载着国脉与文运。

1951 年，梁思成在《北京——都市计划的无比杰作》一文中盛赞这条中轴线，称其为"全世界最长，也最伟大的南北中轴线"，认为北京独有的壮美秩序就是由这条中轴线的建立而产生。

全世界最伟大的北京中轴线，究竟伟大在何处？

沿着 69 级台阶拾级而上，就能登上北京鼓楼。陡峭的阶梯直通南侧外廊，这里是北京中轴线最佳观景点。

鼓楼，北京最美的"时间建筑"。置身丈量岁月的"报时中心"，抬头可见一碧万顷的开阔天际，耳边会荡起暮鼓晨钟的悠远绵长。纵贯南北、穿越古今的中轴线景象尽收眼底。轴线之上，可见景山公园制高点万春亭；轴线两侧，饱览青瓦灰砖的老城风景。

如同城市的"脊梁和灵魂"，中轴线托起了从历史走向未来的古都篇章；探寻首都历史文脉，中轴线上每一处古迹都值得细细丈量。

前后纵置的鼓楼与钟楼，是北京中轴线的最北端。从这里出发，径直向南，可依次穿越万宁桥、景山、故宫、端门、天安门、外金水桥、天安门广场及建筑群、正阳门、中轴线南段道路遗存，直至永定门。全程 7.8 公里的中轴线两侧，闻名世界的文物古建鳞次栉比，蔚为大观。

<h2 style="text-align:center">一</h2>

盛夏的北海公园，画舫如织，人来人往。时针回拨 870 多年，对于当时的金中都来说，如今人声鼎沸的北海还位于城北郊外。这里坐落着金世宗营建的太宁宫，供帝王皇家郊游踏青。

同一时期，大蒙古国可汗忽必烈率领铁骑一路南下，南移都城的愿望日益强烈。建宅选址，近水为先；建造都城，更需水源补给。1267 年，受忽必烈委托至燕京相地的刘秉忠，决定以北海所处的"高粱河水系"为依托、以太宁宫为核心，建造大都。北海，自此成为新都选址的重要依据。

泱泱大都如何规划？南北中轴贯穿其间；皇宫大内如何定位？传统文化"以中为尊"。

中国城市规划的理念，早在周代已形成制度。"匠人营国，方九里，旁三门。国中九经九纬，经涂九轨。左祖右社，面朝后市。市朝一夫。"《周礼·考工记》中的这句话，说的是国都的规模该是九里见方；四面城墙各开三个门；道路横九条竖九条；王宫左面设祖庙，右面设社稷；前面是朝，后面是市。这是中国先人构建的理想国都模式，是城市营建中彰显传统礼仪的规整公式，体现了古老民族对秩序之美的极致追求，对"天人合一"的无限向往。

然而，要把"居中不偏"的构想，扎扎实实在大都化作现实，无疑是一项困难重重的浩大工程。在积水潭的东北岸，选定城市的中心点，被称为中心阁；再以中心阁为北端，紧傍积水潭东岸，穿过万宁桥，垂直南下至丽正门（今正阳门之北）。南北之间，串起一根约 3.75 公里的无形轴线，这就是北京中轴线的最早雏形，也奠定了北京的城市雏形。

1271 年，忽必烈正式将都城定在北京。北京，从此拉开全国统一王朝政治中心的浩荡历史序幕。

气势恢宏的元大都，正是因为这笔巧妙的中轴之墨，形成了方正中直、多元一体的阔大格局。在对《周礼·考工记》设计理念的严格遵从上，元大都远远超过了历代都城，不仅巩固了其作为国家政治统治中心的都城地位，对巩固中国的统一和发展也有深远意义。

此后，历经几百年重修与扩建，日渐延伸的中轴线伏脉千里，一面见证北京城市规模的不断扩大，一面续写独属东方的华夏文明。一路走来，这条中轴线托起巍峨的紫禁城，托起雄伟的天坛，托起一片片对称交错的胡同和四合院，不断演绎北京都城文化的传奇巨制。

二

古都中轴，撑起了纵横捭阖的空间格局；中华文明的精神气度，令远道而来的外国友人惊叹不已。

穿越陆上丝路来到中国的马可·波罗，至少在元大都度过了 9 年时光。《马可·波罗行纪》中，留下了这位意大利旅行家对东方都城的美好印象："街道甚直，此端可见彼端，盖其布置，使此门可由街道远望彼门也。各大街两旁，皆有种种商店屋舍……"沉醉于"犹如棋盘"般的地面规划，马可·波罗赞叹不已："其美善之极，未可言宣。"

1601 年，同是意大利人的利玛窦，开启了先后两次进京、与古都做伴 10 余年的跨国旅程。在他撰写的札记中，清晰记载了中轴线在明清对城市建筑的统领作用："皇宫建筑在南墙之内，像是城市的一个入口，它一直延伸到北墙，长度贯穿整个城市并且一直穿过城市的中心。城市的其余部分则分布在皇宫的两侧……其建筑的雅致和优美由于它细长的线条而显得突出。"

1654 年，荷兰使者约翰·尼霍夫出使中国。他绘制的《北京皇城平面图》中，有一条清楚凸显的主轴线贯穿紫禁城中央。除了画稿的直观再现，他对紫禁城还有比较通俗的描述："这个皇宫的东、西、南、北方向各有一个大门，所有建筑物沿十字形中轴道路分布，很整齐地被分成几个部分……"

这些带着外国文学风格的考察纪实，与中轴线的变迁实况大致吻合。明清北京城的风貌，正是对元大都城市规模与架构的继承与沿用。明代自永乐迁都时期开始系统营建北京内城，又于嘉靖年间开始修建北京外城，形成了北起钟鼓楼、南至永定门的 7.8 公里城市轴线，串联了万宁桥、景山、故宫、天安门、正阳门等历史文化遗存，也书写着这座城市深厚绚烂的文化底蕴。

清代则在元明两代的基础上，对轴线进行了局部的调整和完善。自此，中轴线上的建筑以及景观的规模，均达到了历史最高水平。

外国使者对北京中轴线的描摹和刻画，印证了中华文化对世界产生的强大感召力和吸引力。不同时代的外国使者，为什么会不约而同地对北京中轴线不吝赞美之词？

在世界文明的画卷上，多个国家城市的轴线各美其美。著名的香榭丽舍大街就是巴黎的中轴线，诞生于 17 世纪，自东向西贯穿多个城市地标，总长 4.5 公里；柏林传统中轴线所在的林登大街，最初是狭窄的骑马御道，始建于 1573 年，长约 1.5 公里；巴塞罗那、华盛顿和堪培拉的中轴线与北京传统中轴线的长度相差不大，但它们建成已在 19 世纪或 20 世纪。

放眼世界城市中轴线体系，北京中轴线的规模和魅力独占鳌头——7.8 公里之一贯到底、700 多岁之阅历沧桑、规划理念之完整先进、山水道路之元素丰富以及由此蕴藏的深邃审美观念与人文内涵，每一样均为北京所独创，为中国所独有。

长度对应都城的规模和气魄，理念折射先人的智慧和理想，样态则反映了中华文明多元一体的包容格局。北京中轴线显然不只是简单的物理概念，更不是建筑物下的静态标识，它是一段古老又鲜活的历史，是城市文化的符号和百姓精神的坐标。随着文明的不断演进，雄踞在北京中轴线上的一系列建筑，也成为古代都城营建、社会文化发展的特殊见证。

三

历史进程奔涌向前，北京中轴线兼收并蓄，其物理形态仍在延展，价值内涵也不断丰厚。

2008 年北京奥运会开幕式上，29 个巨大"脚印"从永定门出发，沿着古老的北京中轴线，一步步走向鸟巢。北京中轴线，在空间概念上北延成为城市奥林匹克公园轴线——东侧建造国家体育场，西侧矗立国家游泳中心，向北则穿过奥林匹克公园，抵达奥林匹克森林公园，奥园中间的仰山、奥海均"落座"中轴线。

2022 年，北京成为世界上第一座同时举办过夏季和冬季奥运会的城市，中轴线再次见证了"双奥之城"的无上荣光。北京冬奥会新建场馆"冰丝带"，与鸟巢和冰立方并列成为北京奥运中轴线上的地标建筑，强化了北京中轴对称的城市景观风貌。古老文物遗迹与现代体育场馆交相辉映，折射中国文化和奥运盛会的双重魅力，奏起文化传承创新与体育强国建设的交响华章。

日新月异的发展之轴、未来之轴上，不仅有速度与激情，还承载着国脉与文运。

2022 年 7 月，坐落在燕山脚下的中国国家版本馆中央总馆开馆。立足文化种子"藏之名山、传之后世"的主旨，经过多次考察，中央总馆的选址最终确定于北京中轴线北延线上一片青山绿水之间。

把历朝历代的珍贵版本保护起来，版本馆是中华传统文化精华的集中展示场所；把北京城 700 多年的人与事串联起来，北京中轴线是中华民族文化发展的代表成果。基于"一脉"，建造"一馆"，既是在守护中轴上的古都，也是在守护版本里的中国。中轴线古代建筑与现代化版本馆遥相呼应，共同展现大国风范，赓续中华文脉，见证时代文明。

曾经，北京中轴线上门禁重重，外城、内城、皇城、宫城肃然矗立；如今，城池街巷四通八达。中轴线两侧，往日的宫闱禁苑，成了博物馆、市民公园、休闲广场、美食街区；围绕中轴线还发展演化出生态、经济、政治、文化、社会五大区域，市民生活其中，游客徜徉于此。北京中轴线，已成为全民共建共享的公共空间和历史记忆。

北京中轴线是中国文化和历史的载体，也是属于人类共同的财富和记忆。这条中轴线如同元气充足的大动脉，供养着老城生生不息的生命，连通着市民丰富多彩的生活；也向世界展示一座伟大都城的历史骨骼以及不断新生的美丽面容。

北京中轴线，担得起"全世界最伟大"。

它是非凡的创造。当先辈还无法像鸟儿一般在空中俯览大地，却能凭借惊人的想象力和高超的工艺，构建出如此平衡对称、结构整肃的壮美格局。它是文化的自信。中华文明在这里汇集、交融，文化自信和民族自豪，在这里绵延不绝。作为中国传统都城中轴线发展至成熟阶段的杰出范例，北京中轴线代表了中华文明在城市规划建设上的伟大创造与卓越才能，集中展现了大国首都形象和中华文化魅力。它是历史的舞台。多少惊天动地的事件，发生在这条中轴线上；多少壮怀激烈的故事，在这条中轴线上演绎；曾经踏过千军万马，走过王侯将相；也刻下百姓影像，升起袅袅炊烟。它是文明的延伸。当全世界最老的中轴线，与日新月异的现代化都市融为一体，作为全国文化中心的北京，必将焕发更加蓬勃的时代活力，推动谱写中华民族现代文明的新篇……它是如此完美地贯通了一座城，又是如此和谐地融汇了过去、现在和未来。

（2024 年 7 月 29 日　辛音）

主旋律如何成为"新顶流"

重要的不是故事讲述的年代,而是讲述故事的年代。

近日,重大革命历史题材电视剧《香山叶正红》在央视一套黄金时段推出,甫一开播即收视飘红,被观众赞为"在开天辟地中不失烟火气息"。昨天,电影市场又传来消息,反映抗美援朝战争的影片《长津湖》以 56.95 亿元登顶中国电影史票房冠军。

1949 年 3 月,共产党人带着"决不当李自成"的宣言离开西柏坡,香山成为"进京赶考"第一站。在这里,中共中央指挥了举世闻名的渡江战役,吹响了解放全中国的进军号角;毛泽东发表《论人民民主专政》,为新中国奠定理论和政策基础;共产党人与各民主党派、各界人士携手为新中国搭建"四梁八柱"。可以说,香山是我们党领导解放战争走向全国胜利、新民主主义革命取得伟大胜利的总指挥部,是中国革命重心从农村转向城市的重要标志,更见证了老一辈革命家"宜将剩勇追穷寇,不可沽名学霸王"的革命到底精神,立党为公、执政为民的革命情怀,谦虚谨慎、不骄不躁、艰苦奋斗的优良作风。"香山岁月"波澜壮阔,在文艺表达之下,更加扣人心弦。

《香山叶正红》热播,而近些年,这类主旋律"爆款"作品着实不少。

从《觉醒年代》到《理想照耀中国》，从《金刚川》到《长津湖》，从《我和我的祖国》到《山海情》，掀起了一波波追剧观影热潮，让几代人革命奋斗历程的艰难险阻、不屈不挠以"很燃"的姿态重现在当代人面前，也成为一种现象级文化景观，对此，国内外都不乏观察者在思考：中国主旋律作品走红的逻辑是什么？

主旋律并非架空的概念，而是根植于浩荡的历史长河中，深藏在民族的精神谱系中，一段段红色故事本身足够震撼。但诚如法国哲学家米歇尔·福柯所说：重要的不是故事讲述的年代，而是讲述故事的年代。促成主旋律作品传播之变的，首先是持续高涨的国民自信心与民族自豪感。今天的中国，发展成就举世瞩目，复兴步伐铿锵有力，不论是"全面小康路上一个都不能少"的庄严承诺，还是大疫当前"人民至上、生命至上"的全力以赴，真真切切的获得感加深着国人"家国一体"的理解与认同。更重要的是，这一切都发生于一个高度开放的环境中。我们不仅是亲历者见证者，更可以在巨大的时空范围内去比较不同政治制度的效能、不同经济模式的利弊、不同民族文化的特色。当国人对于中国道路、理论、制度和文化有了更为清晰的认知，对主流价值和党史国史自然就有了更多深入了解的热忱。

与之相应，历经市场的淘洗，主旋律作品的创作窠臼渐渐被突破，一度存在的表达上刻意拔高、立意上单薄庸俗、细节上捉襟见肘等问题在减少，讲故事的能力越来越强。叙事角度更贴近，比如《山海情》的取材不可谓不宏大，但创作者没有喊口号，而是借助一个个丰富立体的人物形象，将那一代人的心理、困惑、收获等娓娓传递出来；情感共鸣更强烈，比如《觉醒年代》里，李大钊先生曾答应一笔一画教发妻认字，简单承诺转眼成空，让人直观感受到"壮烈牺牲"之重；影片制作更精良，比如为了讲好长津湖一役，3个摄制组同时开拍，最多时有近7000名工作人员操持着几百台各式车辆、无数摄影灯光器材，进行着置景爆破、特效制作等工作，展示了中国电影的工业化能力和水平……一套切合时代的艺术创作手法与主旋律相得益彰，历史真实与艺术真实完美结合，让那些高头讲章中的名字不再遥远，让那些看似宏大的事件不再悬浮，凝结其中的思想与情感也就更容易走进观众心中。

文以载道，以文化人。主旋律佳作成为"顶流"，赓续红色记忆，有力夯实着中国精神、中国价值、中国力量，让文化成为凝心聚力、引领明天的重要支撑。一段段风云激荡的红色记忆，不仅蕴藏着我们"从哪里来"的精神密码，更标定了我们"向何处去"的精神路标。时移世易，新赶考路上的我们面临着不同的时代课题，但崇高的理想、如磐的信念，始终是我们前行的动力。有人在收看《香山叶正红》后总结其一大艺术亮点，就是改变了一种回顾式叙事方式，转而选取了"正在进行时"，生动展现了当时意气风发、蓬勃生长的开国气象，让屏幕外的观众与之共情，心生"盛世如您所愿，吾辈更要自强"之感。这就是主旋律作品的深远价值所在。

"来到双清别墅，不仅仅为了重温历史，更重要的是用赤诚之心感知这段红色历史的脉搏。""新中国的开国领导人带给我们新生活，我们要继续努力，勇往直前。"在香山革命旧址的留言簿上，不少参观者留下了肺腑之言。今天，国人对党史国史的"寻根冲动"、对英雄先烈的感恩尊崇非常强烈。保持这样的自信与热忱，我们奔赴前方的脚步一定更加坚定，也一定能在新时代考出一个好成绩。

（2021 年 11 月 26 日　崔文佳）

今天我们需要什么样的影视剧？

> 只有走进生活深处，把生活咀嚼透了，完全消化了，才能变成深刻的情节和动人的形象，创作出来的作品才能激荡人心。

流水的剧作，铁打的吐槽。各平台大剧扎堆上线，相关词条持续霸屏，但热搜之中，常常夹杂了大量嘘声。

"国产剧里还有普通人吗？"

"搞事业都不用带脑子的？"

"主创团队又在 PUA 网友了！"

"看过和没看过的都沉默了。"

林林总总的影视剧中，相当比例被喷成了"筛子"。混乱的剧情逻辑、崩塌的人物设定、降智的对白台词……但奇怪的是，辣眼睛内容引发了一轮又一轮"剧怒症"，却丝毫不影响收视飘红、热度飙升。

一

营销造势猛如虎，一看评分 3.5。近些年，魔改、悬浮、毁三观的影视作品不少，槽点集中，套路也几乎是换汤不换药。

大女主都是恋爱脑。不管剧情主线是啥，全为"嗑糖"服务，一个成功女主的背后，永远离不开一个或几个"霸总"。主人公上战场都发型不能乱、妆容不能花，走上革命道路也往往不是信仰使然，而是"为爱奋不顾身"。

职场人个个傻白甜。消防员滥用职权高调示爱；记者靠卖萌采访大佬频犯花痴；律师一小时拿 10 万咨询费，接案原则竟是谁哭谁有理；医生进手术室前先摆超模造型，还直接打包票百分百不会失败……门外汉非要装内行，观众只能默念"拳头又硬了"。

观众之外没有穷人。普通家庭手头太紧怎么办，卖套几百万的房子过渡一下；教育焦虑如何解，砸个十几万先给孩子补补课；主角失业，困窘到被催缴水费，却仍住着中心城区的精装大三居……真正的打工族在屏幕前，仿佛在看一场"凡尔赛"生活秀。

主角光环持续内卷。穿越女掀翻后宫、穷小子逆袭称霸、灰姑娘嫁入豪门、黑莲花毁天灭地等烂梗还没用够，故事背景却愈发"通货膨胀"了。总裁家产从手握亿万到富可敌国，穿越跨度从明清后宫到开天辟地，情感纠葛从三生三世到万世轮回……令人不由得忧心，再这么下去自然数还够用吗？

二

"演戏的是疯子，看戏的是傻子，编剧的是骗子。"

这番调侃虽有些极端，但也多少点出了当前影视剧创作中的问题，那就是：把观众当"傻子"，把作品当商品，把创作当投机。

一曰本末倒置。作为表演蓝本的创作者、故事架构的谋划者、人物灵魂的赋予者，编剧的艺术素养，决定了影视作品的品质底线。可如今很多编剧是出校门就入行的"青瓜蛋子"，写都市乡村，没有生活阅历；写职场奋斗，没有专业背景；写历史人文，又无积累底蕴。他们对拍摄题材所涉及的领域缺乏基本认知，大多时间是闷在屋里看人生百态，捧着电脑求世事洞明，实在触及知识盲区了，就只能靠脑补腻人的恋爱甜宠、无聊的恩怨纠纷等来凑数。

二曰流量至上。在宣发热度带动投资、收视预期招揽广告的商业规则下，坐拥一众"铁粉"、能保证基本点击率的流量明星才是香饽饽。剧方再凑些标签话题、剪些男女主角的甜蜜互动挂在热搜榜，更能引来无数吃瓜群众。如果非要标榜"诚意之作""N 年打磨"，那就找几个老戏骨装点一下演员表，或是着重强调一番服化道的精致度，总之无论怎么排序，创作本身都是次要环节。

三曰资本当道。平台经济之下，资方想给谁加戏、想在哪儿注水、想搞出怎样的噱头，大可拍脑门儿就来。就拿时下正火的短剧市场来看，不少平台公开发布剧本"征集令"，承诺给作者保底稿酬，外加流水分账，要求无外乎就是爽点集中、引人眼球。迅速变现的诱惑，也让潜心打磨显得更为稀缺，甚至呈现出所谓的"逆淘汰"之势。

三

80 多年前，在烽火连天的抗战中，毛泽东同志针对当时文艺创作的状况，提出了一个根本性的问题——"我们的文艺是为什么人的"的问题。

他鲜明地指出，我们的文艺是为人民大众的。什么是人民大众呢？就是最广大的人民，占全人口百分之九十以上的人民。为什么人的问题，是一个根本的问题，原则的问题。明确了为什么人的问题，也就明确了文艺的方向、原则、宗旨，也明确了文艺创作应当采取的态度和方法。

也正是自那时，"到农村、到工厂、到部队中去，成为群众的一分子"的创作之风渐起。从《小二黑结婚》到《王贵与李香香》，从《太阳照在桑干河上》到《暴风骤雨》，从"战地社""战歌社"到新秧歌运动，一大批感人肺腑、影响深远的现实主义文艺佳作联翩涌现，鼓舞了一个民族团结进取、抗击敌寇的革命激情。

现在来看，文艺为什么人的问题，任何时候都依然是存在的。诚然，今天社会发展较当年已发生了翻天覆地的变化，但不变的是，"社会主义文艺，从本质上讲，就是人民的文艺"，文艺创作理应服务人民大众、反映现实生活、投射时代气质。

习近平总书记在文艺工作座谈会上鲜明指出："人民的需要是文艺存在的根本价值所在。能不能搞出优秀作品，最根本的决定于是否能为人民抒写、为人民抒情、为人民抒怀。""文艺创作方法有一百条、一千条，但最根本、最关键、最牢靠的办法是扎根人民、扎根生活。"

"闭门觅句非诗法，只是征行自有诗。"关在象牙塔里不会有持久的文艺灵感和创作激情。只有走进生活深处，把生活咀嚼透了，完全消化了，才能变成深刻的情节和动人的形象，创作出来的作品才能激荡人心。

四

衡量一个时代的文艺成就最终要看作品。推动文艺繁荣发展，最根本的是要创作生产出无愧于我们这个伟大民族、伟大时代的优秀作品。

数据显示，仅 2022 年我国制作发行的电视剧就有 160 部、5283 集，影视剧类电视节目制作时间为 6.07 万小时。如此产量规模下，倘若严肃社会话题都成为仅供消遣的"电子榨菜"，值得深挖的历史现实被当作可蹭的流量 IP，无疑是对所有人审美的侮辱、智商的钝化、精神的侵蚀。

观众的眼睛是雪亮的，有筋骨、有道德、有温度的精品力作，从来不会被埋没。

《觉醒年代》以工笔细节再现历史名场面，为今人提供了一次与先辈隔空对话的契机，昭示了中国道路选择之必然。

《人世间》从一粥一饭的寻常街巷生活，诉说普通人遇到的坎坷和磨难，突显亲情与家的温暖，真实呈现中国改革开放的浩荡进程。

《扫黑风暴》改编自轰动全国的真实案件，在直面套路贷、行业垄断、暴力拆迁等社会痛点中，弘扬反腐倡廉的凛然正气。

《漫长的季节》打破悬疑剧的套路，用横跨十余载甚至几十载的破案过程串起剧情，也勾连起人物的命运与时代的脉搏……

无论是以重大题材见证社会发展的鸿篇巨制，还是从市井小事折射人性之美的小品故事，它们不仅在屏幕上闪耀，也丰富着无数人的精神家园。

五

"一切有抱负、有追求的文艺工作者都应该追随人民脚步，走出方寸天地，阅尽大千世界，让自己的心永远随着人民的心而跳动。"

今天，我们究竟需要怎样的影视作品和创作者？如何打造更多传得开、立得住、留得下的好作品？回应这些追问，终究还是要回到认真、诚恳、严肃的创作态度上来。

很多影视剧都打着"现实主义力作"的名头宣传，这恰恰证明，主创团队深知现实才是王道，向壁虚构编不出好作品。过去，作家要去体验生活、画家要去描摹自然、民俗学家要去田间地头搜集故事，谓之"采风"。

影视剧作为大众喜闻乐见的艺术样式，同样需要"上下求索"。著名编剧高满堂，在动笔《闯关东》前走了 7000 公里，横跨东北三省和内蒙古、山东，北上漠河、黑河的深山老林，采访了 70 岁以上"闯关东"原型人物及后裔 100 余人，与采风小组写下 50 余万字的笔记。《县委大院》主创为了了解中国基层的社会生活实际，到某县挂职近半年时间，熟悉县委机关日常生活的方方面面，跟随基层干部蹲点、下乡、进村。

诚然，不是说艺术创作都要原封不动复制真实，但"源于生活、高于生活"，永远是艺术创作的基本法则。

沉下心来观察、体验人民群众的生动活泼的生活形态、思想感情，采集文艺创作的丰富素材，不回避生活的艰辛困顿、命运的曲折痛苦、社会发展中的矛盾问题，也不由此滑入热衷铺排和渲染现实的"灰度空间"。拍啥钻研啥，才可能拍啥像啥，沉下心去、做足功课，拿出好故事、真内容、专业度，自然就不用七拼八凑、胡编乱造了。

六

"文以载道"。文艺是时代前进的号角,最能代表一个时代的风貌,最能引领一个时代的风气。

写剧拍片当然要考虑点击量、上座率,但我们留给这个时代的,不能只有悬浮浅俗、鸡毛狗血。无论是盲目跟风、一哄而上,还是爆冷搞怪、无病呻吟,都违背了市场规律,也不可能具有长久的竞争力。

低俗不是通俗,欲望不代表希望,单纯感官娱乐不等于精神快乐。文艺不能在市场经济大潮中迷失方向,不能在"为什么人"的问题上发生偏差,否则文艺就没有生命力。一部好的作品,应该是经得起人民评价、历史检验、市场竞争的作品,应该是把社会效益放在首位,同时也应该是社会效益和经济效益相统一的作品。

新时代为文艺繁荣发展提供了前所未有的广阔舞台。中华民族创造历史的伟大实践,就是创作最深厚的土壤、最丰沛的源泉;人民在追求美好生活的过程中,对精神文化的需求日益增长,对精品力作的期盼也愈发迫切。

坚守初心,戒除浮躁,精益求精,在厚重的历史文化中汲取灵感,在奔涌向前的时代潮流中挥洒创意,我们的文艺作品方能描绘出中国色彩、讲述好中国故事。

用深刻的思想、高级的审美去滋养人们的价值观,也必将凝聚起更磅礴的精神力量。

(2023 年 12 月 7 日 郑宇飞)

国产 IP "封神"，还有几万里?

背靠中华文化这一宝藏，怀揣国产 IP "封神" 的理想，我们有能力造一个更大的梦了吗?

"只要诗在，书在，长安就会在。"

中国电影脱口而出的心中锦绣，惊艳了这个暑期。

一

水草丰美的江夏、美轮美奂的长安、歌舞翩跹的扬州、金戈铁马的边塞……

当高适、李白、杜甫、王维这一串闪耀的名字走进大银幕上铺展的山河画卷，吟诵起耳熟能详的千古诗篇，观众也好似走进了那如诗如画的三万里 "长安"。大伙儿直呼，"这是中国人独有的浪漫" "国漫早该作这一曲绚烂诗篇"。

精巧传神的人物刻画，华丽壮观的登基大典、战火肆虐的冀州城寨……

《封神第一部》十年磨一剑，完成了中式美学与西式电影工业化的一次融合、碰撞，勾勒出我们对远古神话想象的具体轮廓，更再次勾起许多影迷津津乐道的"中国神话宇宙"愿景。

视觉盛宴，给人以享受，也引人思考——

东方文化独特的诗意与想象力，能赋予中国影视作品怎样的生命力和号召力？

二

"什么是我们最大的 IP ？中华文化就是。"

对于影视行业来说，中华优秀传统文化不是故纸堆里的回忆，而是取之不竭的深邃的泉。

《西游记之大圣归来》披风猎猎，细节生动、特效炫酷，一棒打出国漫崛起的希望。

《琅琊榜》情义千秋，在美学呈现和精神气质上都展现出中国风、东方美，"一盏不灭的长灯"照亮古装传奇剧的审美标杆。

《典籍里的中国》对话先贤，以戏剧化的结构和影视化的表达对典籍进行可视化、故事化、直观化的艺术转码，掀起识读古籍经典的新风尚。

神话传说、厚重历史，水墨工笔、礼乐戏曲，浪漫诗情、忠义肝胆，无论是经典故事再演绎，还是传统技艺再运用，无论是中式美学再呈现，还是传统价值再表达，无须特意去强调，总有一服一器、一餐一饮、一诗一画，能激起国人那份共同的文化记忆与情感归宿。

三

于优秀传统文化中浸润而出，叫好又叫座的佳作虽有之，画虎不成反类犬的却也不少。

乱改经典格调低下。不少创作者钟爱"魔改"，人物形象面目全非，故事情节移花嫁木，肆无忌惮乱点鸳鸯谱，甚至掺杂了不少低俗情节，既毁经典又毁三观。

复制粘贴千篇一律。从群起式穿越，到浮夸式画风，到言情式套路，再到剪不断理还乱的抄袭风波，各路所谓新作剧名换了一个又一个，却总给人"撞脸"之感。

粗制滥造东拼西凑。嘴上喊着"继承传统文化"、纯匠心大制作，结果最后呈现的，却是甲朝代的家具摆设、乙朝代的服装妆容、丙朝代的称谓仪制。辣眼场面，更像是自欺欺人。

技术硬核故事无核。不少电影特效拉满，可故事要么太过俗套与当下现实格格不入，要么过于"低智"难引人共情，一顿硬核操作下来，只见其形不见其神。

努力尝试但效果不理想的"传承"尚情有可原。可心浮气躁、胡编乱造，娱乐至上、流量为王，只想着利用"传统文化"榨取经济利益，最终输出了一堆四六不靠的雷剧、烂片，就让人倒胃口了。

任何创作都不能搞简单的"拿来主义"。

中华文化的浩瀚长河中，吉光片羽数不胜数，可从捡拾到打磨再到最后惊艳出场、圈粉卖座，这一路并不好走。

四

其一，须坐得住冷板凳。

有创作者"凡尔赛"：咱们的文化宝库里优秀东西太多也是一种烦恼。

神话志怪精彩诡谲但也晦涩难懂，除了大家已经熟悉的，还有哪些故事可挖？唐诗宋词浩如烟海，诗人词人成千上万，浪漫情怀从哪里切入抒发？

"收百世之阙文，采千载之遗韵。"只有坐下来像搞研究似的"挖呀挖"，把本子读透，读出自己的理解、体悟，才不会在人云亦云中迷了路。

在看《长安三万里》之前，很多人担心会看一场背诗大会。可进入影院却发现，片子里除了经典诗词与盛唐盛景，更有诗人们丰盈的一生。

这背后，不花费大量时间精力，没有对繁多诗词的认真品读，对繁杂地点、人物等的耐心梳理串联，必不能至。

五

其二，须跳得出旧框框。

传统从来就不是一个僵死的概念，正如历史学家所说的，我们总是在"发明传统"。

经典固然是经典，但若一成不变搬上银幕、荧屏，形式上、内容上都容易"审美疲劳"。而一些设计、巧思或许看上去颇为颠覆，但跳出固有窠臼讲好"新故事"，以独特视角营造"熟悉的陌生感"，也会有意想不到的收获。

横扫50多亿元票房的《哪吒之魔童降世》，情节上通过"魔丸""灵珠"的巧妙设计，把故事转向更适合当代年轻人的改变命运、逆风成长的主题。

动画短片《中国奇谭》意外出圈，或是以西游记为背景讽喻当代"职场社畜生活"，或是在诡谲的"套娃"故事中探讨人心复杂多变，都让不少观众从中看到了"不一样的妖"。

"文变染乎世情，兴废系乎时序。"用历史文化滋养"新的时间"，进行更有贴近性的时代表达，才更能激发我们追寻"精神原乡"的冲动。

六

其三，须拿得出真匠心。

这些年，"工业化"一直是影视行业的热词。大抵是指影片制作每个环节都分工明确、标准清晰、视效精良。

从这个角度看，影视创作者应该争做文化匠人，而非单纯的文化商人。

少一些急功近利，才能把挖来的"璞玉"打磨成优秀的作品。

好莱坞大片《星际穿越》为呈现神秘莫测的"五维空间""虫洞穿越"等天体物理学概念，制作方不仅邀请物理学家"现场教学"，还将一位编剧送往"专业补习班"研究理论。

《封神》在拍摄之前也专门为演员开设训练营，除了学习表演基础、先秦文化史、礼乐、影片赏析之外，还要接受游泳、塑身、马术等训练。

这样的幕后付出，不必宣发吹得天花乱坠，观众通过作品本身就能看得真切。

七

犹记 2008 年，好莱坞制作的以中国"儒释道"文化为背景的《功夫熊猫》，一经上映就在中国市场掀起了轩然大波，一举成为内地第一部票房过亿元的动画电影。

对彼时的中国观众来说，它既惊艳，更给人以刺痛。不少国人乃至圈内人士感慨万千，"我们自己为什么拍不出这样的精品""为什么这么好的文化元素，我们天天都能看到却视而不见，最后被外国人拿去，反过来占领中国市场"……

时隔 10 多年，喟叹犹在耳边。

当然，相较那时，对标好莱坞精品，我们已走出了很远的路。尤其是，在数部佳作的激励下，很多观众甚至开始憧憬"唐诗宇宙""神话宇宙"系列。有影迷还仿照着"漫威宇宙系列电影"，为之起好了一串片名，看着让人心潮澎湃。

八

人们常说，"梦想还是要有的"。

影视作品本就是造梦的艺术，背靠中华文化这一宝藏，怀揣国产IP"封神"的理想，我们有能力造一个更大的梦了吗？

"只要黄鹤楼的诗还在，黄鹤楼就在。"在银幕、荧屏之上，我们能再造一个承载着万千诗韵的黄鹤楼吗？

挑战重重，但也机遇满满。

从《千里江山图》引发"故宫跑"，到海昏侯墓出土文物展带来"首博热"，从特色浓郁的故宫文创圈粉无数，到极具古典美的汉服引领网络新风尚，随着中国崛起的脚步，近年来，传统文化越来越热，国潮爆款渐成顶流，立足传统文化的影视作品，有着极其庞大的观众基础。

虽然今时今日，相比好莱坞成熟的电影工业，我们在视效水平、制作分工、人才储备等方面还有明显差距，我们的"大制作"还是高度依赖导演或者制片人，行业工业化制度和体系的架构还有待时日。不过就行业内部而言，"工业化"思维已深入人心，边学习、边消化、边探索，中国电影工业化已在路上。随着 5G、AI、云计算、虚拟现实等技术逐步成熟，影视工业化也有了新的技术依托。

九

《一代宗师》里有一句经典台词："一念既出，万山无阻。"

今天，中国影视就站在巨大风口之上。

笑看风起云涌，投入传承优秀传统文化的时代潮流，保持耐心、匠心、好奇心，虽路漫漫或万里之遥，也总有"轻舟已过万重山"的一天。

（2023 年 8 月 10 日　晁星）

"我还是想回到我的家乡，
当一次齐天大圣"

对外讲好"中国故事"，这也是中国游戏产业应当为之努力的方向。

国产游戏《黑神话：悟空》上市，为全球玩家展现了一个充满魅力和想象力的中国神话世界。

有人说，这一刻，中国玩家已经等待了近 30 年。

一

1997 年 4 月 27 日，数万中国玩家冲向各地电脑软件商店，花费 86 元购入了一款名为《血狮》的国产电子游戏，以实际行动支持国产游戏行业发展。

彼时的全球游戏市场，伴随着芯片性能的大幅跃进，正处于一个百花齐放的时代。尤其是当时的两大经济强国美国和日本，在大量资金、人才和技术的支持下，制作出了大量画面精美、剧情曲折、主题多元的游戏作品，在全球吸引了大量玩家购买游玩，成为一股文化潮流。

与计算机普及热潮同步，这些游戏作品也进入了中国的千家万户。大量中国玩家在惊叹于外国游戏高质量的同时，更期盼中国本土也能够出现类似的作品。

当时，甚至有中国玩家愤然投信给一家热门游戏杂志，其中写道："你们写的攻略好是好，但那是日本的游戏！你们登的彩页美是美，但那是日本的广告！究竟哪一天我们能在贵刊上见到中国人自己制作的游戏！"

有需求就有市场。1997 年初，中国各大电脑软件类纸媒开始大量出现《血狮》投放的广告，称自己在画面、玩法、剧情上，都将超越当时市面上的美国知名游戏《命令与征服》，成为国产游戏的标杆。大量中国玩家迅速被调动起了情绪，不惜攒上半年钱、乘坐火车去预售点购买。

然而，玩家等来的却是大大的失望。粗制滥造的游戏画面、无处不在的程序错误、没有逻辑的人机交互……严重"货不对板"的《血狮》挫伤了消费者的期待，也打击着中国玩家对于国产游戏的信心。此后，整个中国游戏市场几乎被外国游戏占领。

二

在产品"爆雷"的同时，笼罩在电子游戏身上的舆论争议，又给了国产游戏行业沉重的一击。

由于种种原因，2000 年以后，一次性买断的单机游戏在中国游戏市场逐渐式微，持续收费的网络游戏成了市场主流，并处于野蛮生长的状态。

在利益最大化的冲动下，网络游戏很多内容的设计开始朝着发掘人性弱点、增加游戏时长和不断充值消费的方向发展。

于是乎，市面上的大部分游戏要么充斥打打杀杀，以简单粗暴的"爽感"拉拢玩家；要么密布消费陷阱，用虚拟世界里的一呼百应使人上瘾；要么化身社交工具，以群体压力吸引更多人成为玩家……这些设计，对自制力较强的成年人尚且是个考验，对涉世未深的青少年更是难以抵挡的诱惑。

可以说，不少商业公司为了一己之私，让成瘾性成了许多游戏产品的首要追求，使得大量未成年人陷于游戏而不能自拔，令家长怨声载道，对个人家庭和社会发展带来很多负面影响。

"电子海洛因""精神鸦片"等说法，正是那个年代主流舆论对电子游戏严重负外部性的具体反映。

三

平心而论，从人类踏足这个世界开始，娱乐休闲就是一种本能。

电子游戏是媒介技术发展到一定阶段的产物，本质上与其他娱乐媒介别无二致。不能因为部分游戏的内容问题，当然也可能是很大的问题，就选择封杀这种媒介。

说到底，人是电子游戏的创造者，很大程度上，游戏制作人的价值取向，决定了电子游戏的内容质量，深刻影响着电子游戏的价值底色。而这无法指望行业自律来实现，必须依靠加强监管。

为了回应舆论对游戏沉迷的关切，中国相关部门在版号审批、美术设计、名称规范乃至抽奖概率等诸多方面对游戏行业作出了详细规定，尤其是对游戏公司防沉迷系统的落实情况进行了持续监督。

也正是在近些年的强监管下，市场上换皮抄袭等低劣游戏大量减少，中国游戏行业的竞争力大幅提升，一些精品游戏还成为国家文化出口重点项目，登上了欧美日韩等地区的畅销榜。

四

当然，只有畅销还远远不够。

"媒介即讯息"，这是传播学者麦克卢汉的经典论断。

在绘画、摄影、电影等媒介中，欣赏者都只能被动地欣赏，而无法与媒介本身进行互动。

因此，这些媒介所承载的文化产品在"出海"时，常常会面临"文化折扣"的挑战，即他国受众很难认同特定国家文化产品的风格、价值观、信仰、历史、神话和行为模式等文化差异，以至于对内容的理解和接纳"大打折扣"。

而电子游戏最鲜明的特点便是高度的互动性，这种互动性赋予了游戏高度的主观代入感和沉浸式叙事能力，更可能在其设计中既充分利用本土文化符号，同时汲取多元文化价值，对冲"文化折扣"，成为新型的跨文化传播平台。

就拿美国来说，好莱坞电影在全球文化市场的巨大影响力，很大程度上是靠大投入、大明星、大场面的"商业大片"来实现的。在游戏行业，美国也采用了类似打法，用高成本、高体量、高质量的"3A 游戏"，承担着国家形象塑造和对外宣传的重任。

比如美国知名游戏 IP《使命召唤》，从 2003 年 10 月的第一部开始，该游戏每一部作品的画面、剧情都宛如好莱坞大片，在赚取上百亿美元利润的同时，在全球收获数亿玩家粉丝，成为宣传美国的软实力及其政治意识形态，以及极力美化美国、美军形象的重要载体。

而在"3A 游戏"这种顶级制作上，中国长期处于空白，也就限制了用游戏讲好中国故事的能力。

五

"文化思想阵地我们不去占领，敌人就会占领。"

学者萨义德在《东方学》中指出，西方在描绘东方世界时，与那些国家的真实面貌几乎毫无关系，而是旨在为东西建立一个明显的分野，从而突出西方文化的优越性。

毫无疑问，与文学、电影一样，西方资本与创作者们不会把自己代入完全平等的视角，其制作的游戏对其他国家的描绘也很难客观。如果我们自己不去制作反映中国精神、中国力量、中华文化的精彩游戏作品，国外玩家在游戏世界中，接受的就是被严重"加工"过的中国形象。

同时，中国的游戏行业发展将近而立之年，2023 年国内游戏市场实际销售收入首次突破 3000 亿元关口，游戏文化也是青年文化的重要组成部分。相较于 1997 年的尴尬，今天中国的游戏产业所拥有的人才、资金与技术，都已经位居世界前列，理应创造一些具有全球影响力的硬核作品。

伴随着中国崛起，中国年轻人对于本土优质文化作品的需求愈发强烈。《大圣归来》《流浪地球》等的成功，充分证明了在同类媒介、同类题材的作品中，中国受众对于内核彰显东方家国情怀作品的庞大消费能力。

作为一个经济大国、文化大国，中国理应拥有与这些地位相匹配的文化产品，对外讲好"中国故事"，这也是中国游戏产业应当为之努力的方向。

六

采用古老的《西游记》文本，游戏场景 1 ∶ 1 扫描山西古建筑……《黑神话：悟空》，展示了中国丰富深邃的文化底蕴，让世界看到了中国游戏为讲好中国故事的努力。

"我曾在美国西部的荒野里骑马流浪，也曾在诺曼底登陆战中见证战争的残酷，我曾在加勒比海里当过海盗，也曾在埃及开启过刺客生涯，我曾在未来战争中是保卫母星的机器人，也曾在东欧传说中当过猎魔人，但我还是想回到我的家乡，当一次齐天大圣，成为小时候最崇拜的英雄。"这是中国玩家的心声，也是中国游戏产业巨大潜力和广阔前景之所在。

（2024 年 8 月 20 日　鲍南）

东方审美正在拿回属于自己的话语权

积极"为自己代言",让东方美学在与世界接轨中不断焕发新生。

继在北美收获不俗口碑后,电影《封神》再次"征服"法国观众。据悉,龙年新春档,法国影院里该片几乎所有场次都座无虚席。这个以中文原声讲述的中国神话故事圈粉无数,二刷三刷者有之,由此大飙"商务殷语"者有之,有观众直言,"这部电影比'漫威'还要精彩"。

作为当代中国重工业大片的代表,作为国人耳熟能详的传奇演义,《封神》融合了浓烈的中国元素,恢宏的视觉冲击,逼真的科技特效,让人看到了中国故事的另一种讲述方式。而看惯了"好莱坞式"科技狠活的西方观众,何以同样为《封神》折腰?或因"肌肉美学",或因战争史诗,或因上古奇幻,但归根结底还是它用最国际的语言讲述了一个最具民族精神的故事。殷商青铜器、宋代山水画、元明水陆画,随着环环相扣的剧情推进,极致的东方美学所缔造的视觉盛宴,超越了国别地域的参差,让世界共同感受到中华文化的独特魅力。

这些年,世界似乎迎来了中国文化产品输出的爆发期,东方审美正在集体崛起。马面裙不时亮相巴黎、伦敦、纽约街头,汉服频频占领国外社交平台热搜。随着中国游戏、短视频、科幻作品等异军突起，世界各地的人们玩着刷着，不经意间遇见了二十四节气、朱雀祥云、诗词曲艺、古法工艺，也自然而然地进入了中国人的精神世界。人们赫然发现，国潮不仅在华夏大地风头正劲，也愈发流行海外，登上了"地球村"的时尚榜单。"民族的就是世界的"，正获得越来越多的生动注解。

国潮国风风靡世界，而透视众多"爆款"的价值内核，其实有诸多相通之处。其一，触动了共通情感。譬如中国传统村居生活记录，亲近自然、舒缓疗愈，一如西方人向往的田园牧歌；再如影视作品所传递的正义、勇气等价值，父子情深、家国情怀等内涵，同样能引发广泛共鸣。其二，充分挖掘了中国风。东方的审美旨趣，绝不仅是有关异域的神秘传说，其绵延千年不绝的生命活力，包罗万象的丰富多元，经岁月沉淀后的广博深邃，本身就是"创作富矿"。其三，贡献了前卫表达。纵观那些出圈作品，或画质精良或构思巧妙，通过不断与网友互动磨合，最终调试出更为人喜爱的讲述方式。

传统风潮实力圈粉，也为世界提供了重新审视东方之美、中国文化的契机。相当长一段时间，在西方话语体系中，似乎一提起中国，就是"功夫""熊猫""筷子""饺子"等零散元素，更多是对东方文化的猎奇想象。更遑论某些人的镜头总是挂着"偏见滤镜"，一度让中国形象扭曲变形。如今，逐渐回到世界舞台中央的中国，拥有了更多展示自我、讲述故事的平台。同时，我们也始终打开大门、欢迎八方来客，当越来越多的"歪果仁"来到中国、看见中国、感受中国，通过洋博主的视频、洋网红的分享，有关中国的"物料"日渐饱满、生动。"走出去"与"请进来"的双向奔赴之下，可爱可信可敬的中国形象愈发真实立体。

国潮国风直线升温，本身也折射着国人文化认同和文化自信的蓬勃生长。如今的中国人特别是年轻人，成长于国家走向富强、快速发展的时代，更加自信的他们，视东方美学为"顶流"，并大方地向世界分享。"新中式""旗袍热"美到"心巴"，海外的中国留学生热衷着汉服参加毕业典礼；国风音乐悠扬醉人，"小哥哥小姐姐"将演奏舞台搬到欧洲街头……伴随国人走向世界的密集脚步，中国之美的传播有了更多使者。有专家总结，这就是"文明型国家"的力量，今天的中国年轻人，正在重新夺回自己的审美权。

灿烂的中华文明值得世界用心倾听。当然，直到今天，"中国音量"与"中国体量"不相匹配的困境仍未完全破除。且不说，还有太多的"美丽中国"有待挖掘传播。西方叙事中，也依然存在不少随意运用中国元素却并不尊重传统本源的现象，误读误传误解时有发生。以时尚领域为例，国际知名品牌几乎都推出过"中国风"产品，但对背后深层次的文化内涵却并不上心，甚至并不承认灵感来自中国。诸如此类的"拿来主义"，无疑是一种提醒。讲好中国故事是永恒且紧迫的课题，我们必须加快步伐，积极"为自己代言"，让东方美学在与世界接轨中不断焕发新生。

"曲高未必人不识，自有知音和清词。"某款游戏角色表演的京剧《神女劈观》，唱哭了很多海外玩家。当被问及征战全球市场却让角色唱戏是否犹豫过，该创作团队表示"从来没有"，因为传统文化就是产品底色。唤醒"传统基因"，"潮"出中国人自己的腔调，中华文化必将跨越山海御风前行。

（2024 年 3 月 13 日　汤华臻）

让更多"冰墩墩"
带世界认识可爱的中国

> 构建完整而真实的中国形象，需要宏大叙事，也离不开很多个人化、情感性的微观表达。

"冰墩墩不在的第一周，想他！"北京冬奥会落幕，话题热度不减，特别是对陪伴大家多日的冰墩墩，网友们不舍地喊话"别下班"，同时呼唤雪容融赶紧"营业"。人气超高的吉祥物成为北京冬奥会的一份独特记忆。

冰墩墩在这个冬奥周期可谓名副其实的"流量担当""社交利器"——半个月内超一亿人次涌入官方网店，毛绒公仔、手办摆件、徽章胸针等产品上架秒空；话题榜上，网友们纷纷晒出自己用笔画、用雪堆、用纸剪的"二次创作"，各种逗趣的表情包、短视频满天飞；同时，"Bing Dwen Dwen"火遍世界，运动员们爱不释手，外媒记者成了"追墩迷"，海外网友求"购买链接"……可以说，冰墩墩完成并超越了吉祥物彰显奥运理念、标识地域特色的"本职工作"，形成了一大奥运文化景观。

冰墩墩"红到发紫"，看似意外，却在情理之中。除了冬奥会的品牌效应、高曝光度，其本身确实自带很多"出圈要素"。一是原型知名。憨态可掬的大熊猫为中国独有，几十年来一直是"外交明星""友谊使者"，近年来关于熊猫的纪录频道、影视作品风靡全球，具有世界范围的粉丝基础。冰墩墩依托于这一认可度高、辨识度强的基础形象，再搭配"冰糖壳""宇航服""萌虎装"等装扮，把国风国潮体现得淋漓尽致。二是设计"简约不简单"。冰墩墩身上没有过于复杂的寓意负载，多是轻松、治愈、软萌的表达。比如，手掌上的小红心代表友爱、环绕脸部的"冰丝带"象征赛道，奥运理念就蕴含在最直白的意象中。三是 IP 运营完善。在周边开发上，结合盲盒、变装等潮流玩法，吸引年轻受众；在赛场上，与奥运赛事深度互动，跟着运动员"挑战 4A"，与志愿者"到处斗舞"……在冬奥会这场全球欢乐嘉年华中，又有谁能拒绝这样一个戳中萌点、活力满满的小伙伴呢？

　　大型国际赛会吉祥物不少，但冰墩墩绝对称得上是"现象级"的一个。这既证明了中国文化的独特魅力，也为对外传播提供了启示。如业内人士所言，目前国产代表性潮玩 IP 身上，大都有境外流行文化的身影，但冰墩墩"不仅拥有中国皮，也拥有中国芯"。这首先证明了，并非模仿追捧海外元素才是高级，纯国产 IP 也可以成为爆款。文化多元，但人类的情感和审美总有互通之处，外国网友为北京冬奥会点赞，还有人开玩笑，建议让冰墩墩成为"常驻吉祥物"。这让我们看到，一个小小吉祥物也能搭建起传播文化、沟通友谊的大桥梁，以一种四两拨千斤的方式，向全世界展示热情大方、自信包容的中国形象，可以说是一种成功的对外传播范式。

　　冰墩墩终会"下班"，我们真正要做的是，汲取创作的"破圈密码"，推出更多"冰墩墩"。就文创产业本身而言，"潮玩"消费正盛，用更多高品质产品满足大众需求，也能培育新的经济增长点。以更大视野来看，基于文化进行国家形象塑造和表达，也是软实力的一部分。今天，中国已经来到世界舞台的中央，需要研究"表达自己"的重要课题，世界同样想要了解中国，但很多时候，鉴于文化差异以及人为制造的种种屏障，往往会产生扭曲误读。构建完整而真实的中国形象，需要宏大叙事，也离不开很多个人化、情感性的微观表达。此前，"国风女孩"李子柒诗意栖居的田园生活、"甜野男孩"丁真纯真率性的原生态形象、"大象旅行团"的温暖和谐，都消融着"语言壁垒"和"文化隔膜"，让中国的文化感召力、形象亲和力鲜明起来。更多"冰墩墩"一类的文创产品加入其中，"中国故事"的讲述者和代言人就会越来越多，一个"可爱的中国"将更丰满地站立在全世界面前。

当然，文创产品如何做好，中国故事如何讲好，让人听得懂、愿意听，要真下功夫，也要会使巧劲儿。但首要一点还是坚定文化自信。中国地大物博、历史悠长，文化宝库里有着丰富的形象谱系，为创作积累了取之不尽的素材。同时要善于将 IP 原创的上游、产品设计与制造的中游以及渠道、营销与社群的下游，统筹起来，精心运营。比如，"熊本熊"原是日本某县的吉祥物，当地政府赋予其"幸福部长"的幽默身份推动这一形象火遍全球；"玲娜贝儿"是游乐园中的角色，却深谙当代青年的心理，将"萌"文章做到底……一个治愈人心的特征、一个别出心裁的动作，都可能是好形象、好故事的"破圈之道"，其中的学问值得好好揣摩。

随着冬残奥会临近，雪容融官方宣传片上线——小朋友做出的红灯笼抖抖身上的雪，变身成会滑雪滑冰的吉祥物，网友们直呼"可爱又元气"。借由奥运的东风，文创外宣正迎来大发展的契机。期待中国文化与世界表达深度融合，创造出更多"冰墩墩"，也希望更多可爱的形象"组团出海"，向世界讲好中国故事、传递中国声音。

（2022 年 2 月 25 日　郑宇飞）

今天，如何留住"读书种子"？

> "读书种子"，士之典范。"志于道，据于仁，依于德，立于礼。"用今天的话说，就是在文化上能承先启后的读书人。

杨绛先生在《我们仨》里分享了这么一则故事。

在一次家庭聚会中，院子里一群小孩子在吵吵闹闹地玩，她11岁的女儿圆圆则在读书，把书翻得满地都是——

"我公公考问了她读的《少年》，又考考她别方面的学问，大为惊奇，好像哥伦布发现了新大陆，认定她是'吾家读书种子也'！从此健汝跃居心上第一位。他曾对锺书的二弟、三弟说，他们的这个那个儿子，资质属某等某等，'吾家读书种子，唯健汝一人耳'。"

何谓"读书种子"，竟然让一位国学大师如此欣喜？

《山谷别集》中说："四民皆当世业，士大夫家子弟能知忠信孝友，斯可矣，然不可令读书种子断绝，有才气者出，便名世矣。"宋代周密《齐东野语·书种文种》也有类似记载。

"读书种子"，士之典范。"志于道，据于仁，依于德，立于礼。"用今天的话说，就是在文化上能承先启后的读书人。

一

中国自古就有重视读书的传统。

在没有条件读书的情况下，西汉的匡衡，"穿壁引其光，以书映光而读之"；东晋的车胤，"夏月则练囊盛数十萤火以照书"；而东晋的孙康，则"家贫常映雪读书"。

在没有时间读书的时候，隋朝的李密，赶路时把《汉书》挂在牛角上，边走边读留下了"牛角挂书"的典故；西汉的朱买臣，边砍柴边看书，"负薪读书"成就一段佳话。

"耕读传家久，诗书继世长。"

无论名门士族，还是寒门蓬户，都很重视"耕读传家"。"晴耕雨读"，或者"亦耕亦读"，也成为一代代中国人、一世世中国家庭，所躬行、崇尚的生活方式。

有庞大的读书群体和深厚的读书氛围打底，才会涌现出自小便颇有慧根、焕发书卷气的"读书种子"，同时推动形成一个时代的文化盛况。

正如黄庭坚所处的北宋，上推文治、下重文教，造就了孕育"读书种子"的沃土，于是就有了国学大师陈寅恪所言的，"华夏民族之文化，历数千载之演进，造极于赵宋之世"。

二

走过书信时代，经过电邮时代，来到读"屏"时代，网页挤占书页，"输写"代替书写。今天，我们还像古人一样热爱读书吗？

第二十次全国国民阅读调查结果显示，2022 年我国成年国民人均纸质图书阅读量为 4.78 本，人均电子书阅读量 3.33 本。成年人如是，"读书娃"的情况也不乐观。

数据显示，我国未成年人年人均图书阅读量为 11.14 本，虽是比家中长辈多，可多半也是课业要求。不少家长还发现，在多种阅读媒介的当下，孩子们更愿意听书听故事看视频，而非捧起一本纸质书翻阅。

从前古人没有条件创造条件也要读，没有时间硬挤时间"悬梁刺股"也要读。可如今，书籍容易购入，阅读环境更好，但兴致勃勃、精挑细选购入的书籍，许多封面落灰了都没拆；尽管历年新岁计划总不忘列上读书，却坚持不了几天便搁浅；好不容易打开的书本，也有太多理由被冷落一旁，等到想起时已忘了翻至何处……

古人有言："少年读书，如隙中窥月；中年读书，如庭中望月；老年读书，如台上玩月。"今时今人于书中所得，莫不是只能浅尝辄止了？

三

"蹉跎莫遗韶光老，人生惟有读书好。"今天的我们，还认同"读书好"的价值导向吗？

"书到用时方恨少"。每到临江揽月、登高望远之时，每当撰文写词、抓耳挠腮之际，多少人都痛心疾首自嘲没文化，由此暗下多读书的决心。

"学习型社会"快步到来。面对着知识结构、产业结构、就业结构的空前巨变，非读书，无以跟上时代发展的步伐。

观之长远，卷帙浩繁的古代典籍、源远流长的文化脉络，总需要有人去传承、去守护。

所谓"藏之名山、传之其人"，如果那些传承文化的人，只限于研究院所、馆阁之内，那么我们民族的文化结晶，长此以往会不会变成"不足为外人道也"的一门绝学？又或者，如果整个民族的读书根基被削弱，未来还能不能找到"传之其人"的"人"？

远古遗存的吉光片羽，千载典籍的一纸一页，蕴含着先民的智慧、精神、文化，更蕴含着生生不息、前行复苏的力量。

都不读书，哪来"读书种子"；没有"读书种子"，文化如何赓续？

四

迫切需要读书，却又难以好好读完一本书，这是个体关于阅读的焦虑，同样是关乎民族文化赓续与传承的焦虑。

绵延千年的阅读传统、文化积淀，理当成为我们爱读书、善读书的基础。可为什么很多人，却越来越拿不起书本了呢？

有人说工作过于繁忙。每天早出晚归，从睁眼忙到闭眼，睡觉的时间都不够，哪里有心思精力翻开书页。职场竞争空前内卷，现实社会"压力山大"，好不容易闲下来了，总需要休息休息，轻松娱乐一下不过分吧？

有人说打发时间的娱乐过于多样。大块的周末以及节假日，可以用来度假出游、奔赴远方，平常等公交等地铁的碎片时间，更是"一机在手，天下我有"，看视频追剧、刷微博聊八卦等皆不在话下。尤其占用时间的，便是短视频。数据显示，如今我国短视频人均单日使用时长，已超过 2.5 个小时。

从图文到视频，碎片化、浅层次的阅读流行开来。为了抓住用户眼球，它们无不采用了一种高强度的刺激策略——避开铺垫，开局即高潮；爽点遍布，从头"嗨"到尾。

"他们取悦我们，也在驯化我们"。当"投喂"越来越低智，深阅读能力"长期赋闲"，大脑则"用进废退"。

读书是件吃力的辛苦事，偶有豁然开朗之快、若有所得之乐，也必定是在一段"文化苦旅"之后。即便不说正襟危坐、冥思苦想，至少也得集中精力、认真思考，习惯了看碎片化短视频的大脑，还能"勤奋"起来，去完成这么单调的工作，去发现 100 页之后的"那颗糖"吗？

照此下去，我们深阅读能力的消亡，需要多少年？

五

诚然，今时今日与古人读书所面临的具体环境已大不相同，以古时情境苟求当下并不现实。

我们不太可能时时都读书，却也不能完全不读书。君不见，在深层次、成体系的阅读减少后，许多人都患上了某些不"智"之症。

比如，文字失语、书写失能。从前提笔忘字，如今张嘴忘词。尤其是真到了需要逻辑严谨、词句优美表达的时刻，曾经"说得了英语，背得了古诗，解得了方程"的优等生，肚里的"墨水"似乎都逃之夭夭了。以至于有观察者感慨，"会写，已经成为少数媒体和作家掌握的特权"。

比如，专注度差。一份《2022国民专注力洞察报告》显示，当代人的连续专注时长，已经从2000年的12秒，下降到了8秒。一个人每天面对屏幕至少150次，平均每6.5分钟看一次手机。随着人们的时间与注意力被不断切割，专注力越来越成为这个时代的"稀缺品"。

比如，思考力弱。早在1970年，阿尔文·托夫勒就在《未来的冲击》一书中指出，人们在处理和应用信息的过程中，如果信息量超出个体有效处理能力，那么他们面对信息的分析决策能力就会下降，长此以往将损害我们的思考能力。"信息超载"的预言，正是现代人生活的常态。海量信息、真知难觅，亦是现代人面临的真实情境。

浮光掠影的浏览，走马观花的获取，与深阅读截然不同。

正因在每一篇文章、每一个页面上停留的时间都比较短，往往还来不及建构起真正重要的意义、接收真正有价值的信息，便匆匆赶往下一个目的地，于是在"盲"碌的奔波之中，时间流走了，似乎看了很多，却少有感悟，更少有沉淀下思想的成长。

六

当代人固然无法退回到"从前慢"的无网时代，但完全可以有意识地对冲网络的负面影响。

就我国来说，"深入推进全民阅读，建设'书香中国'"已被明确为

"十四五"时期的战略目标。从东部沿海到西部边陲，从北国极地到南疆岛屿……全国已建成约 3300 家公共图书馆、10 万多家实体书店、58.7 万家农家书屋，形式多样、触手可及的阅读空间，正是涵育文明风尚的精神家园。

读书之事，看似没有门槛，实则门槛不低。除了激发内在需求，也离不开良好的外部环境。

大型商场遍地都是，实体书店能不能找到立锥之地；社区服务多种多样，有没有包括可亲可即的"阅读空间"……

一点一滴，潜移默化。真正在现代人的生活圈中植入深阅读，激发起他们对于文化的热爱，搭建好"兴趣阅读—深度阅读—持续阅读"的阶梯，也就是在畅通"热爱读书—读书种子—文化种子"的通道。

七

"取法其上，得乎其中。"不见得每个人都是那颗"读书种子"，却都可以成为"读书的人"。

"腹有诗书气自华"。人生没有白走的路，也没有白读的书。每一点自我提升的修炼，都在气质里、在谈吐中，在胸襟的无涯，在精神的丰饶。

文有脉，行必远。

翻开书吧，从哪一刻开始都不晚。

（2023 年 7 月 24 日　杜梨）

地坛书市，读书人的"地标"

阅读素养的高低，关系一个人的文化品位，决定一座城的文化水准。

9 月 18 日，为期 11 天的地坛书市落幕。

时隔 10 年，北京书市在地坛公园重启；11 天里，前往地坛公园的人络绎不绝。

这是地坛公园久违的热闹场景，也是暌隔已久的集体淘书景象：成群结队的淘书人，或拉着旅行箱，或提着大书包，从书市满载而归。

读书的价值不言而喻，但在视频为王的时代，文字阅读的比重一路下跌。重张的地坛书市究竟靠什么魅力斩获流量？蜂拥而至的客流，逛的仅仅是书市吗？

一

帐篷里书架林立。为了找书，有人打开手机里的手电；有人俯下身子，或直接蹲在底层架子边。

聚精会神的购书者里，不少都是对地坛书市满怀深情的老书虫。

北京历来有办书市的文化传统。1957 至 1958 年，茅盾、臧克家、老舍、叶圣陶等作家都曾到书市做过接待售卖工作；20 世纪八九十年代，北京书市盛况空前，科技书市、"六一"书市、古籍书市、夜书市等，不仅充实了市民的学习和休闲生活，也涵养了城市的阅读习惯。

1990 年，"90 金秋特价书市"在劳动人民文化宫内举办，被称为第一届北京书市。自此之后，每年春秋两届的北京书市，成为北京市文化市场的标志性品牌。2002 年，受文物保护要求等因素，劳动人民文化宫不再举办大型书市，北京春季书市移师地坛公园。从此，地坛成了京城爱书人一年一度的打卡胜地。

地坛，与天坛遥相对应的珍贵文化遗产，见证过京城近 500 年烟云的"五坛八庙"之一；书市与地坛，在文化气质上可谓相得益彰。书市有了地坛的护持，显得更加厚重；地坛贴上书市的标签，聚拢了更多的人气。

当年的地坛书市有多火？老书虫的回忆可见一斑。

"我骑着自行车去地坛，买一摞书捆在后座上推回家。现在，书架上多半的书仍是那时候从地坛买来的。"

"记得当年在作家出版社和人民文学出版社的书摊前来来回回，怎么都舍不得离开。"

"上学时，哪怕少吃两顿，也得攒钱去地坛买书。手里拿着《欧也妮·葛朗台》，却犹豫要不要买《铁面人》，反复权衡买哪本。"

"二十年前也是个下雨的周末，买走了摊位上最后一本音乐读物。后来每届必去，再后来杂志停刊、唱片没落、知交离散、书市搬迁……"

"有一次在一个旧书摊，跟几个一起来买书的人聊了起来，彼此成了朋友，至今还有联系。"

…………

斯时的潮流，就是兜里仅剩几十块钱，也难抑到地坛买书的冲动；就是无论是学生还是工人，心底都满溢对文化知识的渴求；就是自行车上驮着一摞书，心满意足地走在大街上。

遗憾的是，地坛每年一度的翻书声，在 2013 年戛然而止。这一年，书市因亏本运营闭门谢客。后来，书市改在朝阳公园继续开办，但很多读者就是忘不了一头扎进地坛书海的过往，丢不掉到老地方淘书的念想。恢复地坛书市，从书虫的期待，变成越来越多爱书人的心声。

青春易逝，书香久长。10 年的分离，让重逢的一刻显得格外珍贵。

热闹的书市，复活了多少老书虫的回忆。就像人们爱听老歌，听的不只是歌，更是喜欢当年听这首歌时的自己；重张的地坛书市，如同一束光，勾起了一代人阅读的回忆，映照了这座城市阅读的信念，映射了这座城市对阅读符号的珍惜。

二

新老书友徜徉北京地坛，在各个书摊前寻书问册、打价还价，颇有点"偶然值林叟，谈笑无还期"的意味。

一块北京的阅读"老字号"，是怎么"圈粉"四面八方的？

原因只有一个：书多，好书多。本次书市，共集结 208 家参展商的 40 余万种精品图书，规模创历史新高；文史哲应有尽有，科技新知一一亮相。其中，中国书店、三联书店等大牌书店悉数亮相，中国出版集团、北京出版集团等中央和地方知名出版单位带来了大批精品力作；《山乡巨变》《平凡的世界》《活着》《推拿》《人世间》，各个时期举足轻重的文学佳作琳琅满目；各类图书折扣力度又十分亲民，买书本是读书人最不心疼的花销，但若能以更低的价格购得更多的图书，自是美事一桩。

翻箱倒柜的库存、难得一见的尖货、大幅让利的价格，对喜欢读书和热衷藏书的人来说，无疑是一次不能错过的顶级"书局"。

重张的书市，并不是简单的复制，在展示和互动形式上都有了飞跃的改进。阅读互动、作者签售、线上直播等近百场活动轮番举办，经典诵读区、益智娱乐区、皮影互动区令人目不暇接，潮玩、文具、艺术品等特色商品丰富多彩。书市不只是淘书人独乐乐，也升级为一项群众性文化盛事。

重张的书市，回应了老书友的关切，也契合时代发展的节奏。它远不是一次老书市的昨日重现，而是新时代下城市文化复兴的标志性活动，是在文化传承中自觉推进文化创新、呈现新气象的重要实践。

阅读素养的高低，关系一个人的文化品位，决定一座城的文化水准。作为一座有着丰厚文化积淀的都城，北京有悠久的阅读历史；作为人文荟萃、人才汇聚的新中国首都，北京的阅读氛围始终浓厚。近年来，北京按照全国文化中心的定位，不断服务全国文化发展的大平台，在全国文化建设中发挥表率作用、带动作用、桥梁作用，全民阅读跃上新台阶。实体书店数量已居全国首位，大大小小的图书馆里往往座无虚席；读书节、读书周、读书月、"最美读书声"等主题活动不断，共同塑造了城市的人文气质。

作为京城阅读的"老字号"，地坛书市的金字招牌再次闪亮，正是书香北京的生动缩影。

三

在读书人的心中，地坛还是文学的地标。因为史铁生的《我与地坛》，无数文学爱好者都向往来此感受文学的力量。

本次书市的主题"我与地坛"，就是借用史铁生的名篇，"传递给大家史铁生在遇到困难曲折后，还能够坚韧向上的精神"。

巧合的是，北京出版社、人民文学出版社等 11 家出版社推出的 19 个版本的《我与地坛》，不约而同地在书市相聚。这是向史铁生致敬，也是向地坛致敬。

其实，蜂拥而至的书虫，各自都有"我与地坛""我与地坛书市"的故事；每个读书人的心中，更有一座永久的"地坛"。

在充溢地坛的书香中，每个人都可以像史铁生一样，修得"一进园子，心便安稳"的心境，攒足继续前行的能量。

无论时代怎样变幻，无论长短视频怎么直观、动感、吸睛，书的作用永远不可替代，爱书者永远大有人在。"我与地坛"的故事，还会不断上新。

（2023 年 9 月 18 日　殷呈悦）

让时代记忆在城市更新中重焕光彩

> 每座城市，都不只是钢筋水泥的简单堆砌、社会资源的机械组合，而是有记忆、有活力的复杂生命体。

最近，到北京站乘车的旅客都有一个共同感受——老站竟然变样了。介于水湖蓝、孔雀绿之间的高耸穹顶复古典雅，古铜色鎏金灯大气古朴，明城墙遗址与候车室拱形窗遥相呼应，不时有旅客驻足观赏，感慨"好像走进博物馆""美得就像一幅画"。

"内畅外联、通衢八方。"作为曾经中国最大的铁路客运车站，北京站自建成通车至今已有60余年，还凭借极具民族特色的建筑风格跻身"首都十大建筑"。然而，随着经济社会快速发展、城市规模日趋扩大、人员流动愈发频密，交通任务越来越重，这座老站也日渐拥挤嘈杂，"一砖一瓦皆经典、一桌一椅一幅画"的古典美逐渐在川流不息中被喧嚣淹没。直到去年客运提质工程落地推进，老站经过系统改造，才重现了原本属于她的光彩与魅力。

回望近年来北京城市更新的历程，老站复原只是"风景一隅"。时代发展日新月异，古都北京的大量老建筑纷纷开启了"焕新模式"，大量"沉睡的财富"被一一唤醒。斑驳破旧的老厂房转型为时尚设计广场，干涸萧条的河道重现"水穿街巷、庭院人家"的古朴景致，衰颓杂乱的老街奏响驼铃古道的千年"回响"……这些备受好评的更新案例，虽然"打开方式"不尽相同，但无一例外，都让这座城市的过往印迹更加可观可感，并迅速俘获人心，成为城市新地标。事实说明，时代记忆是一座城市发展的宝贵财富，只要用心挖掘、巧妙盘活，完全可以焕发光彩，为城市发展注入别样活力。

城市更新是一个循序渐进的动态过程，如何在走向未来的同时擦亮记忆，也是摆在许多城市面前的共同课题。透过上述案例可以看到，城市更新的"新"不是凭空硬造的，而是在城市脉络里生长出来的。每座城市，都不只是钢筋水泥的简单堆砌、社会资源的机械组合，而是有记忆、有活力的复杂生命体。旧建筑、老物件，文物古迹、历史遗存，都是时代记忆的"活页"，并慢慢沉淀为一座城市独特的气质标识。让时代记忆重焕光彩，表面看可能是建筑风貌的还原、空间格局的迭代，实则蕴含着历史文脉传承、气质内涵激活等文化思考。以北京站为例，更新改造充分借鉴原有样貌，深入挖掘其曾经具备的民族与现代融合的浪漫气质，做到复原与焕新统一，让人们一入厅堂就能感受到鲜明的时光印迹。在延续的基础上更新，在保护的基础上利用，在方方面面融入考究与用心，就能让人们感受光阴的厚重，也能点亮城市的历史美感、文化深度。

对历史遗存最好的保护是再利用，对城市记忆最好的守护就是让它以全新的方式物尽其用、"活"得更好。从这个意义上说，城市更新不是为新而新，须得跟上市民诉求变化，融入城市功能演进。城市发展阶段不同，人们对建筑功能的需求不同，美学旨趣也在悄然变化，唯有找到时代建筑与现代生活的融通之处，才是更新破题的思路所在。在这方面，新首钢的蜕变就颇具典范意义，伴随冬奥筹办，昔日钢花四溅的厂区，逐步转型为冰雪乐园，又在后冬奥时代，充分挖掘工业沧桑感与未来科技风的反差，积极发展人工智能、云转播、自动驾驶等应用场景，推动"厂区""园区"向"社区""街区"转变。城市更新没有"统一解""最终解"，把准时代脉动、紧扣大众需求，才能真正留住城市文脉的根与魂，使居民获得感、归属感和认同感成色更足。

置身巨变的时代，北京是在现代化道路上快速行进的超大城市，同时也是历史底蕴丰厚的千年古都。坐拥 3000 多年建城史、800 多年建都史，红墙黄瓦见证了岁月沧桑，寻常巷陌有说不完的故事。与此同时，发展模式的深刻嬗变，"四个中心"的城市定位，赋予了北京全新的任务。历史给了馈赠，时代给了舞台，如何强化"首都风范、古都风韵、时代风貌"的城市特色，还需要城市治理者们继续作答。既着力打造更多具有标识意义的复兴地标，也雕刻更多"小而美"的精品陈设，提供更多独具特色的"北京方案""北京智慧"，展现的不仅是北京这方发展热土的澎湃激情、治理能力，某种程度也代表着超大型城市在快速转型升级过程中对城市更新模式的有力回答。

北京是发展中的北京，亦是许多人深爱着的那个老北京。让时代记忆留在我们身边，让历史文脉以更加显著的方式存续，这样的城市所提供的不仅是我们工作生活的空间，也会点燃更多的热爱与期待。

（2023 年 2 月 17 日　范荣）

把脉时代生活，挖掘"新京味儿"

> 来自天南海北的人们生活于斯、奋斗于斯，这片热土之上，有太多故事值得诉说；万家灯火里，有无尽悲欢有待描摹。

在日前举行的"精品电视剧创作的现实转向"论坛上，"新京味儿"成为研讨焦点。"京味儿题材不应该局限于胡同题材""影视人应该深入地去开掘"……专家与业界代表的发言，道出了不少人的心声。

"京味儿"，顾名思义即北京独特的文化韵味。而一提起"京味儿"具体的构成元素，许多人想到的可能仍是皇城根下胡同里传来的阵阵吆喝、四合院承载的人情冷暖，大栅栏的老字号、琉璃厂的纸墨香，还有老北京"有里儿有面儿"的讲究……这些岁月深处的印记风貌，时至今日仍然深入人心。

浓郁厚重的"京味儿"，也成了北京题材影视剧创作的富矿。近年来，《什刹海》《情满四合院》《芝麻胡同》等一系列"京剧"，在胡同生活上着墨甚多，从不同侧面讲述了普通百姓的悲欢离合，展现老北京人在时代变迁中的生活热忱。从社会价值上讲，这些充满"怀旧情怀"的作品，记载着老北京的烟火气与人情味，抚慰着许多人的文化乡愁，也成为外界了解北京、爱上北京的一张名片。

描写老北京的文艺作品，成为我们的"拿手好戏"，这当然是好事。但也要看到，随着光阴荏苒、时代进步，北京这座历史文化古都，已成长为国际化大都市。地理空间的扩展、经济形态的更迭、生活面貌的变迁、功能定位的演进，全面更新着城市的外在和肌理，也丰富着"京味儿"的内涵和外延。不仅胡同生活发生了巨变，在胡同之外，还有无数广阔的生活场景——"大厂"大厦的格子间内，怀揣梦想的新北京人奔走忙碌；中关村的咖啡厅里，创意满满的"金点子"拔节生长。来自天南海北的人们生活于斯、奋斗于斯，这片热土之上，有太多故事值得诉说；万家灯火里，有无尽悲欢有待描摹。

文艺是一个时代的镜子。今天的北京，是兼容并蓄的北京，新北京人的生活状态，普通家庭的柴米油盐，以及城市转型的重大事件、所思所获，都是可供讲述的题材。近些年的市场上，倒也出现了不少声称描写"新时代北京"的都市题材剧，但城市在其中充其量只是"背景板"，地域特色不鲜明、北京文化不突出、时代生活不典型、现实关照不强烈，着实不够"北京"，也缺乏味道。城市文化是历史和现实的缩影，是一种身份识别标志，也彰显着价值理念、精神追求。如何从城市万象、民生百态中提炼精华、把准内核，超越"胡同生活"的思维定式，拒绝脱离现实的悬浮编剧，摒弃不痛不痒的表面刻画，挖掘最值得书写的"新京味儿"，形成有特色、有温度、有人情味的作品，仍是需要深思之处。

现代城市的最大魅力，从来不在钢筋水泥，而在文化内涵与城市形象。放眼望去，国内外许多城市都在着力经营自身的文化名片，受众广泛的都市题材剧正是可以大加利用的途径。鲜明的"新京味儿"，会让城市形象更加亮眼，也会激发更多人对所在之城的归属感。

（2022 年 1 月 21 日　胡宇齐）

以责任与匠心打捞更多"历史沉船"

> 事情发生在中国的土地上，我们不光要讲，声音还要够大。

随着电影《里斯本丸沉没》热映，一段"沉没"了 82 年的历史终于浮出海面。该电影更成为目前为止今年评分最高的国产电影。

影片中讲述的里斯本丸号事件发生于中国的"家门口"，却在 80 多年来处于被遗忘的边缘。1942 年秋天，这艘押送着 1800 多名英军战俘的日军运输船从香港起航，在行至我国东极岛海域时被美军鱼雷击沉，英军战俘破舱逃生，又遭到守船日军疯狂扫射。危急之际，上百位中国渔民冒险相救，划着小舢板折返于枪林弹雨，救起 384 名年轻的盟军战俘。从起航到沉没，再到绝处逢生，三幕剧重现残酷、还原真相，也将中国渔民朴素又伟大的道义光辉展现于银幕之上。

历史是由一个个具体的人组成的，这部"完全基于历史事实"的纪录片之所以打动人心，很大程度上就在于讲的是"人的故事"。为了全方位反映"二战"中日军的暴行、英俘家庭的创伤，以及舟山渔民的义举，摄制组寻访近百座英国城镇，还先后辗转加拿大、日本、美国多地，收集上万张历史照片，面对面采访百余人，其中包括两位英俘幸存者，以及曾参与施救的舟山渔民林阿根。历史由人创造，也由人见证。回到 82 年前的历史现场，中国渔民不会想到，正是他们奋不顾身的救援，让日军有了忌惮，怕罪行被公之于众，停止了对战俘的残忍屠戮。今天，当大银幕上闪过一个个牺牲者、幸存者、施救者的名字时，每位观众也是见证者，我们理当记住那些一度被忽视的名字、被遗忘的声音。

作为人类历史上最具毁灭性的一场冲突，"二战"题材的文艺作品数不胜数。但恰如有学者指出的，国际上对于"二战"的研究、传播，多年来一直存在一种错误倾向，那就是偏重欧洲战场、忽视亚洲战场，特别是对中国人民的顽强奋战和巨大牺牲的叙述不足。这里面，有受制于某种普遍性的"文化遗忘"的因素，而更重要的恐怕还在于国际话语权的严重不对等。就拿里斯本丸号来说，对击沉军舰的美国而言，误伤盟军实在尴尬，而罪恶滔天的日本更巴不得全世界忘记其造过的孽。很长一段时间以来，不乏日本右翼信口雌黄，称中国渔民救上来的战俘是少数，大部分战俘获救要归功于日本海军。忘记历史就意味着背叛，甚至有被人为歪曲篡改的风险，这个意义上，抢救历史、还原真相，是这部纪录片更大的魅力。

"事情发生在中国的土地上，我们不光要讲，声音还要够大。"正如影片导演所言，里斯本丸号的故事太戏剧化了，没有编剧能编得出来这个故事里的残暴和道义。历史就是最生动的"作品"，参加"二战"的大国，无论是战胜国还是战败国，都致力于对"二战"的研究。但很长一段时间以来，"中国表达"往往是宏观着眼较多，微观挖掘不够。而别有用心的宵小之辈恰恰最好钻这样的空子，通过抠字眼和细节胡搅蛮缠。好在，那段残酷的岁月，离我们还不远，尚可看到那个年代的许多背影，尚可抢救消亡未尽的诸多史料。我们理应拿出责任与匠心来，全力跑赢时间，细细挖掘一个个鲜活的历史故事、历史细节，这是对历史的最好纪念，更是对民族的负责。

今天，沉没了 82 年的里斯本丸号终于不再"沉默"，也期待更多与中国有关的"二战"故事不再"沉默"。

（2024 年 9 月 20 日　高源）